MIRA®

Der Preis dieses Bandes versteht sich einschließlich
der gesetzlichen Mehrwertsteuer.

Umwelthinweis:
Dieses Buch wurde auf chlor- und säurefreiem Papier gedruckt.

Jede Nacht mit Charlie

Es ist nicht Allies Tag: Erst macht ihr Freund mit ihr Schluss, dann erfährt sie, dass sie die Nachtshow des Senders produzieren soll – zusammen mit dem neuen Moderator Charlie Tenniel, der wahrscheinlich ein echter Flop ist! Doch Allie irrt sich: Charlie sorgt mit seinen witzigen Beiträgen schon bald für Rekordquoten, kommt einem Verbrechen auf die Spur und erobert mit seiner charmanten Art auch noch - ganz nebenbei - Allies Herz. Nur einen Fehler hat dieser Traummann: Er denkt gar nicht daran, für immer bei ihr in der Kleinstadt Tuttle zu bleiben ....

Wie Feuer im Blut

Ihre Lebenseinstellungen sind denkbar unterschiedlich – nur wenn sie im Bett sind, haben die idealistische Tess und der ehrgeizige Anwalt Nick überhaupt keine Probleme. Aber auf Dauer reicht das nicht, findet Tess und trennt sich von ihm. Als Nick jedoch für ein wichtiges Treffen eine „Scheinverlobte" braucht, erklärt sie sich dazu bereit. Es wird für Nick ein Tanz auf dem Vulkan, denn jede Sekunde muss er befürchten, dass Tess verkündet, was sie von der Welt generell und von Anwälten im Speziellen hält ...

Jennifer Crusie

Mitternacht-Flirts

MIRA®

MIRA® TASCHENBUCH
Band 25040
1. Auflage: März 2003

MIRA® TASCHENBÜCHER
erscheinen in der Cora Verlag GmbH & Co. KG,
Axel-Springer-Platz 1, 20350 Hamburg
Deutsche Taschenbucherstausgabe

Titel der nordamerikanischen Originalausgabe:
Charlie all Night/Strange Bedpersons

erschienen bei: Harlequin Enterprises Ltd., Toronto
Published by arrangement with
Harlequin Enterprises II B.V., Amsterdam

Konzeption/Reihengestaltung: fredeboldpartner.network, Köln
Umschlaggestaltung: pecher und soiron, Köln
Titelabbildung/Illustration: Corbis, Düsseldorf und pecher und soiron, Köln
Autorenfoto: © by Harlequin Enterprise S.A. Schweiz
Satz: Berger Grafikpartner, Köln
Druck und Bindearbeiten: Ebner & Spiegel, Ulm
Printed in Germany
ISBN 3-89941-051-3

www.mira-taschenbuch.de

Jennifer Crusie

Jede Nacht mit Charlie

Roman

Aus dem Amerikanischen von
Heike Hellmann-Brown

MIRA®

1. KAPITEL

Eine Yuppie-Bar war ein lausiger Ort für die Suche nach einem Helden, aber Allie McGuffey war verzweifelt. Also musste sie nehmen, was da war. Leider ließ die Auswahl erheblich zu wünschen übrig.

Sie schob ihre Hornbrille hoch und musterte resigniert die Reihe Barhocker. Geschäftsmann. Geschäftsmann. Freier Platz. Geschäftsmann. Geschäftsfrau. Frei. Frei. Typ im Grunge-Look. Geschäftsmann. Okay, dann eben der verhinderte Grunge-Rocker. Solange sie lebte, würde sie nie wieder eine Beziehung mit einem Anzugtypen eingehen. Selbst wenn die nur fünf Minuten dauerte.

„Hi!“ Allie warf ihre Tasche auf den Tresen und kletterte auf den Barhocker. Langsam drehte Tarzan sich um. Allie wusste nicht, was sie erwartet hatte. Vielleicht einen Traummann, der selbst Mark in den Schatten stellte. Bei aller Fairness ein Ding der Unmöglichkeit. Doch dieser Kerl hier war nicht mal im Rennen. Vage erinnerte er an einen der Jungs, die in High-School-Klassen grundsätzlich die hinteren Reihen bevölkerten. Zugegeben, er sah nett aus. Sehr nett. Aber das war es auch schon. Das dunkelblonde Haar hing ihm bis über den Kragen, seine braune Lederjacke und die Jeans hatten schon bessere Tage gesehen, aber ansonsten wirkte er gepflegt.

„Erwarten Sie jemanden?“ Allie warf einen vorsichtigen Blick über die Schulter. Alles, was sie tun musste, war, den Grunge-Rocker in eine Unterhaltung zu verwickeln, bis Mark hereinkam, sie in männlicher Gesellschaft antraf und wieder verschwand.

Mark mochte keine Konkurrenz.

„Also, sind Sie?" Allie lächelte wie eine Televerkäuferin. „Verabredet, meine ich." Hoffentlich bekam sie keinen Korb. Von Fehlschlägen hatte sie heute nämlich die Nase gestrichen voll.

Sie war gefeuert! Die Worte ihres Bosses und Exlovers, „Starmoderator" Mark King, hatte Allie noch im Ohr: „Natürlich bist du nicht gefeuert. Du wirst lediglich versetzt."

„Ersetzt" traf es besser. Durch Lisa Mitchell, seine neueste Geliebte. Nicht nur, dass der ungekrönte Star des Radiosenders WBBB sie vor einigen Wochen aus Prestigegründen recht unsanft aus seinem Bett geschubst hatte – das unrühmliche Ende einer sechsmonatigen Affäre –, jetzt besaß er auch noch den Nerv und schanzte Lisa ihren Job zu!

Erst vor einer halben Stunde hatte Allie die Türen des Senders voller Elan aufgestoßen. Wie üblich fielen ihre Kollegen gleich wie die Krähen über sie her. Allie liebte diesen Rummel. Hier war sie Allie, das Hirn hinter der Mark-King-Show, Allie, die Retterin. Freud wäre sicher das ein oder andere zu ihrer sonderbaren Identitätsfindung eingefallen, doch verglichen mit all den anderen Problemfällen, die im Sender frei herumliefen, befand sie sich trotz ihres Egotrips bei relativ guter seelischer Gesundheit.

Zuerst war es nur Karen, die Empfangsdame, die laut „Allie!" rief.

Das alarmierte Lisa, Allies Assistentin, die türknallend in den Flur stürmte. „Allie, ich ..." Prompt wurde sie beiseite geschoben von Albert, dem Finanzdirektor: „Allie, die Quoten ..." Diesen wiederum übertönte Marcia, der Nachmittags-Barrakuda. „Allie, wie ich hörte ..."

Rücksichtslos schubste Mark, Allies Exlover und gegenwärtiger Chef, sie beiseite. „Allie, ich möchte dich in deinem Büro sprechen. Sofort!"

Schweigen senkte sich über die Lobby. Normalerweise fiel Mark weniger durch völlig unangebrachtes autoritäres Gebaren auf als durch eine beständig praktizierte Selbstinszenierung, die sich darin äußerte, dass er zu laut redete – vornehmlich über sich selbst –, ständig wichtige Namen fallen ließ und immer an den falschen Stellen herzlich lachte.

Unverfroren nahm er hinter Allies Schreibtisch Platz. Nur mit Mühe verkniff sie sich eine spöttische Bemerkung. Dies war ihr Büro, so winzig und voll gestopft es auch sein mochte! Es war ihr Schreibtisch, ihr Sessel, und er machte sie zu einem Besucher in ihrer eigenen Domäne!

„Es gibt keinen schonenden Weg, dir das beizubringen, Allie-Schatz, also sage ich es geradeheraus." Durch ungeschickte Gewichtsverlagerung kippte der Drehsessel in die Horizontale, was dazu führte, dass Mark statt mit Allie mit der Zimmerdecke sprach. Das allerdings spielte kaum eine Rolle, denn so, wie sie ihn kannte, geriet er jetzt erst einmal ausgiebig ins Philosophieren, ehe er auf den Punkt kam. Vorausgesetzt, er hatte überhaupt einen. „Zugegeben, Allie-Schatz, es wird schwer für dich, aber du bist schließlich erwachsen. Die Dinge ändern sich. Wandel ist positiv. Die Menschen wachsen an neuen Aufgaben. Sieh mich an."

Das tat sie. Was blieb ihr anderes übrig? Während Mark sich weiter in Selbstbeweihräucherung erging, begann Allie automatisch seinen heruntergeleierten Monolog für Sendezwecke zu überarbeiten. Dabei dämmerte ihr der Verdacht, dass ihr vermeintlicher Liebeskummer nichts als ein „Die Geister, die ich rief"-Phänomen sein könnte, denn dieser hohlköpfige, wenn auch äußerst dekorative Dressman langweilte sie zu Tode.

„Das ist also der Grund, weshalb ..."

Ungeduldig unterbrach sie seine hochdramatischen Ausführungen. „Warum kommst du nicht einfach zum Thema? Falls es dir entgangen sein sollte, ich habe noch jede Menge Arbeit zu erledigen, wenn du weiterhin den großen Star spielen willst." Okay, das ging unter die Gürtellinie, aber mit der Inbesitznahme ihres Sessels hatte er den Streit provoziert, diese Laus!

„Na schön. Hier ist es." Schwungvoll beförderte er den Sessel in Sitzposition. „Du wirst nicht mehr an meiner Show arbeiten." Das war's. Der Mann von Welt stellte Tatsachen fest. Mit den unangenehmen Folgen durften sich andere auseinander setzen.

Der Raum drehte sich. Allie sank auf den nächstbesten Stuhl. „Was?"

„Seit unserer Trennung verspüre ich bei dir eine gewisse Feindseligkeit. Negative Schwingungen beeinträchtigen meine Kreativität. Daher übernimmt mit sofortiger Wirkung Lisa deinen Job. Es ist das Beste für alle von uns."

Lisa! Ihre Assistentin. Marks neue Geliebte. Marks neue Produzentin!

„Für wen?" konterte sie. Immerhin hatte sie ihn geschaffen! Wie konnte er es wagen, die Früchte ihrer Arbeit einer anderen Frau zu übertragen? Einer Frau, die – so ganz nebenbei erwähnt – ihr gesamtes Radiowissen Allie verdankte! „Nicht für alle!" Sie betonte das letzte Wort. „Du moderierst die Prime-Time-Show. Ich bin die Prime-Time-Produzentin. Solange du dich nicht mit deinem neuen Schwarm an irgendeinen kuscheligen Ort wie beispielsweise die Antarktis zurückziehst und mir die Sendezeit überlässt, ist es nicht das Beste für mich!"

„Natürlich ziehe ich nicht weg. Ich bin schließlich das Talent."

Er war das Talent. Was, zum Teufel, war dann sie?

„Komm, beruhig dich. Schließlich bist du nicht gefeuert. Alle Beteiligten wissen deine bisherige Leistung durchaus zu schätzen." Ungeachtet ihrer versteinerten Miene sprach er weiter. „Bill gibt dir eine neue Sendung. Dafür habe ich gesorgt."

Rasender Zorn gewann die Oberhand über ihre Panik. Der gute alte Mark! Was für ein Herzchen! „Danke für die Unterstützung! Viel Glück für die Zukunft! Und jetzt raus aus meinem Sessel!"

Instinktiv folgte er ihrem Befehl. Die Macht der Gewohnheit. „Warum genehmigen wir uns nicht einen Drink im Settle Inn?" Strotzend vor Gönnerhaftigkeit, schlenderte er zur Tür. „Als Zeichen dafür, dass es keine feindseligen Gefühle zwischen uns gibt."

Am liebsten hätte Allie diesem aufgeblasenen Wichtigtuer jedes einzelne ihrer ausreichend vorhandenen feindseligen Gefühle um die Ohren gehauen! Aber so ein kleiner Mord unter Freunden brachte hohe Prozesskosten mit sich, und die konnte sie sich dank ihres unerwarteten Karriereknicks nicht leisten. Natürlich würde Bill, der große Boss von WBBB, sie herauspauken. Sobald er sich abgeregt hatte, was manchmal ganz schön lange dauern konnte. Nein, besser nicht. Überhaupt hielt Mark sich ja nur mit Mühe und Not aufrecht. Wer erschlug schon so einen Schwächling? Als Notwehr ging das niemals durch. Vielleicht Mord im Affekt? Sie könnte auf zeitweilige Unzurechnungsfähigkeit plädieren. Wenn sie dann noch ihre kurze Affäre mit dieser Null beichtete, würde ihr jeder Richter mildernde Umstände zubilligen.

„Tut mir Leid, aber ich habe bereits eine Verabredung." Blitzschnell tauchte Allie unter seinem Arm weg und floh in den Flur. Energisch blinzelte sie die aufsteigenden Tränen zurück, denn beim ungewohnten Anblick einer tränenüberströmten Ex-Prime-Time-Produzentin vermuteten bestimmt gleich alle einen plötzlichen Todesfall. Und dann müsste sie ihren Freunden erklären, dass Mark tragischerweise noch unter den Lebenden weilte.

Begriffsstutzig wie er war, folgte er ihr.

Allie beschleunigte das Tempo. Als sie am Empfangstresen vorbeihastete, schob Karen ihr einen Umschlag zu. Ihr mitleidiges Lächeln gab Allie den Rest. Wortlos steckte sie den Brief ein, rang sich ein halbwegs unbekümmertes Lächeln ab und stürmte mit Mark auf den Fersen zum Lift.

Zum Glück erbarmte sich Karen und hielt ihn auf.

Fünf Sekunden später stand Allie buchstäblich auf der Straße.

Sie war gefeuert! Von der Erfolgsproduzentin zum Nichts. Der rasante Sinkflug einer kometenhaften Karriere! Verbissen reckte Allie das Kinn. Was soll's, sagte sie sich. Dann würde sie eben eine neue Supersendung auf die Beine stellen!

Wenn es bloß so einfach wäre ...

Einen Augenblick lang verspürte Allie nackte Angst. Was, wenn sich der Erfolg nicht wiederholen ließ? Was, wenn Mark Recht hatte, und er besaß das Talent?

Nein! Sie würde den Weg zurück an die Spitze finden!

Sie biss die Zähne zusammen und betrat das Restaurant auf der anderen Straßenseite. Die Eingangshalle trennte den Speisesaal von der Bar, eine Art entmilitarisierte Zone, die die essenden Yuppies von den trinkenden Yuppies trennte. Hier blieb Allie stehen und öffnete den Umschlag. Sie fand die Art Notiz, für die der Besitzer des Senders berühmt war: kurz, taktlos und prägnant:

Vergessen Sie Mark King! Ab sofort kümmern Sie sich um Charles Tenniel, der für Waldo Hancock einspringt. Seien Sie morgen um Punkt fünf in meinem Büro.
Bill

Dem wahnwitzigen Waldo gehörte die Friedhofsschicht von 22 bis 2 Uhr. Sie war gerade vom Äquivalent der „Oprah-Winfrey-Show“ zu einem Unterhaltungsmagazin mit viel Werbung degradiert worden. Und ihr Mitbewohner, Joe, der sie eigentlich hier treffen sollte, war nicht da, um sie zu trösten! Auch der Rückweg war abgeschnitten, denn vor der Tür stand Mark, der Leute begrüßte, die ihn begrüßten, als sei er ein Star. Was er natürlich auch war. Wegen Joes Verspätung würde Mr. Megastar in die Bar kommen und sie allein antreffen. Künftig musste sie sich wirklich bessere Lügen ausdenken. Nicht, dass Joe eine besonders beeindruckende Verabredung abgab, aber immerhin war er beeindruckender als überhaupt keine Verabredung.

Charlie Tenniel dachte über seine Zukunft nach, als dieser brünette Bibliothekarinnentyp ihn aufriss. Sechs Wochen, Maximum, dann würde er dieser Stadt wieder den Rücken zukehren. Wie schwer konnte es schon sein, den Absender eines anonymen Briefes an einen Radiosender in Tuttle, Ohio, aufzuspüren? So groß war der Sender nicht. Zur Hölle, nicht mal die Stadt war besonders groß! Sein Hauptproblem bestand darin, möglichst überzeugend einen Discjockey zu mimen, und wie schwer konnte das sein, wenn sein Bruder es sogar im Drogenrausch geschafft hatte? Spätestens Anfang November konnte er sein nächstes Ziel ansteuern. Möglichst weit entfernt von seinem Vater, der ihn in letzter Zeit ständig um irgendwelche verrückten Gefallen bat. Wie beispielsweise: „Überprüf doch mal diesen Radiosender für meinen alten Freund Bill!" Das kam davon, wenn man persönlich zum väterlichen Geburtstag erschien. Ab sofort würde er nur noch Karten schicken. Sobald er hier fertig war, würde er zur Abwechslung mal eine Weile etwas Einfaches machen. Zum Beispiel Schweine züchten. Nein, zu kompliziert. Dann eben Karotten anbauen. Karotten brauchten keine regelmäßige Fütterung.

Ein schrilles „Hi!" unterbrach seinen Gedankengang.

Trotz der offensichtlichen Anmache war sie keine der gelackten Emanzen, die Männer zum Zeitvertreib aufgabelten. Hinter einer riesigen runden Hornbrille glitzerten intelligente braune Augen. Das kinnlange goldbraune Haar umrahmte ein zartes Gesicht mit einem verführerischen kirschroten Mund. Das Blümchenkleid und die übergroße Weste waren auch nicht gerade Femme-fatale-Stil. „Was haben Sie vor?"

„Sie aufzureißen?" Erneut lächelte sie angestrengt.

„Nie im Leben. Was wollen Sie wirklich?"

Das künstliche Lächeln wandelte sich in ein ernsthaftes Stirnrunzeln. „Das glaube ich einfach nicht! Können Sie nicht wenigstens so tun, als hofften Sie auf eine Glückssträhne?"

„Theaterspielen liegt mir nicht." Charlie ignorierte das Wimperngeklimpere und stupste den Finger in den Plüschbeutel, den sie auf die Bar geworfen hatte. Vage erinnerte er an einen uralten, blau geblümten Teppich. Charlie hatte nie auch nur etwas annähernd Ähnliches gesehen. Das galt auch für Mary Poppins, die hier anscheinend auf Männerfang ging.

Allie musterte ihn über ihren Brillenrand hinweg. „Betrachten Sie einen gemeinsamen Drink einfach als Akt der Nächstenliebe." Auf seinen skeptischen Blick hin setzte sie hinzu: „Ich schwöre, das ist alles."

„Sagte die Spinne zur Fliege." Ganz sicher folgten Komplikationen. Die folgten immer. Deshalb hatte Charlie während seiner vierunddreißig Lebensjahre gelernt, leicht auf den Füßen und schnell aus der Tür zu sein. Andererseits verfügte er über einen freien Abend, bevor er seine Nase in anderer Leute Angelegenheiten stecken musste, also konnte er sie ebenso gut eine Weile in ihre Angelegenheiten stecken. Er machte dem Barkeeper ein Zeichen. „Die Lady würde gerne ..."

„Die Lady würde gerne für ihren Amaretto mit Sahne selbst

zahlen, Max." Sie nahm ein Bündel Dollarnoten aus ihrer Teppichtasche und warf einen verstohlenen Blick über die Schulter.

„Kommt sofort, Allie." Der Barkeeper verschwand.

„Amaretto mit Sahne?" Charlie rümpfte die Nase.

„Eigentlich sollte es entrahmte Milch sein, aber Bars führen keine entrahmte Milch."

Vielleicht sollte er künftig doch vorsichtiger mit flüchtigen Barbekanntschaften sein. „Wissen Sie, Sie arbeiten mit der verrücktesten Anmache der westlichen Hemisphäre."

„Anmache?" Ihre Wangen glühten vor Verlegenheit. Verlegenheit stand ihr sehr gut. „Das ist keine Anmache. Die Anmache war das gepiepste ‚Hi' vorhin. Das, was nicht funktionierte." Aus ihren Augenwinkeln bemerkte sie eine Bewegung. „Da ist er! Okay, hier kommt der Deal: Wir sind zusammen. Versuchen Sie so auszusehen, als hätten Sie mich gerade nicht beleidigt."

„Das war keine Beleidigung, sondern eine Feststellung."

Wollte sie sich wirklich mit diesem Besserwisser herumstreiten, wo das Verhängnis nur Meter entfernt war? „Er geht vorüber. Ich bin sicher, er geht vorüber. Er muss einfach ..."

Ein geschniegelter Schönling blieb neben ihr stehen. „Allie! Hier steckst du also!"

Wie von der Tarantel gestochen fuhr sie hoch. „Mark! Was für eine Überraschung, dich zu sehen!"

Nicht übel, fand Charlie. Eine überzeugende schauspielerische Leistung, aber eine ziemlich lahme Antwort. Neugierig betrachtete er den Störenfried: sehr gut aussehend, wenn man wirklich schöne Männer mochte. Sehr teurer Anzug. Zahnpastalächeln. Bestimmt wusste er, dass seine Sitznachbarin Todesqualen litt. Kopfschüttelnd leerte Charlie sein Glas. Gut, dass ihn die ganze Sache nichts anging. Es war ein Schlamassel erster Güte.

„Lass mich dir einen Drink bestellen, Al. Das ist das Mindeste, was ich tun kann." Mark machte dem Barkeeper ein Zeichen, nahm neben Allie Platz und klopfte ihr brüderlich auf den Rücken.

„Grrrr." Das leise Knurren ging fast unter im Lärmpegel der Bar.

„Blicken Sie nicht drein wie ein verwundeter Basset!" flüsterte Charlie ihr ins Ohr.

Sofort bedachte Allie ihren neu erkorenen Intimfeind Mark King mit einem strahlenden, wenn auch leicht maskenhaften Lächeln.

„Willst du mir deinen Freund nicht vorstellen?"

Da Charlie Allies Geisteszustand langsam Sorgen bereitete, zeigte er Mitleid. „Charlie Tenniel."

Beiden entging Allies Bestürzung.

„So ein Zufall! Ich bin Mark King. Sie haben meine Produzentin geerbt, Sie Glücklicher! Von mir weiß sie alles, was es im Radio zu wissen gibt."

Allie schluckte. Während Mark seine vielfältigen Erfolge ausgiebig lobte, schweiften Charlies Gedanken ab. So viel also zu einer amüsanten Ablenkung. Allie arbeitete beim Sender. Zusammen mit diesem Blödmann. Grandiose Aussichten.

Allies gequälte Miene sprach Bände. „Stimmt das?" zischte sie. „Sie sind mein neuer DJ?" Auf sein kaum merkliches Nicken hin stieß sie einen Stoßseufzer aus. „Darüber sprachen wir gerade", schwindelte sie ihren Exlover an.

Marks Neugier war geweckt. „Kennt ihr beide euch schon länger?"

In einem Zug kippte Allie ihren Amaretto hinunter. „Es erscheint mir wie eine Ewigkeit."

„Vorsicht, Honey, Sahne ist keine entrahmte Milch!" Charlie nahm ihr das leere Glas ab. „Das ist das harte Zeug. Max, noch einen Spezialmix für die Lady. Besser noch, schieben Sie einfach die Flasche rüber, und treiben Sie die Kuh herein."

„Ein Komiker." Allie rollte die Augen. „Fünf Typen sitzen an einer Bar, und ich wähle ausgerechnet den Scherzkeks."

„Wie bitte?"

„Sie liebt meinen Humor." Charlie legte seiner neuen Sendeleiterin den Arm um die Schulter. „Humor ist die Basis jeder guten Beziehung."

„Vielleicht ist das bei uns schief gelaufen, was, Allie?"

Was für ein Idiot! dachte Charlie.

„Ihr beide wart einmal ..." Vielsagend wackelte Charlie mit den Augenbrauen. „Das hast du mir nie erzählt, Honey."

„Es ergab sich nicht." Aus seiner Armbeuge heraus bedachte sie ihn mit einem vernichtenden Blick.

„Sie sind ein glücklicher Mann, Tenniel."

„Ja, das sagen alle. Dabei ist es kein Glück, sondern pures Talent."

„Wie habt ihr beide euch kennen gelernt?"

Charlie genoss die Situation aus vollen Zügen. „In einer Bar. Sie hat mich angesprochen."

„Allie?"

„So was passiert mir ständig. Animalischer Magnetismus oder so."

„Oh, ein Scherz." Mark wirkte erleichtert. „Wie habt ihr beide euch wirklich kennen gelernt?"

„Ich habe ihn angesprochen." Wortlos wies Allie Charlie in seine Schranken. „Die Wahrheit ist ..."

Charlies fester Griff drückte ihr kurzzeitig die Luft ab. „Die Wahrheit ist, sie setzte sich neben mich, und ich dachte: ‚Was für eine tolle Frau'. Ein Wort gab das andere, und seitdem sind wir zusammen."

Allies Kopf schoss hoch. Gegen ihren Willen musste sie über so viel Dreistigkeit lächeln. „Du bist ein guter Mensch, Charlie Tenniel“, raunte sie ihrem unfreiwilligen Partner zu. „Ich verzeihe dir die Beleidigung vorhin.“ In dem gedämpften Licht der Bar schimmerte Allies Haar wie Bronze. Und erst ihr Mund! Unter seiner eindringlichen Musterung befeuchtete sie nervös die Lippen. Einer Herausforderung hatte Charlie noch nie widerstehen können. Den Blick fest auf ihre Zungenspitze geheftet, wickelte er eine Haarsträhne um den Finger und zog Allie unerbittlich näher.

„Also, wie lange kennt ihr euch wirklich?“ brach Mark den Zauber des Augenblicks.

„Eine Ewigkeit.“

„Ich hätte Lisa mitbringen sollen. Wir hätten zusammen essen können.“ Mark verzog das Gesicht. „Wirklich schade. Jetzt ist ihr Charlie entgangen.“

Hinter dem Rücken ihres Sitznachbarn machte Allie jemandem am Durchgang zur Eingangshalle verstohlen ein Zeichen. Ein hoch gewachsener Mann verschwand im Speisesaal. Na so was, seine neue Produzentin besaß Geheimnisse. Das Leben wurde mit jeder Minute interessanter!

„Keine Sorge.“ Charlie trank aus. „Ich gehe nirgendwohin. Außer an die Spitze der Einschaltquoten.“

Mark nahm auch das als Scherz. Sein Lachen erinnerte an ein asthmatisches Pferd. Wahrscheinlich war das der Grund, weshalb Allie ihn verlassen hatte. Obwohl auch sein IQ an manche Vierbeiner heranreichte. Was zu einer äußerst unangenehmen Schlussfolgerung führte: Falls dieser Depp stellvertretend für seine übrigen Radiokonkurrenten war, würde Charlie tatsächlich früher oder später an der Spitze der Einschaltquoten landen! Leider war ein hoher Bekanntheitsgrad der Ruin jedes Undercover-Agenten.

„Unser Dinner wartet." Allie glitt von ihrem Barhocker. „War nett, dich wiederzusehen, Mark." Mark wollte sie zum Abschied küssen. Durch ein ungeschicktes Ausweichmanöver landete sie in Charlies Armen.

„Diese Frau ist mir rettungslos verfallen." Allie war weich und rund und duftete verführerisch nach Blumen. „Beherrsch dich", spottete er und zog sie zwischen seine Schenkel.

„Es muss an deinem animalischen Magnetismus liegen", witzelte sie. „Jetzt bin ich beherrscht. Du kannst mich loslassen."

„Noch nicht." Damit küsste er sie.

Eigentlich hatte er nur einen flüchtigen Kuss vorgehabt, hauptsächlich, um Mark zu ärgern, und, okay, zugegeben, weil sie einen so reizvollen Mund besaß. Kaum schmeckte er ihre berauschende Süße, wollte er mehr.

In ihrem Kopf drehte sich alles. Überrascht klammerte sie sich an Charlies breite Schultern, öffnete die Lippen, erwiderte sein leidenschaftliches Zungenspiel und überließ sich ihren Empfindungen. Die Hintergrundgeräusche verblassten. Rastlos glitten seine Hände über ihren Rücken und umfassten ihren Po. Dabei drängte er sich an sie, und Allie fühlte seine männliche Härte.

Er war eindeutig erregt.

Das brachte sie schlagartig zur Besinnung. „Was ... was machst du da?"

Mit Mühe erinnerte sich Charlie, wo er war. „Die Fronten klären. Komm sofort wieder her!"

„Also wirklich, Allie!" unterbrach ein sichtlich verstimmter Mark das Geplänkel. „Du befindest dich in einem öffentlichen Restaurant!"

„Das ist Lust", bemerkte Charlie trocken. „Sie kann einfach nicht ihre Lippen von mir lassen."

Mit hochroten Wangen schnappte sich Allie ihre Tasche und

rauschte aus der Bar. Wesentlich gemächlicher stand Charlie auf. „So, wie es aussieht, King, müssen wir weiter. Grüßen Sie Lisa."

In der Halle holte er Allie ein und blockierte ihr den Weg. So leicht ließ er sich nicht abschieben! Es gab zu viele Dinge, die sie ihm über den Sender erzählen konnte. Wahrscheinlich todlangweiliger Klatsch, den auch alle anderen kannten. Aber die besaßen weder Allies betörende Stimme noch ihren verlockenden Mund. „Wo willst du hin?"

„Zum Dinner. Mit dem einzigen perfekten Mann, den ich kenne."

„Du meinst deinen Vater." Charlie nickte. „Ich sollte ihn kennen lernen, damit er seine vernichtende Meinung über deine Schützlinge korrigieren kann."

„Nein."

„Nein, das soll er nicht tun?"

„Nein, er ist nicht mein Vater."

„Nein?" Seine Gedanken überschlugen sich. „Puh, ich habe noch nie einen perfekten Mann getroffen." Er versuchte einen treuherzigen Augenaufschlag. „Ich suche übrigens schon lange nach einem Vorbild."

„Wer bist du wirklich? Satan?" Aufgebracht bohrte Allie ihm den Zeigefinger zwischen die Rippen. „Ich werde bestraft, richtig?"

„Ich bin Charlie Tenniel." Formvollendet reichte er ihr die Hand. Ein Überbleibsel seiner guten Manieren. „Der künftige Kollege dieses ausgestopften Hemdes, mit dem du ausgegangen bist. Ich hoffe doch stark, dass sich eure Aktivitäten auf Händchenhalten in vollbesetzten Restaurants beschränkten. Ich hasse nämlich die Vorstellung, eine Frau, die ich in einer Bar geküsst habe, könne tatsächlich mit so einer Niete ins Bett gehüpft sein."

Uneingeladen folgte er ihr ins Restaurant, einem großen Saal mit zu viel Mahagoni und zu wenig Licht. An einem der hinteren Tische erhob sich ein Mann und winkte Allie zu. Charlies Augen musterten ihn argwöhnisch. Dieser Typ stellte tatsächlich eine echte Konkurrenz dar. Er überragte sogar seine einsachtundachtzig und war klassisch attraktiv, ohne die damit üblicherweise verbundene Arroganz. Sein Kinn war markant, das blonde Haar glänzte, seine blauen Augen blickten warm, und das Lächeln, das er Allie schenkte, verriet aufrichtige Zuneigung.

„Dein Bruder?"

„Nein."

Gereizt suchte Charlie nach einem Makel an Mr. Perfekt.

Am Tisch stellte Allie die beiden Männer einander vor. „Joe, das ist Charlie Tenniel, mein neuer DJ. Übrigens solltet ihr euch duzen, denn wir haben uns gerade so gut wie verlobt."

„Mir scheint einiges entgangen zu sein seit Karens Anruf vorhin." Unerfreuliche Nachrichten machten schnell die Runde.

„Charlie, das ist Joe Ericson, mein Mitbewohner. Er ist der Buchhalter des Senders." Sie klang wie ein wohlerzogenes Kind. Allmählich fragte sich Charlie, wie Allie hinter der Maske aus Höflichkeit und Abwehr wirklich war. Nein! Derartige Überlegungen zogen genau die Art von Komplikationen nach sich, die er vermeiden wollte.

„Charlie Tenniel." Die beiden Männer schüttelten sich die Hand.

„Der berühmt-berüchtigte Ten Tenniel?"

Er schüttelte den Kopf. „Bitte nenn mich Charlie." Verdammt! Er hasste Lügen, doch er hätte ja wohl kaum erwidern können „Nein, das ist mein Bruder, der drogendealende DJ."

„Eine Bekannte aus Lawrenceville schwärmt von dir. Anscheinend hast du durch dein plötzliches Verschwinden deine ganze Fangemeinde in Aufregung versetzt", fuhr Joe fort.

„Wer in Lawrenceville?“ Trotz der Frage galt Allies Interesse vornehmlich der Speisekarte.

„Rona. Wir waren zusammen auf einem Seminar, erinnerst du dich?“

„Du bist mit Rona in Verbindung geblieben?“ Abwesend fuhr Allie mit dem Finger die Menüs entlang. „Pasta.“

„Ich bleibe mit allen in Verbindung.“ Joe tippte auf Allies Karte. „Keine Pasta. Nudeln gibt’s morgen bei uns. Bestell dir was, das die Köche zum Rotieren bringt. Magst du Pasta, Charlie? Dann komm morgen zum Dinner.“

Charlie schenkte ihm sein gewinnendstes Lächeln. „Mit Vergnügen.“ Noch ein Kontakt im Sender. Erst Allie, dann Mark und jetzt Joe. Er konnte sich wirklich gratulieren.

Allie schien weniger entzückt.

„Sieh mich nicht so an! Ich möchte Ten Tenniel kennen lernen.“

„Charlie“, verbesserte er prompt. „Nenn mich einfach Charlie.“

Männer! Eben noch Konkurrenten, und schon waren sie die besten Freunde! Im Gegensatz zu Joes deutlicher Begeisterung waren Allies Gefühle eher zwiespältiger Natur. Charlies spontanes Einspringen bei der Konfrontation mit Mark war ein netter Zug gewesen, allerdings musste sie nun mit einem Mann zusammenarbeiten, der sie in einer Bar geküsst hatte. Kein guter Start für eine berufliche Beziehung, besonders, da er das Küssen auffallend gut beherrschte. Ein Nein würde schwer werden, falls er je eine Wiederholung vorschlug. Und Charlie schien kein Typ zu sein, der sich leicht entmutigen ließ …

Im Moment diskutierte er mit Joe die Vorzüge der italienischen Küche. Obwohl Joe ihr bester Freund war, hatte er auch seine Fehler. Essen beispielsweise. Kritisch studierte er die Speisekarte und probte vermutlich schon für das am Ende der Mahlzeit stattfindende Quiz: „Zu viel Oregano. Und wo war das Basilikum? Einfallslose Würze. Sicheres Zeichen für einen zweitklassigen Küchenchef. Was ist mit dem Spargel?“ Er konnte stundenlang über eine Beilage reden.

Allie wappnete sich für den üblichen Kampf. „Ich nehme Manicotti.“ Ihr war immer noch übel von Marks dilettantischem Mobbingversuch, daher schied totes Fleisch aus.

„Keine Manicotti. Nimm ein Steak.“

„Ich will kein Steak! Ich will Pasta!“

„Komm mir morgen bloß nicht nach Hause und sage ‚Pasta? Wir hatten gestern erst Pasta!‘“

„Du hasst die Zubereitung von Manicotti! Bei deinem letzten Kochversuch hast du ständig geflucht.“

Neugierig sah Charlie von einem zum anderen. „Seid ihr beide schon lange zusammen?“

Allie amüsierte sich über seine Verärgerung. „Du klingst genau wie Mark.“

„Da wir gerade beim Thema sind, was sollte das vorhin?“ polterte Joe los. „Du nimmst einen Drink mit dieser Niete, nachdem sie dich unvorsichtigerweise gefeuert hat?“

„Ja“, fiel Charlie ein. „Wäre nett, wenn mich einer aufklären würde.“

„Durchlebt ihr mal euren schlimmsten Albtraum.“ Mit voller Macht kehrte die Erinnerung an diesen lausigen Tag zurück. „Mark sollte nicht denken, ich wäre ... ihr wisst schon.“

„Wir wissen.“ Joe sah Charlie an. „Normalerweise ist sie nicht so ein Sensibelchen. Nur bei Mark flippt sie regelmäßig aus.“

„Du hättest in der Bar sein sollen. Sie hat gestammelt wie eine Zwölfjährige.“

„Habe ich nicht!“ Da Charlie nur schnaubte, schlug Allie resigniert die Hände vors Gesicht. „Oh, zur Hölle!“

„Na, na. Du hast doch uns.“

„Welch ein Trost!“

„Bestell endlich“, befahl Joe und klappte seine Speisekarte zu.

Sie einigten sich auf Hähnchen mit Fettuccini. Hühner waren nicht wirklich tote Tiere. Sie waren mehr wie Protein mit Federn. Joe gab der Kellnerin detailgenaue Instruktionen bezüglich der Beilagen, die diese – nach bitteren früheren Erfahrungen – Wort für Wort notierte. Zum Glück fiel Joe erst nach ihrem Abgang ein, dass er die diätetisch wertvolle Zusammenstellung von Allies Gemüse vergessen hatte. Schon bald steckten sie wieder mitten in einem ihrer üblichen Wortgefechte, bis Charlie sich einmischte.

„Wie lange kennt ihr euch nun wirklich?“

„Vier Jahre. Seit ihren Anfängen bei WBBB.“

„Ich war neu in der Stadt und hatte noch keine Unterkunft“, erinnerte sich Allie. „Joe holte gerade bei Bill die Bücher ab. Zufällig war sein Mitbewohner am selben Tag ausgezogen, daher bot er mir vorübergehend das freie Gästezimmer an.“

„Und prompt nistete sie sich ein. So langsam kommt mir allerdings der Verdacht, dass sie nicht mich, sondern allein meine sagenhaften Kochkünste liebt.“

Verständnislos schüttelte Charlie den Kopf. „Wenn Joe der perfekte Mann ist, wieso hast du dich dann mit diesem Clown Mark eingelassen?“

„Ich bin der perfekte Mann?“

„Allies Worte“, erwiderte Charlie mit leicht säuerlicher Miene.

Welche Laus war ihrem unerwünschten Begleiter denn plötzlich über die Leber gelaufen? Nicht, dass es Allie sonderlich interessierte, solange nicht ein neues Trauma ihr zunehmend chaotischeres Leben vollends aus den Fugen warf.

„Ich fühle mich geschmeichelt." Verschwörerisch senkte Joe die Stimme. „Ich bin schwul."

Allie verspannte sich. Wenn Charlie jetzt das Falsche sagte, war er bei ihr endgültig unten durch.

Stattdessen fischte er völlig ungezwungen eine Käsestange aus dem Gefäß in der Tischmitte. „Das ist noch lange keine Rechtfertigung für diesen Volltrottel!"

Verdutzt folgte Allie dem Wortwechsel. Offenbar war ihr hier einiges entgangen. Aber wen kümmerte es, was in Charlies verschlungenen Gehirnwindungen vor sich ging. Er war ein Mann. Absolut unberechenbar. Ihr Verflossener gab da ein Paradebeispiel ab.

„Ich muss zugeben, ich war auch nicht besonders glücklich über Allies Wahl."

„Es war Marks Wahl. Keine Ahnung, wieso."

„Ich auch nicht. Du bist nicht sein Typ."

„Wer ist sein Typ?" wollte Charlie wissen.

„Lisa." In gespielter Sorglosigkeit schob Allie das Kinn vor. Leider schob sie die Unterlippe noch weiter vor.

„Schmoll nicht! Du schuldest Lisa was, wer immer sie auch ist. Sie hat dich vor einem Schicksal schlimmer als der Tod bewahrt. Bedank dich das nächste Mal, wenn du sie siehst."

„Was nur noch eine Frage von Sekunden sein dürfte. Das Dream-Team steht dahinten an der Tür."

Aber dort standen sie nicht lange. Denn sobald Mark die kleine Gruppe erspäht hatte, zerrte er seine neue Flamme durch die Tischreihen.

Endete dieser Horrortag denn nie? Wieso hatte sie sich bloß Charlie, diesen verhinderten Komiker, angelacht und Mark angelogen? Nun, sie hatte es ja so haben wollen. Allie schob die Brille hoch und stählte sich für das kommende Fiasko.

„Mark! Und Sie müssen Lisa sein!“ Ihr selbst ernannter Begleiter sprang auf und schwenkte angriffslustig seine Käsestange. „Gerade hat Joe mir alles über Sie beide erzählt.“

Irgendwann einmal, dachte Allie, werde mich an diese Situation erinnern und lachen.

Doch dieser Tag lag noch in weiter Ferne.

2. KAPITEL

Benommen ließ Allie Marks begeisterte Begrüßung über sich ergehen. „Ist das nicht ein unglaublicher Zufall? Dürfen wir euch Gesellschaft leisten?" Ohne auf eine Antwort zu warten, zog er einen Stuhl für Lisa heran. Die schenkte Allie einen vorsichtigen Blick unter ihren Wimpern hervor.

Sie besaß hinreißende Wimpern. Tatsächlich war alles an Lisa hinreißend. Kein Wunder, dass Mark sie vorzog. Überhaupt machte es keinen Sinn, jüngere, attraktivere Frauen zu hassen, nur weil sie existierten. Man musste warten, bis sie rabiat wurden. Nicht Lisa hatte sie gefeuert, sondern Mark! Allie gab auf und lächelte. „Hi, Lisa. Gratuliere zu deiner Beförderung."

Alle Vorsicht war verschwunden. In ihrem Glück sprudelten die Worte nur so aus Lisa heraus. „Es ist so aufregend, Allie! Ich kann dir nicht genug danken! Wie Mark mir sagte, war es deine Entscheidung."

„Oh!" Allie hatte große Lust, Mark zu Fischköder zu verarbeiten. „Mir blieb leider keine Wahl. Charlie braucht mich. Hast du Charlie schon kennen gelernt, Lisa?"

Lässig auf dem Stuhl zurückgelehnt, strahlte Charlie Selbstbewusstsein, Überlegenheit und eine atemberaubende Männlichkeit aus. Was auch Lisa auffiel.

Während sie ihren reizvollen Augenaufschlag bei ihrem neuesten Opfer erprobte, hielt Mark es für an der Zeit, wieder die gesamte Aufmerksamkeit der Runde einzufordern. „Wo werden Sie wohnen, Charlie?" Seine Augen verengten sich. „Allie-Schatz, du hast ihm doch hoffentlich eine anständige Unterkunft besorgt? Unsere Allie organisiert schließlich alles und jeden."

Was ist dein Problem? dachte sie. Eifersucht? Gut! „Er wohnt bei uns."

Joe verschluckte sich an seinem Drink.

Inzwischen gelang es Mark, eins und eins zusammenzuzählen. „Ihr habt nur zwei Schlafzimmer."

„Ich weiß." Ihre anhaltende Faszination für diesen bornierten Schaumschläger blieb das große Mysterium ihres Lebens. Sie brauchte dringend ein wirkungsvolles Gegenmittel! So wie man mit Penicillin einer hartnäckigen Bazille zu Leibe rückte.

Die Analogie passte.

Mit der für sie typischen Logik analysierte Allie die Situation. Ein unkomplizierter One-Night-Stand könnte die Erinnerung an ihre ohnehin wenig erfüllenden Sexspiele mit Mark zwar nicht auslöschen, doch zumindest so weit abschwächen, dass sie endlich mit ihrem Leben weitermachen konnte. Je mehr sie darüber nachdachte, desto besser gefiel ihr die Idee.

Mark schien genau zu wissen, was sie dachte. „Mit wem schläft er?"

Ihr Plan stand fest. „Mit mir." Allie hob den Finger wie ein braves Kind. „Joe bekommt ihn morgen."

„Sehr komisch!"

„Ansichtssache." Joe grinste. „Ich muss vierundzwanzig Stunden warten."

„Ich finde das nicht besonders lustig!" beschwerte sich Mark.

„Joe auch nicht." Krachend biss Charlie in eine weitere Käsestange. „Sie haben keinen Sinn für Humor, King! Deshalb ist auch Ihre Beziehung mit Allie gescheitert, schon vergessen?"

Das endlich fasste Mark als Beleidigung auf. „Ich verstehe

nicht, was Allie mit einem Typ wie Ihnen anfängt. Natürlich ist mir ebenso schleierhaft, was sie mit ihm will." Er machte eine abfällige Kopfbewegung zu Joe.

Auf Beleidigungen ihrer Freunde reagierte Allie grundsätzlich allergisch. „Ich muss doch sehr bitten ..."

Joe kam ihr zuvor. „Ich bin toll in der Küche. Sie liebt meine kulinarischen Kreationen."

„Und ich bin toll im Bett", erklärte Charlie lakonisch. „Sie liebt meinen Körper. Was will eine Frau mehr?"

„Allie mag keinen Sex."

Mit blitzenden Augen fuhr Allie zu ihrem Erzfeind herum. „Tatsächlich ..."

„Irrtum, King", ergriff Charlie ihre Partei. „Sie mochte ihn bloß nicht mit Ihnen."

„Ihre Linguini mochte sie übrigens auch nicht", betonte Joe. „Sie behauptete, sie schmeckten irgendwie gummiartig."

Charlies Mundwinkel zuckten verräterisch. „Seltsam. Dasselbe sagte sie auch über seinen ..."

Stöhnend vergrub Allie das Gesicht in den Händen.

„Seid nicht kindisch." Mark sprang auf und warf fast die Salate vom Tablett der herannahenden Kellnerin. „Offenbar stören wir. Komm, Lisa." Seine neue Eroberung im Schlepptau, die ihnen neugierige Blicke über die Schulter hinweg zuwarf, stolzierte er durch den Raum.

Kaum war die Kellnerin fort, verflüchtigte sich auch der letzte Rest von Allies Selbstbeherrschung. „Wenn ihr mein Sexleben in aller Öffentlichkeit diskutieren wollt, tut euch bitte keinen Zwang an!"

Ihr mörderischer Blick hatte schon ganz andere Männer in die Knie gezwungen, doch Joe und Charlie machten sich ungerührt über die Vorspeise her. „Tun wir nicht."

Allie ignorierte die beiden Clowns, attackierte stattdessen ihr Grünzeug und verbannte alle Gedanken an ein erotisches Intermezzo mit Charlie. „Lisa kann einem Leid tun."

„Lisa?" Klappernd landete Joes Gabel auf dem Tisch. „Sie hat deinen Freund und deinen Job. Auch sie trägt dafür eine gewisse Verantwortung."

„Nein." Ihr weiblicher Instinkt sagte ihr, dass ihre Theorie stimmte. „Mark wollte mich los sein – in jeder Hinsicht. Und bingo! Zwei Fliegen mit einer Klappe. Ich weiß bloß nicht, warum."

„Das ist doch offensichtlich." Gespielt verzweifelt schüttelte Joe den Kopf. „Mark ist hochgradig eifersüchtig." Wild fuchtelnd untermauerte er sein Argument. „Jeder im Sender weiß, dass er seinen Erfolg ganz allein dir verdankt. Er dagegen redet sich gerne ein, dass er das große Genie ist."

Charlie spießte ein Blatt Salat mit seiner Gabel auf. „Er glaubt, wenn er also Allie rausekelt und ein Greenhorn einsetzt, wird jeder wissen, dass sein Erfolg allein ..."

„... auf sein Konto geht", ergänzte Joe. „Nur wird das nie passieren."

„Wieso nicht?" Charlie schob seine leere Salatschale beiseite und vernichtete in halsbrecherischer Geschwindigkeit die verbliebenen Käsestangen.

„Du isst, als stündest du kurz vor dem Hungertod. Füttern sie dich zu Hause nicht?"

„Das musst gerade du sagen. Ich habe schon Heuschrecken langsamer durch die Vegetation pflügen sehen." Nach diesem kleinen Seitenhieb wandte Charlie sich wieder an Joe. „Wieso wird sein Coup nicht gelingen?"

„Weil Marks Erfolg in der Tatsache begründet liegt, dass unser Energiebündel hier jede einzelne Sekunde seiner Show verplant.

Allie notiert sogar seine Überleitungen zu den Werbeblöcken auf Stichwortkarten. Man muss es wirklich mit eigenen Augen sehen."

„So schlecht ist er auch wieder nicht! In fast zwei Jahren hat er keine Karte falsch abgelesen." Warum Allie diese miese Ratte überhaupt verteidigte, war ihr selbst schleierhaft.

„Das ist wirklich ein Talent", spottete Charlie. „Du warst zwei Jahre mit ihm zusammen?"

„Beruflich." Unbehaglich rutschte Allie auf ihrem Stuhl hin und her. „Die andere Sache hielt nur sechs Monate."

„Sechs grauenhafte Monate", ergänzte Joe. „Dem Himmel sei Dank für Lisa, oder ich hätte ihn eigenhändig ins Jenseits befördert. Übrigens hast du Recht, Al, mir tut sie auch Leid. Sie wird dafür bezahlen müssen. Erinnert ihr euch an die Folgen von Jane Pauleys Rausschmiss?"

„Ja." Suchend durchforstete Charlie den Tisch nach Essbarem und fischte kurzerhand eine Peperoni aus Allies Schale, wobei er haarscharf den spitzen Gabelzinken auswich.

„Das wird nichts sein im Vergleich zu der Protestreaktion der Kollegen, wenn herauskommt, auf welche linke Tour Allie ausgebootet wurde."

Das gab Allie zu denken. Ihretwegen durfte Lisa gerne versagen – solange es dabei fair zuging. Einfach großartig! Jetzt musste sie neben der Wiederbelebung ihrer eigenen Karriere auch noch Marks Betthäschen den Rücken frei halten! Apropos Wiederbelebung. Verstohlen musterte sie Charlie. Nicht übel. Er besaß Potenzial. Er war intelligent, wortgewandt, unterhaltsam, sogar gelegentlich komisch. Viel versprechendes Starmaterial. Sie musste seine Sendung nur ganz auf seine Persönlichkeit zuschneiden und für Publicity sorgen. Bis Weihnachten konnte sein Name in aller Munde sein.

Drei Monate, und sie war wieder an der Spitze.

Sie wartete, bis das Dinner auf dem Tisch stand. „Du kannst wirklich gut mit Worten umgehen“, begann sie ihren Feldzug. „Das gefällt mir an einem Mann. Besonders an einem Mann, dessen Sendung ich produziere.“

Charlies Gabel blieb mitten in der Luft hängen. „Was soll das heißen?“

Allie lächelte, ganz die Erfolgsproduzentin. „Ich mache dich zum Star, Charlie Tenniel.“

„Den Teufel tust du!“

Wo blieben die Begeisterungsstürme? Wo der Blick auf die Karrierechancen? Also wollte er überzeugt werden. Kein Problem. „Sieh mal, Charlie, ich weiß, deine Sendung besaß Kultstatus in Lawrenceville und du gehst die Dinge gerne auf deine eigene Art an, aber hier startest du bei Null, noch dazu mit einer schlechten Sendezeit. Das Radio ist ein schnelllebiges Medium. Ich kann ...“

„Nein, kannst du nicht! Bill hätte es dir sagen müssen. Ich bin nur vertretungsweise hier. Maximal fünf, sechs Wochen. Stichtag ist der erste November. Außerdem ist da dieser Typ, dessen Sendung ich übernehme. Waldo, richtig?“ Allie nickte. „Was, wenn er zurückkommt?“

Seine beiden Gegenüber wirkten perplex. „Waldo kommt nicht zurück. Er lebt jetzt in San Diego bei seiner Schwester.“

„Besuche enden irgendwann.“ Charlies Blick wanderte vom einen zum anderen. „Er kommt nicht zurück?“

„In seiner letzten Sendung hat der gute Waldo das Mischpult zusammengeschossen. Angeblich in Notwehr. Es habe zu ihm gesprochen.“

„Vielleicht braucht er einfach nur einen langen Urlaub.“

„Vielleicht sollte er sich grundsätzlich von Stereoausrüstungen fern halten.“ Allie holte zu ihrem Überzeugungsschlag aus. „Das bedeutet ...“

„Das bedeutet, dass du in ungefähr sechs Wochen einen anderen Typen groß rausbringst.“ Damit war für Charlie der Fall erledigt, und er unterhielt sich mit Joe über Tuttle.

Da er sich vernünftigen Argumenten unzugänglich zeigte, musste sie sich eben eine andere Strategie einfallen lassen. Sie war schließlich ein fantasiebegabtes Wesen. Das Problem war nicht Charlies Gleichgültigkeit. Sie hatte Mark ohne jede erwähnenswerte Unterstützung seinerseits zum Star gemacht. Das Problem war der Zeitfaktor.

Marks Erfolg hatte sie zwei Jahre gekostet. Mithilfe unermüdlicher Umfragen, gründlicher Recherchen, abwechslungsreicher Themenvorschläge und perfekter Organisation hatte sie alles Menschenmögliche getan, um seine Stärken in den Vordergrund zu stellen. Erfolg kam nicht von heute auf morgen. Es sei denn, sie steuerte das Ziel wesentlich schneller an als beabsichtigt.

Und was den privaten Aspekt ihrer Beziehung anging, so erkannte sie auch hier ein gewisses Potenzial. Eine kurze Affäre. Ein paar denkwürdige Stunden. Ein schmerzloser Abschied. Eigentlich waren flüchtige Abenteuer nicht ihr Stil, aber ihre Sturm- und Drangzeit würde ja nicht ewig dauern. Irgendwann wollte sie heiraten und Kinder in die Welt setzen. Also jetzt oder nie.

Allie betrachtete die Situation von allen Seiten. Es gab keine ernsthaften Hindernisse – abgesehen von Charlie selbst.

„Ich verführe ihn!“ Laut ausgesprochen klang es lächerlich.

„Was?“

„Ich habe einen Plan. Eine Art Exorzismus.“ Auch wenn Joe anscheinend eine Einweisung in die Psychiatrie in Erwägung zog, erwärmte Allie sich zunehmend für ihr Vorhaben. „Ich schlafe mit Charlie, und schon bin ich über Mark hinweg. Ab morgen konzentriere ich mich ganz allein auf meine Karriere."

„Selbst für deine Verhältnisse ist das eine dämliche Idee." Joe sah Charlie nach, der in der Halle telefonisch seine Hotelreservierung stornierte. „Du hast dich schon immer viel zu sehr auf deine Karriere konzentriert. So bist du überhaupt Mark verfallen. Außerdem bist du weder der Typ für bedeutungslose Bettgeschichten, noch ist Charlie ein Mann, den man anschließend einfach vergisst."

„Ich bin sechsunddreißig! Wann, bitte schön, soll ich denn mein Liebesleben von Grund auf umkrempeln, wenn nicht jetzt? Versteh doch, Joe, ich bin es einfach leid, mich ganz auf einen Mann einzulassen, um dann doch nur vor einem Trümmerhaufen zu stehen. Charlie verschwindet in sechs Wochen. Das ist das perfekte Arrangement. Eine ganz simple sexuelle Beziehung."

„Das ist eine dämliche Idee!" Joe betonte jedes einzelne Wort.

„Dann bin ich eben dämlich. Außergewöhnliche Umstände erfordern außergewöhnliche Maßnahmen."

„Aber Charlie ist ..." Das Mitgefühl in seinen Augen traf sie wie ein Messerstich. „Er erscheint mir ganz der Typ, der einen bleibenden Eindruck hinterlässt."

„Nicht bei mir!"

Der Gegenstand ihres Gesprächs kehrte zum Tisch zurück. Lässig, locker, ungezwungen – kurzum, er war einfach vollkommen. Natürlich war er nicht der „Für-immer-und-ewig-Typ", aber genau das war schließlich der Sinn der Übung, oder?

Verdeckte Ermittler durften sich kein Gewissen leisten. Ob moralisch oder nicht, er musste die Sache durchziehen. Er würde bei diesen netten Leuten wohnen und sie nach Hintergrundinformationen über den Sender aushorchen, nach all dem Klatsch, der nur unter Freunden kursierte. Ein niederträchtiger Plan, aber eine großartige Gelegenheit. Charlie war lange genug auf der Welt, um zu wissen, dass großartige Gelegenheiten nur in großen Abständen kamen. Wer zögerte, hatte verloren.

In der Spätseptemberdämmerung unternahmen sie eine Rundfahrt durch Tuttle. Alte Holzhäuser mit großen Veranden, ein weißer filigraner Pavillon im Stadtpark, eine schmale Hauptstraße ohne die üblichen Glaspaläste und ein stuckverziertes Rathaus, das einem gotischen Schloss ähnelte. Genau die Sorte Kleinstadt, die Charlie normalerweise aus Furcht vor Heimatgefühlen in Lichtgeschwindigkeit passierte. Denn falls ihm einer dieser Orte wirklich gefiel, würde er bleiben und einen festen Job annehmen. Und wenn die Dinge so liefen, wie sie das stets taten, wurde er irgendwann befördert, trug Verantwortung und endete als Kopie seines Vaters.

Keine Stadt war das wert.

„Denkmalschutz wird bei euch anscheinend großgeschrieben.“ Mit seinen Stilfassaden erschien ihm Tuttle kaum wie eine Brutstätte der Kriminalität. Was mochte nur hier los sein, dass ein Mann wie Bill Bonner einen Amateurdetektiv anheuerte? Da nebenbei auch noch sein Vater involviert war – ein Mann, der wie Bill gnadenlos seinen Willen durchzusetzen verstand –, schien besonderes Misstrauen angebracht.

„Du solltest die Vororte sehen. Einkaufszentren und Bürokomplexe aus Glas und Stahl. Als Nächstes ist das Rathaus dran. Zu hohe Heizkosten oder so. Das neue Gebäude ist schon in Planung. Eine architektonische Scheußlichkeit.“ Joe nahm eine Kurve. Sekunden später war es dunkel. „Eastown. Keine besonders gute Wohngegend.“ Er deutete aus dem Fenster. „Niemand repariert die defekten Straßenlaternen.“ Ein angetrunkener Fußgänger überquerte die Fahrbahn. „Warum auch? Der Vandalismus in dieser Gegend ist legendär.“

Charlie versuchte, abblätternde Fassaden, zerbrochene Stufen und herrenlose Eckläden mit seinem bisherigen Bild der Stadt in Einklang zu bringen. „Sind wohl eine Menge Drogen hier im Umlauf?"

„Möglich. Aber wie ich hörte, ist der beste Umschlagplatz der Pavillon im Stadtpark."

Charlie musste lachen. „So viel also zu Tuttle, der perfekten Kleinstadt."

„Früher war sie das. Aber mit den Supermarktketten verschwinden die gemütlichen Tante-Emma-Läden, wo die Leute dich beim Namen kannten und der Nachbarschaftsgeist noch gepflegt wurde." Allie deutete aus dem Fenster zu einem weiteren leer stehenden Geschäft. „Ich glaube, es gibt in der ganzen Stadt nicht einen unabhängigen Lebensmittelladen mehr. Der Fortschritt macht auch vor Tuttle nicht halt."

Nach einigen Umwegen erreichten sie Charlies neues Zuhause: ein elegantes zweistöckiges weißes Jugendstilgebäude mit überdimensionaler Eingangshalle, das in drei große Apartments unterteilt war. Charlie gefiel es auf Anhieb. Es war ein großartiges Haus. Ein gemütliches Haus. Ein Haus, in dem man Wurzeln schlagen konnte.

Vielleicht wäre er in einem hässlichen Motel besser aufgehoben.

Das Apartment war vorwiegend in Cremetönen gehalten. Eine Unmenge Bücherregale und zwei weiße Couches dominierten das Wohnzimmer, die helle Küche enthielt neben unzähligen Kochutensilien einen riesigen Eichentisch, und das seegrüne Bad mit der antiken Klauenfußwanne besaß die Größe von Charlies letztem Apartment. Auch die beiden Schlafzimmer, eins in Grau und Rot für Joe und eins in Aprikot und Weiß für Allie, spiegelten deutlich die Persönlichkeit der Bewohner wider. Charlie sah seinen Verdacht bestätigt: Joe und Allie waren warmherzige, wundervolle, großzügige Menschen, die man nicht ohne Aufseher herumlaufen lassen sollte.

„Ihr beide seid irre!" Charlie stellte sein Gepäck ab. „Ich bin ein vollkommen Fremder, und ihr zeigt mir eure gesammelten Besitztümer!"

„Wir kennen Bill." Drei Eisteegläser balancierend, kam Joe aus der Küche. „Nichts und niemand kommt in den Sender, worüber Bill nicht bis ins Detail informiert ist. Wenn er dich eingestellt hat, kennt er deine Babyfotos."

Höchstwahrscheinlich. Schließlich war Bill am College der Zimmergenosse seines Vaters gewesen. „Du sagst, es sei unmöglich, dass Bill einen Fiesling einstellt? Wie kam er dann an Mark?"

„Du bist voreingenommen", meinte Allie. „So schlecht ist Mark auch wieder nicht. Er ist ein wenig unsicher, und was seine Sendung angeht, ist er sehr ambitioniert, aber wer wäre das nicht?"

„Ich. Wer zwischen zehn und zwei sendet, kann sich keine Ambitionen leisten."

Das war Allies Stichwort. „Die Zeit könnte besser sein. Aber keine Sorge, ich mache dich schon zum Star."

„Das wirst du schön bleiben lassen!" Seine Augen verengten sich. Es fehlte gerade noch, dass Allie die Aufmerksamkeit halb Tuttles auf ihn lenkte, während er sich das Mikrofon ins Auge stieß oder in seiner Unbeholfenheit eine ähnlich peinliche Panne verursachte! Spätestens dann kamen Fragen auf. „Lass dir bloß nicht einfallen, mir Stichwortkarten hinzuhalten! Ich will kein Star sein!"

„Wir sprechen später darüber", konterte Allie aalglatt. „Morgen Nacht ist deine erste Sendung, und ich dachte ..."

„Tu's nicht! Denken ist schlecht für eine Frau. Erzähl mir lieber von den Kollegen im Sender. Mark und Lisa kenne ich ja schon."

Allie war in die Planung ihrer neuesten Erfolgsstrategien vertieft, daher beantwortete Joe die Frage. „Bill ist der Eigentümer des Senders und leitet ihn auch – theoretisch."

„Theoretisch?"

Joe und Allie wechselten einen Blick. „Vor ungefähr sechs Monaten packte Bills bessere Hälfte der Wunsch nach einer eigenen Karriere. Da Bill Wachs in Beatties Händen ist, managt sie den Sender jetzt mehr oder weniger."

Charlie hob eine Augenbraue. „Ist das gut?"

„Wie man's nimmt. Sie hat Waldo gefeuert."

„Waldo behauptete steif und fest, durch die Satellitenanlage fände eine Marsmänncheninvasion statt. Jede seiner Sendungen beinhaltete einen neuen Lagebericht. Wenn man die Logik ausschaltete, war es sogar ganz interessant. Beattie wollte ihn loswerden, Bill dagegen fand ihn unterhaltsam."

„Und dann schoss er aufs Regiepult", erinnerte sich Charlie.

„Genau. Letzte Woche. Hat das ganze Ding einfach umgenietet." Allie seufzte. „Zumindest bekamen wir dadurch eine neue Ausrüstung. Und verloren Waldo, dank Beattie."

„Hätte an dem Punkt nicht sogar Bill ihn gefeuert?" fragte Charlie entgeistert.

„Bills Fähigkeit, alles Unangenehme zu ignorieren, ist legendär."

„Großartig!" Charlie nippte an seinem Tee. Waldos Showdown im Studio, ein geistig unterbelichteter Starmoderator – und Bill hielt ein paar Zeilen unausgegorenes Gekritzel für sein größtes Problem? „Was sollte ich noch wissen?"

Sie unterhielten sich bis spät in die Nacht über die restlichen Angestellten des Senders, wie Albert, den sauertöpfischen Finanzdirektor, der selbst im Schlaf noch Anzeigenverkaufspreise rezitierte, Marcia, die ehrgeizige Nachmittagsmoderatorin, Karen, die Empfangsdame, die all den nicht druckreifen Klatsch kannte, und Harry, den Heuler, der direkt vor Charlie auf Sendung ging.

„Harry heult von sechs bis zehn Uhr abends“, erklärte Allie. „Er hält sich für einen wilden Rock'n'Roller, dabei ist er privat richtig süß. Sein eigentliches Fachgebiet sind Autos. Solltest du je ein technisches Problem haben, frag Harry.“

„Und dann wäre da ich.“

„Richtig. Harrys Gefolgschaft verdünnisiert sich üblicherweise so gegen neun. Anschließend kam Waldo.“

Gekonnt verbarg Charlie seine Erleichterung. „Also hat meine Sendung im Moment eine Zuhörerschar von ungefähr ...“

„Oh, sechs oder sieben, Maximum. Allerdings schalten die bloß ein, weil sie wegen der kleinen grünen Männchen auf den neuesten Stand gebracht werden wollen.“

Charlie musste lachen. „Was für ein Horrorszenario!“

„Um zwei Uhr früh kommt dann Grady.“

„Hoffentlich ist der wenigstens halbwegs normal.“

„Nun ...“ Allie suchte nach Worten. „Grady redet über die Macht der Liebe, die Energie der Kristalle oder persönliche Auren. Zur Untermalung spielt er klassische Gitarrenmusik und gregorianische Gesänge. Er hat eine kleine, aber fanatisch loyale Fangemeinde.“

„Wenn die nur klein ist, wieso ist er noch auf Sendung?“

„Weil er Grady Bonner ist.“

„Der Sohn und Erbe? Warum übernimmt er dann die Friedhofsschicht?“

„Anfangs war es mehr oder weniger eine von Bill gesponserte Arbeitsbeschaffungsmaßnahme. Inzwischen liebt Grady seine kleine Nische.“

Zunehmend optimistischer sah Charlie in die Zukunft. „Also bin ich eingequetscht zwischen dem heulenden Harry und dem Esoterikfreak Grady Bonner."

„Sieh es mal positiv. Von zehn bis zwei besitzt du Narrenfreiheit. All die Erzkonservativen gehen mit den Hühnern ins Bett, damit sie morgens topfit sind, somit wird dein Publikum, sobald du dir eins aufgebaut hast, offen für Neues sein. Vorausgesetzt natürlich, du verscherzt es dir nicht mit unserem großen Boss. Bill kann sehr schwierig werden." Beschwörend legte Allie ihm die Hand auf den Arm. „Wir können es schaffen, Charlie!"

„Können wir nicht." Nur ungern ruinierte Charlie ihre Pläne, denn in ihrer Begeisterung sah sie richtig niedlich aus. „Schlag dir deine dubiosen Erfolgsstrategien endgültig aus dem Kopf."

Natürlich tat Allie das genaue Gegenteil und zählte all die positiven Folgen auf, wenn er sich nur ganz in ihre Hände begäbe. Sie war sehr überzeugend. Unter anderen Umständen hätte Charlie sich vielleicht breitschlagen lassen, denn im Grunde hätte er sich nur zu gerne in ihre Hände begeben. In jeder Beziehung ...

Joe riss ihn unsanft aus seinen ausufernden Gedankengängen. „Ich würde gerne noch bleiben und diesem verbalen Scharmützel zuhören, aber ich muss früh aufstehen. Gute Nacht, ihr beiden." Er tippte Allie auf die Schulter und schüttelte kaum merklich den Kopf, ehe er seine Schlafzimmertür hinter sich schloss.

Zu Charlies Überraschung unterbrach Allie nach diesem kurzen Blickwechsel ihren Vortrag über seine Karrierechancen kurzzeitig und musterte ihn abschätzend.

Plötzlich verspürte Charlie ein flaues Gefühl in der Magengrube. „Warum hat Joe den Kopf geschüttelt?"

„Was? Oh, nichts." Hüftschwingend tänzelte sie um den Tisch herum und setzte sich dicht neben ihn auf die Couchlehne.

„Mein Schlafzimmer, wie du ja weißt, ist das links. Willst du es dir genauer ansehen?"

„Komm her, McGuffey." Mit sanftem Ruck landete sie auf seinem Schoß. „Was hast du jetzt wieder vor?"

„Ich wollte es dir ohnehin sagen." Stocksteif balancierte sie auf seinen Knien. „Ich wollte nur mein Nachthemd dabei anhaben."

„Dein Nachthemd." Charlie unterdrückte seine völlig unangebrachten Anwandlungen. „Eine Schande, dass mir das nun entgeht. Warum dein Nachthemd?"

Allie seufzte. „Joe hält das Ganze für eine schlechte Idee."

„Joe ist kein Dummkopf. Wenn er das denkt, ist es das wahrscheinlich auch."

„Vergiss es. Ich denke es inzwischen auch."

Geschickt vereitelte Charlie ihren Fluchtversuch. „Oh nein, du bleibst schön hier. Für den Fall, dass du deine Meinung ändern solltest, möchte ich vorbereitet sein. Schmieren wir Marks Autofenster mit Vaseline ein? Oder streuen Tabasco in Lisas Diaphragma?" Er war auf alles gefasst.

„Ich möchte, dass du mit mir schläfst." Schweigen. Ihr sonst so wortgewandtes Opfer wirkte restlos verblüfft. Sie hätte wissen sollen, dass es nicht funktioniert. Sie war eben kein Vamp. „Es klingt verrückt, aber ich hatte da diesen Plan." Mit jedem Wort sank Allie mehr in sich zusammen. „Ich dachte, vielleicht käme ich durch eine heiße Nacht mit dir endlich über Mark hinweg. So als steige man nach einem bösen Sturz gleich wieder aufs Pferd."

Von Charlie kam ein ersticktes Lachen.

„Was hast du gesagt?"

„Ich wieherte."

„Du hast gelacht!" Laut ausgesprochen klang es wirklich haarsträubend. „Es ist schwer zu erklären, ohne wie eine komplette Närrin dazustehen. Jeder im Sender denkt, Mark sei Gott. Wir arbeiteten zusammen, machten die Show zu einem Hit, unsere Affäre schien die logische Konsequenz. Er war wirklich gut zu mir." In Charlies Augen suchte sie nach einem Funken Verständnis. „Zugegeben, heute war er nicht in Hochform, aber unsere Beziehung erschien mir perfekt. Beruflich wie privat." Angewidert schüttelte sie den Kopf. „Ich war schrecklich naiv. Trotzdem leide ich unter Entzugserscheinungen."

„Jeder im Sender hält ihn für Gott? Beschäftigt Bill nur Schwachköpfe?"

„Nur einen – mich."

Charlie stieß eine heftige Verwünschung aus. „Wenn du in Selbstmitleid schwelgen willst, dann runter von meinem Schoß!"

Entspannt kuschelte sie sich in seine Arme, die sie sofort fester umschlossen. „Weißt du, ich bin eine sehr gute Produzentin. Nur im Privatleben bin ich ein absoluter Flop."

„Du und zwanzig Millionen andere. Es ist ein weit verbreitetes Versagen."

„Wie läuft es bei dir?"

„Nicht gut. Ich habe dieses Bindungsproblem."

„Du und zwanzig Millionen andere." Allie zog die Nase kraus. „Jede Wette, dass du deinen Verflossenen keine Träne nachweinst. Vorbei ist vorbei."

„Vielleicht habe ich noch nie jemanden genug geliebt, um ihm lange nachzutrauern."

„Genau das ist der Punkt." Erneut setzte sie sich auf. „Habe ich Mark überhaupt geliebt? Gegen Ende mochte ich ihn nicht mal besonders. Unsere Beziehung war mehr eine nette Angewohnheit. Jetzt bin ich gefangen in dieser stupiden Routine. Ich brauche irgendwas, das mich da herausreißt."

„Ein zeitlich befristetes Arrangement?"

Allie versuchte, ihm die Vorstellung schmackhafter zu machen. „Absolut. Keine Versprechen. Keine Reue." Dem Stress, einen Mann dauerhaft glücklich machen zu müssen, sah sie sich sowieso nicht gewachsen. „Mit etwas Glück dreht sich mir anschließend bei Marks Anblick nicht gleich wieder der Magen um."

„Dir und zwanzig Millionen anderen."

Ein zaghaftes Lächeln huschte über ihre Lippen. „Nein, ernsthaft. Mark ist ein netter Kerl. Viele Leute mögen ihn. Seine Sendung ist beliebt. Außerdem ist er überaus fotogen."

„Das also ist wichtig im Radio. Attraktivität." Deutliche Verachtung schwang in seiner Stimme mit.

„Und was tust du dann hier?"

„Vielleicht liebe ich Exzentriker. Wieso sonst hätte ich mich von dir aufreißen lassen?"

Sein Charme war unwiderstehlich. Wie viele Dinge an ihm. Tatsächlich besaß Charlie Tenniel eine Menge liebenswerter Eigenschaften.

„Geh ins Bett, Allie, damit ich in die Federn kriechen kann." Charlie schob sie von der Couch hoch. „Du darfst auch zuerst ins Bad." Allie hätte schwören können, dass sie Verlangen in seinen Augen aufblitzen sah. Aber was wusste sie schon über Männer? „Morgen helfe ich dir mit Mark – streng platonisch, natürlich, aber jetzt brauche ich wirklich eine Mütze voll Schlaf."

Das war es dann wohl. Allie ging zur Tür. Sie hätte wissen sollen, dass es nicht klappen würde.

Alles Ratten, diese Männer!

Es sei denn ...

Mit einer graziösen Bewegung und einem verdächtig unschuldigen Gesichtsausdruck drehte sie sich um. „Wie wär's mit einem kleineren Gefallen?"

„Kleiner als Sex?"

„Unbedingt!" Engelsgleich schwebte sie durch den Raum. Jede ihrer Bewegungen war voller Verheißung. Dicht vor Charlie blieb sie stehen, nahm ihre Brille ab und hob ihm das Gesicht entgegen. „Küss mich." Ein rosiger Schimmer überzog ihre Wangen. „Diesmal konzentriere ich mich. In der Bar ist mir ja das Wichtigste entgangen."

Charlie fuhr sich mit allen zehn Fingern durchs Haar. So viel zu seinem Anflug von Ritterlichkeit. „Du bist mir schon eine! Behandelst du alle Männer so?"

„Du hast mich nur zufällig an einem sehr ungewöhnlichen Tag erwischt."

„Ich Glücklicher."

Ihre leicht geöffneten Lippen waren eine stumme Einladung. Es ist nur ein Kuss, redete er sich ein. Ein freundschaftlicher Kuss. „Okay. Kopf hoch! Aber pass gut auf. Ich möchte das nicht ständig wiederholen müssen."

Eigentlich wollte er es kurz machen, doch ihre hingebungsvolle Sinnlichkeit hüllte ihn ein wie ein warmer, weicher Nebel. Charlie konnte nicht mehr denken, nur noch handeln. Fieberhaft fuhren seine Hände über ihren Rücken, die schlanke Taille, die Innenseite ihrer Arme. Als er mit den Daumen ihre vollen Brüste liebkoste, stöhnte Allie auf.

Hilfe! Ich stecke in Riesenschwierigkeiten! dachte er in einem Anflug von Panik. Atemlos brach er den Kuss ab und schob Allie an den Schultern zurück.

„Danke." Mit zitternden Knien trat sie den Rückzug an. „Das war sehr nett. Gute Nacht." Die Schlafzimmertür fiel zu. Charlie war allein.

Denk nicht an sie!

Das war leichter gesagt als getan. Charlie unternahm einen Abstecher ins Bad, wo der zarte Duft von Allies Parfüm hing, machte sein Bett auf der Couch, wieder beseelt von unerwünschten Visionen, und als er sich endlich schlafen legte, wurde alles noch schlimmer.

Vom vielen Herumdrehen waren die Laken zerknittert, die Decke hatte er um seine Beine gewickelt, und dass er halb angezogen in seiner Jogginghose schlafen musste, weil Allie herumhuschte und derartige Vorschläge machte, nervte zusätzlich. Dabei stand sein Entschluss unwiderruflich fest. Eine Affäre mit seiner Produzentin war Gift für seinen Auftrag!

Eine wahrhaft brillante Erkenntnis.

Wieder wälzte er sich herum. Mit Allie zu schlafen wäre falsch. Im Augenblick befand sie sich in einer sehr verletzlichen Phase. Morgen würde sie bestimmt froh sein, dass er ihre Einladung ausgeschlagen hatte. Natürlich ging er bis dahin vor Frustration die Wände hoch!

Charlie setzte sich auf, beschäftigte sich mit dem anonymen Brief, der traurigen Tatsache, dass er nicht den blassesten Schimmer von den Aufgaben eines Discjockeys hatte, dass morgen Nacht seine Feuerprobe bevorstand, kurzum, er konzentrierte sich auf alles und jedes außer Allie.

Sie schlief vermutlich längst.

Was sollte sie bloß tun? Nie zuvor war Allie in Versuchung geraten, einem Mann buchstäblich die Kleider vom Leib zu reißen. So zu küssen sollte illegal sein. Oder zumindest lizensiert. Mit Charlie zu schlafen wäre kein Penicillin. Mit Charlie zu schlafen wäre Kokain. Von allen haarsträubenden Ideen, auf die sie im Laufe der Jahre verfallen war, war das mit Abstand die dümmste!

Warum hörte sie bloß nie auf Joe?

Sie wollte Charlie. Unbändig. Das war nicht die romantisch verklärte Sehnsucht schwülstiger Liebesromane. Diese Lust war unangenehm, unerbittlich und verlangte vollen Körperkontakt.

Und er hatte bereits einmal Nein gesagt.

Angenommen, sie spazierte einfach nach draußen. Und dann, was? Sollte sie ihr Nachthemd ausziehen? Den Tanz der sieben Schleier hinlegen? Unmöglich. Sie war eine lausige Tänzerin. Inszenierung war ihre Spezialität, nicht Verführung. Vielleicht, wenn sie ein paar Stichwortkarten schrieb: „Ja, Allie, ich würde gerne mit dir schlafen. Zieh dich aus."

Sie setzte sich auf und schlang die Arme um ihre Knie. So würde sie niemals Schlaf finden!

Leise klopfte es an der Tür. „Allie?"

3. KAPITEL

Für einen so großen Kerl bewegte sich Charlie verflixt schnell. Seine muskulöse Brust war nackt. Feine dunkelblonde Härchen verjüngten sich zu einem schmalen Dreieck, das unter einer tief sitzenden Jogginghose verschwand. Wäre sie Fernsehproduzentin, würde Allie darauf bestehen, dass er grundsätzlich halb nackt auftrat. Die Frauen am Set würden reihenweise in Verzückung geraten.

„Du und deine ‚kleinen Gefallen'." Liebevoll umfasste er ihre Wange. „Willst du immer noch diesen One-Night-Stand? Dann rutsch rüber."

In einer fließenden Bewegung zog er Allie das Nachthemd über den Kopf und kämpfte noch mit seiner Jogginghose, als er sich schon mit Allie übers Bett rollte. Ihr leises Keuchen ließ das Blut schneller durch seine Adern fließen. In zärtlicher Ungeduld liebkoste er ihren Hals mit den Lippen. Ihre Haut war glatt und geschmeidig, genauso, wie er es sich in seinen Fantasien ausgemalt hatte.

Mit beiden Händen umklammerte Allie seine Hüften, den Kopf hingebungsvoll in den Nacken gelegt, damit er sich nehmen konnte, was er wollte.

„Sag mir, was du möchtest", raunte er an ihren Lippen.

Ihr Blick verschleierte sich. „Dich. Nur dich." Gleich darauf senkte sie die Lider, als könne sie so den Sturm, der in ihr tobte, unter Kontrolle bringen.

Charlie glitt an ihrem Körper herab, strich mit den Lippen durch das Tal zwischen ihren Brüsten, saugte an den harten Spitzen, reizte sie mit kleinen Bissen. Das wilde Spiel seiner Zunge bereitete ihr Folterqualen, die ihre Begierde in einem Maß entfachten, dass es ihr bald unerträglich schien.

„Ja, so will ich dich sehen. Wild und hemmungslos." Hilflos wand sie sich in seinen Armen, den Rücken durchgebogen, während sein Mund eine Spur heißer Küsse über ihren Bauch zog. Tiefer. Immer tiefer. „Du hast einen wundervollen Körper, Allie. Du bist wie geschaffen für die Liebe."

„Charlie", stöhnte sie. Außer sich vor Erregung, zog sie ihn zu sich hoch, schlang die Beine um seine Hüften und rieb sich an dem beeindruckenden Beweis seines Verlangens. Lustschauer überliefen sie, als seine Finger sich fest in ihre Hüften gruben. Er war bereit. Jeder Muskel in ihm zitterte vor Anspannung.

Kurz löste er sich von ihr und tastete suchend über den Boden. Folie zerriss. Und dann fühlte sie ihn auch schon in sich. Wie eine gewaltige Welle schlug die Leidenschaft über ihr zusammen. Obwohl Charlies Gesicht halb im Schatten lag, bemerkte Allie seinen brennenden Blick – ein Zeichen ihrer eigenen Macht. Sie war wie trunken vor Begierde und bog sich ihm entgegen, um ihn noch tiefer in sich aufzunehmen.

„Ja, Allie, lass dich gehen." Sein Atem kam stoßweise. Kleine Schweißperlen standen auf seiner Stirn.

Sie konnte gar nicht genug von ihm bekommen. Ihr Körper antwortete auf den wilden Rhythmus seiner Bewegungen, die das Feuer in ihr anfachten, bis es sie zu verzehren drohte. „Warte. Ich kann nicht ..." Panik überrollte sie. Wer ist er? dachte sie. Oh Hilfe, ich kenne ihn nicht einmal!

In einem einzigen Schwung riss Charlie sie mit sich herum. Kissen flogen beiseite, die Bettdecke fiel zu Boden, doch Charlie merkte nicht, dass Allie sich innerlich von ihm entfernte. Wieder lag er auf ihr und gab ihr mit harten, schnellen Stößen alles, wozu sein athletischer Körper in der Lage war, und sank dann erschöpft in ihre Arme.

Allie hielt ihn fest umschlungen. Neben einer vertrauten Enttäuschung verspürte sie Geborgenheit und vage Erleichterung. „Das war unglaublich. Du warst wundervoll." Resigniert seufzte sie. Ihr Standardtext. Männer waren offenbar nicht gerade ihre Stärke.

Sobald sein Atem sich verlangsamte, stützte Charlie sich auf den Ellbogen und sah auf sie hinunter. „Keine Ausreden. Was habe ich falsch gemacht? Was hat dich abgelenkt? War es das?" Verführerisch langsam ließ er seine Zunge um ihre harte Brustspitze kreisen. „Oder das hier?" Seine Finger verirrten sich in den krausen goldblonden Löckchen zwischen ihren Schenkeln.

Selbst wenn sie es gewollt hätte, Allie konnte nicht antworten. Jedes Wort des Protests blieb ihr in der Kehle stecken, als er sanft ihre Beine auseinander schob und das pulsierende Zentrum ihrer Lust mit den Lippen liebkoste. Instinktiv wollte sie wegrutschen.

„Allie, Liebes, was ist?" fragte er sanft.

Ein qualvoll süßer Schmerz breitete sich in ihrem Inneren aus, eine fiebrige Hitze, die ihren ganzen Körper erfasste und sie zu bislang unbekannten Höhen trug. Verzweifelt klammerte sie sich ans Kopfende des Bettes, als sei es ihr einziger Halt in einer wirbelnden Welt.

Und dann geschah es. Auf dem Gipfel der Ekstase erlebte sie die höchsten Wonnen sinnlicher Befriedigung und rief laut Charlies Namen.

Lächelnd schloss er sie in die Arme. „Ich dachte schon, es hätte dir die Sprache verschlagen."

Das kam der Wahrheit ziemlich nahe! Nie zuvor hatte Allie eine solche Leidenschaft verspürt, noch nie hatte ein Mann ihr eine solche Erfüllung geschenkt! Während das Feuer ganz langsam wieder abklang, fühlte sie sich schwach und gleichzeitig unendlich glücklich. „Ich werde vermutlich niemals wieder ein Wort von mir geben."

Zärtlich strich Charlie ihr eine feuchte Haarsträhne aus dem Gesicht. „Kannst du jetzt schlafen?"

„Nur, wenn du die Finger von mir lässt."

Sonnenstrahlen tauchten das Zimmer in ein sanftes Licht. Leises Pfannenklappern drang aus dem Nebenraum. Still blieb Allie liegen und genoss das seltene Gefühl der Geborgenheit. Herrlich, wie erfüllend die Liebe sein konnte! Über Nacht hatte ihr Leben eine Hundertachtziggradwende genommen. Als Dank würde sie Charlie zum Star machen.

Voller Tatendrang wollte sie aufstehen. Schon bei der winzigsten Bewegung festigte sich Charlies Griff. „Guten Morgen." Schlaftrunken rieb er seine Wange an ihrem zerzausten Haar. „Wie fühlst du dich? Ach, was für eine dumme Frage. Dich hat man ja fast bis Kentucky gehört. Allerdings beantwortet es eine Menge Fragen, daher beschwere ich mich nicht."

Allie hob abrupt den Kopf. Flüchtig dachte sie daran, Mr. Selbstgefällig aus dem Bett zu schubsen, entschied sich aber dagegen. Sein dunkelblondes Haar war zerzaust. Die beneidenswert langen Augenwimpern warfen feine Schatten auf seine Wangen. Er sah aus wie ein gefallener Engel.

Und er besaß magische Hände. Langsam schob er das Laken beiseite und zeichnete immer enger werdende Kreise um ihre Brustspitze. Eine mittlerweile vertraute Benommenheit umfing Allie.

„Wie wär's mit einem kleinen Appetitanreger vor dem Frühstück? Oh, verdammt, hätte ich fast vergessen! Ich muss mir Tuttle bei Tageslicht ansehen. Verschieben wir unser kleines Tete-a-tete bis heute Nacht? Dieselbe Zeit, derselbe Ort, dieselben Schreie?“

Aus der Küche erschallte ein lautes Krachen.

„Ich dachte, ein One-Night-Stand sei zeitlich befristet.“ Entschlossen fing Allie seine Hand ein und bedeckte ihren Körper, so gut es ging.

„Ist er auch.“ Charlie kletterte über sie hinweg und entzog ihr auf dem Weg aus dem Bett das Laken für einen spielerischen Kuss auf den Ansatz ihrer Brüste. „Auf jeweils eine Nacht nach der anderen.“

Mit hochroten Wangen zerrte Allie das Laken unters Kinn. Während er in seine Jogginghose schlüpfte, kniff sie kurzsichtig die Augen zusammen. Toller Po! Ganz langsam drehte Charlie sich um. Auch seine Vorderseite war nicht zu verachten. Zu schade, dass er im November abreiste.

Ihr Gesichtsausdruck musste ihm ihr Dilemma verraten haben, denn beim Zubinden seiner Jogginghose hielt er plötzlich inne. „Du kannst jederzeit Nein sagen.“

Zu dir? Eine abwegige Vorstellung. „Ich werde den Gedanken beherzigen.“ Genug des Geplänkels. Sie hatte eine Karriere zu retten, und Charlie war ihr Ein-Mann-Hilfsteam!

Das Laken unter die Achseln geklemmt, stieg Allie wenig elegant aus dem Bett und suchte nach ihrem Morgenmantel. Amüsiert beobachtete Charlie ihre vergeblichen Bemühungen, etwas Würde zu wahren. „Zur Hölle mit Tuttle.“ Er griff nach ihr.

Tänzelnd wich sie ihm aus. „Geh frühstücken. Dem Lärm nach macht Joe Waffeln. Mit Pekannüssen. Du brauchst dringend Treibstoff für deinen Luxuskörper.“

„Deine vorlauten Sprüche wirst du noch bedauern.“ Beim Kampf mit dem Mantelärmel verrutschte das Laken bedenklich. Charlie wusste es zu schätzen. „Um halb drei können wir zu Hause sein. Du willst doch nicht, dass meine Seite des Bettes leer bleibt, oder?"

Regel Nummer eins angehender Superstars: Respektiere deine Produzentin! „Du hast keinen Anspruch auf eine bestimmte Seite, und ich liege um fünf nach halb längst im Tiefschlaf." Fahrig band Allie den Gürtel und eilte zur Tür.

Charlie fing sie ein und küsste sie so gründlich, dass Allie der Kopf schwirrte. „Glaub mir, um sechs nach halb bist du hellwach."

Fröhlich pfeifend verließ er das Zimmer.

„Pekannüsse, richtig?"

„Mein Spezialrezept." Joe schloss das Waffeleisen und lehnte sich mit verschränkten Armen an die Anrichte. „Wie hast du geschlafen?"

„Bekomme ich jetzt die Leviten gelesen? Ich schwöre, Allie hat den ersten Schritt getan."

Joe rollte die Augen. „Ihr grandioser Plan."

„Der Mark-Exorzismus." Charlie setzte sich an den Küchentisch und goss sich ein Glas Orangensaft ein. „Was für eine Niete dieser Typ ist."

„Sie hat einen ausgesprochenen Hang zu Nieten. Man könnte es als echtes Talent bezeichnen."

Das ging eindeutig unter die Gürtellinie. „Schleich bitte nicht um den heißen Brei herum."

„Allie einziger Trost blieb, dass all ihre Exfreunde lausige Liebhaber waren."

„Ja, der Gedanke kam mir im Lauf der Nacht auch."

„Das ist nicht alles, was dir kam." Vorsichtig hob Joe die Waffeln auf einen Teller und reichte ihn weiter. „Die Wände sind ziemlich dünn."

„Das war Allie. Mann, was für ein Temperament!“ Nach kurzem Probieren verteilte Charlie großzügig Sirup auf Joes kulinarischer Kreation. „Hm. Einfach göttlich. Bekomme ich einen Nachschlag?“

„Von den Waffeln, ja. Von Allie ... Das ist die Frage. War die letzte Nacht nur ein extrem lautstarkes Zwischenspiel, oder gibt es eine Wiederholung?“

„Ich hatte eine Wiederholung im Sinn. Falls dich moralische Bedenken quälen, können wir auch in ein Motel gehen.“

„Der allgemeine Verfall der Sitten bereitet mir weniger Sorgen. Aber wenn Allie mit einem gebrochenen Herzen auf der Strecke bleibt, bin ich entschieden dagegen.“

„Allie ist nicht in mich verliebt.“

„Wird sie aber, wenn du so weitermachst. Du bist clever, du bringst sie zum Lachen, und offenbar weißt du auch, wie man sie im Bett glücklich macht.“

Angesichts seines eigentlichen Auftrags – der noch dazu zeitlich befristet war –, konnte er sich keine gefühlsmäßigen Verwicklungen leisten. „Du hast Recht. Ich habe keine ernsthaften Absichten. Ich werde Zurückhaltung üben, okay?“ Ein äußerst unattraktiver Gedanke. Schnell wechselte Charlie das Thema. „Weißt du, es ist eine Schande, dass du schwul bist. Du wärst der perfekte Mann für sie.“

„Es ist eine Schande, dass du es nicht bist. Du wärst der perfekte Mann für mich.“

„Guten Morgen zusammen.“ In einem wadenlangen Kleid, das ihre verführerischen Beine umspielte, betrat Allie die Küche und goss sich ein Glas Orangensaft ein. „Bekomme ich auch Waffeln?“ Sie hängte ihr Tweedjackett über die Stuhllehne, stippte den Zeigefinger in den Sirup und leckte ihn genüsslich ab. All ihre Anspannung war verschwunden. Sie wirkte selbstbewusst, sexy und unbesiegbar.

Joe riss sich als Erster aus seiner Erstarrung. „Waffeln? Sicher. Kommt sofort."

„Nur keine Hektik. Ich muss meine Schuhe suchen, dann können wir Pläne machen." Ihr strahlendes Lächeln traf Charlie wie ein Schlag in die Magengrube. „Bin sofort wieder da." Summend entschwebte sie ins Schlafzimmer.

Charlie war schon halb aus dem Stuhl hoch, um ihr zu folgen, ehe er es bemerkte und einen markigen Fluch ausstieß. „Du hattest Recht, Joe! Ich hätte auf dieser verdammten Couch schlafen sollen!"

„Ich würde ein Vermögen geben, um nachher Marks Gesicht zu sehen!" Voller Genuss machte sich Joe über seine Waffelportion her. „Oh, und Charlie? Wirf bei Gelegenheit mal einen Blick in den Spiegel, und schau dir deinen glückseligen Gesichtsausdruck an. Vielleicht solltest du das mit dem schnellen Abgang besser vergessen."

WBBB befand sich im dritten Stockwerk einer Bank – Bills Bank. Energiegeladen drückte Allie die Schwingtüren auf und stürzte sich ins übliche Schlachtgetümmel. Statt panikartig das Weite zu suchen, umschwirrten sie gleich unzählige Leute, als sei sie deren letzte Hoffnung.

Die dunkelhaarige Empfangsdame war die Erste, die Allie aufhielt, als diese mit einem „Hey, Karen" an ihr vorbeirauschen wollte. „Warte, Allie, ich muss unbedingt mit dir sprechen."

Wie auf Kommando kamen die restlichen Mitarbeiter einer nach dem anderen aus dem engen Flur wie Clowns aus einem Spielzeugauto.

„Allie, hast du eine Minute Zeit? Ich brauche deine Hilfe!"

„Vergiss es, Lisa! Ich komme zuerst. Allie!" Ein Mann von der Statur eines Preisboxers bewegte sich schwerfällig auf sie zu und schlang ihr den Arm um die Schulter. „Ich muss dich sprechen. Allein."

„Nicht jetzt, Harry!" Ein Gnom mit zu engem Schlips und verkniffenem Gesicht drängte sich zwischen die beiden. „Alice, die Quoten ..."

Gnadenlos schubste ihn eine Brünette mit der erotischen Ausstrahlung eines Eisblocks beiseite. „Vergiss es, Albert. Gerade habe ich von dieser unseligen Versetzung gehört. Wie konnte dieser hirnlose Ignorant dich nur in die Wüste schicken!"

Lisa zuckte zusammen. Mitfühlend tätschelte Allie ihr den Arm. „Einer nach dem anderen, bitte."

Sofort brach ein Sturmfeuer los. Während die übrigen vier lautstark protestierten, murmelte Albert irgendwelche Zahlen vor sich hin. Plötzlich durchschnitt eine scharfe Stimme den Trubel.

„Das reicht!" Alle erstarrten. Über die Menschenmenge hinweg erblickte Charlie eine kleine ältere Frau im Türbogen. „Es bleibt alles beim Alten! Selbstverständlich behält Allie ihre Funktion als Marks Produzentin bei!"

„Unmöglich, Beattie." Durch das Menschengewimmel packte Allie Charlies Jackettärmel und zog ihn an ihre Seite. „Das ist Charlie Tenniel, mein neuer DJ. Eine echte Konkurrenz für unsere beiden Topstars Mark und Marcia."

Charlie öffnete den Mund und setzte zum Widerspruch an, aber Beattie kam ihm zuvor, und es erschien ihm eine äußerst schlechte Idee, Beattie Bonner zu unterbrechen. „Bill hätte deinen Rausschmiss mit mir absprechen müssen." Das mörderische Glitzern in ihren Augen besagte, dass ihrem Göttergatten diese vorschnelle Entscheidung noch Leid tun würde.

Unauffällig musterte Charlie seine neue Chefin. Kunstvoll frisiertes stahlgraues Haar, maßgeschneidertes stahlgraues Kostüm, scharfe stahlgraue Augen. Nicht die Art Frau, die man bevormundete.

„Charlie Tenniel." Beattie taxierte ihn vom Scheitel bis zur Sohle. „Ich verstehe. Sehr gut sogar." In ihre Augen trat ein unmissverständliches Glitzern. „Künftig werden die Nächte sicher sehr interessant." Sie reichte ihm die Hand. „Schön, Sie wiederzusehen, Charles. Bei unserer letzten Begegnung waren Sie erst fünf. Sicher erinnern Sie sich nicht an mich. Wie geht es Ihren Eltern?"

Mutter ist felsenfest überzeugt, ihrem Lieblingssohn wurde das Kokain untergeschoben, und Dad hat so weit den Verstand verloren, dass er mich als verdeckten Ermittler in dieses kriminelle El Dorado schickte, ansonsten golfen sie und trinken Unmengen Rumpunsch, dachte er. „Sehr gut, Mrs. Bonner, danke der Nachfrage."

Kurz verengten sich Beatties Augen, was Charlie ermahnte, Beattie Bonner niemals zu unterschätzen. Sie mochte stark auf die siebzig zugehen, aber sie war vermutlich intelligenter als jeder andere im Raum, er selbst eingeschlossen.

Mit einer bezeichnenden Ausnahme. Als Charlie sich umwandte, verabschiedete Allie ihre Schützlinge auf eine verständnisvolle Seelentröstermanier, die sie ihr vom Hals schaffte, ohne sie zu enttäuschen. Sie versprach Marcia alle erdenkliche Unterstützung, verabredete mit Lisa ein Treffen direkt im Anschluss an Charlies Einweisung und bot Harry eine Kurzkonferenz vor Sendebeginn an. Albert erhielt seine Analyse der Einschaltquoten spätestens am kommenden Vormittag und Karen ihre erste freie Minute. Als sie fertig war, befanden sie sich allein in der Lobby, und Charlie verstand besser, wie er vergangene Nacht in Allies Bett gelandet war.

„Willkommen in meiner Welt!" Mit ausgebreiteten Armen drehte sich Allie im Kreis. „Fertig für einen Rundgang?"

Mit einem unguten Gefühl folgte Charlie WBBBs Meistermanipulatorin durch den Sender: mehrere Büros, eine Tonkabine mit separatem Regieraum, ein kombinierter Sende- und Produktionsraum, ein Musikarchiv, die Satellitenanlage, ein Konferenz- und Pausenraum und schließlich Allies Büro.

„Hübsch hast du's hier." Zweifelnd sah Charlie sich in dem schuhschachtelähnlichen Verschlag um: Fotos, Notizen, Zeitungsartikel und Manuskripte bedeckten jeden Quadratzentimeter der drei Wände. Ein deckenhohes Regal enthielt Nachschlagewerke, Loseblattsammlungen und verschiedene Schätze mit eher ideellem Wert: eine Specksteinrobbe, einen Felsbrocken, einen Weinkelch, eine Porzellanpuppe, eine Schale Muscheln. Direkt daneben standen ein überquellender Schreibtisch, zwei billige Holzstühle und ein weißer Aktenschrank mit einer ausgestopften Eule darauf.

Sollten sie je in diesem Büro miteinander schlafen, musste diese Eule dran glauben! Charlie mochte keine Zuschauer. Nicht, dass es hier Platz für ausschweifende sexuelle Eskapaden gab. Es sei denn auf dem Schreibtisch. Oder gegen die Wand gelehnt ...

Inzwischen hatte Allie hinter ihrem Schreibtisch Platz genommen und durchwühlte den obersten Stapel Papiere. „Unsere erste Besprechung dreht sich hauptsächlich um die grobe Einteilung deiner vierstündigen Sendezeit. Aha!" Triumphierend beförderte sie eine Kaffeetasse zu Tage. „Auch möchtest du vielleicht Bill bei unserem Fünf-Uhr-Termin deine Programmideen erläutern."

„Was gibt es da zu erläutern?"

„Er segnet die Vorschläge gerne ab." Zweifelnd sah Allie in die Tasse, drehte sie kopfüber und schüttelte sie. Nichts fiel heraus.

„Er segnet alles ab, was über den Äther geht?"

„Außer Marks Sachen. Bill liebt Mark." Sie reckte sich und

zog eine dicke Mappe aus dem Regal. „Das WBBB-Handbuch – Bills persönliche Rundfunkphilosophie. Du wirst es hassen."

Charlie las die erste Seite und seufzte. Verglichen mit Bill war Jesse Helms ein eingeschworener Liberaler. „Also hat Bill hier tatsächlich die Finger drin? Ich dachte, er wäre einer dieser prestigebetonten Besitzer, die vorrangig Wert auf die vierteljährlichen Profitberichte legen."

„Das war er."

Bei Allies Tonfall sah er auf. „Aber?"

„Aber dann überkam Beattie vor ungefähr sechs Monaten ihre Selbstverwirklichungsphase. Erst übergab er ihr pro forma die Leitung des Senders. Das ärgerte den Manager, und der kündigte – zu Beatties großer Freude."

Seine Augenbrauen schossen hoch. „Also übertrug Bill ihr einfach das Management." So gut es ging, machte er es sich auf dem harten Stuhl bequem. „Was unterschlägst du?"

Allie biss sich auf die Unterlippe. „Beattie spricht nicht gerne darüber, also erwähn es nicht. Vergangenen Januar diagnostizierte man bei ihr Brustkrebs. Nach der Operation empfahl ihr der Arzt eine intensive Chemotherapie. Eine Weile stand es sehr schlecht um sie. Nur langsam besserte sich ihr Zustand. Als sie dann im April plötzlich ihr Interesse am Radio entdeckte ..." Allie zuckte die Achseln. „Hätte Bill keinen Sender besessen, hätte er ihr einen gekauft."

„Es muss Chemotherapie übertreffen."

„Die endete im Juli. Inzwischen geht es Beattie wirklich gut. Überhaupt hatte es gute Folgen. Grady beispielsweise stand jahrelang mit Bill auf Kriegsfuß, doch während der ganzen Tragödie wich er seiner Mutter nicht von der Seite, fuhr sie zum Krankenhaus, kochte für sie, machte ihr Mut. Bill hat Grady schon monatelang keinen Trottel mehr genannt."

Allmählich ergaben die Puzzlesteinchen einen Sinn. Beattie war ins kalte Wasser gesprungen. Trotzdem existierte der Sender noch. „Lass mich raten, wer Beattie die nötigen Tricks beibrachte."

„Vielleicht habe ich ihr ein wenig unter die Arme gegriffen."

Nach der Szene in der Lobby musste das die Untertreibung des Jahres sein. „Warum hast du dich nicht um den Managerposten beworben?"

„Dieser Dauerstress? Eher sterbe ich!"

Das konnte er verstehen. „Beattie gäbe dir Marks Show jederzeit zurück."

„Ich will Marks Show aber nicht! Ich will Marks Sendezeit! Die Prime Time. Genau dort landen wir, Charlie!"

„Um sechs Uhr?" Helle Empörung schwang in seiner Stimme mit. „Kurz vor Morgengrauen? In aller Herrgottsfrühe? Bist du wahnsinnig, Frau?"

„Du gewöhnst dich schon dran."

„Nur über meine Leiche!" Charlie beugte sich vor. „Wenn ich dein Erinnerungsvermögen auffrischen darf, Lady: Ich reise im November ab. Mach keine langfristigen Pläne für mich."

„Okay." Allie lächelte zuckersüß.

Wenn sie so weitermachte, verhalf sie ihm in Rekordzeit zu einem Magengeschwür. „Hast du auch nur ein Wort verstanden?"

„Nur das, was mir gefiel", meinte Allie vergnügt.

Charlie gab auf und widmete sich wieder Bills unausgegorenen Leitlinien.

Allie beobachtete ihn bei der Lektüre. Jetzt, wo sie nicht nackt waren, fielen ihr Entscheidungen bedeutend leichter. Künftig galt Charlie Tenniel als tabu! Eine Affäre unter Kollegen war unprofessionell! Obwohl sie natürlich hier im Büro ganz ungestört wären. Nein, auf dem Boden war es zu unbequem. Vielleicht auf dem Schreibtisch ...

Nein!

Gut, dass während der Sendung eine Glasscheibe zwischen ihnen stand. Die anschließende Manöverkritik könnte per Memos geschehen statt von Angesicht zu Angesicht. „Von Angesicht zu Angesicht" ließ Allie nämlich sofort an seinen Mund denken.

Memos waren entschieden vernünftiger!

Charlie las eine besonders stupide Anweisung und stöhnte. Eine Haarlocke fiel ihm in die Stirn.

„Ich sagte dir ja, es wäre schlimm." Sie musste hier weg, ehe die Fantasie vollends mit ihr durchging. Sie hatte andere Dinge zu erledigen, als gegen die Wand gedrängt zu werden, während seine Hände ...

Leicht entnervt schnappte Allie sich ihre Kaffeetasse und sprang auf. „Wenn du mich eine Weile entbehren kannst, mache ich mich schnell auf meine übliche Rettungstour. Kaffee bekommst du im Pausenraum am Ende des Flurs. Die letzte Tür links. Du kannst ihn nicht verfehlen."

„Kaffee macht diesen Schwachsinn auch nicht besser." Es sei denn, er ertränkte Bills Meisterwerk darin.

„Das solltest du Bill nachher unbedingt sagen", spottete Allie und flüchtete in den Flur.

Im Pausenraum nickte Allie abwesend Mark und Harry zu, die in eine Fachsimpelei über Automarken vertieft waren. Ihre Wut auf WBBBs Superstar war völlig verflogen. Erstaunlich, was erfüllender Sex und ein frischer Karriereschub für das Ego einer Frau tun konnten! Mark bedachte sie mit einem merkwürdigen Blick, den sie jedoch ignorierte. Ihr Leben war stressig genug, auch ohne eine Analyse von Marks verworrenen Gedankengängen. Besonders, da das nicht länger ihre Aufgabe war. Ein unglaublich erfreulicher Gedanke an einem Tag, der überhaupt bislang unglaublich erfreulich verlaufen war.

In Hochstimmung verließ Allie den Aufenthaltsraum und machte sich daran, das zu tun, was sie am besten konnte: organisieren. Bei Albert holte sie die Auflistung der jüngsten Einschaltquoten ab, verabredete mit Marcia einen gemeinsamen Lunch für den kommenden Tag und machte auf dem Weg zu Beattie kurz halt am Empfangstresen.

„Endlich! Dem Himmel sei Dank!" Karen holte einen Korb unter dem Tresen hervor. „Ich muss ihn jede Stunde füttern. Zwischendurch finde ich keinen Schlaf. Ich mache es jetzt seit zwei Tagen. Ich fürchte, er wird sterben." Ihre Unterlippe bebte.

Allie sah die hellblaue Babydecke, und ihr üblicher Optimismus wankte bedenklich. Es gab Dinge, die entzogen sich selbst ihrem Einflussbereich. Schreiende Säuglinge in Bills Sender gehörten eindeutig dazu.

Es übertraf ihre schlimmsten Befürchtungen. Unter der Decke, auf weichem Flanell, lag teilnahmslos ein winziger schwarzer Welpe. „Oh nein! Was ist passiert?"

„Mopsys Nachwuchs liebt keine Nachzügler. Die anderen acht schubsen Samson einfach beiseite, und seine Mom nimmt ihn überhaupt nicht zur Kenntnis." Tränen glitzerten in ihren Augen. „Was soll ich nur tun, Allie? Ohne deine Hilfe bin ich restlos aufgeschmissen."

Vorsichtig breitete Allie die Decke wieder über den Korb. „Ist das Milchpräparat hier drin?"

Karen nickte. „Auch die Flasche und alles andere. Aber viel bekomme ich nicht in ihn hinein. Er geht mir ein, Allie."

Aufmunternd klopfte Allie der Freundin auf die Schulter. „Fahr um fünf nach Hause, und schlaf dich richtig aus. Ich kümmere mich schon um den Kleinen."

„Wenn Bill davon erfährt ..."

„Er braucht es nicht zu erfahren. Charlie und ich versorgen

Samson bis um zwei, anschließend kann Grady weitermachen. Du kennst ihn ja. Höchstwahrscheinlich hat er diesen Winzling bis zum Morgen so weit, dass er akrobatische Kunststücke veranstaltet."

„Bist du sicher?" schniefte Karen. „Hoffentlich ist Charlie nicht verärgert. Ausgerechnet an seinem ersten Tag muss er Babysitter spielen!"

„Alles ist bestens organisiert. Zur Not kann auch Harry einspringen. Hol dir einen Kaffee, damit du die letzte halbe Stunde wach bleibst. Den Rest kannst du getrost mir überlassen."

Na also. Sie hatte ihre kleine Welt wieder unter Kontrolle. Wer sagte es denn!

Nachdem Charlie eine geschlagene Viertelstunde lang versucht hatte, einen Sinn in Bills Ausführungen über die Medienlandschaft im Allgemeinen sowie in Tuttle im Besonderen zu finden, gab er auf und machte sich auf die Suche nach dem Pausenraum. Bei seinem Eintreten waren Mark und Harry in eine Unterhaltung über Marks Vergaser vertieft. Was Charlie anbelangte, konnten sie das gerne bleiben.

„Will mir nur schnell einen Kaffee holen." Fast hatte er den Rückzug geschafft, da bequemte sich Mark dazu, ihn zur Kenntnis zu nehmen.

„Also, Charlie ..." Mark lehnte sich in seinem Stuhl zurück und lächelte süffisant.

„Also, Mark." Seelenruhig ging Charlie weiter.

„Wie man hört, bist du bei Allie und Joe eingezogen."

„Stimmt." Er öffnete die Tür.

„Und? Wie war's in den Federn mit Miss Prüde?"

„Was?" Charlie straffte die Schultern.

Ganz Mann von Welt, übersah Mark die ersten Gefahrensignale. „Du und Allie. Wie war sie im Bett? Nicht das, was du gewohnt bist, wette ich."

Mit zwei großen Schritten durchquerte Charlie den Raum und beugte sich drohend über den Tisch. „Mach nie wieder – und ich meine absolut nie! – eine abfällige Bemerkung über Allie! Sonst wische ich nämlich diesen Sender mit dir auf."

Einen Augenblick verblasste Marks selbstgefälliges Grinsen. Kaum wandte Charlie ihm wieder den Rücken zu, kehrte sein Mut zurück. „War es für dich ebenso lausig wie für mich?"

Langsam drehte Charlie sich um.

Mark sprang auf, verfing sich am Stuhlbein und ging zu Boden, wobei er den Stuhl gleich mitnahm.

„Ich hatte dich gewarnt."

„Ja." Harry nickte besonnen. „Ja, ich muss sagen, das hat er." Er wirkte nicht besonders irritiert darüber, dass WBBBs Superstar sich die Staubkörner aus der Nähe betrachtete.

Im Gegensatz zum Star des Senders, der sich mühsam wieder hochrappelte. „Es war bloß ein Scherz, Mann!"

„Über Allie solltest du nicht scherzen." In Charlies Augen funkelte blanke Wut. „Schon in deinem eigenen Interesse." Wieder wollte er gehen und fand sich plötzlich Karen gegenüber.

„Ich wollte mir nur schnell einen Kaffee holen." Unbekümmert schwenkte sie ihre Tasse.

„Gut. Tritt dabei nicht auf Mark!"

4. KAPITEL

Eine echte Glanzleistung, Tenniel! schimpfte Charlie auf dem Weg ins Büro. Diese Frau verdreht dir restlos den Kopf! Er hasste Kurzschlussreaktionen, obwohl er sich mittlerweile daran gewöhnt haben sollte.

„Was ist los?“ Allie spähte über einen zugedeckten Korb auf ihrem Schreibtisch. „Schlechte Schwingungen?“

Charlie schmetterte das Handbuch auf den Schreibtisch und kam sich vor wie der letzte Idiot. „Tja, Mark ist irgendwie gestürzt.“

„Gestürzt?“

„Er ist nicht verletzt. So weit war es nicht bis zum Boden.“

„Ich vermute, du hattest einen triftigen Grund.“

„Mir gefällt seine Nase nicht“, erwiderte Charlie ausweichend.

„So, so. Was hat er über mich gesagt?“

Das war ein weiteres Problem mit Allie. Sie war so verdammt schlau. „Sei nicht so eingebildet!“

„Dich kennt er nicht gut genug für etwaige Beleidigungen. Was hat er über mich gesagt?“

„Schon allein seine Existenz ist eine Beleidigung für mich. Könnten wir uns wieder aufs Geschäftliche konzentrieren?“

„Ich komme sowieso dahinter.“ Allie öffnete den vor ihr liegenden Ordner. „Irgendwelche Fragen bislang?“

Eine spukte ihm schon seit gestern im Kopf herum. „Ja. Wie wurde ein Schwachkopf von Marks Kaliber hier zum Star?“

„Er ist kein Schwachkopf. Er ist ein guter Rundfunkmann

und ein Profi in Sachen PR. Sämtliche Reklametafeln der Stadt sind vollgepflastert mit seinen Fotos. Auf weibliche Zuhörer wirkt er wie ein Magnet."

„Warum ist er dann nicht beim Fernsehen?"

„Weil er unglaublich schüchtern ist. All diese Kameras? Der Ärmste bekäme einen Nervenzusammenbruch."

„Der Ärmste!" Charlie nippte an seinem Kaffee.

„Nicht jeder besitzt dein unerschütterliches Selbstvertrauen. Da Mark die innere Sicherheit fehlt, verlässt er sich auf sein gutes Aussehen und mogelt sich so durch. Er ist ständig bemüht zu gefallen. Die ganze Zeit."

Charlie stürzte sich auf den Teil ihrer Argumentation, der ihm am wenigsten gefiel. „Er sieht nicht gut aus!"

„Ich bitte dich! Er ähnelt Richard Gere, ehe er ergraute."

„Mark ist grau?"

„Richard ist grau. Mark ist immer noch der große dunkelhaarige Frauenschwarm."

Allies Gesichtsausdruck wurde weich, was Charlie noch mehr ärgerte. „Er ist ein mittelgroßer trotteliger Schmalspurcasanova." Innerlich knirschte er mit den Zähnen. „Schwärmst du immer noch für ihn?"

„Ich bin kuriert. Vielen Dank übrigens."

Das war Balsam für sein angeschlagenes Ego. „Das Vergnügen war ganz meinerseits."

Allie lächelte ihn an, und Charlie geriet vollkommen aus dem Konzept. Ihr verführerisches Parfüm stieg ihm in die Nase und benebelte seine Sinne. Was immer Charlie sagen wollte, war plötzlich vergessen. Stattdessen zog er Allie in Gedanken aus, drängte sie hinunter auf den von Papieren überquellenden Schreibtisch, wo er sie wild und schnell ...

Eine lebhafte Fantasie war wirklich ein Fluch!

Energisch verbannte Charlie alle Schreibtischsexgedanken in den hintersten Winkel seines Gedächtnisses. Als Erstes würde er sich eine neue Unterkunft suchen. Ein gemeinsames Dinner, eine sanfte Zurückweisung, und dann zog er in ein Motel.

Ein guter Plan.

Theoretisch zumindest.

Im Gegensatz zu ihm ging Allie – ganz die Erfolgsproduzentin – bereits völlig in ihrer neuen Aufgabe auf. „Dein Programmkonzept müssten wir noch klären. Aber abgesehen von deinem ungewöhnlichen Einstand sehe ich keine gravierenden Probleme."

Bei jeder sich bietenden Gelegenheit unternahm seine Fantasie erotische Höhenflüge, Bill hielt ihn für einen Schnüffler mit Allroundtalent, und einspringen durfte er für einen paranoiden Waffenfreak. Natürlich hatte er Probleme!

„Nach Waldo ist so gut wie jeder eine Verbesserung", sprach Allie weiter. „Wir befinden uns schon so lange im Quotentief, dass es für dich nur aufwärts gehen kann. Denk bloß daran, dass wir ein seichter Unterhaltungssender sind, dann kannst du nichts falsch machen."

„Da hätten wir unser erstes Problem. Ich bin kein seichtes Kerlchen."

„Bei deiner Bewerbung musstest du doch wissen, dass wir keinen Hardrock senden!"

„Bill sagte, ich könne spielen, was ich wolle."

„Und das wäre?"

„Alles." Wenig erfolgreich bemühte sich Charlie um einen souveränen Eindruck. „Rock, Country, Rap, Jazz. So wie ich es sehe, werde ich mit den Leuten reden, im Gegenzug können sie anrufen und mir ihre Meinung kundtun. Zwischendrin spiele ich Musik nach meinem Geschmack. Wie gut ist euer

Musikarchiv bestückt? Ansonsten drücke ich Bill einfach eine Einkaufsliste in die Hand." Das WBBB-Handbuch segelte über den Schreibtisch. „Solange keiner meiner Sprüche bei den Sittenwächtern Herzversagen auslöst, komme ich auch ohne Bills pseudointellektuelles Geschreibsel zurecht." Charlie breitete die Arme aus, als wolle er die ganze Welt umarmen. Ein großartiges Gefühl, wieder alles im Griff zu haben!

„Da wäre bloß noch eine winzige Kleinigkeit." Nach kurzem Tasten zog Allie eine Babyflasche aus dem Korb. „Samson muss stündlich gefüttert werden. Bis zwei Uhr sind wir an der Reihe. Grady übernimmt den Rest. Er weiß bereits Bescheid."

„Samson?" fragte Charlie total verwirrt.

„Der Senderhund." Allie zog die Decke zurück.

„Das soll ein Hund sein?" Der winzige Schatten erinnerte an einen zu klein geratenen Schokoladenkeks.

„Er wächst noch." Ihr Fütterungsversuch scheiterte.

„Bist du sicher, dass er nicht tot ist?" Ein weiterer von Allies verlorenen Fällen. Erst Mark, dann Charlies Sendung, und jetzt dieser Welpe! „Wo steckt seine Mutter?"

Mit blitzenden Augen fuhr sie hoch. „Mopsy widmet sich lieber ihren Erstgeborenen." Zur Abwechslung versuchte sie Samson die Milch direkt in die Kehle zu träufeln, was ihm das mühselige Saugen ersparte. Endlich kamen schwache Schluckbewegungen. „Siehst du?" meinte sie triumphierend. „Er wird schon wieder!"

Wenn irgendwer ein Häufchen Protoplasma in einen Hund verwandeln konnte, dann Allie. Charlie kannte sie zwar erst vierundzwanzig Stunden, doch er besaß bereits einen gesunden Respekt vor ihrer Entschlossenheit.

Die nächsten zwei Stunden verbrachte Charlie im Musikarchiv.

Dort traf er auf Stewart, den Tontechniker. Stewart sah aus wie aus dem Ei gepellt, war keine Leuchte in seinem Fach, doch er war etwas, das Charlie wesentlich nützlicher fand: eine Plaudertasche. Nach dreißig Minuten mit Stewart wusste Charlie mehr über den Sender als Bill.

Aufgemuntert von dem Wissen, dass nicht jeder bei WBBB unzurechnungsfähig war, machte er sich auf, in Tuttle Lokalkolorit einzufangen.

Als er eine Stunde vor Sendebeginn wieder zurückkehrte, erwartete Allie ihn in der Lobby.

„Wo, zum Teufel, warst du?“ Gereizt stemmte sie die Hände in die Hüften. „Bill tobt. Ihr hattet einen Termin um fünf Uhr. Du sollst nie wieder einen Angestellten schlagen. Außerdem sollst du bloß keinen liberalen Schund senden. Wo bist du gewesen?“ Ehe er die Frage beantworten konnte, stürmte sie bereits davon.

Charlie eilte ihr nach. „Marks Sturz war eine unglückliche Verkettung der Umstände. Was weißt du über das hiesige Rathaus?“

„Es ist eins der ältesten Gebäude der Stadt“, erklärte sie ihm über die Schulter. „Echt italienischer Marmor. Meine Eltern wurden dort getraut. Der Bürgermeister will ein neues bauen. Mehr ist mir darüber nicht bekannt. Was soll ich für dich herausfinden?“

„Nichts.“ Mit einiger Mühe riss Charlie den Blick von ihrem aufreizenden Hüftschwung los. „Euer Musikarchiv ist nicht übel. Eine Weile kann ich mich durchbluffen.“

„Gut. Schließ die Tür und setz dich.“ Allie schluckte nervös. „Den ganzen Nachmittag habe ich über uns nachgedacht ...“

Charlie hörte bereits die Hochzeitsglocken läuten. „Hör zu, bevor du irgendwas sagst ... Ich halte dich für eine aufregende Lady, aber ich bin noch nicht bereit für eine feste Bindung ...“

„Glaub nicht, ich hätte die letzte Nacht nicht genossen“, fuhr Allie dazwischen. „Ich halte eine Wiederholung bloß nicht für besonders vernünftig.“ Endlich war es heraus. Gut. Sie war wirklich froh darüber. Endlich einmal die kluge Entscheidung eines reifen, verantwortungsbewussten Erwachsenen. Nun konnte sie sich auf die wirklich wichtigen Dinge konzentrieren. Auf ihre Karriere beispielsweise. „Ich bin erleichtert, dass du genauso denkst.“

„Nun ...“ Weiter kam er nicht.

„Nicht, dass wir nicht Freunde bleiben könnten. Sogar Wohnungsgenossen. Wenn du für die kurze Zeit deines Aufenthalts bei uns auf der Couch schlafen möchtest, geht das in Ordnung.“

„Tja, nun ...“ Charlie nickte ein paar Mal. „Äh, sicher. Gut.“

„Prima.“ Allie ordnete den Wust von Papieren auf ihrem Schreibtisch. „Ich werd's Joe ausrichten.“

Charlie entschied sich für einen strategischen Rückzug. „Schön, dass das geklärt ist. Äh, ich denke, ich schaue Harry eine Weile zu.“ Wenigstens hatte sie ihm einen sauberen Abgang verschafft.

Abwesend wedelte Allie mit einem Blatt Papier. Allzeit effizient, das war Allie. Eine weitere nervtötende Eigenschaft von ihr.

Besser ein Ende mit Schrecken als ein Schrecken ohne Ende, sagte sich Charlie auf dem Weg ins Studio. Wo blieb nur die Erleichterung? Dann hatte sich Allie eben vor ihm um einen klaren Schlussstrich gekümmert. Genau wie sie sich auch sonst um alles kümmerte.

Mann, was konnte er bissig sein!

Durch die Glasscheibe sah Charlie, wie geschickt Harry die Tonregler betätigte. Sein markerschütterndes Geheule ließ ihm das Blut in den Adern gefrieren. Großartig! Erst wurde er aus Allies Bett geschubst, und nun nahm er sich einen Irren zum Vorbild.

Während einer kleinen Atempause entdeckte Harry Charlie und winkte ihn herein. „Geschickter Schachzug, das mit Mark im Aufenthaltsraum." Ein verschmitztes Lächeln breitete sich auf seinem Gesicht aus. „Sieh mal, Mama, ohne Hände ..."

Charlie grinste zurück. So dickfellig Harry sein mochte, er besaß Persönlichkeit. „Trotzdem hätte ich meinen Verstand gebrauchen sollen."

„Überflüssig. Marks Grips funktioniert ja auch nur auf Sparflamme." Er deutete aufs Mischpult. „Brauchst du eine Auffrischung deiner technischen Kenntnisse?"

Resigniert ergab Charlie sich in sein Schicksal und ließ sich erklären, wie die roten Plastikgleitknöpfe die Geräuschpegel von Kassettenabspielgerät, Mikrofon und CD-Player regelten. Er kam bestens zurecht, bis Harry zu den dreitausend verschiedenen Kombinationsmöglichkeiten kam.

Vorerst würde Charlie sie lieber nacheinander benutzen.

Um einundzwanzig Uhr achtundfünfzig nahm Allie ihren Platz am Regiepult ein. Durch die Glasscheibe sah sie Charlie an der Studiowand lehnen. Trotz der lässigen Haltung strahlte er jene ursprüngliche Sinnlichkeit aus, die die Frauen reihenweise um den Verstand brachte. Sie bildete da keine Ausnahme. Sehnsüchtig folgte ihr Blick den ausgeprägten Muskeln, die sich unter seinem Hemd abzeichneten, glitt dann über den flachen Bauch zu den verwaschenen Jeans, die eng seine schmalen Hüften umspannten. Prompt gerieten ihre Gedanken auf Abwege.

Zurück zur Sendung! ermahnte sich Allie. Heute Nacht war die erste Nacht vom Rest ihrer Karriere. Wenn Charlie der neue Stern am Radiohimmel werden sollte – und das würde er! – war heute die Nacht der Nächte. Sie musste seine Arbeitsweise studieren. Dann konnte sie eine Sendung auf seinen persönlichen Stil zuschneiden und einen entsprechenden Werbefeldzug starten. In null Komma nichts würde sie wieder an der Spitze sein!

Bei dem Gedanken schlug ihr Herz schneller. Ihr Erfolg war unaufhaltsam – sofern sie sich strikt auf Charlies Fähigkeiten konzentrierte. Als Moderator.

Harry verkündete gerade: „Das war's für heute, Leute. Als Nächstes kommt unser Neuerwerb, Chuckling Charlie Tenniel. Zum Schluss noch ein letzter Heuler von Harry. Harooooooo!"

Chuckling Charlie? Nun, das ließ sich regeln. Sie konnte alles regeln, solange sie eisern an ihren Zielen festhielt. Sie würde Charlie zum Star machen, und wenn es sie beide umbrachte!

Nach einem kurzen Wortwechsel überließ Harry Charlie seinen Platz und gesellte sich zu Allie im Regieraum. „Die Nachrichten laufen. Sag mal, angeblich soll Charlie doch jede Menge Erfahrung besitzen, oder?"

„Ja." Allie überprüfte die Telefone. Die Chancen auf einen Anruf standen zwar verschwindend niedrig, doch sie wollte vorbereitet sein, selbst wenn es nur Beschwerden wegen der ausbleibenden Marsmännchenwanderung hagelte. „Er war einige Jahre bei einem Sender in Lawrenceville."

„Im Ernst?" Harry kratzte sich den Hinterkopf. „Was soll's. Schließlich geht's hier nicht um Gehirnchirurgie. Wenn ich es schaffe, bringt er es auch."

„Schluss damit!" Leicht entnervt sah Allie auf. „Du bist sehr gut. Du wärst sogar noch besser, wenn du dir dieses elende Gejaule abgewöhnen würdest. Wo wir gerade davon reden ... diese Chuckling-Charlie-Sache muss aufhören. Wir bringen ein Spitzenprogramm." Allie überlegte. „Aus irgendeinem Grund hasst er ‚Ten' Tenniel, das fällt also flach." Sie brauchten unbedingt einen eingängigen Titel. „Nur ‚Charlie' ist zu farblos. ‚Charlie Late Night' vielleicht?"

Harry schüttelte den Kopf. „Klingt wie Letterman."

„Nightshow mit Charlie?"

„Langweilig."

Allie zermarterte sich den Kopf nach einer zündenden Idee. „Charlies Nachttalk? Charlie um Mitternacht? Charlie all night – in die Nacht mit Charlie?"

„Klingt gut. Irgendwie sexy. Er hat die passende Stimme."

Ein blasser Hoffnungsschimmer. „Glaubst du, er kommt bei den Hörern an?"

„Schwer zu sagen." Verlegen scharrte Harry mit den Füßen. „Hör zu, Al, ich habe mich gefragt ..."

Zu ihrer Verwunderung fand Allie sich einem sprachlosen Harry gegenüber. „Ja?"

Harry zögerte. „Ich weiß, dir fehlt die Zeit für ein intensives Coaching, aber ein paar Tipps für meine Sendung wüsste ich wirklich zu schätzen."

„Gib mir Zeit. Wir sprechen morgen darüber."

Sein Gesicht leuchtete auf. „Danke, Al! Echt super!" Er deutete auf Charlie, der seine neue Wirkungsstätte mit sichtlicher Ernüchterung musterte. „An deiner Stelle würde ich heute Nacht ein Auge auf unsere Wunderwaffe halten. Er sieht aus, als wolle er jeden Moment das Weite suchen."

„Nicht Charlie." Ihre Loyalität in allen Ehren, doch der Gesichtsausdruck ihres neuen Stars war alles andere als beruhigend. „Er fängt sich schon, wenn er loslegt."

„Das ist üblicherweise bei mir der Anfang vom Ende", meinte Harry düster.

Nach den Nachrichten betätigte Charlie probeweise den Mikrofonregler. Das tiefe dunkle Timbre seiner wohlklingenden Stimme füllte zum ersten Mal den Regieraum. „Hier ist Charlie Tenniel bei WBBB, und allen Unkenrufen zum Trotz ist dies eine seriöse Sendung. Keine Marsianer, kein Geheule. Ich spiele einfach nur gute Musik, und wer will, kann über unsere Telefonleitung ein paar private Takte mit mir wechseln. Ich bin zwar erst gestern in eurer Stadt angekommen, aber ich habe bereits einige Fragen, besonders zu eurem neuen Rathaus."

Allie sah ihre eigene Verwirrung in Harrys Augen widergespiegelt.

„Stimmen wir uns auf unseren Late-Night-Talk mit ein wenig Late-Night-Rock'n'Roll ein. Ich nehme doch an, diese Stadt mag Rockmusik? Dachte ich mir's doch!"

Jefferson Starship ertönte mit „We Built This City On Rock'n'Roll".

Es war nicht genial, aber es bewies Fantasie. Wenn Charlie wollte, konnte sie ihn im Handumdrehen von fantasievoll zu fantastisch katapultieren. Er war eine faszinierende Persönlichkeit, besaß eine tolle Stimme und Hände, die wahre Wunder wirken konnten ...

Durch die Scheibe machte Harry dem aufgehenden Stern an WBBBs Radiohimmel ein aufmunterndes Zeichen.

„Wisst ihr, Freunde, auch wenn das eine ernsthafte Sendung ist, habe ich nichts gegen ein paar Lacher. Aus den richtigen Gründen, versteht sich. Einer dieser Gründe erscheint mir das groß angekündigte Bauprojekt eures ehrenwerten Bürgermeisters."

Allie erstarrte. Ein kleiner Auftrieb, und schon stach ihn der Hafer! Nicht der Bürgermeister! Whitcomb war fester Bestandteil von Bills allwöchentlicher Pokerrunde! So schaffte man sich keine Fans, so schaffte man sich einen Feind. Einen Feind, den sie nicht gebrauchen konnten, besonders, wenn es der eigene Boss war.

Vor lauter Konzentration bemerkte Charlie ihre hektischen Signale nicht. „Verzeiht einem ignoranten Neuankömmling, aber ich war heute in eurem alten Rathaus. Ein wundervolles Gemäuer. Marmorböden, Stuck, Glasmalereien, jede Menge Holzpaneele, und zwar Echtholz, nicht dieses Pressspanzeug, das sie für zwei Dollar neunundneunzig hinter dem Baumarkt verramschen. Dieses Gebäude besteht aus besten Materialien, epochenüberdauernden Zeichen feiner Handwerkskunst und vor allem Stolz. Solch ein Gebäude kann einen Politiker inspirieren. Hey, Freunde, falls ihr darüber gelacht haben solltet, seid ihr Zyniker. Schande über euer Haupt."

Allie sandte ein Stoßgebet zum Himmel.

„Ach, ihr wartet immer noch auf den Schuss Komik? Habt ihr das Nachfolgemodell gesehen? Dann macht einen Abstecher ins Planungsbüro und gönnt euch einen Lacher. Es sieht aus wie ein einstöckiges Parkhaus mit Fenstern. Was passend für die hiesigen Politiker sein mag – ein Abstellgleis: parken, zurücklehnen und beobachten, wie die Welt vorüberzieht. Natürlich bin ich neu in der Stadt und weiß nicht viel über eure Politiker. Falls sie allerdings tatsächlich diesen Betonbunker ihrem alten Marmorpalast vorziehen, besitzen sie einen lausigen Geschmack in Sachen Architektur. Wenn ihr auch denkt, euer neugotisches Stuckschloss verdient weitere hundert Jahre, ruft an, und lasst die Stadt wissen, wieso!"

Als Allie den Anfang von Aretha Franklins „Rescue Me" hörte, ließ sie den Kopf in die Hände sinken und erlaubte sich einen Moment der Panik. Dann siegte ihr Realitätssinn. Bill hörte sich die Sendung nie an. Sie war ziemlich sicher, dass das auch für den Bürgermeister galt. Die ganze letzte Woche hatte der Sender Opern gespielt, davor gab es Waldo und seine Außerirdischen. Charlie konnte nicht mehr als vier Zuhörer haben, und die waren wahrscheinlich wütend, weil er nicht den neuesten Marsmännchenreport brachte. Es gab keinen Grund zur Sorge.

Bis das Telefon läutete.

„WBBB, die Charlie Tenniel Show", meldete sich Allie.

„Lassen Sie mich diesen Discjockey sprechen!"

„Gerne, Sir. Kann ich ihm ausrichten, was Sie ihm sagen möchten?"

„Nein, verdammt, das mache ich selbst!"

Allie schwankte zwischen Pflichtbewusstsein und Neugier. Es wäre eine äußerst schlechte Idee, Anrufer zu vergraulen. Vor allem, da das für lange Zeit ihr einziger Anruf bleiben könnte. Zudem bot sich hier eine gute Gelegenheit, Charlies Stresstoleranz zu testen. „Würden Sie mir bitte Ihren Namen nennen?"

„Eb Groats."

„Du hast einen Anrufer", meldete Allie übers Mikro und stellte das Gespräch durch. Unter dem Regiepult erklang ein Wimmern. Samson! Ihr Schützling hatte tatsächlich Hunger! Schnell beeilte sie sich, ihm Milchlösung in den Mund zu träufeln.

Einige Minuten später ging Charlie wieder auf Sendung. „Ich sprach gerade mit Eb Groats. Wie er mir erzählte, war er als junger Mann bei der Errichtung des Gebäudes dabei, stimmt's, Eb?"

„Nun, Sohn, wie ich schon sagte, um 1935 herum zogen wir den hinteren Flügel hoch. Mein erster Job, ich war kaum siebzehn."

„Tolle Arbeit, Eb."

„Worauf Sie sich verlassen können! Dieses Gemäuer wurde für die Ewigkeit gebaut! Jeder verdammte Narr kann das sehen!"

„Bürgermeister Whitcomb scheint da anderer Ansicht zu sein."

„Klar. Sein Bruder erhält schließlich den Bauauftrag."

„Was?"

Allie schoss aus ihrer gebeugten Haltung hoch. Ziemlich unsanft stieß sie sich den Kopf an der Tischkante. Sekundenlang sah sie Sterne.

„Prüfen Sie's nach, Junge. Scheinfirmen sind in dieser Branche gang und gäbe."

Oh nein! Die Wellen, die er vermeiden wollte, plätscherten sacht gegen seine Knöchel. „Manch einer könnte das für Rufschädigung halten, Eb."

„Soll er mich verklagen. Ich bin alt, aber ich bin nicht dumm."

„Ohne jeden Zweifel. Danke für den Anruf, Eb. Sie haben meine erste Nacht im Job unvergesslich gemacht."

Wahrscheinlich auch seine letzte Nacht. In der Leitung ertönte ein Klicken. Eine Sekunde lang verfluchte Charlie sein Pech. Durch die Scheibe sah er, wie Allie ihren Hinterkopf rieb. Wahrscheinlich verabschiedete sie sich gerade von ihren hochfliegenden Plänen. Aus purem Eigeninteresse vermied Charlie im weiteren Verlauf der Sendung das heikle Thema Rathaus. Bloß kein Skandal! sagte er sich. Zieh ja keine Aufmerksamkeit auf dich! Das wäre äußerst unklug.

„Für einen Neuling in der Stadt hatte ich bereits mehr Glück, als jeder Fremde verdient", sprach er ins Mikrofon. „Mein erster Anrufer ist ein toller Kerl wie Eb, und die erste Lady, die mir hier in Tuttle über den Weg lief, ist die Sorte Frau, die ein Mann nie vergisst, selbst wenn sie einem schon nach wenigen Stunden wieder den Laufpass gibt. Glücklicherweise besitze ich eine Menge Erfahrung mit Zurückweisungen. Wie dem auch sei, der nächste Song ist für die Lady, die der festen Überzeugung ist, ich hätte sie gestern im Settle Inn beleidigt. Glaub mir, Honey, ich meinte es auf die nettestmögliche Weise."

„Crazy" von Patsy Cline lief an.

„Sehr komisch, Charlie", schimpfte Allie in die interne Leitung. „Was das Rathaus angeht ..."

„Es war keine Absicht, glaub mir. Ich hielt es für ein relativ sicheres Gesprächsthema."

„Bill ist ein Geldgeber von Rollie Whitcomb!"

„Natürlich. Was sonst. Er ist genau wie mein Vater."

„Dein Vater finanziert Bürgermeister?"

„Mein Vater kauft Bürgermeister." Charlie legte eine neue Kassette ein. „Wenigstens hört niemand zu."

Ein Irrtum, wie sich bald herausstellte, denn in der nächsten halben Stunde sprach Charlie mit drei weiteren Anrufern, die ihre Meinung zum Rathaus loswerden wollten. Glücklicherweise schien niemand verärgert über den Korruptionsverdacht. Die Dinge liefen gut. Tatsächlich waren vier Anrufer in den ersten dreißig Minuten einer neuen Sendung phänomenal, fand Allie.

Sie waren gerettet.

Aber auf Nummer sicher gehen war gleichbedeutend mit langweilig.

Nun, das konnte sie ändern.

Charlie fühlte sich ziemlich gut. Er mochte seine Hörer, das Mischpult befand sich auf dem neuesten Stand der Technik, die Bedienung war ein Kinderspiel, und zu dieser nachtschlafenden Zeit brauchte er seine Worte wirklich nicht auf die Goldwaage zu legen. Eigentlich machte der neue Job sogar Spaß. Tagsüber hatte er Zeit, den Absender des ominösen Briefes aufzuspüren, nachts konnte er Musik spielen, und im November würde er abreisen.

Besser konnte das Leben gar nicht werden.

„Anrufer auf Leitung zwei", kam Allies Stimme über die Kopfhörer.

„Wer ist es?"

„Der Bürgermeister."

Er wirbelte herum, doch sie zuckte bloß die Achseln, lächelte honigsüß und leitete den Anruf weiter. Sollte er selbst zusehen, wie er aus der Situation kam.

„Wer zum Henker ist da?“ polterte eine ihm unbekannte Stimme.

„Äh, Charlie Tenniel.“ Er schoss einen gequälten Blick zur Digitalanzeige. Fünfzehn Sekunden bis zum Ende des laufenden Songs.

„Was zur Hölle geht da bei euch vor? Wo steckt Bill? Was senden Sie für einen Schund?“

In seiner Jugend hatte Charlie eine Menge überhebliche, imagebedachte Politiker kennen – und verachten – gelernt. Whitcomb passte perfekt in diese Kategorie. „Wir sprachen über das Rathaus, Sir.“

„Hören Sie sofort auf damit! Kommunalpolitik ist nicht Ihre verdammte Angelegenheit!“

Zurückhaltung, Kumpel! ermahnte er sich. Bloß keine Wellen schlagen! „Es ist die Angelegenheit der Steuerzahler, die müssen es nämlich bezahlen.“

„Die verdammten Steuerzahler können mir gestohlen bleiben! Sie halten sich geschlossen, was dieses Gebäude angeht, oder ich setze Sie an die Luft! Unterschätzen Sie mich nicht!“

Fünf Sekunden. Charlie wusste, er würde es bedauern, doch mit seiner Brüllerei hatte Whitcomb sich auch die letzten Sympathien bei ihm verscherzt. „Wir gehen jetzt wieder live auf Sendung, Bürgermeister. Wollen Sie Ihr vernichtendes Urteil über die Steuerzahler nochmals überdenken? Schließlich sind die meisten auch Wähler.“

„Ich pfeif’ auf Ihre guten Ratschläge ...“

„... und hier sind wir wieder, Tuttle“, sprach Charlie ins Mikrofon. „Wir haben einen echten Leckerbissen für euch: Bürgermeister Rollie Whitcomb. Wollten Sie nicht gerade Ihre Meinung über die Steuerzahler näher erläutern?"

Durch die Scheibe sah er, wie Allie resigniert den Kopf aufs Regiepult sinken ließ. Was soll's. Mal gewinnt man, mal verliert man. Ein bezeichnendes Beispiel bot Whitcomb, der sich mit seiner Verbalakrobatik immer mehr in die Nesseln setzte. Öffentliche Reden waren offenbar nicht seine Stärke. Seine Sätze besaßen keine Verben. Durchaus üblich für einen Politiker. Leere Worthülsen statt volle Aktion.

Whitcomb ließ nach, begraben unter seinen abgebrochenen Sätzen. „Wenn ich recht verstehe, hat das neue Gebäude weniger Platz als das alte, Bürgermeister", sprang Charlie hilfreich ein.

Das brachte Rollie erneut in Rage. Zusammenhanglos dozierte er über Heizkostenrechnungen, übergroße Fenster, all den Marmor und die Treppen. Er schien selbst nicht genau zu wissen, wieso die letzten drei ein Problem darstellten, er wusste nur, dass es entscheidende Faktoren waren.

„Wollen Sie noch etwas über Ihren Bruder, den Bauunternehmer, hinzufügen?" hakte Charlie nach.

„Ehrenwerter Geschäftsmann. Vorsitzender der Handwerkskammer. Stolz der Familie." Whitcomb faselte weiter unsinniges Zeug, während Charlie auf ein Verb wartete.

„Hat er den Vertrag für das Rathaus in der Tasche?"

„Selbstverständlich nicht. Ich weiß nicht. Ich vergebe keine Aufträge. Das Baukomitee. Parteitreue Bürger. Stützen der Gesellschaft."

Charlie gab auf. „Danke für den Anruf, Herr Bürgermeister. Ich bin sicher, Ihre Wähler sind nun beruhigt." Er legte eine Kassette ein und schob den Regler hoch. Unglücklicherweise ertönte ausgerechnet Paul Simons „Still Crazy After All This Years."

Nebenan rang Allie um Fassung. Einen tollen Schlamassel

hatte sie da angerichtet! Es blieb abzuwarten, mit wem sie es sich am meisten verscherzt hatte – mit dem Bürgermeister, mit Bill oder mit Charlie. Dabei hatte sie geglaubt, ein Gespräch mit dem Stadtoberhaupt würde Charlies Glaubwürdigkeit steigern und der Sendung Auftrieb geben. Eine interessante Diskussion. Ernsthaftes Talk-Radio. Vielleicht eine wohlwollende Erwähnung in der morgigen *Tribune*, da Whitcomb die Zeitung gehörte.

Und dann entpuppte sich ihr neuer DJ als Krawallschläger. Nach dem Bruder des Bürgermeisters zu fragen ... ts, ts, ts!

„Sind Sie noch dran, Tenniel?"

Allie rückte ihre Kopfhörer zurecht. „Äh, nein, ist er nicht, Bürgermeister Whitcomb. Hier ist Alice McGuffey, die Pro..."

„Auch gut. Sie sind ebenfalls gefeuert."

Dann hörte sie nur noch das Freizeichen.

Elf Anrufer später kappte Allie auf Charlies Bitte hin die Telefonleitungen. Es war kurz vor eins. Das Echo war durchweg positiv. Neben vehementer Unterstützung des Rathauses kamen mehrere Höreranfragen, ob Whitcomb volltrunken gewesen sei. Es gab auch einige unpolitische Anrufe: Ein Mann wollte wissen, was Charlie zu der Lady in der Bar gesagt habe, und vier Anruferinnen boten ihm an, ihm die Stadt zu zeigen und sich von ihm beleidigen zu lassen, so viel er wolle.

„Geh nach Hause, Allie. Sollte ich technische Hilfe benötigen, frage ich Stewart. Ab jetzt spiele ich sowieso nur noch Musik. Ich will nie wieder ein Wort über das Rathaus hören."

Allie war seit siebzehn Stunden auf den Beinen. Charlies Sendung hatte einen mehr als großartigen Start gehabt. Okay, mit dem Whitcomb-Anruf war sie weit übers Ziel hinausgeschossen, aber mit Gewissensbissen konnte sie sich morgen herumschlagen. Nach ein paar Stunden Schlaf konnte sie das Ganze in Ruhe nochmals überdenken.

Sie reichte Samson an Charlie weiter, der dem Welpen zum

mitreißenden Rhythmus von Gloria Estefans neustem Hit die Flasche gab.

Zu Hause, unter die weiche Bettdecke gekuschelt, klang Charlies tiefe Stimme sogar noch sexier. Auch seine Musikauswahl bestach, inklusive einer denkwürdigen Mischung aus Boyz II Men, Aaron Copland und den Everly Brothers. Sie war richtig enttäuscht, als die Sendung um zwei Uhr endete.

„Das war's für heute, Freunde. Grady Bonner bringt als Nächstes Hintergrundinfos über die heilende Wirkung der Kristalle. Wenn ihr eure Sonnenzeichenglücksnummer für morgen hören wollt, bleibt dran. Wie er mir sagte, spielt er später auch einige Walsongs. Für viele von euch klingt das wahrscheinlich wie ein Scherz, aber steht der Sache offen gegenüber, und ihr hört Musik von überirdischer Schönheit. Zur Überleitung läuft jetzt Judy Collins im Duett mit einem Beluga."

Collins „Hunting The Whale" begann. Allie schloss die Augen. Der Song war so schön, dass ihr fast die Tränen kamen.

„Hallo, Nachtschwärmer", meldete sich Charlies Nachfolger. „Wir senden heute Musik aus der Tiefe. Solltet ihr die vorangegangene Charlie-Tenniel-Show verpasst haben, entgingen euch auch seine Denkanstöße zu unserem wundervollen Rathaus. So viele Stimmen geistern durch das alte Gemäuer. Besucht es, Freunde, spürt die elementare Kraft. Und dann stürmt Whitcombs Büro und sagt ihm, dass der Verfall dieses Bauwerks symbolischen Charakter für den Geist des öffentlichen Dienstes in dieser Stadt besitzt!"

Grady stand also auf Charlies Seite. Ein beruhigender Gedanke. So abgehoben er auch sein mochte, Grady verfügte über einen unfehlbaren Instinkt.

Allie schaltete das Licht aus, lauschte im Dunkeln den Walsongs und driftete dabei in einen traumlosen Schlaf ab.

Sie hatte noch keine halbe Stunde geschlafen, da stupste Charlie sie in den Rücken.

5. KAPITEL

„Hast du dir den Rest der Sendung angehört?" Charlie setzte sich neben Allie aufs Bett und legte die Beine hoch.

„Jetzt weiß ich, wieso Bill dich angeheuert hat. Du bist fantastisch!" Im fahlen Mondlicht sah Allie, dass er nur seine Jogginghose trug. In der Hand hielt er einen Karton, dem ein verlockender Duft entwich. „Was isst du da?"

„Schweinefleisch süß-sauer. Eine von McCarthys Chinaspezialitäten. Willst du was abhaben?" Er griff über sie hinweg und schaltete die Nachttischlampe ein.

„Gerne." Allie räkelte sich ausgiebig. „Gut, dass Joe nicht hier ist. Er schimpft immer, McCarthys sei nicht authentisch."

„Klar ist es das. Authentisch irisch-chinesisch." Damit schob er ihr eine Gabel Essen in den Mund.

Von hinten stützte Allie das Kinn auf seine Schulter, schlang die Arme um seinen Bauch, spähte in den Karton und zeichnete versonnen die Linie der krausen Härchen auf seiner Brust nach, bis sie unter dem Hosenbund verschwanden. Charlie besaß einen aufregenden Körper – schlank, durchtrainiert, muskulös. Kein Wunder, dass sie einen wachsenden Hunger auf andere Dinge als chinesische Spezialitäten verspürte! „Ist das alles?"

„Bei deinem gesegneten Appetit hätte ich besser die Familienportion bestellt."

„Sag mal, was planst du eigentlich nach deinem Krieg mit Whitcomb?" Nach dem nächsten Bissen nahm sie ihm den Karton einfach ab.

In seinen Augen blitzte etwas Teuflisches auf. „Ich dachte mir, wenn ich es schaffe, dein Nachthemd loszuwerden, ergibt sich der Rest ganz von selbst."

Eine süße Schwäche überkam Allie, der sie energisch Widerstand entgegensetzte. „Ich sprach von deiner Sendung, du Schlauberger!"

„Die Sache mit Whitcombs Bruder ist ein ziemlich heißes Eisen. Falls es stimmt, ist Whitcomb ein Idiot."

„Hast du Zweifel?"

„Meiner Ansicht nach sollte man sich um die Erhaltung des Rathauses bemühen, aber ich persönlich reiße mich nicht darum. Besonders, wenn deswegen so viele Leute anrufen."

„Soll ich ihnen etwa den Mund verbieten?" Verächtlich sah sie ihn an. „Du bist ein Angsthase, Tenniel." Okay, er war ein sexy Angsthase, aber trotzdem!

Charlie eroberte den Chinakarton zurück und stellte ihn auf den Boden.

„Was soll das? Ich bin noch lange nicht satt!" protestierte sie.

„Du bist in jeder Hinsicht unersättlich. Außerdem bist du die oral fixierteste Frau, die ich kenne." Mit einem geschickten Manöver hielt er sie unter sich gefangen. „Nicht, dass ich mich beschwere." Vergeblich stemmte Allie sich gegen seine Schulter. „Wo willst du hin?"

Sein spitzbübisches Lächeln und das verwegene Funkeln in seinen blauen Augen waren ihr Untergang. „Ich habe Hunger. Wirklich."

„Dem kann ich abhelfen." Aufreizend knabberte er an ihrem Hals.

„Ich dachte, das hätten wir geklärt."

„Haben wir, doch so zerzaust siehst du schrecklich verführerisch aus. Wie wär's mit einer Zugabe? Morgen ziehe ich auf die

Couch. Großes Pfadfinderehrenwort. Bitte wirf mich jetzt nicht aus deinem Bett." Seine Hand glitt unter das Nachthemd und streichelte ihre nackte Taille.

Glühende Hitze stieg in ihr hoch. Eine weitere Nacht wie die letzte war garantiert keine gute Idee! Mühsam rappelte Allie sich auf. Dabei streiften seine feinen Brusthärchen erotisierend ihre aufgerichteten Knospen. Ihre Abwehr schwand. Was könnte eine weitere Nacht schon schaden? Außerdem verdiente Charlie eine Belohnung. Schließlich hatte gleich seine Premiere für Furore gesorgt. Und schließlich war er Charlie. Und er saß in ihrem Bett, noch dazu halb nackt.

Sekunden später war ihr Nachthemd verschwunden, und Charlie umfasste begehrlich ihre Brüste. Es war Zeit, die Initiative zu ergreifen! Blitzschnell rollte sie sich auf ihn, fuhr mit dem Zeigefinger über sein Schlüsselbein, umrundete die kleinen braunen Brustwarzen, den flachen Nabel und zeichnete eine Linie abwärts bis zum Bund seiner Jogginghose.

Ein Beben durchlief ihn. „Mach weiter!" flüsterte er.

Nach kurzem Zögern berührte sie ihn dort, wo sich sein Lustempfinden konzentrierte. Scharf sog Charlie den Atem ein. Das machte ihr Mut. Unter sanften Berührungen und heißen Küssen streifte sie ihm Hose und Slip ab.

„Jetzt", hauchte sie.

„Warte eine Minute." Charlie fischte ein Kondom aus der Hosentasche. Gemeinsam streiften sie ihm den hauchzarten Schutz über, ehe er Allie wieder auf sich zog. Einen süßen Moment lang verharrte er reglos. „Wann immer du soweit bist, Lady. Nur warte bitte nicht zu lange, oder ich verliere den Verstand."

Unsicher stemmte Allie sich hoch. „Was soll ich tun?"

„Mach mich zum glücklichsten Mann der Stadt."

Zwischen ihren Schenkeln spürte sie ihn hart und pulsierend.

Unwillkürlich wiegte sie sich weich in den Hüften und genoss seine Erregung. „Es gibt noch mehr Männer in dieser Stadt, die in diesem Augenblick Sex haben."

„Nicht mit dir." An seiner Wange zuckte ein winziger Muskel. „Allie, ich brauche dich so sehr."

„Mich?" Allie blinzelte.

„Ja, dich. Merkst du mir mein wachsendes Interesse nicht an?"

„Bislang dachte ich immer, für einen Mann mache es keinen Unterschied, mit wem ..."

„Da hast du falsch gedacht." Fest umspannte er ihre Taille. Morgen würde sie bestimmt blaue Flecken haben, aber das war ihr egal. Dieser Ausdruck seines brennenden Verlangens besaß etwas ungeheuer Reizvolles. „Würdest du bitte zur Tat schreiten, ehe ich vollends den Verstand verliere?"

Sie umfasste ihn. Ihr Herz klopfte zum Zerspringen, das Blut rauschte in ihren Ohren. Überwältigt hielt sie inne und rang um Beherrschung. „Oh, Charlie ..." Ganz langsam senkte sie die Hüften und vollzog die Vereinigung.

Charlie warf den Kopf zurück und biss sich auf die Unterlippe. „Es ist so schön mit dir", stieß er heftig atmend hervor.

Allie schwelgte in dem Gefühl, dass sie ihm ebenso viel Vergnügen bereitete wie er ihr und dass er keine andere wollte als nur sie. Aufreizend langsam begann sie sich zu bewegen. Charlie bäumte sich auf und kam ihr entgegen. Allie befeuchtete ihre Lippen und beschleunigte den sinnlichen Tanz. Winzige Flammen züngelten in ihr, entfachten ein wildes Feuer, bis das Blut wie glühend heiße Lava durch ihre Adern zu pulsieren schien. Etwas in ihr wehrte sich dagegen und hatte Angst vor dieser absoluten Hingabe, doch Charlie zog Allie in seine Arme und trieb sie mit machtvollen Stößen dem Gipfel ihrer sinnlichen Sehnsüchte entgegen.

Und dann, als die Wogen der Leidenschaft allmählich verebbten und sie beide wieder ruhiger atmeten, flüsterte sie: „Ich möchte nicht, dass du auf der Couch schläfst."

„Daran würde ich nicht mal im Traum denken", erwiderte er und zog sie ganz fest in seine Arme.

„Bill möchte dich sprechen." Mit dieser Hiobsbotschaft überfiel Karen Charlie am nächsten Nachmittag beim Betreten des Senders.

„Was du nicht sagst." An der Rezeption blieb er stehen und bediente sich großzügig aus der Keksschale. „Du backst?"

„Ich genieße. Mrs. Wexman backt. Eigentlich nur für Grady, aber der stiftet großzügig der Allgemeinheit."

„Hmm. Schokoladenplätzchen mit Pekannüssen. Womit hat Grady sich so viel Liebe verdient?"

„Er fährt Mrs. Wexman zur Chemotherapie. Auch sonst kümmert er sich um viele Mitpatienten seiner Mom. Du solltest Mrs. Winthrops Mandelkekse probieren. Eines Tages brachte sie sogar als Dank eine dreistöckige Schokoladentorte, weil Grady eine Auseinandersetzung mit ihrem Enkel schlichtete."

„Das liebe ich – dankbare Frauen mit einem Hang zum Süßen." Neugierig spähte er über den Tresen. „Was macht Sam?" Karens Miene verriet Resignation. „Du wirst sehen, sobald er den richtigen Dreh raus hat, darf sich ihm nicht einmal Godzilla in den Weg stellen – was mich an meine Verabredung mit unserem großen Herrn und Meister erinnert. Werde ich gefeuert?"

„Zumindest wirst du einen gehörigen Temperamentsausbruch über dich ergehen lassen müssen."

Beim Weggehen stolperte Charlie fast über einen Stapel Kartons. „Was ist denn das?"

„Sticker. Marks Idee. Die Collegekids in Riverbend sind ganz wild auf die Dinger."

„Studenten hören sich freiwillig Marks Sendung an?“

„Sie beschränken sich auf die Sticker.“

Charlie verging der Appetit. Er legte seinen angebissenen Keks ab und öffnete den ersten Karton. Auf neonblauem Untergrund stand in grellorangefarbenen Lettern: *WBBB: Mach mich AN!*

„Wer versteht schon Jugendliche?“ Karen zwinkerte.

„Gut gesagt, alte Lady.“ Sie konnte selbst nicht älter als fünfundzwanzig sein. Charlie nahm sich einen der Sticker und schob ihn auf dem Weg zum Lift in die Hosentasche. „Auf in den Kampf! Wünsch mir Glück!“

„Das wirst du nicht brauchen. Ich habe deine Sendung gehört. Du warst einsame Spitze!“

Ein Fan! Das hatte ihm gerade noch gefehlt!

„Kommen Sie rein“, brüllte Bill, als Charlie an die Tür des Chefbüros klopfte. „Oh, Sie sind's.“

Bereit für eine Litanei seiner zahllosen Fehler, machte Charlie es sich im Sessel vor dem monumentalen Schreibtisch gemütlich.

„Die Presse überschlägt sich wegen dieses Fiaskos vergangene Nacht.“ Bill durchbohrte seinen neuesten Angestellten mit eisigem Blick. „Bloß kein Wort zu den Schreiberlingen, ist das klar?“

„Würde mir nicht im Traum einfallen. Glauben Sie mir, hätte ich auch nur den blassesten Schimmer gehabt ...“

Mit erhobener Hand wehrte er Charlies Protest ab. „Ich mache Ihnen keinen Vorwurf. Alice sagte mir bereits, es sei ganz allein ihre Schuld.“

„Ich war schließlich auch dabei“, erinnerte Charlie ihn.

„Mag sein, aber sie hat Whitcomb angerufen.“

Das war ihm neu. Anscheinend war eine ausführliche Unterhaltung unter vier Augen längst überfällig. Hauptsache, sie fand nicht in der Nähe eines Bettes statt, denn dort ließ er sich verdammt leicht ablenken! „Sie hat den Bürgermeister angerufen?"

„Natürlich!" Bills Augen unter den buschigen weißen Brauen schossen Blitze. „Glauben Sie allen Ernstes, irgendein vernunftbegabtes Wesen hört sich so spät noch Ihre Sendung an?"

Klugerweise verkniff Charlie sich einen Kommentar über Whitcombs Intelligenzquotienten. „Es war erst elf. Ich dachte, er bleibt immer so lange auf."

„Nur in Pokernächten." Bills Stirnrunzeln vertiefte sich. „Wo ich mich nicht mehr sehen lassen kann, wenn Sie sich weiterhin wie ein Elefant im Porzellanladen aufführen. Rollie wollte Ihren Skalp, doch ich sagte ihm, ich könne Sie unmöglich feuern. Wasserdichter Vertrag."

„Wir haben keinen Vertrag."

„Das weiß Rollie aber nicht. Und Sie werden gefälligst künftig Ihre Klappe halten! Ich habe Sie nicht zur Anprangerung politischer Korruption hergeholt! Sie sind hier ..."

„Warten Sie eine Minute." Langsam setzte Charlie sich auf. „Sie pfeifen mich zurück, damit Sie in Ruhe Poker spielen können?"

„Es geht um Politik, Junge." Hoheitsvoll lehnte Bill sich in seinem Sessel zurück, der große Patriarch in Vollendung. „Sie verstehen nicht ..."

„Sicher tu ich das." Wie Charlie dieses autoritäre Gebaren hasste! „Sie und mein Dad. Die ‚Bloß-nicht-anecken-Gang'."

Bills Miene verfinsterte sich. „Jetzt hören Sie mal gut zu, mein Junge ..."

„Nein." Charlie stand auf. „Ich kehre keine Korruption unter den Teppich, nur damit Sie mit Ihren Amigos pokern können. Von selbst schneide ich das Thema nicht an, aber abwürgen werde ich meine Anrufer auch nicht."

„Setzen Sie sich!“ brüllte Bill.

Seufzend nahm Charlie wieder Platz und lauschte Bills Tirade, abgestumpft durch eine lange Praxis. Was die Lautstärke und Verachtung betraf, so hatte diese Rede große Ähnlichkeit mit der Predigt, die sein Vater ihm nach dem Abbruch seines Wirtschaftsstudiums gehalten hatte. „Ich erziehe meine Söhne nicht zu Versagern!“ hatte es geheißen. Und nach seinem Ausstieg aus der Air Force: „Ich habe verdammt gute Beziehungen im Militär, aber du schlägst sie einfach in den Wind!“ Nach dem Verkauf seiner Softwarefirma, die ihm zu erfolgreich geworden war, lautete der väterliche Kommentar: „Du könntest der Bill Gates von Lawrenceville sein, aber nein, mein Herr Sohn fühlt sich dem Stress nicht gewachsen!“ Vor vier Jahren hatte Charlie Lawrenceville schließlich den Rücken gekehrt, und seitdem jobbte er mal hier, mal da.

Bills Argumentation zielte mehr in Richtung „Zu blöd, um den Kopf von weniger edlen Körperteilen unterscheiden zu können“, aber sonst war es im Großen und Ganzen eine Neuauflage der gewohnten väterlichen Kritik. Das habe ich nun davon, dass ich meinem alten Herrn einen Gefallen tue – Sperrfeuer aus allen Richtungen, dachte Charlie.

„Haben Sie mich verstanden?“ Bills weißer Schnurrbart vibrierte.

„Vollkommen. Bin ich gefeuert, oder darf ich heute Abend mit meinen Hörern über das Rathaus reden?“

Seinem Blutdruck zuliebe beschränkte sich Bill auf ein unverständliches Knurren.

„Zu Ihrer Beruhigung, Bill: Mein Interesse, als Tuttles moralische Instanz zu enden, hält sich in Grenzen. Aber ich lasse mich nicht manipulieren!“

Bill pochte mit dem Zeigefinger auf die Tischplatte. „Na

schön. Jetzt zu dem eigentlichen Grund Ihres Hierseins. Ich will hören, dass dieser Brief nichts als heiße Luft war."

„Erwarten Sie schon am ersten Tag Resultate?" Charlie seufzte. „Okay, okay. Allie traue ich in ihrem Ehrgeiz so gut wie alles zu – innerhalb vertretbarer Grenzen. Und Joe ..." Er brach ab. „Joe ist schwul. Könnte das der Grund sein?"

Ungeduldig wischte Bill diese Idee beiseite. „Joes Liebesleben kennt die ganze Stadt. Mehr haben Sie nicht?"

„Mark fehlt mit Sicherheit der Grips für kaltblütige Gesetzesbrüche. Marcia ist mehr der Typ, der ihren Intimfeinden geradewegs ins Gesicht spuckt, statt ihnen hinterrücks ein Messer zwischen die Rippen zu stoßen, und Stewart mangelt es an Durchblick. Karen ist nicht der Meisterkriminellen-Typ, obwohl sie vermutlich eine nette Düpierte abgibt. Sie und Beattie haben zu viel zu verlieren. Falls Grady nicht heimlich seine Hörer gesundbetet oder Harry gestohlene Autoteile verschachert, hat sich die Zahl der Verdächtigen drastisch reduziert."

„Suchen Sie weiter!"

„Wissen Sie, dieser Brief wäre wirklich eine große Hilfe gewesen. Wieso haben Sie ihn gleich weggeworfen?"

„Es stand nicht viel drin. Nur, dass hier irgendwas vorgehe, von dem ich keine Ahnung hätte. Nicht besonders aufschlussreich, das Ganze."

Warum wich Bill seinem Blick aus? Sehr verdächtig. „Ich bleibe am Ball, Bill. In der Zwischenzeit muss ich mich mit meinem neuen Job vertraut machen."

„Deswegen habe ich Ihnen Alice zugewiesen." Endlich sah Bill ihn wieder an. „Wären Sie gefloppt, hätte jeder gemerkt, dass irgendwas im Busch ist. Dafür schulden Sie mir eine Menge. Ich musste Mark mit einer Gehaltserhöhung bestechen."

„Mark hat Allie gar nicht gefeuert?" fragte Charlie entgeistert.

Großartig! Meinetwegen hat Allie also die Hauptsendezeit verloren! dachte er, und plötzlich war er nicht mehr besonders scharf auf ein Gespräch unter vier Augen.

„Befolgen Sie einfach nur Alices Anweisungen. Und vergessen Sie endlich dieses verflixte Rathaus!“

„Warum geben Sie mir nicht einfach eine Liste all der kleinen Gaunereien, in die Ihre Freunde verwickelt sind?“

Bill sprang auf. Drohend beugte er sich über den wuchtigen Schreibtisch. „Sie lassen gefälligst die Politik aus dem Spiel!“

Mit stoischer Gelassenheit ertrug Charlie Bills vernichtenden Blick. „Und heute Nacht?“

Bill resignierte. „Schneiden Sie die brenzligen Themen nicht von sich aus an, aber würgen Sie die Anrufer auf keinen Fall ab.“ Er schüttelte den Kopf wie ein grantiger Bär. „Sonst kommen die Leute noch auf die Idee, wir hätten etwas zu verbergen.“

„Ganz meine Meinung.“

Draußen vor dem Büro wartete Allie und fürchtete, das Rathaus sei als Thema endgültig gestorben. Bill hasste Kontroversen – Seite sechs seines Handbuchs –, und Charlie wollte eine nette, ruhige Call-in-Sendung. Nach der vergangenen Nacht neigte Allie dazu, Charlie jeden Wunsch zu erfüllen. Allerdings stand ihre Karriere auf dem Spiel. Vielleicht konnte sie ihn zu einer Livediskussion über die Tücken moderner Beziehungen verführen ...

Schnell verwarf sie diese Idee wieder. Was die Verführung anging, würde Charlie begeistert kooperieren, nur reden würde er darüber nicht. Er war so starrsinnig wie ... nun, wie sie.

Bills Stimme schwoll an. Allie legte das Ohr an die Tür. Bill bedachte Charlie mit einer Menge Namen für jemanden, der ihm brav in allem zustimmte.

Von hinten tippte Harry ihr auf die Schulter. „Bekommst du auch alles mit?"

„Pst!"

Bill steuerte das strittige Rathausthema an und Harry den Pausenraum. Sekunden später kehrte er mit einem Glas zurück. „Versuch's damit."

Das Glas stellte eine deutliche Verbesserung dar. „Er lässt sich gerade über die Rathausdiskussion aus."

„Erzähl mir was Neues! Was sagt Charlie?"

Eine tiefe Furche erschien auf ihrer Nasenwurzel. „Noch gar nichts."

„Er muss die Hinhaltetaktik anwenden. Lass mich mal lauschen."

Allie reichte das Glas weiter und lehnte sich zum Nachdenken an die Wand. Ihre Gedanken rasten. Noch war nicht die Rede davon gewesen, dass Charlie Bills Wunsch folgen und die Geschichte begraben würde. Also wollte er Bill entweder auf Hundertachtzig bringen, was dumm wäre, doch typisch für Charlie, oder er hatte sich entschlossen, den Skandal aufzudecken.

Man stelle sich nur die Zahl der Anrufer vor. Und die Einschaltquoten!

Karen tauchte hinter ihnen auf, Sams Korb in der Hand. „Ich dachte, ihr wärt im Studio."

„Pst!" fauchte Harry. „Beattie liest heute die Nachrichten. Auf eigenen Wunsch." Wieder wandte er sich der geschlossenen Tür zu.

Die beiden Frauen pressten ihr Ohr an den winzigen Spalt, der nicht von Harrys massiger Gestalt blockiert wurde.

„Geht es um's Rathaus?" Stewart zwängte sich dazwischen.

„Sei still! Wie hat er Charlie genannt?"

„Einen hirnlosen Penner", berichtete Harry. „Jetzt wirft er

mit Anatomiebegriffen um sich. Das bedeutet, er schlafft ab. Verdammt, er hat aufgehört!"

„Ist Charlie gefeuert?"

Alle drei fuhren zu Stewart herum. „Nein!"

„Was geht da vor?" Allie zupfte an Harrys Ärmel. „Sie sind verdächtig still." Die Spannung wurde unerträglich. „Besteht Charlie auf dem Rathausthema?"

Harry scheuchte sie weg. „Ich sage doch, ich höre nichts."

Plötzlich ging die Tür auf. Wie ein Stein fiel das Glas zu Boden.

„Saft." Hastig bückte Harry sich nach dem verräterischen Indiz. „Erfrischungspause. Die Nachrichten laufen und ..." Er wich zurück. „Saft!"

Karen lächelte strahlend. „Sam." Sie hielt Charlie den Korb unter die Nase. „Ich wollte Harry bloß den Korb übergeben."

„Und ich wollte gerade gehen." Allie wirbelte auf dem Absatz herum.

„Ich habe an der Tür gelauscht", hörte sie Stewart sagen. „Beim nächsten Mal musst du lauter sprechen."

„Ich werd's beherzigen." Schnellen Schrittes eilte Charlie seiner Produzentin nach. „Du kannst dich nicht verstecken, McGuffey! Ich weiß alles über den Whitcomb-Auftritt!"

Allie bog scharf nach links ab. Das Studio und damit die Rettung war nur Meter entfernt. „Ich muss mit Harry sprechen."

„Harry trinkt Saft." Unsanft fing er ihren Arm ein und bugsierte sie quer durch den Flur. „Du musst mit mir sprechen."

Kaum war die Bürotür ins Schloss gefallen, platzte Charlie der Kragen. „Du hast den Bürgermeister angerufen! Du hast deinen ehrgeizigen kleinen Finger auf die Tasten gedrückt und Rollins aus dem Schlaf gerissen!"

Allie schob ihre Brille hoch. Man sah förmlich ihre kleinen

grauen Zellen rotieren. „Das Rathaus ist ein Thema von öffentlichem Interesse. So gesehen war es meine staatsbürgerliche Pflicht. Außerdem fand ich es nur fair. Jeder verdient die Chance zur Rechtfertigung."

„Blödsinn!" Mit Befriedigung bemerkte er, dass Allie zurückwich. Keiner anderen Frau war es je gelungen, ihn dermaßen auf die Palme zu bringen. „Ich will kein Star sein!"

Mittlerweile stand sie mit dem Rücken zur Wand. „Aber du willst das Rathaus retten." Angriff war immer noch die beste Verteidigung!

„Wie Bill sagen würde, das Rathaus schert mich einen Dreck!" Charlie tat sein Bestes, streng auszusehen, allerdings hegte er den starken Verdacht, dass er Bill und seinem Vater im Augenblick verteufelt ähnlich sah. „Mach das nie wieder!"

Allie nickte, ein Bild des Gehorsams. „Also willst du das Thema totschweigen?"

„Es sei denn, jemand ruft an und erwähnt es." Seine Augen verengten sich zu Schlitzen. „Die Hörer rufen uns an! Nicht umgekehrt! Wir halten uns vornehm zurück!"

„Kein Problem."

Charlie wusste, wann er geschlagen war. „Dein Wort in Gottes Ohr." Er zog den Sticker aus der Tasche. „Jetzt, wo das geklärt wäre, darfst du mir diese Geschmacklosigkeit erklären."

Mit dem obligatorischen Hochschieben ihrer Brille verwandelte sie sich wieder in Allie, die allzeit effiziente Produzentin, und verzog sich hinter ihren Schreibtisch. „Marks Sticker? Was stört dich an dem Slogan?"

„Die Doppeldeutigkeit. Wenn man das seltsame Interesse der Studenten bedenkt, könnten sie sogar auf Drogen verweisen."

Allie wirkte perplex. „Was für eine hirnrissige Idee! Falls es dir nichts ausmacht – ich habe noch einige Dinge zu erledigen, ehe du heute Abend auf Sendung gehst.“ Demonstrativ raschelte sie mit Papieren.

Auf halbem Weg zur Tür drehte Charlie sich noch einmal um. „Ich meine es ernst mit diesen Anrufen. Du rufst niemanden an! Nie wieder!“

„Dein Wunsch sei mir Befehl.“ Ihr zuckersüßes Lächeln ließ ihm das Blut in den Adern gefrieren. Sicherheitshalber floh er, bevor sie ihn zu etwas überredete, das er sehr schnell bedauern würde.

Dafür entwickelte sie ein wirkliches Talent.

Die Anrufe begannen noch während Harrys Sendung. Sein souveräner Umgang mit den Hörern überraschte selbst altgediente Kollegen. „Ich möchte allen danken, die wegen des Rathauses angerufen haben. Als Nächstes, direkt nach den Nachrichten, kommt Charlie Tenniel – der richtige Ansprechpartner für diesen Skandal. Wenn irgendwer das Gebäude retten kann, dann Charlie!“

Allie bemerkte Charlies Stirnrunzeln, doch sie war zu glücklich über die Entwicklung der Dinge, um sich mit seiner miesepetrigen Stimmung zu befassen. „Oh, Harry, warte!“ fing sie ihn ab, als er mit Charlie den Platz tauschte. „Du warst heute in Topform! Warum sprichst du nicht immer so mit den Anrufern?“

„Weil es normalerweise keine Anrufer gibt. Ich bin nicht Charlie, Honey. Ich mach’ nicht so’n philosophisches Zeug.“

Selbst ihr neuer Star hatte noch einen weiten Weg vor sich, ehe er eine Konkurrenz für Plato darstellte! „Harry, du musst nicht Charlie kopieren. Sei einfach du selbst.“ Allie folgte ihm auf den Flur. „Rede über Dinge, die dir am Herzen liegen. Wie ... Autos.“

Harry blieb so plötzlich stehen, dass sie mit ihm zusammenstieß. „Autos?“ Kurz dachte er darüber nach, schüttelte den Kopf und ging unbeeindruckt weiter. „Ach nein.“

„Es könnte klappen!“ Hartnäckig blieb Allie ihm auf den Fersen. „Du weißt eine Menge über Autos, Stereoanlagen und solchen Männerkram.“

Erneut stoppte er. „Männerkram? Ich bitte dich!“

„Harry!“ Ihre Verärgerung musste zu ihm durchgedrungen sein, denn er drehte sich um. „Du kannst es! Ich helfe dir!“

„Wenn es jemand schafft, dann du, Allie, aber im Gegensatz zu Mr. Strahlemann King und Tuttles neuem Gewissen Tenniel fehlt mir das gewisse Etwas.“

Bis ein Uhr zählte Charlie einundzwanzig Anrufe: sechzehn für die Erhaltung des alten Rathauses, drei für die Absetzung des Bürgermeisters und zwei neu gewonnene Verehrerinnen, die sich nach Sendeschluss mit ihm verabreden wollten. Charlie war ziemlich sicher, dass er den Aufruhr in Grenzen gehalten hatte, aber er war ebenfalls sicher, dass der Whitcomb-Clan dank seiner Aktivitäten ein Vermögen verloren hatte.

So viel zu einer unauffälligen kleinen Sendung kurz vor Mitternacht.

Die Tür öffnete sich einen Spalt breit. „Brauchst du mich noch?“

Allie sah müde aus, daher schüttelte Charlie den Kopf. „Sam und ich lassen es für den Rest der Nacht ruhig angehen.“ Der Song war zu Ende, und Charlie legte die nächsten drei Titel auf: Billy Joel, Garth Brooks und Tony Bennett. Bei den Anfängen von „River of Dreams“ nahm er die Kopfhörer ab und hob Sam aus dem Korb. Der Winzling verlor sich fast in seiner großen Hand. Durch sanftes Kitzeln versuchte er, Sams Schluckreflex auszulösen.

Allie schloss die Augen und flehte um himmlische Unterstützung für ihr Sorgenkind. „Vielleicht macht ihn die Wärme lethargisch." Allie setzte Sam aufs Mischpult und rieb ihm den Bauch.

„Bei seinem Untergewicht gehört er in einen Brutkasten."

Mühsam begann Sam zu zappeln.

„Er friert. Nein, warte." Schnell hielt Charlie dem Hundebaby die Flasche an die Schnauze. Der Welpe machte zaghafte Sauggeräusche. „Ich will verdammt sein! Er trinkt!" Charlie legte den Kopf neben Sam aufs Mischpult. Dabei verschob er die Kopfhörer. „Was jetzt? Er hört auf."

„Kopf weg!" Sowie Allie die Kopfhörer wieder heranzog, machte der Winzling sich wieder über die Flasche her, schwach zwar, doch mit beständigem Rhythmus.

„Nicht zu fassen!" staunte Charlie. „Er mag Billy Joel." Anscheinend erinnerte der dumpfe Klang der Bässe Sam an den Herzschlag seiner Mutter. Zusätzlich gurrte Allie dem Welpen aufmunternde Worte ins Ohr. Die Art, wie sie Charlie dabei ihre verführerische Kehrseite präsentierte, war praktisch eine Einladung. Ehe Allie wusste, wie ihr geschah, hatte er sie auf seinen Schoß gezogen.

„Wie läuft die Sendung bislang?" Tief atmete er den Blütenduft ihres Shampoos ein.

„Grandios, wie immer." Ihre ganze Aufmerksamkeit galt Sam.

„Was meinst du mit ‚wie immer'? Das war erst unser zweiter Versuch."

„Wir sind gut. Er hört auf. Was ist los?"

Charlie griff nach den Kopfhörern. „Womöglich hat er was gegen ‚Friends In Low Places'. Dabei ist das einer meiner Lieblingssongs."

„Spiel Billy Joel, um Himmels willen!" forderte sie in einem Ton, der keinen Widerspruch duldete.

„Dann zapple nicht so! Es lenkt ab. Muss es unbedingt ‚River Of Dreams' sein?"

„Was fragst du mich? Spiel Billy! Was einmal funktioniert, klappt auch ein zweites Mal."

Gut, dass es ein so guter Song war.

Nach dem dritten Durchgang schlief Sam satt und zufrieden ein. Behutsam legte Allie ihn in den Korb und wollte von Charlies Knien rutschen.

„Nicht so hastig!" Ihren Protest erstickte er mit einem zärtlichen Kuss. Nur einen kurzen Augenblick wollte er ihre Hingabe genießen, doch Allie schlang ihm die Arme um den Hals und reagierte mit einer Leidenschaft, die sein Blut sofort zum Sieden brachte.

„Hallo", sagte sie einige Minuten später und schnappte nach Luft. „Wofür war denn das? Nicht, dass ich mich beschwere ..."

„Das war für mich." Auch Charlie rang nach Atem. „Besser, du verschwindest jetzt, oder ich nehme dich gleich hier im Studio."

„Das sind doch nur alberne Sprüche, Tenniel!" Provozierend wand sie sich. Erst als sich sein Griff um ihre Taille verstärkte, rutschte sie von seinem Schoß und wich geschickt seinen Händen aus.

Charlie ließ sie gehen.

Die Nacht war schließlich noch lang.

„Hm ... ja ... mehr ..."

Mit ekstatischen Seufzern machte sich Allie über eine Doppelportion Knoblauchhähnchen her. „Weißt du, Charlie, dein Potenzial habe ich gleich auf Anhieb erkannt, aber dass du praktisch wie eine Bombe eingeschlagen bist, überrascht mich schon. Warte, bis die PR-Aktion anzieht!"

Missgelaunt stocherte Charlie im Hähnchenfleisch. „Gib's auf! Mit mir pflasterst du keine Plakatwände!"

„Ich ahne dein Problem." Allie kippte den Inhalt der Reisschachtel zum Fleisch. „Du leidest unter Erfolgsangst." Mitfühlend tätschelte sie seine Hand. Immerhin war ihm ziemlich schnell der große Wurf gelungen. „Ein relativ häufiges Phänomen. Du gewöhnst dich schon dran. Vertrau mir."

Charlie entwand ihr den Karton und versteckte ihn hinter seinem Rücken. „Nein, werde ich nicht. Sieh mich an!"

Gehorsam schaute Allie auf, die Gabel in Stellung gehalten, für den Fall, dass die Mahlzeit zufällig in ihre Reichweite geriet.

„Ich will nicht erfolgreich sein! Ich hasse Starrummel!" Er sprach langsam und betont. Wie konnte eine Frau nur so begriffsstutzig sein? „Erfolg verdreht den Leuten den Kopf, und schon glauben sie, sie könnten sich alles erlauben. Halt mich aus der PR-Kampagne heraus! Auch den Gedanken an Autogrammkarten kannst du streichen. Außerdem werde ich keine kontroversen Themen mehr anschneiden, die mich in Teufels Küche bringen. Ich bin ein netter, ruhiger Kerl, und ich will eine nette, ruhige Sendung. Ist das zu viel verlangt?"

Ungerührt hielt Allie seinem durchdringenden Blick stand. Was für ein Weichling! „Gibt's noch was, das ich tun kann, um dir den Weg zur Unbekanntheit zu ebnen?"

„Ja." Als kleine Belohnung für so viel Verständnis hielt Charlie ihr den Karton wieder hin. „Gib mir ein harmloses Thema für morgen Nacht. Irgendwas garantiert Harmloses."

Das konnte er gerne haben! Allie spießte ein Stück Fleisch auf. „Stewart bedient sich regelmäßig an der Kaffeemaschine im Pausenraum, ohne die üblichen fünfzig Cents hinzulegen, und dann beschuldigt er die anderen Techniker."

Charlie rollte die Augen. „Wirklich faszinierend, aber ich fürchte, dass Tuttles Bürger kein Interesse für eure dilettantischen Bereicherungsmethoden aufbringen werden. Komm schon! Los, Allie, kooperiere! Du bist meine Produzentin, also produziere. Und rutsch rüber. Du beanspruchst das ganze Bett!“ Charlie schob sie ein wenig beiseite und spähte in den Karton. „Oh, da ist noch ein Rest Reis. Vielleicht sollten wir das Zeug auf Teller kippen.“

„Was immer du wünschst, großer Meister.“

„Ich wünsche mir ein harmloses Thema für die morgige Sendung.“

„Okay, wie wär's mit ...“ Allie stützte das Kinn auf seine Schulter und überlegte sich etwas wirklich Einfältiges. „Manchmal moderiert Grady seine Sendung, wenn er total bekifft ist.“

„Ist mir bereits aufgefallen. Wie höchstwahrscheinlich auch dem Rest der Bevölkerung. Hör auf zu schmollen, und besinn dich auf deine Pflichten!“

„Okay. Die Straßenbeleuchtung in Eastown funktioniert immer noch nicht.“

„Allie ...“

Sie fuchtelte abwehrend mit der Gabel. „Du sagtest harmlos.“

„Harmlos, nicht hirnlos.“ Kurzerhand nahm er ihr den Karton ab. „Belohnung gibt's erst nach getaner Arbeit. Gib mir ein Thema. Etwas, das meinen Lohnscheck rechtfertigt und Schlagzeilen ausschließt.“

„Es ist gemein, mir ständig mein Essen vorzuenthalten!“

„Dann denk schneller.“ Ausgiebig genoss er eine riesige Gabel voll Hähnchen unter ihren sehnsüchtigen Blicken.

„Essen.“ Unauffällig näherte sie sich mit ihrer Gabel dem Karton. „Erinnerst du dich an all die in Konkurs gegangenen Lebensmittelläden?“

Der Karton wurde ihrer Reichweite entzogen. „Das ist dein bester Einfall?“

„Du wolltest Langeweile. Mach einen Nostalgietrip, vergleich damals und heute. Statt persönlichen Ambientes fluoreszierendes Licht und Hausmarken, die wie Hundefutter schmecken ... Übrigens frage ich mich, was Sam von chinesischem Essen hält. Glaubst du, irgendwer hat bemerkt, dass wir stündlich Billy Joel spielen?“ Charlie schien völlig in Gedanken versunken. Allie nutzte die Gunst des Augenblicks, entwand ihm das Essen und machte sich über die kläglichen Überreste der Mahlzeit her. „Du bist ein hoffnungsloser Fall! Ich könnte dich zum größten Star im Mitternachtsradio machen, aber nein, du hältst dich lieber bedeckt!“ Mit einem dumpfen Geräusch landete der Karton auf seiner Brust. „Hier. Mir ist der Appetit vergangen.“

„Dagegen sollten wir schleunigst etwas unternehmen.“ Allie in den Armen, ließ er sich in die Kissen fallen. „Was fangen wir mit dem angebrochenen Abend an?“

„Du besitzt einen einspurigen Verstand, Tenniel!“ So gut es ging richtete sie sich wieder auf, verschränkte die Arme vor der Brust und bemühte sich um einen Hauch von Würde. „Weißt du, irgendwie verfallen wir hier in einen gewissen Trott.“

„Kennst du ein anregenderes Vorspiel?“ Herausfordernd bewegte er den Finger über ihre Wirbelsäule. „Ein haarscharf abgewendeter Streit. Zwei großzügige Portionen vom Chinesen. Drei aufregende sexuelle Varianten.“ Charlie zog ihr Nachthemd beiseite und verteilte winzige Küsse auf Schulter und Dekolletee. „Genau meine Art von Trott.“

Prickelnde Schauer durchrieselten Allie. Schon bald startete er einen neuen Verführungsangriff, nahm eine ihrer schwellenden Brüste in die Hand und umspielte die rosige Knospe, bis sie sich versteifte und aufrichtete. Allie wurde fast schwindelig. Sein Streicheln löste ein so intensives Kribbeln aus, dass sie glaubte, vor Sehnsucht und Wonne zu vergehen. „Ich muss jetzt aufstehen und mir die Zähne putzen. Anschließend sollten wir zur Abwechslung einfach nur schlafen. Langsam wird die Sache langweilig."

„Du willst Abwechslung? Okay. Morgen bringe ich eine Ziege mit. Aber für heute Nacht ..."

Entsetzt wich sie zurück. „Eine Ziege?"

„Also wirklich! Sag bloß, du kennst den Ziegentrick nicht?"

„Den Ziegentrick?" Allie blinzelte. „Natürlich. Klar habe ich den Ziegentrick gemacht. Schon Tausende von Malen."

„Was? Also, ich hätte nie geglaubt, dass du der Typ Frau bist, die den Ziegentrick ‚Tausende' von Malen machen würde. Ich bin schockiert."

„Du kommst schon darüber hinweg."

„Ich bin schon darüber hinweg." Mit seinem Gewicht drückte er sie tief in die Kissen und küsste sie, bis ihr Protest einem hingebungsvollen Seufzer wich.

Charlies nächster Abend begann gut. Soweit er es nach seiner nachmittäglichen Schnüffelei beurteilen konnte, ging im Sender absolut nichts Illegales vor. Sein einziger Anhaltspunkt blieb die Sammelleidenschaft der Studenten. Sticker als heiße Spur für einen sendereigenen Drogenring waren ziemlich dürftig, ungefähr so wahrscheinlich wie ein von Beatties Schreibtisch aus operierender Callgirl-Service.

Neben dem leisen Verdacht, dass der ominöse Brief nur ein blinder Alarm gewesen sein könnte, kam er zunehmend zu dem Schluss, dass Bill ihn ebenfalls für einen Dummejungenstreich hielt. Bills Interesse an der Aufklärung des Falls bewegte sich jedenfalls gegen Null. Im Gegensatz zu Beattie, die inzwischen bestens informiert war über seine Wohnverhältnisse, seine Essgewohnheiten und seine Pläne für die Sendung, hatte Charlie WBBBs großen Boss seit der Standpauke am zweiten Tag überhaupt nicht zu Gesicht bekommen.

Es war alles höchst verdächtig. Charlie beabsichtigte, der Sache auf den Grund zu gehen, doch zuerst musste er an seiner Moderation feilen, damit er sich nicht vor versammelter Zuhörerschaft zum Narren machte. Warum er sich darüber überhaupt sorgte, war ihm schleierhaft. Auch ertappte er sich dabei, wie er sich Sorgen machte über die Kollegen im Sender – Mark natürlich ausgenommen. Je sicherer er wurde, dass er hier niemanden auffliegen lassen musste, desto größer war seine Erleichterung. Joe verband die Tugend echter Freundschaft mit beneidenswerten Kochkünsten, Karen war übersprudelnd fröhlich und außerordentlich dankbar, Grady war ein wirklich netter Kerl, und Beattie betrachtete ihn mit Wohlwollen und verlas nun tägliche Appelle zur Rettung „seines" Rathauses. Selbst Bill schien sich für ihn zu erwärmen, denn auch nachdem die *Tuttle Tribune* einen ellenlangen Artikel über Whitcombs dubiose Machenschaften brachte, wurde er nicht ins Allerheiligste zitiert.

Ganz besonders freute Charlie die allabendliche Herausforderung. Sein Job machte Spaß, aber es war mehr. Besser er dachte nicht genauer darüber nach, denn sonst kooperierte er noch mit Allie, und dann endete er schließlich doch als Star.

Natürlich würde die heutige Sendung über Tante-Emma-Läden alle diesbezüglichen Chancen endgültig zunichte machen.

6. KAPITEL

Viereinhalb Stunden später saß Allie gegen das Kopfende gelehnt im Bett. Neben ihr hockte Charlie wie ein Häufchen Elend.

„Illegale Preisabsprachen!" Resigniert ließ Charlie sich zurückfallen, sodass sein Kopf in Allies Schoß landete. „Dieser alte Mann sagte, sie hätten vor fünf Jahren nur wegen der dürftigen Beweislage nichts unternommen. Hast du das gehört?"

„Ja, Charlie. Unglaublich, dass so viele Leute angerufen haben!"

Eigentlich war es gemein, auf Wolke sieben zu schweben, während ihr Schützling am Boden zerstört war, aber Allie konnte nicht anders. Dumpingpreise der allgegenwärtigen Supermarktkette FoodStop hatten die unabhängigen Krämerläden in den Ruin getrieben. „Wer hätte gedacht, dass so viele der damaligen Ladenbesitzer um Mitternacht zuhören?"

Zwei Skandale in drei Tagen.

Bill würde der Schlag treffen.

Ihre Karriere war gerettet!

„Wer hätte das gedacht?" Charlie öffnete ein Auge. „Hattest du da wieder die Finger drin?"

Selbstvergessen streichelte sie sein Haar. „Nun ..."

Charlie setzte sich auf. „Hast du sie angerufen?"

„Nein!" Allie versuchte empört auszusehen, doch das war schwierig, immerhin trug sie eine Teilschuld. „Woher sollte ich sie kennen?"

„Was hast du getan?" Sein Tonfall duldete keine Ausflüchte.

„Was bringt dich auf den Gedanken ..."

„Du bedienst diese Telefone so virtuos wie Glenn Gould das Piano." Misstrauisch kniff er die Augen zusammen. „Du hast vorhin auch in Harrys Sendung angerufen und wegen Vergasern und Gängen nachgefragt, stimmt's? Deshalb also Harrys glücksstrahlende Miene!"

Sofort richtete Allie ihre Stacheln auf. „Wage es ja nicht, ihm das zu verraten! Außerdem habe ich bloß zwei Mal angerufen, die anderen meldeten sich ganz von selbst! Alles in allem hat Harry neben einer Neuauflage halbvergessener Straßenverkehrsregeln ein Stoßdämpferproblem gelöst, einen Motorschaden behoben, eine Ehe gerettet und die Funktion des Treibriemens erläutert."

„Das war verdammt anständig von dir. Und was hast du mir heute Nacht angetan?" Um seine Mundwinkel lag ein grimmiger Zug.

„Nun, vielleicht erwähnte ich rein zufällig dem ersten Anrufer gegenüber, dass geballte Kraft wesentlich effektiver sei ..."

„Na wunderbar!" Charlie verlor seine hartumkämpfte Gelassenheit. „Warum erschießt du mich nicht einfach? Erst muss ich deinetwegen stündlich ‚River Of Dreams' spielen, und jetzt das!"

„Du willst doch nicht, dass Samson stirbt, oder?"

„Sam isst mittlerweile genau wie du. Tod scheidet als Gefahr aus, es sei denn, eine Überdosis Milchpräparat schadet."

Allie folgte bereits einem anderen Gedankengang. „Weißt du, dieser Anwalt, der eine Klage wegen unlauteren Wettbewerbs vorschlug, der war schon was." Je optimistischer sie wurde, desto tiefer versank Charlie in Hoffnungslosigkeit. Es war wirklich grausam, glücklich zu sein, während er in der Hölle schmorte. „Da waren ja auch noch andere Anrufer, schon vergessen? Der mit dem Tennyson-Gedicht. Und dann der druckreife Kommentar dieser Frau nach deinem Scherz über meinen unersättlichen Appetit." Triumphierend holte sie zum vernichtenden Schlag aus. „Und Johnson von der *Tribune*. Jetzt setzt die Zeitung sogar einen Enthüllungsjournalisten auf den von dir aufgedeckten Skandal an! Ist es nicht erstaunlich, wie viele Menschen sich deine Sendung anhören? Es beweist nur, wie beliebt du bist."

„Ich will aber nicht beliebt sein!" Charlie knirschte hörbar mit den Zähnen.

Allie ignorierte ihn. „Weißt du, Charlie, das könnte ein Fingerzeig Gottes sein. Erfolg ist dir vorbestimmt. Eine Menge DJs würden für eine solche Publicity ihre eigene Großmutter verkaufen!"

Er wollte keine Publicity! Er wollte keine hohen Einschaltquoten! Die Wellen, die er vermeiden wollte, standen ihm schon bis zu den Knien und stiegen sekündlich. Doch wie sollte Allie ihn jemals verstehen? Sie in Bills Plan einzuweihen kam jedoch nicht in Frage. Schon bei dem leisesten Verdacht krimineller Machenschaften in „ihrem" Sender würde sie sich in die Nachforschungen einmischen, und dann landete die Story genau da, wo Bill sie nicht haben wollte: auf der Titelseite der *Tuttle Tribune*.

„Wir müssen diese Sache so diskret wie nur möglich behandeln."

Allies Augen blitzten vor Empörung. „Wieso? Du machst Furore! Deine Sendung sprengt alle Quoten! Ich sehe einfach das Problem nicht." Plötzlich fiel ihr etwas ein. „Bei genauerem Nachdenken entdecke ich vielleicht ein kaum erwähnenswertes Problem."

Charlies Nackenhärchen sträubten sich. „Welches?"

„Den Gerüchten zufolge haben die FoodStops Verbindungen zur Mafia."

In Tuttle? Bei seinem Glück stand morgen Al Capones Urenkel bei ihm auf der Matte! Mit einem Satz war er aus dem Bett.

„Wo willst du hin?"

„Mich in der Badewanne ertränken."

„Hey!" protestierte Allie. „Wo bleibt das Essen? Wo bleibt der Sex?"

Im Türrahmen drehte er sich um. „Heute nicht, Darling. Ich genehmige mir meine Migräne."

Allie wartete, bis das Wasser rauschte. Dann folgte sie Charlie und verführte ihn nach allen Regeln der Kunst in der Wanne. Aus reiner Nächstenliebe, versteht sich. Charlie als Wasserleiche wäre ein tragischer Verlust für das Nachtradio.

Auch beim Frühstück hielt Charlies Stimmungstief an. Kaum hatte er verwunden, dass ein beneidenswert fröhlicher Mark sich im Radio als „Mark All Morning" vorstellte, reichte Joe ihm die neueste Ausgabe der *Tribune*. Die reißerische Schlagzeile *Discjockey sorgt nach Diskussion um das Rathaus für neuen Zündstoff* deprimierte ihn so sehr, dass er nur zwei Nachschläge von Joes delikaten Hefepfannkuchen nahm.

„Jetzt ist wohl nicht der ideale Zeitpunkt, dir von deinem morgigen Werbeauftritt zu erzählen", meinte Allie vorsichtig, als er den Rest des Sirups mit dem letzten Pfannkuchen aufnahm.

Über den Teller gebeugt, hielt er inne. „Nur über meine Leiche!"

„Du warst aber am College interessiert", wandte Allie ihre gesammelten Überredungskünste auf. „Harry wird ..."

„Das College?" Das Faible der Studenten für diese lächerlichen Sticker war eine lausige Spur, aber bislang seine einzige. „Okay. Ich bin dabei."

„Du machst es?" Vor Verblüffung stand Allie der Mund offen.

„Werd ja nicht übermütig. Ich lasse mir solche Nachgiebigkeit nicht zur Gewohnheit werden."

Wer sagt es denn? dachte Allie. Endlich etwas Kooperation. Immerhin ein Anfang.

„Wer zum Henker hat Sie beide zu Enthüllungsjournalisten auserkoren?“

Allie zuckte kaum merklich zusammen und wollte etwas erwidern.

Verstohlen trat Charlie ihr gegen den Knöchel. „Das Ganze war ein dummer Zufall, Bill. Wir wussten nicht ...“

„Dann halten Sie gefälligst den Mund!“

Allie sprang auf. Nichts brachte sie mehr in Fahrt als eine ordentliche Herausforderung. Davon abgesehen befand sie sich moralisch im Recht. „Dieser FoodStop-Mensch hat ein halbes Dutzend Lebensmittelläden gekauft, die Preise unter den Einkaufspreis gesenkt und damit die kleineren Läden ruiniert. Sobald alle Konkurrenten ausgeschaltet waren, erhöhte er die Preise und melkt Tuttle seitdem. Seit fünf Jahren! Jeder weiß, dass man in Riverbend günstiger einkaufen kann, aber nur Leute mit viel Zeit und Geld können kilometerweit entfernt Vorräte einkaufen. Dieser miese Kapitalist beutet die Armen aus und ...“

„Setzen Sie sich!“ explodierte Bill. „Wissen Sie, wer dieser miese Kapitalist ist?“

Allie schluckte. Ganz sicher würde ihr die Antwort nicht gefallen. „Nein.“

„Roger Preston.“ Mit wohl dosierter Verachtung funkelte er seine beiden Angestellten an.

Diese Neuigkeit gab Allie Auftrieb. „Ich hoffe, Sie haben ihm eine Menge Geld beim Pokern abgeknöpft, denn Preston ist ein Gauner.“

Heiliges Kanonenrohr! Noch ein Pokerspieler? dachte Charlie.

„Wenn ihr beide so weitermacht, darf ich künftig Solitär spielen!“ Drohend fuchtelte er Charlie mit dem Zeigefinger vor der Nase herum. „Dafür habe ich Sie nicht angeheuert, Tenniel!“

„Natürlich haben Sie das“, schaltete sich Allie ein, um ihren Star zu beschützen. „Ich kann es kaum erwarten, die Quoten zu sehen.“

„Junge Dame ...“

„Übrigens liebt Beattie die Sendung. Sie ist absolut hingerissen.“

Bill schloss die Augen. „Was gäbe ich nicht für eine Rückkehr in den Gartenclub!“

Mit einem süffisanten Lächeln feuerte Allie ihren Todesstoß ab. „Sie verliest einen flammenden Appell in den Abendnachrichten.“

Von ihrem Chef kam eine heftige Verwünschung. „Das wird sie hübsch bleiben lassen!“

„Das sollten Sie ihr besser schleunigst sagen.“

Seine buschigen Augenbrauen verdichteten sich zu einer Linie. „Beattie können Sie getrost mir überlassen! Sie jedenfalls gehen mir nicht mehr ans Telefon!“

„Aber Bill ...“

Unsanft wurde sie vom Stuhl hochgezogen. „Einverstanden, Bill. Keine Anrufer. Wir erzählen den Leuten, die Leitung sei defekt. Bis Montag wird die ganze unleidliche Angelegenheit in Vergessenheit geraten sein. Komm, Al!“

„Moment mal!“ widersprach Allie, doch Charlie zerrte sie aus dem Büro, vorbei an einer verdutzten Marcia und einem entgeisterten Mark, und unterbrach damit kurzzeitig einen ihrer hitzigen Streits.

„Tolle Sendung, Charlie“, rief Marcia ihnen nach. „Das Topthema des Tages!“

„Klasse!“ Charlie beschleunigte das Tempo.

Allie warf einen Blick über die Schulter. Mark wirkte nicht besonders glücklich.

Das Leben wurde mit jeder Sekunde besser!

Es war fast Mitternacht, als Allie Charlie durch die Trennscheibe zuwinkte und dann eintrat. „Nette, sterbenslangweilige Sendung.“

„Fang nicht wieder an.“ Nach seinem Zufallstreffer ging er lieber auf Nummer sicher. Sollten sich ruhig andere mit dem schlimmsten Fall von Habgier befassen, den diese Stadt je erlebt hatte. „Was hast du für mich?“

Allie reichte ihm einige Unterlagen. „Hier ist die Quelle des angeblichen Tennyson-Zitats. In Wahrheit stammt das Zitat von Wordsworth. Dann noch eine Reproduktion von Rubens ‚Raub der Sabinerinnen‘. Ich habe vergessen, wieso du die wolltest. Das hier ist schließlich Radio.“

Charlie studierte das farbenprächtige Gemälde fülliger Körper. „Diese Frau gestern Nacht behauptete, das Problem mit uns wirklichkeitsfremden Männern sei, dass wir uns lieber Hugh Hefners Werke als die von Rubens anschauen. Da seien Enttäuschungen vorprogrammiert.“ Stirnrunzelnd verglich er Allie mit den abgebildeten Frauen. „Du musst Gewicht zulegen.“

„Gut. Ich fange sofort damit an.“ Genüsslich biss sie in die Überreste seines Cheeseburgers, den er sich zur Stärkung ins Studio mitgebracht hatte. „Brauchst du sonst noch was?“

„Nein.“ Der Song endete. Charlie kehrte ans Mikrofon zurück. „Und jetzt, für alle William Wordsworth-Fans, die vergeblich versucht haben, unsere nichtfunktionierenden Telefone zu überlisten: Natürlich stammte das gestrige Zitat nicht von Tennyson, sondern aus Wordsworths Werk ‚The World Is Too Much

With Us'. Will schrieb diese kleine Weise 1807, doch sie hat uns auch heute noch etwas zu sagen."

Ein eingelegter Maiskolben quoll aus Allies Cheeseburger und hinterließ eine Senfspur auf ihrer weißen Bluse. „Oh, verdammt!"

„Das, liebe Freunde, war die Stimme von Alice McGuffey, meiner Produzentin." So ein Anfängerfehler war selbst ihm noch nicht unterlaufen. „Normalerweise ist dies eine Ein-Mann-Show, doch Allie hat sich gerade an meinem Cheeseburger vergriffen und dann auch noch die Hälfte auf ihrer Bluse verloren. Was ist das für ein Material, Allie?"

„Seide. Ein Fall für die chemische Reinigung."

„Hat irgendjemand da draußen eine idiotensichere Methode zur Entfernung von Senfflecken? Damit könnt ihr meiner Produzentin einen Riesengefallen erweisen. Ruft an, und rettet Allies Bluse. Für eine neuerliche Shopping-Orgie wird sie bei uns zu schlecht bezahlt. Oh, ihr könnt ja nicht anrufen. Dann schreibt eben. Und nun für alle Nachtschwärmer: die ‚2 Live Crew'."

Allie schnappte entsetzt nach Luft.

Was hatte er jetzt wieder verbrochen? „Hey, es ist nicht meine Schuld, wenn du meinen Cheeseburger klaust und dich mit Senf bekleckerst." Er stand auf, dehnte die verspannten Muskeln und setzte sich aufs Mischpult. Bei Allies mörderischem Blick wich er zurück, bis er an den Lautstärkeregler stieß.

„Die ‚2 Live Crew'?" wetterte sie. „Du spielst die ‚2 Live Crew'?"

„Ja, Allie. Ich spiele die ‚2 Live Crew'. Es ist meine Sendung."

„Und ich hielt dich für einen anständigen Kerl!" Aufgebracht feuerte sie den Cheeseburger aufs Mischpult.

„Ich bin ein anständiger Kerl. Willst du meine Referenzen sehen?" Charlie genoss den Disput, denn ausnahmsweise ging es nicht um den Ausbau seiner zweifelhaften Karriere.

Allie kam sichtlich in Fahrt. „Deine ‚2 Live Crew' ist eine Ansammlung sexistischer Psychopathen, und du gibst ihnen Sendezeit!"

„Amerika ist ein freies Land. Artikel 1 der Verfassung besagt ..."

„Artikel 1 der Verfassung gibt den Männern nicht das Recht, gewalttätige Übergriffe auf Frauen zu verherrlichen!"

„Tatsächlich tut es das doch."

Das gab ihr den Rest. Allie wurde purpurrot.

„Nur die Ruhe", wehrte Charlie ihren Widerspruch ab. „Deiner Meinung nach soll ich also zensieren, was über den Äther geht?"

„Dies ist deine Sendung", zischte Allie. „Was du spielst, spiegelt deinen Geschmack wider. Du besitzt die Verantwortung ..."

„Ich besitze die Verantwortung, Musik zu spielen, die einer Menge unterschiedlicher Leute gefällt. Die ‚2 Live Crew' mag nicht meine Lieblingsgruppe sein, aber ..."

„Oh. Richtig." Ihre Augen schossen Blitze. „Eine Menge unterschiedlicher Musik? Wann spielst du Barry Manilow?"

„Eher sterbe ich!"

„Nach deiner Argumentation ist das Zensur."

„Nein, ist es nicht." Auch Charlie näherte sich rasch seiner Toleranzschwelle. „Ich habe nichts gegen seine Texte. Er macht einfach nur lausige Musik."

„Aber du besitzt die Verantwortung, Musik zu spielen, die einer Menge unterschiedlicher Leute gefällt", spottete Allie.

„Nicht Barry Manilow."

„Also spielst du Psychopathenmusik, die befürwortet, Frauen zu verletzen, aber du spielst keine mittelmäßige Musik, die befürwortet, sie zu lieben."

„Allie, verdreh mir nicht die Worte im Mund!"

„Weißt du, was du bist? Du bist genau wie Mark!"

„Pass auf, was du sagst, Lady!"

Allie bebte vor Zorn. „Du bringst uns Frauen gegenüber keinerlei Respekt auf. Die Frauenbewegung amüsiert dich, und du denkst ..."

„Ich liebe die Bewegungen der Frauen. Komm schon, Allie ..."

Den Bruchteil einer Sekunde war sie ernsthaft in Versuchung, ihm eine schallende Ohrfeige zu verpassen. „Spar dir das gönnerhafte Getue! Du bist nichts als ein ..."

„Allie, bitte, zeig ein Herz. Es ist keine große Sache."

„... ein gehirnamputierter Chauvi!" Wutschnaubend verließ sie das Studio.

Charlie wollte ihr folgen. Im letzten Moment besann er sich. „Allie, komm sofort zurück!"

Jemand bewegte sich im Regieraum, doch die schemenhafte Gestalt besaß nur wenig Ähnlichkeit mit seiner heißblütigen Produzentin.

„Äh, Charlie?" Stewart erschien verschlafen im Türrahmen. „Ich war gerade im Pausenraum, als mir aufging, dass du es wahrscheinlich nicht weißt."

„Was weiß ich nicht?" Sollte das ein Quiz werden?

„Du bist auf Sendung." Stewart amüsierte sich königlich über seine entgeisterte Miene. „Nicht übel euer Streit, aber ..."

„Der Song kann unmöglich schon zu Ende sein." Hektisch betätigte Charlie die Tasten des Kassettenrekorders.

„Er hat nie angefangen."

„Oh, zur Hölle!" Charlie überprüfte die Kopfhörer. Keine ‚2 Live Crew'. Er sah auf den Mikrofonregler. Er stand oben. Und das Verhängnis nahm seinen Lauf ... Hoffentlich schwebte Bill schon im Land der Träume. „Äh, für die von euch, die uns zu Hause zuhören, Alice McGuffey ist gerade tödlich beleidigt aus dem Studio gestürmt. Wen es interessiert, eine aufgeplusterte Henne ist nichts dagegen. Obwohl sie natürlich überreagiert. Und jetzt versuchen wir's noch mal mit der ‚2 Live Crew'. Dies ist für euch gehirnamputierte Chauvis da draußen, die auf Rap stehen!" Erneut drückte er die Taste. Stille. „Dann eben kein Rap. Anscheinend ist unser Kassettendeck defekt. Versuchen wir es mit Elvis. Der wäre sowieso als Nächstes dran."

Wieder schob er den Regler hoch. Wieder Stille.

Er machte Stewart ein Zeichen. „Es ist eine verdammte Schande, dass unsere Telefonleitungen geschlossen sind. Geschlechterkampf live im Radio gäbe mit Sicherheit ein tolles Talkthema ab. Schickt mir diese Postkarten, Leute! Was wollt ihr lieber: Manilow oder die Crew? Obwohl, bei genauerem Nachdenken ist das eine lausige Wahl. Wie wär's mit ..." Unaufhörlich zählte er neue Alternativen auf, fühlte sich wie ein kompletter Narr und entwickelte echte Rachegelüste. Zugegeben, er mochte sich den einen oder anderen Feind geschaffen haben, aber seine Bänder zu löschen war bestimmt nicht die feine Art. Endlich kehrte Stewart zurück und warf ihm eine CD zu.

Frank Sinatra begann mit „My Way".

Während Stewart Charlies restliche Kassetten überprüfte, sah dieser zu den schmalzigen Klängen Sinatras sein eigenes Ende mehr und mehr nahen. Es war nur eine Frage der Zeit, bis Bill Wind von diesem neuen Fiasko bekam.

„Nimm's leicht, Kumpel", tröstete Stewart, als Charlie sich die Haare raufte. „Dank weiser Voraussicht war das Mikro offen, sodass die Leute euren Disput mitbekamen. Das ist gut."

„Wie kann das gut sein?" Hatte er es mit einem Schwachsinnigen zu tun? Bei Stewart durchaus im Bereich des Möglichen.

„Nichts ist schlimmer als Funkstille." Aufmerksam besah sich der Techniker das oberste Band. „Sieht ganz okay aus. Vielleicht war es zu alt."

„Beim Probelauf heute Nachmittag war es das nicht."

Stewart zuckte die Achseln. „Dann ist es gelöscht. Erinnert an einen wohl durchdachten Sabotageakt. Nicht jeder mag dich. Der Bürgermeister, zum Beispiel."

„Rollie Whitcomb schleicht sich hier rein und löscht meine Kassetten, um mich in tödliche Verlegenheit zu bringen? Jetzt komm aber. Der Mann beherrscht kaum das Autofahren."

„Du hast gefragt."

Charlie legte den Kopf in den Nacken, starrte an die Decke und übte sich in positivem Denken. „Also haben Allie und ich gerade unseren ‚2 Live Crew'-Streit vor halb Tuttle ausgetragen? Dafür kann ich unmöglich in Schwierigkeiten geraten. Es sei denn, die Kontrollkommission nimmt Anstoß an dem Ausdruck ‚gehirnamputierter Chauvi'. In dem Fall zahle ich die Geldstrafe. Ich bin rundum abgesichert."

Von so viel grenzenlosem Optimismus ermüdet, verließ Stewart das Studio für ein Nickerchen im Pausenraum. Einige Minuten später, während Charlie noch alle Fallstricke auslotete, klingelte das Telefon.

Aus reiner Gewohnheit hob er ab.

Als Charlie in dieser Nacht nach Hause kam, lag Allie bereits im Bett. Er holte sich ein Bier, zog sich aus, kroch zu ihr unter die Decke und hielt ihr die eiskalte Dose an den Rücken.

„Zisch ab, Tenniel!"

„Aufwachen! Hier ist der gehirnamputierte Chauvi." In einem Schluck trank er ein Drittel des Biers und presste dann die Dose gegen seine Stirn.

„Verzieh dich auf die Couch!"

„Oh, nein, Alice." Charlie schaltete das Licht ein und drehte sich zu Allie.

„Du glaubst doch nicht allen Ernstes, ich schlafe mit dir!“ Aufgebracht drückte sie ihn weg. „Von mir aus kannst du ...“

„Nach deinem hochdramatischen Abgang hat Stewart in seiner üblichen Transusigkeit die Telefone wieder eingestöpselt. Wir hatten mehr als ein Dutzend Anrufe. Grob gesagt, fünfundfünfzig Prozent waren für dich, zweiundvierzig stimmten für mich, und drei Prozent interessierte, was einen gehirnamputierten Chauvi auszeichnet.“

„Schick ihnen dein Foto!“ Sie drehte sich auf die Seite, sodass sie ihm den Rücken präsentierte.

Seelenruhig rollte Charlie sie zurück. „Eine Hörerin schlug Backpulver für den Senf auf deiner Bluse vor.“

„Wieso diskutieren wir das?“ Die Schärfe in ihrem Tonfall verriet ihm, dass ihre Wut nicht gespielt war.

Dann eben keine romantische Versöhnung. „Weil wir am Montag einen Termin bei Bill haben. Ein einziges Mal in seinem wertlosen Leben hört er sich die Sendung an, um sicherzugehen, dass wir nichts Dummes anstellen, und du wirst vor versammelter Fangemeinde zum Berserker!“

Stöhnend zog Allie sich das Laken übers Gesicht. „Auch gut. Vielleicht feuert er dich ja. Das nähme dir deine Sorgen über unerwünschte Erfolge, und mein Leben und das sämtlicher denkender Wesen wird nicht länger ruiniert, indem Mr. Allwissend schwachsinnige Musik spielt!“

„Das reicht!“ Charlie schnappte sich sein Kissen und zog die Bettdecke gleich mit. „Wenn dich die Sehnsucht überkommt, ich bin auf der Couch.“

„Träum weiter, Tenniel!“

„Ha!“ Hochmütig sah er auf sie hinunter. „Spätestens bei Morgengrauen kommst du winselnd angekrochen.“

„Selber ha, du Yuppie-Schnösel! Halt bloß nicht erwartungsvoll den Atem an. Dein Verstand benötigt allen Sauerstoff, den er bekommen kann!“

7. KAPITEL

Am nächsten Tag stellte Allie auf dem Campus der Universität von Riverbend sicher, dass genug Sticker und Broschüren zum Verteilen zur Verfügung standen, dass niemand die Anlage kurzschloss, während Stewart im Übertragungswagen schlief, und dass keine Bänder auf mysteriöse Weise gelöscht wurden.

Die ganze Zeit behielt sie Charlie im Auge, um optimalen Gebrauch aus künftigen öffentlichen Auftritten machen zu können. Sie war nicht sicher, ob sie ihm seine gestrige Engstirnigkeit bereits verzieh. Andererseits war sie doch ziemlich erleichtert gewesen, als er knapp eine Stunde nach seinem dramatischen Abgang ins Schlafzimmer zurückgekehrt war, sein Kissen aufs Bett schmetterte und die Bettdecke über sie breitete. „Ich nehme an, du frierst ohne den Quilt", hatte er gesagt und war unter die Decke geschlüpft. „Ha!" hatte sie gesagt und sich trotzdem an ihn gekuschelt.

Nun beobachtete sie, wie er die Menge mit seinem Charme verzauberte. Natürliches Charisma, entschied Allie. Auf lässig-provokante Art schaukelte er auf dem Stuhl, die Füße auf das transportable Mischpult gelegt, und signierte lächelnd WBBB-Sticker. Die meisten Studenten kannten ihn nicht. Tuttles Gaunereien besaßen für angehende Akademiker wenig Unterhaltungswert. Trotzdem war es offensichtlich: Charlie baute sich ein Publikum auf. Ja, dachte Allie und erteilte ihm Absolution für das ‚2 Live Crew'-Debakel. Zwar war ihr der Grund für seinen plötzlichen Meinungsumschwung ein Rätsel, doch sie hinterfragte ihr

Glück nicht oder, Gott bewahre, verriet Mr. Anti-Star, wie gut er war.

Nach zwei Stunden College-Radio hatte Charlie genug von diesem Publicity-Feldzug. In keinem Kommentar der vorbeischlendernden Kids gab es Hinweise auf Drogen. Überhaupt kannte er einen wesentlich angenehmeren Zeitvertreib für einen sonnigen Herbstnachmittag.

Vorausgesetzt, Allie ließ sich zur Mitarbeit bewegen.

Über die Köpfe der Jugendlichen hinweg sah er sie am Übertragungswagen stehen. Um seine Lippen spielte ein mutwilliges Lächeln. Den ganzen Nachmittag war er der Traum jedes Werbestrategen gewesen. In Anbetracht von Allies Karrierebesessenheit standen seine Chancen gut, dass sie vor lauter Dankbarkeit bei der ersten sich bietenden Gelegenheit über ihn herfiel. Falls Stewart nicht gerade in dem fensterlosen Wagen ein Nickerchen hielt, könnten sie auf der Stelle hinter verschlossenen Türen zur Tat schreiten. Schon seit fast sechsunddreißig Stunden hatte er Allie nicht mehr nackt gesehen, und er litt an Entzugserscheinungen. Normalerweise war er nicht so sexbesessen, doch bei Allie bereitete es ihm das größte Vergnügen, ständig nur noch an das eine zu denken.

„Ganz schöner Andrang“, erklang plötzlich Marks Stimme hinter ihm.

„Was?“ Wegen der grellen Sonne kniff Charlie die Augen zusammen und betrachtete die vorbeischlendernden Studenten. „Das war schließlich der Sinn der Sache.“ Schwungvoll hob er seine Beine vom Tisch, stand auf und schlug seinem Kollegen auf die Schulter. „Sie gehören dir. Viel Spaß.“

Mark hatte noch keine zwei Worte ins Mikro gesprochen, da verflüchtigte sich die Menschenmenge. Einen Augenblick tat dieser Blindgänger Charlie richtiggehend Leid. Bis ihm wieder einfiel, wer Mark war: Mark King war Allies Exlover. Mark King war höchstwahrscheinlich der Saboteur seiner Sendung. Noch wichtiger, Mark King war der Opportunist, der Allie früher oder später um die Rettung seiner eigenen Sendung anflehen würde.

Nachdem Charlie ganze Horden verabredungssüchtiger Studentinnen abgewehrt hatte, verstellte ihm eine Gruppe angetrunkener Erstsemester den Weg. „Na, Maestro. Streuen Sie's immer noch umsonst unter die Leute?"

„Was? Sticker?"

„Sticker!" Die fünf grölten vor Lachen. „Ja, richtig." Einer führte den Finger an die Lippen und machte ein saugendes Geräusch. „Sie werden nie reich, wenn Sie's einfach weggeben, Mann."

„Vergiss es", pöbelte der Größte der Clique. „Er ist dämlich."

„Wartet eine Minute." Doch die Studenten verschwanden in der Menge.

‚Es unter die Leute streuen'. Der Junge hatte rauchen imitiert, aber Marihuana umsonst verteilen, ergab überhaupt keinen Sinn. Nicht mal bei Grady, ihrem hauseigenen Kiffer. Wenn er nach illegalen Aktivitäten suchte, musste er den Profiteur finden. Vielleicht versuchte jemand, mit Hilfe kostenloser Proben Käufer anzulocken? Damit konnte er Grady streichen, denn der hielt Kapitalismus für ein Verbrechen.

Es sei denn, seine Naivität war nur Schau und hinter Gradys New-Age-Fassade schlug ein Herz wie das von Charlies Vater.

Möglich, wenn auch eher unwahrscheinlich. Gradys gutes Naturell war legendär. Ein Doppelleben wäre längst aufgefallen.

„Wir sind fertig für heute, Mr. Superstar." Allie stellte sich auf die Zehenspitzen und schlang Charlie die Arme um den Hals.

„Bis Montagnacht haben wir frei. Mehr als achtundvierzig Stunden ohne Radio. Irgendwelche Vorschläge?"

„Sollen wir Tuttle unsicher machen?" Schmunzelnd schob Charlie ihr die heruntergerutschte Brille wieder hoch.

Nachdenklich spitzte sie die Lippen. „Hm. Wir könnten Videos anschauen. Chinesisch essen. Sam füttern. Uns lieben."

„In umgekehrter Reihenfolge ist es gebongt." Charlie senkte den Kopf. „Ist der Wagen leer, oder müssen wir uns erst Stewart vom Hals schaffen?"

Bei dem begehrlichen Aufblitzen in seinen Augen stieg Allie eine verräterische Röte in die Wangen. „Ich mache keinen Sex im Auto", sagte sie prüde.

„Natürlich nicht." Spielerisch knabberte er an ihrem Ohrläppchen und drängte seinen Oberschenkel zwischen ihre Beine. „Also, ist der Wagen leer oder nicht?"

Er war leer.

Soweit es Allie betraf, war das der Anfang eines unvergesslichen Wochenendes. Samstagabend liehen sie sich Videos aus und kritisierten gemeinsam mit Joe und dessen Verabredung die Fehler in „African Queen" und „Casablanca".

„Ein schlechtes Ende", meinte Allie, als Ingrid Bergman das Flugzeug bestieg.

„Eine Frau muss tun, was eine Frau eben tun muss", erwiderte Charlie.

„Ich finde, sie hat Recht", unterstützte David, Joes neuester Schwarm, Allies Meinung. „Ich jedenfalls hätte Humphrey Bogart nie verlassen."

„Du bist ein Mann. Frauen opfern sich auf. Das ist ihre Bestimmung."

Für diese chauvinistische Bemerkung bewarf Allie Charlie mit

Popcorn, worüber er sich lautstark beschwerte, sie über seine Schulter warf und ins Bett trug, wo er sie erst kitzelte, bis sie um Erbarmen bat, und sie anschließend liebte, bis sie den Verstand verlor.

Nie in ihrem Leben war Allie glücklicher gewesen.

Ihr Glück war nur von kurzer Dauer.

„Sie hat was getan?“ Allie sank aufs Sofa. „Und wo ist David?“

„Fort.“ Joe stand mitten im Wohnzimmer, und er wirkte nicht besonders glücklich. „Die Dinge nahmen eine überraschende Wende. Hat dein neuer DJ in letzter Zeit irgendwen verärgert?“

„So gut wie jeden.“ Charlie erschien im Türrahmen. „Die Geschichte wird mir nicht gefallen, stimmt's?“

Joe schüttelte den Kopf. „David und ich verbrachten einen ruhigen Abend zu Hause, als es plötzlich klingelte. Vor mir stand diese vollbusige Blondine, kreischte ‚Charlie!‘ und fiel mir um den Hals.“

Es gab Schlimmeres, als von einer Blondine umarmt zu werden. Zumindest hatte niemand versucht, Joe niederzumetzeln. „Passiert mir ständig.“ Charlie grinste.

„Dann ließ sie ihren Mantel fallen. Sie war nackt.“

Charlies Grinsen verblasste. „Das passiert nicht ganz so häufig.“

„Sie packte mich, drückte mein Gesicht an ihren wogenden Busen, und im Hintergrund leuchtete ein Blitzlicht auf“, verkündete Joe angewidert.

„Das passiert mir nie.“ Charlie überlegte. „Was zur Hölle sollte das?“ Allie stemmte die Hände in die Hüften und musterte ihn mit kaum verhülltem Argwohn. „Was ist?“

„Verschweigst du mir irgendwas?“

„Irgendwas Blondes? Nein.“ Typisch Frau! Die Ereignisse

überstürzten sich, und sie fand Zeit für eine Eifersuchtsszene! „Komm schon, Al, ich habe jeden wachen Augenblick mit dir verbracht. Jeden schlafenden übrigens auch. Wann sollte ich mir Blondinen anlachen?"

„Irgendwas geht hier vor! Und es gefällt mir nicht!" Hoheitsvoll rauschte sie aus dem Zimmer. Krachend fiel die Schlafzimmertür hinter ihr ins Schloss.

Ihre beiden Mitbewohner blieben fassungslos zurück. „Ist das meine Schuld?"

„Falls ja, unterbinde es! Du ruinierst mein Liebesleben!"

Das Foto von Joe und der Blondine erschien montags auf der Titelseite der *Tribune* mit der Untertitelung *DJ bestellt Callgirl!*

„Ich sehe einfach grauenhaft aus!" beschwerte sich Joe, als er in Allies Zeitung blickte. „Fast so schlimm wie Charlie."

„Sehr komisch." Charlie nahm Allie die Zeitung ab und überflog die Schlagzeile. „Unglaublich. Die provozieren praktisch eine Verleumdungsklage. Irgendwer mit Einfluss muss das lanciert haben."

„Der Bürgermeister besitzt Anteile der Zeitung, und dann wären da noch Roger Preston und Konsorten." Joe entwand ihm das Blatt. „Gut, dass ich David vorgewarnt habe. Es wirkt verteufelt verfänglich."

„Tatsächlich", ließ sich Allie vernehmen, „könnte dieser neue Zwischenfall die Einschaltquoten sprunghaft emporschnellen lassen. Ganz sicher beschert er uns einige zusätzliche Anrufer."

„Ja, eingeschworene Moralisten beschimpfen mich als Brut Satans! Ich kann es kaum erwarten!"

Allie unterdrückte ein Lachen. Es wäre jedenfalls großartiges Talk-Radio.

„Vergiss die Moralapostel. Was ist mit Bill?" Im selben Moment läutete das Telefon. Joe stand auf und ging an den Apparat. „Wenn man vom Teufel spricht ... Wollt ihr ihm euer Herz ausschütten?“

„Nein.“ Allie brachte ihren Frühstücksteller zur Spüle. „Wir sind bereits schlecht angeschrieben wegen des ‚2 Live Crew‘-Fiaskos. Sag ihm, wir besuchen ihn heute Nachmittag.“ Im Vorbeigehen drückte sie Charlies Schulter. „Ist schon in Ordnung. Wenn Bill das Foto gesehen hat, weiß er, dass es eine abgekartete Sache sein muss. Nur keine Panik.“

Später am Nachmittag war Allie sich da nicht mehr ganz so sicher.

Bill wippte in seinem Sessel und hielt seinen Zorn nur mühsam im Zaum. „Ich wüsste gerne, welcher Teufel euch beide geritten hat“, begann er mit trügerisch sanfter Stimme. „Seid ihr dumm oder verrückt oder nur darauf aus, mich früh ins Grab zu bringen? Ganz besonders froh bin ich darüber, dass ich Sie eingestellt habe, Tenniel, Sie elender Stümper.“

Bei diesem verbalen Tiefschlag ging Allie auf die Barrikaden. „Jetzt machen Sie halblang, Bill. Die Übertragung am Freitag war mein Fehler. Ich kenne das ungeschriebene Gesetz: Nur Sendereifes darf über den Äther.“

Charlie seufzte. „Nein, Allie. Ich saß schließlich auf dem Mikrofonregler und habe ihn versehentlich hochgeschoben.“

Warnend schüttelte Allie den Kopf. Ihr Job war sicher. Seiner stand auf der Abschussliste. „Ich bin die verantwortliche Sendeleiterin. Ich hätte es überprüfen müssen. Es war meine Schuld.“

„Nein, war es nicht ...“

„Wenn ihr beide fertig seid“, mischte sich Bill mit beißendem Sarkasmus in die hitzige Debatte ein, „würde ich auch gerne ein paar Worte einflechten.“

Beide verstummten.

„Die Resonanz auf das Freitagsdebakel war erstaunlich." Er schob seinen Sessel zurück und wanderte hinter dem ausladenden Schreibtisch auf und ab. „Das ganze Wochenende hielt der Trubel an. Wesentlich mehr Anrufe, als wir je zuvor verbuchen konnten. Und jetzt diese Schlagzeile!" Blitzartig wirbelte er herum und schlug die Handflächen auf den Tisch. „Die Presse möchte euch interviewen."

„Was die Nutte angeht ..."

„Irgendwer da draußen hat Sie auf dem Kieker, mein Junge, aber es ist schwer zu sagen, wer, da Sie so vielen Leuten auf die Zehen getreten haben. Sie mussten ja Wellen machen, nicht wahr?"

„Ich denke nicht, dass das ausdrücklich in meiner Absicht lag ..."

Rücksichtslos schnitt Bill ihm das Wort ab. „Sie denken überhaupt nicht, Tenniel. Deshalb stecken wir knietief in diesem Schlamassel. Sehen Sie sich doch bloß an am Freitag! Verherrlichen die Vergewaltigung von Frauen! Machen sich lustig über Barry Manilow!"

Charlie riskierte einen Blick auf seine verdächtig stille Sitznachbarin. Auf einer Seite mit Bill? Nie! Dieser Punkt ging eindeutig an ihn!

„Und Sie!" Jetzt war Allie an der Reihe. „Sie und Ihre verdammten Emanzipationsbestrebungen! Wie oft habe ich Ihnen gesagt, Sie sollten diesen feministischen Schwachsinn von den Ätherwellen fern halten!"

„Oh, zur Hölle, Bill! Feuern Sie uns, dann haben wir es endlich hinter uns."

Allies Herz sank.

„Das hättet ihr wohl gerne." Krachend landete seine Faust auf dem Schreibtisch. „Ich brauche euch. Ihr fangt an, Geld zu machen. Albert hat die Anzeigenpreise für eure Sendung erhöht, trotzdem ist alles ausverkauft."

„Sie könnten mich feuern", bot Allie an, nicht allzu besorgt, dass er ihrer Empfehlung folgte. „Niemand weiß von meiner Existenz."

„Schön wär's." Könnten Blicke töten, hätte Allie auf der Stelle das Zeitliche gesegnet. „Sie sind jetzt berühmt! Sie werden Ihren Auftritt heute Nacht wiederholen!"

„Nein!" riefen Allie und Charlie wie aus einem Mund.

„Und zwar diesmal nicht als Sparringspartner! Für den Rest der Woche will ich nur seichtes Geplänkel hören, ist das klar? Wenn alle restlos gelangweilt sind, werden Sie, Charlie, wieder Solo-DJ sein, und Sie, Allie, verziehen sich hinters Regiepult, verstanden? Suchen Sie sich ein langweiliges Thema, über das Sie beide einer Meinung sind. Irgendwas muss es da doch geben."

Sex!

Ansonsten verband sie wenig. Eine ernüchternde Erkenntnis.

Allies deprimierende Gedankengänge erreichten einen neuen Tiefpunkt im Anschluss an Bills Donnerwetter, als Mark ihr in den Pausenraum folgte, wo sie sich zur Stärkung einen Kaffee holen wollte.

„Allie-Schatz!"

Allie war auf der Hut. Mark King versprühte seinen Charme nur an nützliche Leute. „Was willst du?"

„Du fehlst mir."

„Wieso? Hat Lisa dich sitzen lassen?" Geschähe ihm recht! Allie kehrte ihm den Rücken zu und bediente sich an der Kaffeemaschine.

„Es ist einfach nicht mehr wie früher. Lisa ist nicht du."

„Nein, sie ist zehn Jahre jünger und zwanzig Pfund leichter." Worauf er schon nach zwei Monaten gekommen war! Ganz erstaunlich! Die Kaffeetasse in der Hand, wirbelte sie herum. „Samstag auf dem Campus habe ich sie kurz gesprochen. Sie ist völlig mit den Nerven fertig, Mark. Überfordere sie nicht. Sie lernt den Job doch noch. Genau wie Charlie." Kein guter Vergleich. Im Gegensatz zu Marks Betthäschen schlug ihr neuer Schützling sich nämlich hervorragend.

Mark versperrte ihr den Fluchtweg nach draußen. „Vergiss Charlie. Lass uns zusammen essen gehen. Überhaupt sollten wir mehr voneinander sehen. Viel mehr, wenn du verstehst, was ich meine. Wir waren gut zusammen, Allie."

„Machst du Witze? Wir waren lausig zusammen! Was soll diese miese Anmache? Du verschwindest besser, ehe ich handgreiflich werde!"

Mark ließ sie los, als hätte er sich verbrannt.

Allie riss die Tür auf und stand Charlie gegenüber.

„Wenn ihr euer trautes Tete-a-tete beendet habt, müssen wir über unseren gemeinsamen Auftritt reden."

Ach nein! Jetzt wollte Mr. Anti-Star urplötzlich seinen Kollisionskurs mit dem Erfolg beenden? Auf einmal überkam Allie eine unbezähmbare Wut auf das männliche Geschlecht im Einzelnen und die beiden vor ihr stehenden Vertreter im Besonderen. Mark hatte sie fallen lassen, und Charlie verließ sie im November, aber in der Zwischenzeit erhoben beide Anspruch auf einen Teil von ihr. Sie wusste auch genau, auf welche Teile.

Sollte die beiden doch der Teufel holen!

„Wen interessiert schon deine Sendung?" fragte sie Charlie bissig. Der sah so verblüfft aus, dass sie sich bestätigt fühlte. „Für dich ist das alles doch nur ein Spiel!"

Sie stürmte den Flur entlang. Hinter sich hörte sie seine schnellen Schritte. „Fühlst du dich wohl?" rief er ihr nach. „So viel Kratzbürstigkeit sieht dir überhaupt nicht ähnlich."

„Danke, Sigmund. Fertig mit der Psychoanalyse? Ihr macht mich krank! Du und Mark, ihr alle beide.“ Ihre Bürotür flog auf.

„Erwähn mich nicht im selben Satz wie diese Null!“

„Alles, woran Mr. Superstar denkt, sind meine nützlichen Radiotalente.“ Allie knallte ihre Kaffeetasse auf den Schreibtisch. Kaffee spritzte in alle Richtungen. „Und alles, was dich interessiert, sind meine fragwürdigen Betttalente. Zur Hölle mit euch beiden! Wer braucht euch schon?“ Sie setzte sich und verschränkte die Arme vor der Brust.

Eigentlich müsste sie begeistert über Charlies begrenztes Interesse sein. Genau das wollte sie schließlich. Eine unkomplizierte Affäre ohne viel Tiefgang. Nur, dass ihr das nicht mehr reichte. Aber mehr würde sie nicht bekommen, weil Charlie nicht mehr wollte. Er reiste im November ab.

Da war er, der Gedanke, den sie die ganze Woche verdrängt hatte. Der erste November war ihr Stichtag. Sie kannte Charlies Eigensinn. Sofern nicht etwas Gravierendes geschah, saß sie am ersten November mit einem leeren Studio und einem leeren Bett da. Aber was verband sie denn eigentlich? Im Grunde genommen basierte alles nur auf Sex – mochte dieser auch noch so großartig sein.

Einer tickenden Bombe hätte Charlie sich nicht vorsichtiger genähert. „Ich weiß zwar nicht, was plötzlich in dich gefahren ist, McGuffey, aber uns verbindet mehr als Sex. Wir sind Freunde.“

„Ich habe Freunde“, gab Allie ungnädig zurück. „Joe, Harry, Karen und eine Menge andere. Die fallen übrigens nicht bei jeder sich bietenden Gelegenheit über meinen Körper her.“

„Sorry. Das werde ich sofort unterbinden.“

„Nein, wirst du nicht. Denn so kommunizierst du. Männer! In Wirklichkeit seid ihr das schwächere Geschlecht. Wärst du eine Frau, besäßest du den Mumm, mit mir zu reden, aber da du ein Kerl bist, willst du bloß Sex.“

„Dann sag Nein! Meinen diesbezüglichen Vorschlägen stehst du nämlich immer irritierend begeistert gegenüber."

„Sex ist nicht alles."

„Was willst du denn noch?"

„Gelegentlich möchte ich auch mal zwei intelligente Worte wechseln." Du liebe Güte, sie klang wie eine Mimose!

„Gut." Charlie reichte ihr einen Stapel CDs. „Wir reden heute Nacht in der Sendung. Konversation als Karriereschub. Du wirst es lieben."

Sprachlos starrte Allie das Monster an, das sie geschaffen hatte. Sie wollte an ihrer Beziehung arbeiten, er wollte an ihrer Karriere arbeiten. Genau das fehlte ihr noch in ihrer trübsinnigen Existenz: Ironie.

„Hier sind wir wieder, Freunde, und alle Telefone funktionieren. Für die von euch, die sich heute früh die Augen gerieben haben: Der Typ mit der nackten Blondine am Hals auf der Titelseite der *Tribune* bin nicht ich, sondern das ist mein Mitbewohner, Joe. Seine sichtliche Überraschung rührt daher, dass er eigentlich Männer bevorzugt. Ja, Leute, irgendwer hier im guten alten Tuttle will mir an den Karren fahren. Mich stört es wenig, aber Joe wüsste es zu schätzen, wenn sein Privatleben künftig tabu bliebe. Aufgedonnerte Nutten auf seiner Türschwelle ruinieren seinen Ruf."

„Das wird ihm gefallen", sagte Allie leise, während sie Sam streichelte, sorgfältig darauf bedacht, nicht ins Mikro zu sprechen.

„Und nun, auf allgemeinen Wunsch, ist heute wieder meine Produzentin zu Gast, die Irrationalität in Person, Alice McGuffey."

„Hey", beschwerte sich Allie prompt und stieß fast Sam von ihrem Schoß. „Versuchen wir dieses Intro bitte noch einmal!"

„Wer hat denn heute Nachmittag lautstark verkündet, Männer seien das schwächere Geschlecht?"

„Das ist nicht irrational. Das ist die traurige Wahrheit!"

„Ich schlage dich jederzeit beim Armdrücken, Honey."

Dieses überhebliche Grinsen konnte sich Mr. Macho getrost schenken! „Das Leben dreht sich nicht nur ums Armdrücken, Conan. Obwohl das eure Konzentration auch enorm beansprucht. Kraftmeierei!" Ihre Stimme troff vor Sarkasmus. „Eure gesamte Existenz ist ein einziger Egotrip. Wirklich wichtige Dinge ignoriert ihr Männer schlichtweg – wie beispielsweise den Aufbau erfüllender zwischenmenschlicher Beziehungen. Ihr Kerle floppt doch schon beim ersten Schritt. Dazu bedarf es nämlich einer gewissen Kommunikation. Die allerdings beschränkt sich bei euch auf ein: ‚Hey, Darling, wie war ich?' nach dem Sex."

„Ich muss doch sehr bitten! Ich habe eine erfüllende zwischenmenschliche Beziehung." Viel sagend ließ er die Augenbrauen spielen.

„Irrtum, Tenniel, das ist Sex. Ein flüchtiges Vergnügen. Ein schwacher Ersatz. Nie im Leben könntet ihr engstirnigen Kerle eine Beziehung ohne Sex aufrecht erhalten, denn den braucht ihr ja wie die Luft zum Atmen. Frauen dagegen wissen, was wirklich zählt. Sie bekommen nicht alle Wärme in ihrem Leben allein durch ausgefallene Schlafzimmerakrobatik."

Da sie ihn immer mehr in die Ecke drängte, hielt Charlie eine Klarstellung für angebracht. „Sex ist für dich nicht wichtig?"

„Natürlich ist er wichtig. Aber ich fiele nicht gleich aus allen Wolken ohne ihn, wie gewisse andere Personen."

„Dass ich nicht lache!"

„Nein! Solange eine Frau ihre emotionalen Bedürfnisse gestillt bekommt, erträgt sie auch sexuellen Entzug. Ein Mann dagegen gesteht sich diese Bedürfnisse ja nicht einmal ein, also überkommt ihn der große Frust, und er wird irrational. Nicht, dass es auffallen würde. Männer handeln grundsätzlich irrational."

„Stellen wir das mal klar: Du behauptest, wenn wir unser Sexleben auf Eis legen würden, schnappe ich über, weil ich keine Freunde habe – im Gegensatz zu dir?"

Allie erstarrte.

„Nun?"

„In gewisser Weise", erwiderte sie. „Obwohl ich das in diesen Worten sicher nicht über die Ätherwellen geschickt hätte."

In der Hitze des Gefechts war Charlie Vernunftgründen wenig zugänglich. „Ich kann nicht glauben, dass du eine so sexistische Bemerkung vom Stapel gelassen hast!"

„Diese Theorie lässt sich ganz einfach beweisen: Heute ist der zweite Oktober. Wie du dich vielleicht erinnerst, hatten wir gestern Abend einen Streit, also können wir den Tag mitzählen. Warten wir ab, wer von uns bis November durchhält."

„Allie, das ist nicht komisch!"

Triumphierend lächelte Allie ihn an. „Keine weiteren Fragen. Ich wusste, du kneifst."

„So, wusstest du das? Na schön. Wir üben uns in Keuschheit bis zum ersten November. Kein Problem!" Natürlich nahm sie gleich einen Monat mit einunddreißig Tagen!

Als Krönung des Ganzen liefen als Nächstes die Rolling Stones: ‚I Can't Get No Satisfaction ...'

„Hier ist das neueste Fiasko, in das du uns hineingeritten hast, Allie!"

Ein Stapel Laken und Kissenbezüge landete an Charlies Brust. Geistesgegenwärtig fing er die Bettwäsche auf. „Ich? Warte mal!" Aber Allie hatte bereits die Schlafzimmertür hinter sich zugeknallt.

Seufzend zog Charlie sich bis auf seine Shorts aus. Wenigstens bekam er ab sofort nachts wieder Schlaf. Man musste für die kleinen Dinge dankbar sein.

Eine Stunde später hatte seine Dankbarkeit drastisch abgenommen.

Er war müde, er war schwer angeschlagen, aber Schlaf fand er keinen. Unruhig wälzte er sich auf der Couch, versuchte es im Sitzen, mit Meditation und Atemübungen, zählte Schafe, Ziegen und Schäferhunde, und schließlich, als die Ziffern der Digitaluhr auf 3:30 rollten, gab er auf.

Von Allie kam kein Laut, als er sein Kissen aufs Bett schmetterte. „Schön zu sehen, dass du mich vermisst hast!" Charlie schlüpfte unter die Bettdecke und schmiegte sich an ihren reglosen Körper.

Binnen einer Minute war er eingeschlafen.

8. KAPITEL

„Ich wusste, du schaffst es nicht!“ spottete Allie, räkelte sich aufreizend und streifte verführerisch Charlies Vorderseite. Im Lauf der Nacht hatte er sie in die Arme gezogen. Sein Bein war über ihres geschlungen, seine Hand lag auf ihrer Brust, seine Lippen berührten ihren Hals.

Dies war ganz entschieden eine seiner Lieblingspositionen. Einen Moment fühlte Charlie sich ganz benommen von Allies zartem Duft. Die Versuchung war groß. Nur die Aussicht auf eine Kapitulation vor Tausenden von Leuten hielt ihn ab. Mit seiner Niederlage würde er nicht nur seine Fans enttäuschen, sondern sein gesamtes Geschlecht.

„Wart's ab“, gab er zurück. „Enthaltsamkeit ist für mich kein Problem.“

Später, bei der allmorgendlichen Zeitungslektüre, erlebte er eine unangenehme Überraschung. Denn eine winzige Notiz besagte, dass infolge einer Fehlinformation das Foto aus der Vortagsausgabe nicht Charlie Tenniel zeigte, sondern seinen homosexuellen Mitbewohner.

Nicht nur, dass jetzt öffentlich seine sexuellen Vorlieben in Frage gestellt wurden, auch die Kollegen im Sender sparten nicht mit Häme über seine Enthaltsamkeit. Auf den Straßen wurden sogar Wetten darüber abgeschlossen, wer am längsten durchhielt – er oder Allie. Die meisten Leute gingen davon aus, dass Charlie bei diesem Spiel die schlechteren Karten hatte.

Wie erbärmlich schlecht seine Chancen wirklich standen, bewies die folgende Nacht. Diesmal hielt er es bis halb fünf Uhr auf der Couch durch, ehe er wieder zu Allie ins Bett kroch.

Vier Stunden später stand er vor Harrys Tür.

„Irgendwie habe ich mir dein Haus anders vorgestellt“, bemerkte er nach einem kurzen Blick auf die chintzbezogene Sitzgarnitur und die romantischen Blumenbildern. „Geblümte Sofas?“

„Sheilas Wahl. Willst du ein Bier?“

„Immer.“ Charlie folgte ihm in die Küche. „Wer ist Sheila?“

„Meine Frau.“

Harry öffnete den Kühlschrank. Beim Anblick des Zwölferpacks Bier, einer Großpackung Weichkäse und eines vorsintflutlichen Stücks Pizza dachte Charlie wehmütig an Joes gut gefüllten Kühlschrank. „Du hast eine Frau? Hoffentlich stört es sie nicht, wenn ich vorübergehend bei euch übernachte.“

„Ich hatte. Eines Tages kam ich heim und fand bloß einen Zettel. Jetzt lebt sie bei ihrer Mutter.“

„Oh.“ Charlie folgte ihm in das blitzblanke Wohnzimmer. „Sie muss gelegentlich zum Saubermachen vorbeikommen.“

Der Länge nach streckte sich Harry auf der Couch aus – offensichtlich ein glücklicher Mann. „Das erledigt Mrs. Squibb. Lass bloß nichts rumfliegen. Sie schmeißt alles weg.“

„Also ist deine Frau ... äh ...“

„Fort“, erwiderte Harry. „Ich habe ein paar Wochen gewartet und sie dann angerufen. Weißt du, was sie sagte? ‚Siehst du, Harry, genau das meine ich. Für dich bin ich reine Dekoration.‘ Die Woche drauf kamen die Scheidungspapiere.“ Harry schüttelte den Kopf. „Ich denke immer noch, es war ein Fehler. Wer weiß, vielleicht kehrt sie ja zurück.“

„Wie lange ist sie weg?“

Stirnrunzelnd rechnete Harry nach. „Dreizehn Jahre.“

Eine volle Minute lang starrte Charlie ihn an. „Sei mir nicht böse, Harry, aber an deiner Stelle würde ich so langsam einen Alternativplan ausarbeiten."

Distanz war die einzige Möglichkeit, bei Verstand zu bleiben. Im Grunde war die Wette eine begnadete Idee. Jetzt brauchte Charlie Allie bloß am ersten November einen Abschiedskuss zu geben, sie mit fantastischen Erinnerungen zurückzulassen, und er konnte problemlos seiner Wege ziehen. Zumindest hoffte er, dass Allies Erinnerungen fantastisch waren. Seine jedenfalls waren phänomenal.

Aber das war der Weg in den Wahnsinn, also verbannte er Allie aus seinen Gedanken und mied sie für den Rest der Woche, als hätte sie eine ansteckende Krankheit. Ab und an winkte er ihr aus dem Studio zu, wo er sich sicher fühlte. Und wenn er mit ihr redete, dann nur, sofern auch noch andere Leute zugegen waren. In seiner Freizeit suchte er nach dem Absender des Briefes und dem Saboteur seiner Sendung. Als Hauptverdächtiger für Letzteres galt Mark. Nur zu gern hätte Charlie ihn auch wegen des ominösen Drogenhandels festgenagelt – King trug verdammt teure Anzüge für das magere Gehalt eines DJs – doch bei aller Fantasie: Mark als Drahtzieher eines Drogenrings? Er konnte sich Mark ja nicht einmal als Kopf eines illegalen Gummibärchenrings vorstellen!

Am Samstag nahm Charlie sich einen Tag frei vom Detektivspielen und besuchte Grady. Er wohnte in einem avantgardistischen gläsernen Kuppelbau, den er selbst entworfen hatte, inmitten unverfälschter Natur.

„Mein Vater erklärte mich für verrückt", erklärte Grady beim Rundgang. „Mom dagegen ist total begeistert." Das Innere bestand aus natürlichen Materialien. Abgesehen von einem beunruhigenden Mangel an Ecken und Winkeln war es ein sehr gemütlicher Ort, voller willkürlich zusammengewürfelter Secondhandmöbel. Nur der hochmoderne Computer und die Stereoanlage fielen aus dem Rahmen. „Meine Mutter kauft mir dieses Hightechzeug aus Angst, ich könne vollends in andere Sphären abdriften. Fühl dich wie zu Hause."

„Danke." Im Vorbeigehen bemerkte Charlie beim Blick aus dem Fenster, worin sich Gradys landwirtschaftliche Interessen erschöpften: Halb verborgen von der Auffahrt und einer Reihe Bäume lag das größte Marihuanafeld, das Charlie je gesehen hatte. „Donnerwetter."

Grady zuckte die Achseln. „Nur zum persönlichen Gebrauch."

Dein ‚persönlicher Gebrauch' muss ganz schön groß sein, dachte Charlie. Falls tatsächlich jemand im Sender mit Drogen dealte, war Grady gerade zum Tatverdächtigen Nummer eins avanciert. Nur, was machte er dann mit dem Geld?

Mit drei Angelruten erschien Harry in der Tür. „Alles klar bei euch? Zu schade, dass Allie nicht hier ist. Sie angelt für ihr Leben gern."

„Ja." Charlie verspürte ein seltsames Ziehen in der Herzgegend. „Wirklich schade."

Nach einer Woche des Zusammenlebens mit Harry war Charlie bereit, auf Händen und Knien zu Allie zurückzukriechen. Er hätte es auch getan, hätte nur seine persönliche Ehre auf dem Spiel gestanden. Aber er musste die Ehre der gesamten Männerwelt verteidigen.

Nacht für Nacht nur durch eine dünne Scheibe getrennt vor Allie zu sitzen war eine Tortur. Heute hatte sie ihr Haar zum Pferdeschwanz zurückgebunden, was ihre zarten Gesichtszüge betonte.

Unter ihren Augen lagen dunkle Schatten. Aus unerfindlichen Gründen trug sie kein Make-up. Trotzdem hatte Charlie nie eine Frau stärker begehrt. Wäre es möglich gewesen, hätte er sie gleich auf dem Regiepult genommen und sie zu Gipfeln sinnlicher Lust getrieben, von deren Existenz sie bislang nie zu träumen gewagt hatte ...

Die Stille in den Kopfhörern brachte ihn zurück in die Realität. Nach einigen zusammenhanglosen Bemerkungen legte Charlie die nächsten drei Songs auf und betrat den Nebenraum.

„Du siehst müde aus. Alles in Ordnung?“ Obwohl Charlie jeden Funken Selbstbeherrschung mobilisierte, konnte er der Verlockung nicht widerstehen und zeichnete sanft mit den Fingerspitzen die feinen Linien der Anspannung in ihren Augenwinkeln nach. „Du fehlst mir.“

Ihr Gesicht leuchtete auf. „Du mir auch.“

„Wenn ich könnte, würde ich Harrys Puppenstube sofort gegen deine unbequeme Couch eintauschen, aber dann finde ich überhaupt keinen Schlaf mehr. Es macht mich ja schon verrückt, vollkommen angezogen neben dir zu stehen.“

„Wirklich?“ Selbstvergessen schmiegte sie die Wange in seine Hand. „Das ist nett von dir. Danke.“

„Gern geschehen.“ Charlies Blick wanderte von ihren leicht geöffneten Lippen zu ihren Brüsten, die sich unter dem weichen Mohairpullover abzeichneten.

Allies Atemzüge beschleunigten sich. „Charlie?“

Langsam kam sein Mund näher. Begehrlich fuhr er die Kontur ihrer Lippen mit der Zungenspitze nach, streichelte, reizte, verlockte. Benommenheit umfing Allie. Der Kuss wurde intimer, drängender. All ihre Sinne waren von Charlie erfüllt, von der Wärme seines Körpers, von seinem charakteristischen Duft, von der Lust, ihm endlich wieder ganz nah zu sein. Allie schloss die Augen und ließ sich von den Empfindungen davontragen.

Unter Aufbietung aller Kraft riss Charlie sich los. „Ich ertrage das nicht länger!“ Noch einmal küsste er sie hart, dann stolperte er aus dem Regieraum. „Es tut mir Leid“, kam seine Stimme kurz darauf über die interne Leitung. „Es war keine Absicht. Geh nach Hause. Der Rest ist sowieso bloß Musik. Ich kann heute nicht mehr mit dir reden. Ich kann mit niemandem mehr reden.“

Nach anderthalb Wochen des Alleinschlafens war Allie zum Äußersten bereit. Es war weniger der Sex, der ihr fehlte, auch wenn die unerträgliche Sehnsucht ihr regelrechte Schmerzen verursachte. Nein, sie vermisste Charlie in jeder Hinsicht. Sein Lachen, seine herrlich unkomplizierte Art, sein Talent, sie immer wieder zu provozieren. Sie konnte sich nicht einmal mehr Frühlingsrollen in der Tiefkühltruhe ansehen, ohne dass sie ein Gefühl grenzenloser Einsamkeit überkam.

Durch die Trennscheibe beobachtete sie ihn mit Sam, der nach überwundener Krise kaum mehr zu bändigen war. Erst vor wenigen Minuten hatte Charlie ihm eine Strafpredigt über das Anknabbern von Stromkabeln halten müssen. Jetzt nutzte der Winzling Charlies mangelnde Aufmerksamkeit und beschnüffelte neugierig die Apparaturen des Mischpults.

Schnell klemmte Charlie sich den zappelnden Hund unters Kinn und legte die nächste CD ein. Ein alter Disneysong begann. Im Takt schaukelte er den Welpen, bis dieser sich auf seiner Brust zusammenrollte und einschlief.

Das zärtliche Bild schnürte Allie die Kehle zu. Bitte nicht, dachte sie. Nicht er. Aber zu spät. Sie hatte sich in Charlie verliebt. Gegen ihren Willen. Gegen jedes bessere Wissen. Dabei wollte sie niemanden lieben, und am allerwenigsten einen Mann, der fest entschlossen war, am ersten November wieder abzureisen.

Das Telefon klingelte. Allie hob ab, dankbar für die Ablenkung.

„Charlie? Du hast einen Anrufer. Es ist Doug, auf Leitung eins."

Charlie schob Sam auf seine Schulter. „Hi, Doug, was liegt an?"

„Genau das wollte ich dich fragen. Erst spielst du ständig ‚River Of Dreams' und nun auch noch Schlaflieder! Seid ihr bei WBBB jetzt vollkommen abgedreht?"

Charlie erklärte die näheren Umstände.

„Du hast einen Hund im Studio?"

Charlie sah auf Samson hinunter und grinste. „Bei großzügiger Auslegung könnte man Sam einen Hund nennen. Aber eigentlich ist er eher ein Schokokeks mit Pfoten und Riesenappetit. Erst vor einer Minute hat er das Studio auseinander genommen. ‚Baby Mine' hat ihm den k.o. gegeben."

„Versuch mal ‚Sweet Baby James'", schlug Doug vor. „Mein aufsässiger Junior schläft dabei sofort ein."

Die beiden diskutierten noch eine Weile, Allie dagegen beherrschte nur ein Gedanke: Charlie hatte gerade der halben Gemeinde Sams Existenz verkündet.

Bill liebte derartige Überraschungen ...

Sie waren fällig für eine neuerliche Standpauke.

Oh verdammt! Wie konnte ihr Leben trotz aller Bemühungen nur in einem einzigen Chaos enden?

Bills üblicher Wutausbruch verpuffte beim Anblick von Charlies Geheimwaffe: Sam.

„Heißer Tipp von Grady. Anscheinend sind kleine Hunde die große Schwäche unseres Medienmoguls." Charlie hob Sam auf Augenhöhe. „Du bist drinnen, Kleiner. Vermassle es bloß nicht." Als Sam Charlies Nase leckte, lachte er. Er amüsierte sich noch prächtiger, als Sam zum „Liebling der Woche“ in der *Tuttle Tribune* avancierte. Das örtliche Tierheim bat um die Einrichtung einer Programmnische namens „Tiere suchen ein Zuhause“, und die Hörer sparten nicht mit Erziehungstipps.

Einige Probleme besaß er trotzdem noch. Irgendjemand sabotierte die Sendung durch Störanrufe, die die Telefonleitungen blockierten, Werbebänder verschwanden spurlos, und Freitagabend stank das Studio wie ein Nadelwald.

„Das war Marks neueste Errungenschaft – ein Dobermann-Mischling. Ein Männerhund“, erklärte Harry. „Er hat ihn King genannt. Heute Morgen brachte er King junior als Maskottchen mit ins Studio. Wo er bloß die Idee wieder herhat?“ Genervt verdrehte er die Augen. „Jedenfalls kratzte King nach vier Stunden aus offensichtlichen Gründen an der Tür.“

Mit verschränkten Armen lehnte sich Charlie ans Mischpult. „King besitzt eine Menge Ausdauer. Wäre ich mit Mark eingesperrt, hätte ich schon viel früher drastische Maßnahmen ergriffen.“

„Aber Mark ignorierte ihn, also hat King ... äh, sich hier drinnen erleichtert.“

Charlie musste schmunzeln. „Und dann?“

„Mark schrie das völlig verängstigte Tier an.“ Harry unterdrückte ein Grinsen. „Also passierte King gleich noch ein Missgeschick.“

„Mark ist ein Idiot!“

„Dann hat Mark das Skript nach ihm geworfen, und King ...“

„... entschied sich zu einer Zugabe.“ Dröhnendes Gelächter hallte durchs Studio.

„Daraufhin kam Marcia rein und legte einen Tobsuchtanfall erster Güte hin. Sie gab Mark zehn Minuten für die Säuberung des Studios, nahm ihm den Hund ab, drohte mit einer Klage wegen Tierquälerei und erklärte den Welpen kurzerhand zu ihrem neuen

Wachhund. Nachdem alle Beteiligten sich wieder beruhigt hatten, brachte Marcia ihre Sendung an der Seite ihrer verblüffend friedlichen vierbeinigen Neuerwerbung ohne Zwischenfälle hinter sich."

„Gut für Marcia. Obwohl ich sie mir nur schwer mit einem Hund namens King vorstellen kann."

„Dorothy", verbesserte Harry. „Mark sind ein paar Details entgangen, wie üblich."

„Was für ein Idiot! Also hat er dann das Studio sauber gemacht ..."

Harry schnaubte. „Danebengeraten. Für solche Feinheiten ist Lisa zuständig. Die hat in ihrem jugendlichen Überschwang den Raum mit Pinienspray eingenebelt ..."

„Was erklärt, warum es hier stinkt, als hätte ..."

„ ... jemand sich an einer Pinie erleichtert."

Wegen des bestialischen Gestanks im Studio verbrachte Charlie die meiste Zeit außerhalb – bei Allie. Eigentlich sollten sie über die Anzeigen sprechen, doch Allie trug einen flauschigen pinkfarbenen Pullover, unter dem sich ihre verlockenden Kurven abzeichneten. Sie sagte etwas, doch Charlie hörte nur das Rauschen seines Blutes.

Er musste sie berühren. Berühren war kein Sex. Berühren war rein platonisch. Was sie brauchten, war eine exakte Definition von „Sex". Und das möglichst schnell.

Allie musste erraten haben, was in ihm vorging, denn eine leichte Röte stieg ihr in die Wangen.

Charlie ertappte sich dabei, wie er unzensierten Fantasien über sie nachhing. Normalerweise errötete sie so, wenn er die Spitzen ihrer Brüste rieb, bis sie den Rücken durchbog und die Finger in sein Haar krallte, weil sie mehr wollte, viel mehr. Erinnerungen an ihre gemeinsamen Nächte tanzten ihm durch den Kopf. Verschwendete Zeit. Warum hatte er sich nicht jede einzelne Sekunde ins Gedächtnis eingeprägt? Warum hatte er sich nicht auf den leicht salzigen Geschmack ihrer Haut konzentriert, auf die Hitze und die Feuchtigkeit zwischen ihren Schenkeln, auf ...

„Himmel, Allie“, stöhnte er. „Ich muss dich einfach berühren.“

Diese dumme Wette würde sie noch in den Wahnsinn treiben! Wenn Charlie sie zurückwollte, reichten drei einfache Worte: „Du hast gewonnen.“

Natürlich war ihr Text derselbe. Und schon könnte Allie ihre Hände über seinen Rücken gleiten lassen, seine harten Schultermuskeln streicheln, mit heißen Zungenküssen seinen Mund erobern, ihre Beine um seine Hüften schlingen und endlich Erfüllung finden. Allie biss sich auf die Unterlippe, um ihre Sehnsucht nicht laut herauszuschreien. Denn dann würde Charlie sie berühren, so wie nur er es konnte. Mit den Fingerspitzen würde er über ihren Hals und ihr Dekolletee gleiten, bis sie wie elektrisiert war von seinen Zärtlichkeiten, die wie Vorboten eines gewaltigen Sturms waren.

Allie spürte ein leichtes Prickeln in den Brüsten und fühlte, wie die Knospen hart wurden und sich aufrichteten. Plötzlich war sie ganz benommen. Unwillkürlich befeuchtete sie die trockenen Lippen mit der Zunge.

„Bitte, mach das nicht“, stöhnte Charlie und zog sie in seine Arme. Sein fordernder Kuss erstickte ihren Seufzer. Sie fühlte den unmissverständlichen Beweis seiner Erregung an ihrem Bauch, als Charlie sie auf das Regiepult hinunterdrängte. Voller Ungeduld flocht sie die Finger in sein Haar, biss in seine Unterlippe und verschränkte die Beine hinter seinem festen Po.

Ihre kreisenden Hüftbewegungen machten seine Selbstbeherrschung in Sekundenschnelle zunichte. Wie von Sinnen fuhr er über ihre verlockenden Kurven, zerrte ihr mit den Zähnen den Pullover über die Schulter, strich spielerisch mit der Zunge durch das Tal zwischen ihren Brüsten, umschloss die eine Spitze mit seinen warmen Lippen und löste damit heiße Schauer in Allie aus.

Ihre langen Fingernägel krallten sich schmerzhaft in seine Schultern. Blind vor Verlangen, schob er ihren Rock hoch, ertastete störendes Nylon, bahnte sich seinen Weg unter das elastische Material und spürte ihre fiebrige Hitze. Langsam begann er mit der erotischen Massage und spürte überdeutlich Allies Vergnügen daran.

Tausend kleine Blitze durchzuckten ihren Schoß, und Allie glaubte vor Sehnsucht zu vergehen. Trotzdem riss sie sich los. „Warte", flüsterte sie rau und rutschte unter ihm weg. Ihre Beine trugen sie kaum. Haltsuchend griff sie nach der Stuhllehne. „Ich brauche dich so sehr, dass ich es kaum noch ertrage, aber das ist bloß Sex, Charlie. Und der löst keine Probleme."

Er umfasste die Tischkante so fest, dass seine Fingerknöchel weiß hervortraten. „Wir könnten diese verdammte Wette auf beiderseitigen Wunsch hin beenden. Gestehen wir unsere Fehleinschätzung ein."

„Willst du das wirklich?"

Gute Frage. Am Anfang war es zwischen ihnen allein um Sex gegangen. Jetzt ging es um mehr. Aber um wie viel mehr?

Drei Wochen lief die Wette schon. Allie versuchte, ihr eine positive Seite abzugewinnen und scheiterte kläglich. Dabei lief ihre Karriere inzwischen auf Hochtouren. Charlies Sendung war ein Riesenhit. Die Zeitung brachte in schöner Regelmäßigkeit Artikel über Charlie und das Rathaus, Charlie und die FoodStop-Anklage, Charlie und Sam. Fotos von Charlie und Sam waren besonders beliebt. Die

Hörer stifteten so viel Hundefutter und Spielzeug, dass sie damit täglich die örtlichen Tierheime versorgten. Selbst die Sabotageakte halfen: Als eines Nachts spurlos sämtliche Anzeigenbänder verschwanden, musste Charlie seine Fantasie spielen lassen. Mit Improvisationen über McCarthys Cashew-Huhn als Bettmahlzeit um zwei Uhr morgens, Sams Vorliebe für das von Paulas Pet Emporium gestiftete Welpenpräparat und Harrys Begeisterung über Gleasons Autoteile begründete er einen ganz neuen Trend.

Mit einem Wort, er war ein Radio-Naturtalent.

Und Allie stand kurz vor einer Verzweiflungstat. Zum ersten Mal seit unzähligen Jahren galten ihre ersten Gedanken beim Aufwachen nicht dem Sender. Sie galten Charlie. Endlich hatte sie bekommen, was sie wollte: jetzt unterhielten sie sich ständig. Übers Radio, übers Essen, über Politik, über Bücher, über Sport. Sie sprachen, bis Allie schreien wollte: „Halt endlich den Mund, und küss mich!" Aber selbst das hätte Charlie wahrscheinlich nur für einen Musikwunsch gehalten.

Der Tiefpunkt kam eines Nachts, als sie ihren DJ geschlagene vier Stunden lang hoffnungslos verliebt durch die Scheibe anstarrte. Sie war ein wandelndes Wrack. Sie brauchte dringend Trost, also ging sie nach Hause und klopfte an Joes Tür.

„Komm rein." Schlaftrunken machte er ihr auf der Bettkante Platz. „Was ist los, Kleines?"

„Du hattest Recht." Allie kroch zu ihm unter die Decke.

„Ich habe immer Recht. Lass mich raten. Es geht um Charlie."

„Ich liebe ihn. Diesmal habe ich es wirklich vermasselt."

„Ansichtssache. Immerhin hältst du deinen Beruf nicht länger für deine einzige Existenzberechtigung. Außerdem sollte sich jeder wenigstens einmal im Leben so richtig verlieben."

„Ich war in Mark verliebt", schniefte Allie und kuschelte sich an seine Brust. „Ich habe mein Soll erfüllt."

„Du warst nicht in Mark verliebt!“ fuhr Joe auf. „Eure Affäre war Teil deiner Erfolgsstrategie. Du dachtest, Beruf plus Privatleben verdoppelt die Leistungsfähigkeit. Du und deine effiziente Ader.“ Nachdenklich starrte er ins Leere. „Da Charlie die schlimmstmögliche Partie für dich ist, muss es Liebe sein.“

„Sehr komisch.“ Allie wollte wegrutschen, als Zeichen dafür, dass sie in dieser Sache keinen Scherz verstand, doch Joes Arme boten zu viel Trost. „Was soll ich nur tun?“

„Ihn lieben. Was sonst kannst du tun?“

Energisch blinzelte Allie die aufsteigenden Tränen fort. „Im November verschwindet er auf Nimmerwiedersehen. Weißt du, wie weh das tun wird?“

„Noch ist nicht November. Wie üblich siehst du den Wald vor lauter Bäumen nicht. Du könntest beispielsweise mit ihm gehen.“ Ihr Blick traf ihn wie ein Pfeil. „Sicher, du würdest mir fehlen, aber Tuttle ist ja nicht aus der Welt. Vielleicht gefällt dir die Herumzigeunerei sogar.“

„Ein schwacher Ersatz für meine Karriere.“

„Es wäre eine Alternative. Außerdem denke ich, du vergisst Charlie.“

Allie stöhnte. „Vergessen? Er geistert ständig durch meine Gedanken. Ich bin regelrecht besessen von ihm.“

„Ignorieren tut er dich nicht gerade. Ich weiß, er ist ausgezogen, aber was blieb ihm anderes übrig? Selbst ein Mönch besitzt eine gewisse Toleranzschwelle, und des sexuellen Desinteresses kann man Charlie nun wirklich nicht bezichtigen. Der arme Mann belauert dich ja wie ein ausgehungerter Wolf, sobald du auch nur in seine Nähe kommst. Überhaupt ...“ Allie horchte auf. Jetzt kam das Killerargument! „Wenn es um Mark geht, wird er ganz grün vor Eifersucht.“

Das sollte sie überzeugen, dass ihre aussichtslose Liebe nicht die dümmste Entscheidung ihres Lebens war? „Echt toll. Ich will, dass er mich liebt!"

Joe rollte die Augen. „Nun, Al, ich bin ziemlich sicher, dass er das tut."

„Warum sagt er's dann nicht?"

Joe zog seinen Arm weg. „Würde ich euch beide nicht so sehr mögen, sähe ich mit Freude zu, wie ihr kopflos durch den Nebel stolpert. Allie, er wird dir erst sagen, dass er dich liebt, wenn er selber dahinter gekommen ist."

„Und wann bitte schön darf ich damit rechnen?" Entnervt hob Allie die Hände. „Bei meinem Glück findet er es nächstes Frühjahr heraus, in Dubuque, Broken Arrow oder irgendeinem anderen Kaff auf der anderen Seite des Kontinents."

„Dann mach du eben den ersten Schritt. Sag ihm, dass du ihn liebst. Sag ihm, dass er dich liebt. Produzier dir eine Liebesaffäre." Damit war für Joe der Fall erledigt. Dass seine Geduld inzwischen überstrapaziert war, zeigte sich daran, wie vehement er sein Kissen zurechtboxte. „Keine Sorge. Es regelt sich alles. Sobald Charlie seinen eigentlichen Auftrag hier in Tuttle erledigt hat, geht ihm auch in dieser Hinsicht ein Licht auf."

„Welchen Auftrag?" Allies Verblüffung war offensichtlich.

Joe kehrte ihr den Rücken zu. „Wegen irgendwas Bestimmtem ist er hergekommen. Was war es?" Seine Stimme klang schläfrig.

„Als Ersatz für Waldo, als Gefallen für Bill."

„Warum stellt er dann so viele Fragen?"

„Weil ..." Für jemanden, der hier nur eine Zwangspause einlegte, stellte Charlie tatsächlich eine Menge Fragen. „Vielleicht hat er Erfolg geschnuppert", meinte Allie hoffnungsvoll.

Joe gähnte nur. Allie gab auf und verzog sich in ihr eigenes Bett.

Schließlich war der November noch eine ganze Woche entfernt.

„Heute hat Mark sich mit Lisa an einer Talk-Show versucht", spottete Harry. „Du musst wirklich in Zukunft früher aufstehen, Charlie. Dir entgeht eine Menge."

Charlie setzte sich aufs Mischpult. „Beispielsweise?"

„Ihr Diskussionsthema lautete ‚Arbeitsbeziehungen'. Nicht übel, was? Nur verbrachte Mark die gesamte Zeit mit einem Monolog über Allies Qualitäten. Lisa kam überhaupt nicht zu Wort. Schließlich rannte sie tränenüberströmt aus dem Studio."

„Er verdient einen kräftigen Tritt in den Hintern. Ist mir egal, wie blöd er ist, das war wirklich gemein."

„Vergebliche Liebesmüh'. Dieser ignorante Blödmann kapiert überhaupt nicht, weshalb sie sich so aufregt. Außerdem könnte Lisa ihm ja den Kram vor die Füße schmeißen. Die beiden verdienen einander." Lässig schaukelte Harry auf zwei Stuhlbeinen. „Wenn du mich fragst, will unser Genie sich wieder an Allie ranmachen."

Sämtliche Alarmglocken schrillten in Charlies Hinterkopf. „Allie kann auf sich selbst aufpassen."

„Muss sie wohl, denn du stehst ja kaum für deine Interessen ein. Da du nicht mit ihr schläfst, wieso sollst du dann deine Zeit mit ihr verschwenden, richtig?"

Charlies Gesichtsausdruck verdüsterte sich. „Hey. Das ist nicht ..."

„So sieht es aber aus. Auch für Mark. Dieser geistige Tiefflieger hat es inzwischen vielleicht auch schon Allie gegenüber erwähnt."

„Weißt du, Mark hat irgendwas vor", verkündete Allie während der Nachrichtenpause.

„Was du nicht sagst! Natürlich hat er etwas vor! Er will dich zurück. Und so ganz nebenbei fand ich in seinem Büro unsere fehlenden Werbebänder. Trotzdem will er dich zurück. Vielleicht muss ich ihn doch noch verprügeln."

„Wieso?" Irrationaler Zorn stieg in Allie auf. „Du machst nächste Woche den Abflug. Warum sollte dich das kümmern?"

„Weil ich die Vorstellung hasse, dass eine Frau von mir zu Mark überwechselt."

Das war wirklich der Gipfel! „Da du nicht Zeuge dieses phänomenalen Abstiegs wirst, sehe ich nicht, welchen Unterschied das macht! Glaubst du, nach dir gebe ich die Männer allesamt auf?"

Wütend stürmte sie davon. Durch die Scheibe sah Charlie ihr nach. Um seine Mundwinkel lag ein grimmiger Zug. Ja, dachte er. Genau das will ich. Zähneknirschend setzte er die Kopfhörer auf, wartete auf das Ende der Nachrichten und verfluchte das Schicksal, das ihn nach Tuttle verschlagen hatte.

9. KAPITEL

Am Montag begann die *Tribune* mit einer Serie über die Geschichte des alten Rathauses, womit sie alle Hoffnungen des Bürgermeisters auf seinen Parkhaus-Tempel endgültig zunichte und Charlie wieder einmal zum Stadtgespräch machte.

Während Allie abwesend die gesammelten Notizen für die geplante Sendung über Drogen in einen Aktendeckel legte, da Charlie sie tatsächlich selbst lesen würde, anstatt sich Wort für Wort erklären zu lassen wie gewisse andere DJs, stürmte Lisa völlig entnervt ins Büro.

„Es ist schrecklich!“ stöhnte sie und ließ sich auf einen Stuhl fallen. „Nichts mache ich richtig! Was ich auch tue, Gründe zum Mäkeln findet Mark immer.“

„Dann kündige“, riet Allie ihr. Gott sei Dank war sie nicht mehr mit Mark geschlagen! „Diese ständige Nörgelei musst du dir nicht bieten lassen!“

„Aber es ist die Prime-Time-Show“, jammerte Lisa.

Allie wollte schon sagen „Na und!“, da fiel ihr wieder ein, warum das wichtig war. Zumindest war es vor einem Monat noch wichtig gewesen. Sollte Lisa kündigen, würde Mark ihr wieder die Produktionsleitung seiner Sendung anbieten. Daran bestand kein Zweifel. Da sie Mark so gut kannte, hegte Allie den Verdacht, dass er Lisa wegen seiner sinkenden Quoten rausekeln wollte. Dann würde Bill sie allen Protesten zum Trotz bitten, zu Marks Ehrenrettung einzuspringen.

Nicht in einer Million Jahre würde sie das tun!

„Die Prime Time ist nicht alles, Lisa. Wenn du unglücklich bist, dann geh. Marcia nimmt dich mit Kusshand."

Lisas Protestgeschrei über den drohenden Imageverlust war noch zwei Büros weiter hörbar. Dann eben nicht. Allie hatte schon genug Probleme, ohne dass sie auch noch karrierebesessene Radioproduzenten kurieren musste.

Sie hatte Charlie.

„Weißt du, Charlie, ich habe nachgedacht", verkündete Harry in aller Seelenruhe Dienstagnachmittag vor dem Fernseher. „Du reist im November ab, stimmt's?"

„Stimmt." An seinem Enthusiasmus musste er unbedingt arbeiten.

„In dem Fall versuche ich mein Glück bei Allie."

„Was?" Mach das, und du bist ein toter Mann!

Abwehrend hob Harry die Hand. „Selbstverständlich erst, wenn du von der Bildfläche verschwunden bist. Ich falle doch keinem Freund in den Rücken. Oder würdest du sie lieber mit Mark liiert sehen?"

„Das ist Allies Angelegenheit."

„Genau. Also dachte ich, ich bitte sie, meine Sendung zu produzieren, und warte einfach ab, was sich entwickelt. Es ist Zeit, dass ich wieder eine Heirat ins Auge fasse. Du hattest Recht. Langsam glaube ich nicht mehr an Sheilas Rückkehr."

Auch seine Geduld kannte Grenzen! „Nun, man weiß ja nie ..."

„Nein." Harry schüttelte den Kopf. „Ich muss mit meinem Leben weitermachen. Plan B ist angesagt. Von allein wäre ich nie darauf gekommen. Danke, Kumpel."

„Kein Problem." Mit einer Serie wortreicher Verwünschungen machte Charlie sich auf den Weg in die Küche, um seine seltsamen Herzschmerzen mit Harrys Biervorrat zu lindern. Warum, zum Teufel, musste er bloß ständig seinen vorlauten Mund so weit aufreißen?

Ist WBBB-Wunderknabe Charlie ‚Ten' Tenniel ein Ex-Drogendealer? ... Wegen Drogenhandel in Lawrenceville verhaftet ... monatelang untergetaucht ... Wollen wir dieses kriminelle Element in unserer Stadt?

„Ich vermute, du hast die Zeitung gelesen." Aufmerksam versuchte Charlie, Allies Reaktion einzuschätzen.

„Das bist nicht du!" Dieses Schundblatt! Charlie war kein Dealer! Er rauchte nicht einmal! Sein Limit waren zwei Bier! Er war kein Junkie! „Ich weiß zwar nicht, was vorgeht, aber Drogendealen ist nicht dein Stil!"

Lässig verschränkte er die Arme vor der Brust und lehnte sich an die Bürotür. „In diesem Artikel steckt eine Menge Beweismaterial, Allie. Wo Rauch ist, ist meistens auch Feuer."

„Ich kenne dich." Es klang schärfer als beabsichtigt. „So tief würdest du nie sinken."

Charlie schloss die Augen. „Ich verdiene dich zwar nicht, aber ich bin trotzdem verdammt dankbar."

„Sicher verdienst du mich! Willst du noch irgendwas loswerden, bevor ich sämtliche Journalisten aus meinem kleinen schwarzen Notizbuch anrufe und der Sache auf den Grund gehe?"

„Ja. Ruf niemanden an. Lass es darauf beruhen."

Ihr Mund klappte auf. „Bist du jetzt restlos übergeschnappt? Wir müssen dieses üble Gerücht sofort stoppen. Wir müssen ..." Trotz seiner abweisenden Miene versuchte sie es erneut. „Charlie, das wird der Untergang unserer Sendung. Drogenhandel ist kein Kavaliersdelikt."

„Tut mir Leid, Al. Es geht nicht anders."

„Warum?“ Plötzlich taten sich Abgründe zwischen ihnen auf.

„Du musst mir vertrauen.“

Vertrauen! Der Dreh- und Angelpunkt jeder Beziehung. Charlie erwartete grenzenlose Loyalität, verriet ihr im Gegenzug jedoch kein Sterbenswörtchen. Tolle Aussichten für eine gemeinsame Zukunft. „Also soll ich brav herumsitzen und Däumchen drehen, während dieser verdammte Artikel uns ruiniert!“ Allie sprang auf. „Was zur Hölle geht hier vor?“

Sicherheitshalber trat er einen Schritt zurück. „Mach dir keine Sorgen. Es ist bald vorbei.“

„Ich soll mir keine Sorgen machen?“ fauchte sie. „Natürlich. Wieso auch? In einer Woche arbeite ich einen neuen DJ ein, und Mr. Sorgenfrei lässt dieses Chaos einfach hinter sich, richtig?“

„Allie ...“

Rücksichtslos schnitt sie ihm das Wort ab. „Geh weg! Ich will nicht mehr darüber sprechen.“

„Allie, es ist wichtig.“ Beschwörend umfasste er ihre Schultern. „Ich bin fast am Ziel. Was den geplanten Beitrag über die Legalisierung von Drogen angeht, zähle ich auf deine Mitarbeit. Du wirst dagegen plädieren, ich dafür.“

Fassungslos starrte sie ihn an. „Bist du von allen guten Geistern verlassen? Nach diesem Artikel ...“ Plötzlich ging ihr ein Licht auf. Joes Verdacht ... der ominöse Auftrag. „Du kannst unmöglich glauben, ich helfe dir, diese Sendung zu ruinieren – ganz zu schweigen von meinem Ruf –, ohne jede plausible Erklärung deinerseits!“

Charlie wollte etwas sagen, dann seufzte er nur. „Das ist fair. Ich mache es allein.“ Nach dieser Ankündigung verließ er das Büro.

Am nächsten Montag gab es einen neuen Tiefpunkt. Allie und

Charlie hatten drei arbeitsreiche Nächte im Studio und ein einsames Wochenende hinter sich und waren froh, dass die Welle der Anrufe ein wenig abgeflaut war und die Leute sich nur noch darauf beschränkten, sich nach Charlies Strafregister zu erkundigen und für einen „sauberen" Rundfunk zu plädieren. Natürlich war auch die Polizei angerückt und hatte Charlie verhört. Doch es sollte noch schlimmer kommen.

Charlies Frau tauchte auf.

Sie war ein hübsches kleines Ding, in Tränen aufgelöst und hochschwanger.

Da Karen wie üblich von der rasanten Wende der Ereignisse überfordert war, rief sie Allie an die Rezeption. „Das wird dir nicht gefallen. Sie sucht Ten Tenniel. Sie behauptet, sie sei mit ihm verheiratet."

Unmöglich, sagte sich Allie, doch die Liste der Möglichkeiten war mit Charlies Verweigerung jeglicher Stellungnahme hinsichtlich des Drogenvorwurfs enorm gewachsen.

„Hallo, ich bin Alice McGuffey, Mr. Tenniels Produzentin ..."

„Wo ist er?" Aufsässig baute das Mädchen sich vor ihr auf. „Er ist mein Mann, und ich will ihn sehen!"

„Er müsste jeden Moment kommen. Möchten Sie in meinem Büro warten?" Im Hintergrund lauschten bereits ungeniert Stewart und Lisa. „Dort ist es privater."

„Wo ist er?"

Mit seinem unfehlbaren Timing entstieg Charlie dem Lift. „Miranda?"

„Charlie?" Beide wirkten gleichermaßen verblüfft.

„Sag nichts." Charlie ergriff ihren Arm. „Wir können draußen sprechen."

„Charlie?" In ihrer Empörung stampfte Allie mit dem Fuß auf.

Charlie schob Miranda weiter. „Alice McGuffey, du rührst

dich nicht vom Fleck und hörst gefälligst auf, dummes Zeug zu denken! Ich bin sofort wieder da."

Diesmal würde sie ihn umbringen!

Aber zuerst würde sie herausfinden, was hier vorging!

Erst eine Dreiviertelstunde später bequemte sich Charlie zu einer Erklärung. Allie wollte gerade einen Anruf tätigen, doch er nahm ihr einfach den Telefonhörer aus der Hand. „Zugegeben, meine feige Flucht vorhin war nicht die feine Art. Aber ich musste unbedingt meinen Dad anrufen und Miranda in den nächsten Bus verfrachten. Schreie, tobe, von mir aus erschlag mich mit Bills Handbuch, aber lass es mich wenigstens erklären."

„Ach, jetzt will der Herr plötzlich erklären! Nur zu! Ich kann's kaum erwarten!"

„Allie, ich bin nicht ..."

„Ten Tenniel. Ich weiß. Sie ist die Frau deines Bruders, richtig?"

Charlie sank auf den nächstbesten Stuhl. „Fast. Sie sind nicht wirklich verheiratet. Wie bist du dahinter gekommen?"

Allie wusste nicht, worüber sie wütender war, über ihre eigene Naivität oder seine Dreistigkeit. „Indem ich meinen Grips benutzt habe. Sobald ich aus meinen rosaroten Träumen erwachte, zählte ich eins und eins zusammen. Du wolltest nicht Ten genannt werden. Gerade der hat aber dem Sender in Lawrenceville zu seiner Popularität verholfen. Außerdem magst du zwar ein Naturtalent sein, doch in deiner ersten Sendung tapptest du ziemlich im Dunkeln. Da Bill deine Familie kennt, muss er in diesen Kuhhandel eingeweiht sein. Was immer für ein Geheimnis du hütest, es ist Bills. Dein DJ-Einsatz war bloß Tarnung, und ich habe mich fast umgebracht – für nichts und wieder nichts!"

Klugerweise verkniff sich Charlie ein „Habe ich dir das nicht gleich gesagt?“ und fragte nur: „Worüber ärgerst dich denn am meisten?“

„Über dein fehlendes Vertrauen!“ Ein schmerzlicher Ausdruck huschte über ihr Gesicht.

Wie konnte alles bloß so kompliziert werden? „Ich habe dir vertraut. Von Anfang an war ich von deiner Unschuld überzeugt. Aber ich konnte dich unmöglich einweihen, Allie. Du stürzt dich kopfüber in jedes Problem, und das war der falsche Weg, die Sache anzugehen.“

„Welche Sache? Was meinst du mit Schuld und Unschuld?“

Fest erwiderte Charlie ihren Blick. „Irgendjemand bei WBBB vertreibt Drogen im größeren Stil. Bill erhielt einen anonymen Brief und fürchtete eine Schmutzkampagne. Glücklicherweise kamen mir die Gerüchte über Ten zu Hilfe. Als ich mir dann vergangene Nacht deine Notizen zur Drogenlegalisierung ansah, klingelte es endlich bei mir.“

„Wer ist es?“ fragte Allie, sobald sie ihre Stimme wieder fand. „Wer dealt in meinem Sender?“

„Grady.“

„Hast du jetzt völlig den Verstand verloren?“ Entrüstet sprang Allie auf. „Ausgerechnet Grady soll ein Drogenimperium in Tuttle aufgebaut haben? Das ist doch lachhaft! Der schnöde Mammon ist ihm völlig schnuppe. Er ...“

„Was ist mit seiner Mutter? Und Mrs. Winthrop und Mrs. Wexman? Schau nicht so entgeistert. Im Grunde ergibt alles einen Sinn.“ Charlie sah so elend aus, dass Allie zu ihm gehen wollte, aber erst, wenn er aufhörte, einen ihrer Freunde in den Schmutz zu ziehen. „Hinter seinem Haus baut Grady Marihuana an, aber du hast Recht, Geldgier konnte nicht seine Motivation sein. Dann las ich deine Notizen über Krebspatienten.“

Allie schloss die Augen. „Marihuana mildert die Übelkeit bei

Chemotherapie." Sie riss die Augen auf. „Grady hat Beattie Pot gegeben?"

Charlie nickte. „Gradys angeblicher Privatvorrat ist der Geheimtipp der Krebskranken. Die beiden haben sämtliche Patienten der Stadt damit versorgt. Deshalb wurde auch Mrs. Winthrops Enkel so wütend. Er wollte mit von der Partie sein."

„Daher also die Kekse." Ihre Gedanken überschlugen sich. „Okay. Jetzt ist die Katze aus dem Sack. Solange wir den Mund halten ..."

„Geht nicht. Drogenbesitz ist illegal."

„Du willst Grady anzeigen?"

„Grady kann sich selbst stellen. Inzwischen kennt er das Ergebnis meiner Nachforschungen. Aus Sorge um die Patienten bat er zwar um Bedenkzeit – vielleicht fürchtet er auch, dass Bill ihn enterbt –, aber ihm bleibt keine andere Wahl. Es ist nicht allein eine Rechtsfrage. Die Zeit drängt. Dieser kleine Winthrop-Bengel hat Bill den Brief geschickt. Am College ist der Marihuana-Deal ein offenes Geheimnis. Hinzu kommt meine Schnüffelei. Seit dem Zeitungsartikel über meine angebliche Vorstrafe überwacht mich die Polizei. Dort weiß man, mit wem ich gesprochen habe, und man vermutet, dass etwas im Busch ist. Eine Selbstanzeige wirkt sich zumindest zu Gradys Gunsten aus. Für alles andere ist es zu spät."

„Nein." Allie umrundete ihren Schreibtisch und eilte zur Tür. „Grady geht auf keinen Fall ins Gefängnis!"

Charlie packte sie am Arm. „Lass mich die Sache regeln."

„So wie du sie bisher geregelt hast?" Ihre Augen sprühten Funken. „Hättest du nicht deine Nase in anderer Leute Angelegenheiten gesteckt, stünde alles bestens. Wem schadet Grady schon? Er hilft den Leuten, und du willst ihn in den Knast bringen!" Gereizt entriss sie ihm ihren Arm. „Das ist wirklich das Allerletzte! Du stehst einfach da und siehst zu, wie das Verhängnis seinen Lauf nimmt!“

„Was soll ich deiner Meinung nach tun?“

Dieser elende Feigling! „Du hast dieses Chaos verursacht. Du solltest es auch beheben. Aber du bemühst dich ja nicht mal um eine andere Lösung. Stur mit dem Kopf durch die Wand – genau wie Bill ...“

„Allie ...“

„Genau wie dein Dad.“

Das saß! Wortlos verließ er das Büro.

„Junge, ich habe wirklich ein Händchen für Versager“, sagte Allie in den leeren Raum hinein und kämpfte mit den Tränen.

Ausgerechnet diesen Moment wählte Mark für einen Besuch. „Ich hörte gerade zufällig von Charlies Frau. Wirklich eine üble Geschichte. Brauchst du eine Schulter zum Ausweinen? Wie wär's mit Dinner heute Abend?“

Dieses Süßholzgeraspel gab Allie den Rest. Er lächelte sie an, so atemberaubend wie immer, und sie wollte auch ihn tot sehen! „Mach, dass du rauskommst!“

„Vielleicht dann morgen.“

Morgen. Sie musste sich einen Plan einfallen lassen.

Und das schnell.

Nach der Lektüre der Abendzeitung änderte Allie ihre Meinung über ein trautes Dinner mit Mark.

Vor dem Konferenzraum fing sie ihn ab.

„Allie!“ Vor lauter Begeisterung überrannte er fast seine derzeitige Flamme Lisa. „Was für eine wundervolle Überraschung! Nimmst du meine Dinnereinladung doch an?“

„Was ist mit unserer Besprechung?“ protestierte Lisa.

„Die fällt heute aus.“ Mark ergriff Allies Arm.

„Aber Mark ..."

„Vergiss es", entgegnete er kühl und lotste Allie zum Lift. „Dies ist einfach großartig, Allie-Schatz. Es gibt so viel, was ich dir erzählen will."

„Gut. Da ist so viel, was ich von dir hören will."

„Ohne dich ist es einfach nicht dasselbe", begann Mark und verscheuchte den Kellner des Settle Inn mit einer ungeduldigen Handbewegung. „Ich war ..."

„Du warst beschäftigt." Obwohl es ihr in den Fingern juckte, nickte Allie verständnisvoll. „Du warst derjenige, der Charlies Bänder gelöscht, die Werbetrailer gestohlen und ständig durch Störanrufe die Sendung aufgemischt hat."

„Nun ..." Mark wirkte sichtlich verlegen. „Ich bin vielleicht etwas weit gegangen."

„Und dann das!" Mit mühsam bezähmter Mordlust präsentierte Allie ihm die Titelseite der neusten *Tribune*. Unter der Überschrift *WBBB-Wunderknabe schiebt schwangere Ehefrau ab* prangte ein Foto von Charlie und Miranda am Busbahnhof. „Wirklich ein cleverer Schachzug."

Jetzt war Mark auf der Hut. „Es könnte mir in einem Gespräch mit Norton herausgerutscht sein. Die Leute sollen ruhig Charlies wahren Charakter kennen lernen." Er lockerte seine Krawatte und verlagerte das Gewicht, als habe sich sein Stuhl unerwartet in einen Schleudersitz verwandelt. „Ein Mann, der seine schwangere Frau sitzen lässt, ist nicht der Richtige für dich, Allie."

Mühsam bezwang Allie den Drang, über den Tisch zu hechten und ihren Exlover zu erwürgen. „Oh? Und wie lauten deine Alternativvorschläge?"

Mark holte tief Luft. „Nimm mich." Sofort blockte er ihren

Protest ab. „Mir ist bewusst, welch fataler Fehler unsere Trennung war. Wenn du willst, dass ich zu dir zurückgekrochen komme, dann mache ich es."

Voller Verachtung schüttelte Allie den Kopf. „Und was ist mit Lisa?" Dieses Naivchen hatte sich für diesen Egomanen regelrecht verbogen!

„Lisa ist ein Kind. Die Erfahrung, zu der ich ihr verholfen habe, wird sich gut machen in ihrem Lebenslauf ..."

„Oh, du willst mich zurück als Produzentin. Sorry. Ein kleines Missverständnis meinerseits."

„Nein, nein! In jeder Beziehung!" Mark beugte sich vor. „Ich finde, wir sollten heiraten!"

„Heiraten ..." Unglaublich! dachte sie. „Du wirst also gleich die Straße überqueren und der ahnungslosen Lisa erklären, dass du sie weder als Produzentin noch als deine Freundin brauchen kannst, weil du deine unsterbliche Liebe zu mir wieder entdeckt hast."

„Absolut." Mark strahlte sie an. „Ich bin klug genug, meine Fehler einzusehen."

„Du bist ein Trottel." Allie stand auf. „Solltest du je wieder auch nur den kleinsten Sabotageakt versuchen, sorge ich dafür, dass Bill dich feuert. Ich meine es ernst. Halt dich von Charlie fern. Und wenn du schon dabei bist, halt dich fern von mir!"

„Allie!" Hektisch zwängte er sich an den anderen Gästen vorbei.

„Nein." Mit ausgestreckten Händen wehrte Allie ihn ab. „Ich fasse einfach nicht, dass du diese Sache abgezogen hast, nur aus Angst um deine kostbare Karriere. Kennst du gar keine Skrupel? Was hast du eigentlich geglaubt, was du da tust?"

„Das, was du mir beigebracht hast. Die Sendung an die Spitze zu bringen."

„Der Zweck heiligt längst nicht alle Mittel. Übrigens gibt es im Leben noch mehr als Radio, Mark."

„Nicht in meinem Leben."

Allie verspürte einen Funken Mitleid. „Geh und vertrag dich mit Lisa. Du wirst sie brauchen."

„Wie Harry mir erzählte, bist du mit Mark essen gegangen", meinte Charlie bewusst beiläufig, als Allie kurz vor Sendebeginn ins Studio kam.

„Ach der gute, aufmerksame Harry!" Kommentarlos reichte sie ihm die Notizen und Werbeeinblendungen, um sich im gleichen Moment wieder auf die Tür zuzubewegen.

„Habt ihr euch gut unterhalten?"

„Wenn du einen Heiratsantrag so nennen willst." Damit drehte Allie sich um, verließ das Studio und setzte sich ans Regiepult.

„Sag das noch mal!" tönte Charlies entgeisterte Stimme über die Kopfhörer.

„Außerdem hat er mir die Prime-Time-Produktion angeboten", informierte Allie ihn kühl. „Die Nachrichten sind fast vorbei. Bleib dran."

„Vergiss die Nachrichten. Was hast du ihm gesagt?"

„Welchen Unterschied macht meine Antwort, wo du ohnehin morgen das Weite suchst?"

„Keinen. Hast du Ja gesagt?"

„Nein."

Sein Herz setzte einen Schlag aus. „Könnten wir unseren Streit kurz auf Eis legen und darüber reden?"

„Was gibt es da groß zu bereden? Ich sagte Mark, er solle aufhören, deine Sendung zu sabotieren, dabei ist es mir ein Rätsel, wieso mich das überhaupt noch kümmert. Du reist morgen ab. Du zeigst Grady an. Es ist sowieso alles aus."

Die Nachrichten endeten. Charlie schob den Mikrofonregler hoch. „Guten Abend, Tuttle. Ihr hört ‚Charlie all night' ..."

Allie setzte die Kopfhörer ab. Inzwischen kam Charlie auch allein zurecht. Nicht, dass das eine Rolle spielte. Es war seine letzte Sendung. In kaum vierundzwanzig Stunden würde er fort sein. Dann konnte sie zusehen, wie sie ihr Leben wieder in den Griff bekam. Ohne ihn.

Sie konnte es kaum erwarten.

Für den Rest der Sendung herrschte feindseliges Schweigen. Charlie spielte nur Musik. Am schlimmsten war es, als er ein Paul-Anka-Doppel für Sam auflegte – „Puppy Love" und „Put Your Head On My Shoulder" – und den Hund, den er im Arm hielt, liebevoll streichelte, bis Sam vor Müdigkeit die Augen zufielen. In diesem Augenblick liebte Allie Charlie so sehr, dass sie glaubte, ihr Herz müsse in tausend Stücke zerspringen. Nur einmal sprach er, diesmal über den Einsatz von Marihuana zur Erleichterung der Chemotherapie. Er fand überzeugende Argumente, doch auch das änderte nichts an der Tatsache, dass er Grady ins Gefängnis bringen würde.

Als Grady kurz vor zwei das Studio übernahm, entschied Allie sich zu einem letzten Umstimmungsversuch. „Willst du Grady allen Ernstes ins Gefängnis bringen? Schau ihn dir doch an! Er könnte keiner Fliege etwas zu Leide tun. Im Gegenteil! Er hat seiner Mutter das Leben gerettet! Ohne ihn wäre Beattie an dieser verdammten Behandlung zu Grunde gegangen!"

Charlie blieb unerbittlich. „Eines der größten Probleme dieses Landes besteht darin, dass die Leute denken, ein Gesetz sei nur dann ein Gesetz, wenn es ihnen in den Kram passt! Wenn nicht, sind Bombenanschläge auf Abtreibungskliniken ebenso legitim, wie es in Ordnung ist, Typen wie Joe aus dem öffentlichen Dienst zu feuern. Das ist Blödsinn, Allie! Gesetz ist Gesetz! Wenn es dir nicht gefällt, setz dich für eine Änderung ein! Aber brich es nicht, und jammere dann über die Konsequenzen!"

„Setz dich für eine Änderung ein! Wie denn, bitte schön? Politiker sind ja solche Feiglinge, wenn es um die Legalisierung bestimmter Drogen geht, dass sie lieber dem Siechtum unheilbar Kranker zusehen, als ihre kostbaren Karrieren zu riskieren!"

„Ein Gesetz ist keine Salatbar! Du kannst nicht auswählen, welcher Teil dir zusagt und welchen du lieber ignorieren willst."

„Ich wette, im Augenblick siehst du genau aus wie dein Vater!"

Der Giftpfeil traf sein Ziel. Charlie zuckte zusammen.

„Allie, lass es gut sein", unterbrach Grady ihre Tirade. „Danke für dein flammendes Plädoyer, aber Charlie hat Recht. Mitgefangen, mitgehangen. Ich bin kein Kind mehr. Also hör auf, mich wie eines zu behandeln. Und vertragt euch wieder. Charlie ist nämlich nur ein unglückliches Opfer der Umstände. Tut mir Leid, dass ich dich da reingezogen habe, Kumpel."

Allie schluckte und verließ das Studio. Charlie kam es vor, als sei mit ihr auch alle Wärme verschwunden.

„Keine Angst, sie beruhigt sich schon wieder. Jeder muss mit seinem Gewissen leben. In Anbetracht der Umstände bleibt dir keine andere Wahl." Routiniert bediente Grady die Tonregler. „Irgendwann erkennt das auch unser hitziges Goldstück."

„Und wenn es doch eine andere Lösung gibt? Du bist kein Krimineller." Dennoch ruinierte er Gradys Leben, weswegen Allie höchstwahrscheinlich nie wieder ein Wort mit ihm wechseln würde. Ein Gewissen war ein äußerst kostspieliges Vergnügen.

„Was ich getan habe, erfüllt den Tatbestand der Herstellung und Weitergabe von Drogen, auch wenn es nicht aus Profitgier geschah. Rein juristisch betrachtet macht mich das zu einem Kriminellen."

„Mit einer anderen Sache hat sie ebenfalls Recht." Ein Schatten flog über Charlies Gesicht. „Ich benehme mich wie mein alter Herr. Absolut kompromisslos."

Grady schüttelte den Kopf. „Dad hat mir von deinem Bruder erzählt. Dein Vater hat Tens Verbrechen geschickt vertuscht. Du machst das genaue Gegenteil. Du stehst auf der Seite der Engel."

„Lausige Engel. Ich weiß, ich bin im Recht. Aber mein Dad glaubte sich auch im Recht. Ich bin genau so, wie ich nie sein wollte. Jahrelang habe ich gefühlsmäßige Verstrickungen gemieden, damit ich niemals in Versuchung gerate, einen anderen Menschen zu kontrollieren. Jetzt stehe ich allein da und bringe trotzdem dein Leben aus den Fugen. Es ist an der Zeit, dass ich die Stadt verlasse. Da du es Bill selbst beibringen willst, ist mein Job sowieso erledigt." Er fühlte sich plötzlich völlig erschöpft.

„Du willst einfach gehen?" Grady verstand die Welt nicht mehr. „Ohne dich von Harry, Joe oder Karen zu verabschieden? Oder von Allie?"

Charlie lachte kurz auf. „Ich bezweifle, dass Allie mir lange genug zuhören wird für ein Goodbye."

10. KAPITEL

Eine Weile fuhr Allie ziellos durch die Gegend und versuchte das Geschehene zu begreifen. Charlies Argumente klangen richtig, aber dann waren da Grady und Beattie und Mrs. Winthrop. Auch die befanden sich nicht im Unrecht. Wieso gab es bloß keine einfache Antwort auf dieses Dilemma? Unterwegs stoppte sie bei McCarthys und gönnte sich Huhn mit Cashewnüssen und eine gebackene Banane und schloss sich zu Hause voller Selbstmitleid in ihrem Schlafzimmer ein.

Morgen war der erste November. Charlie reiste ab, und sie stand allein da mit dem Scherbenhaufen, den er hinterließ. Nun, nicht ganz allein. Sie hatte Joe. Und Harry. Und Karen und Marcia. Selbst Mark und Lisa waren kein kompletter Verlust. Und Bill und Beattie und ganz besonders Grady. Sie würde alles tun, um ihm das Gefängnis ersparen, denn das hatte er wirklich nicht verdient.

So ganz nebenbei bekam sie auch noch die Hauptsendezeit zurück. Mark blieb gar nichts anderes übrig. Das Letzte, was er gebrauchen konnte, war, dass sie wieder irgendeinen hergelaufenen Kerl zum Liebling Tuttles aufpolierte. Er begriff immer noch nicht, dass Charlies Erfolg nicht ihr alleiniger Verdienst war. Sie waren ein Team gewesen.

Bei der Erinnerung legte sich ein Stahlband um ihre Brust. Höchste Zeit, dass Joe heimkam. Sie brauchte dringend Trost.

Die Türglocke läutete. Ob er wieder seinen Hausschlüssel vergessen hatte? Mit verräterisch geröteten Augen öffnete Allie.

Vor ihr stand Charlie. „Könnten wir bitte darüber reden?“

Allie rang um Fassung. Eine tränenreiche Abschiedsszene war wirklich das Letzte, was sie jetzt brauchte. Charlie war ihr Problem, und nicht die Lösung. Aber wie er da stand, groß, breitschultrig und atemberaubend männlich, sah er aus, als wäre er die Lösung aller Probleme, die sie je haben würde.

Und morgen war der erste November.

Stocksteif saß sie neben ihm auf der Couch, damit sie nicht der Versuchung nachgab und sich an ihn schmiegte. In der hinteren Zimmerecke entdeckte sie mehrere Risse in der Decke. Einer davon beschrieb einen Bogen und erinnerte vage an Australien. In Gedanken setzte sie die Bundeshauptstädte ein, alles nur, damit sie um Himmels willen nicht in Tränen ausbrach.

„Mein Vater hat meinem Bruder den Hals gerettet bei dessen Drogenanklage", begann Charlie unvermittelt. „Er hat die Zeugen gekauft, Ten in eine teure Privatklinik verfrachtet und ihn rigoros abgeschottet. Damit war für ihn das Problem gelöst. Meine Mutter wurde nicht beunruhigt. Mein Bruder blieb auf freiem Fuß. Und das Gesetz ... nun, das Gesetz gilt nur für arme Leute."

„Charlie, du musst nicht ..."

„Doch, ich muss." Aus seinen Augen sprach ein tiefer seelischer Schmerz. „Mein Dad regelt alles so, wie es ihm in den Kram passt. Er erwartete von Ten Erfolge – egal, um welchen Preis. Selbst Tens fragwürdige Popularität nutzte er für seine Zwecke – diesmal, um mich zu manipulieren. Da ich seine hoch gesteckten Ziele nie erreichte, wollte er zumindest, dass ich endlich sesshaft werde, also schickte er mich hierher. Dieser verdammte Brief interessierte Bill nicht die Bohne. Er tat meinem Vater einen Gefallen und gab dem verlorenen Sohn einen Job, damit er endlich Wurzeln schlägt."

„Ausnahmsweise scheint sein Plan schief gelaufen zu sein. Du ziehst morgen weiter ..."

„Ich mache genau dasselbe", fuhr Charlie dazwischen. „Was Grady angeht, bin ich zweifelsfrei im Recht. Trotzdem erscheint es mir falsch. Ich fühle mich wie ein schwacher Abklatsch meines diktatorischen Dads."

„Du bist nicht wie dein Vater." Allie drückte seine Hand. „Du reißt dich nicht gerade um Verantwortung. Du schreibst nie jemandem vor, was er zu tun hat."

„Warum klingt das nur so schlecht?" Charlie sank zurück in die Polster. „Heute Abend habe ich meine Siebensachen in den Wagen gepackt. Da mein Job erledigt war, gab es keinen Grund mehr, länger zu bleiben. Solltest du doch Opern spielen, bis du einen anderen Schwachkopf findest, den du zum Star aufbauen kannst. Aber dann saß ich einfach nur da und dachte: ‚Wo will ich eigentlich hin?'" Sein Blick fiel auf ihre ineinander verschränkten Hände. „Allie, ich liebe dich. Ohne dich will ich nirgendwo hingehen. Du bist das Einzige, was für mich zählt."

„Ich ..." Ihre Stimme brach.

„Verlass mich niemals." Ein inniger Kuss überzeugte Allie von der Tiefe seiner Gefühle.

Das Instrumentalstück im Radio wurde ausgeblendet. „Dies wird für eine Weile meine letzte Sendung sein, Freunde", meldete sich Grady. „Ich habe das Gesetz gebrochen. Morgen früh stelle ich mich den Behörden. Nach einigen Zweifeln machte mir ein Freund in einem langen Gespräch klar, dass das Gesetz unser einziges Bollwerk gegen die Anarchie ist, auch wenn wir vielleicht mit dem ein oder anderen Paragrafen nicht einverstanden sind. Ich habe Marihuana an Krebspatienten weitergegeben, weil es die durch die Chemotherapie verursachte Übelkeit mildert, aber Besitz, Weitergabe und Konsum von Drogen ist ungeachtet der Umstände strafrechtlich verboten. Ich halte es für an der Zeit, dieses Gesetz zu ändern. Wenn ihr dazu eine Meinung habt, ruft an. Die Nummer lautet ..."

„Typisch Grady!“ meinte Allie. „Macht seine eigene Verhaftung zum Diskussionsthema! Was glaubst du, hat er in der vergangenen Stunde getan, als nur Musik spielte?“

„Nun, da ich nach deinem hochdramatischen Abgang vorhin Bill telefonisch aus dem Schlaf gerissen habe, hat der sich seinen Sohn wohl gehörig zur Brust genommen.“

„Du hast was getan?“ Diese Lösung war vielleicht nicht optimal, doch zumindest verriet sie Engagement. „Ich gehe jede Wette ein, dass Bill inzwischen die Kavallerie mobilisiert.“

Gradys fanatisch loyale Hörer waren bereit, notfalls einen Protestmarsch zum Rathaus zu organisieren, und Allie und Charlie fuhren um halb sechs in den Sender, um ihm ebenfalls moralische Unterstützung anzubieten.

Bei ihrem Eintreffen herrschte der reinste Medienrummel. Zwei Fernsehcrews bevölkerten die Lobby, dazu Reporter der Printmedien, der Sheriff, ein grimmiger Bill, eine entschlossene Beattie und ein verwirrter Mark.

„Was soll das?“ fing er Allie ab. „Was hat Charlie jetzt wieder angestellt?“

„Nichts.“ Allie entriss ihm ihren Arm. „Grady hat die Weitergabe von Marihuana an Krebspatienten gestanden. Er wird deswegen verhaftet.“

In Marks Augen trat ein verträumter Ausdruck. Wahrscheinlich plante er gerade ein umfassendes Geständnis über den Besitz von Oregano. Wie konnte jemand nur derart karrierebesessen sein? Dem Himmel sei Dank für Charlie! Ohne ihn wäre sie immer noch mit Mark geschlagen. Besser gesagt, sie wäre wahrscheinlich ein zweiter Mark!

„Ich muss gehen“, wimmelte Allie den Star ab und eilte weiter, um sich bei Charlie zu bedanken.

Sie fand ihn im Studio bei Grady.

Ungeachtet des ganzen Trubels saß Sam auf Gradys Schoß und kaute glücklich an dessen Sweatshirtärmel. Grady wirkte ähnlich zufrieden. „Diese Publicity ist das Beste, was uns passieren konnte! Genau dieses Forum brauchen wir! Wir müssen Marihuana endlich als Arzneimittel legalisiert bekommen. Jetzt existiert ein Präzedenzfall. Coulter muss nicht nur mich verhaften, sondern auch meine Mutter und wahrscheinlich ein halbes Dutzend weiterer Patienten. Denkt nur an den Aufruhr, wenn Mrs. Winthrop in Handschellen abgeführt wird! Eure Zölibatwette schaffte den Sprung in die Tri-State-Nachrichten. Dieser Skandal landet bei NBC!"

Allie konzentrierte sich auf den Aspekt, der ihr am meisten Sorgen bereitete. „Grady, du landest hinter Gittern."

„Nicht für lange. Du unterschätzt meinen Dad. Zur Hölle, selbst ich habe ihn unterschätzt. Zuerst hat er wie ein angeschossener Löwe gebrüllt, aber inzwischen sieht er mich schon als nächsten Gouverneurskandidaten. Er hat eine ganze Kompanie von Anwälten verpflichtet, die Presse informiert, und zwischendurch jonglierte er mit Begriffen wie Kaution und Berufung. Und die ganze Zeit standen Mom und ich im Rampenlicht ..." Sein Grinsen wurde breiter. „Bestimmt lässt Dad mir sogar die Sendung, sobald er über den Schock hinweg ist."

„Er ist jetzt schon darüber hinweg", erklärte Charlie, der an der Studiowand lehnte. „Er diskutiert mit dem Sheriff vor laufenden Kameras. Das wird der reinste Zirkus."

„Großartig!"

Gradys grenzenloser Optimismus rief Allie auf den Plan. „Charlie, erinnerst du dich an all die Leute, die ich wegen dieser erlogenen Story über dich anrufen wollte? Ich verfüge über genügend Kontakte. Morgen ist Grady im ganzen Land bekannt."

Charlie schnaubte. „Selbst du schaffst es nicht ..."

Allie unterbrach ihn mitten im Satz. „Sollen wir wetten?"

„Danke, aber von meiner Wettleidenschaft bin ich gründlich kuriert."

„Das dachte ich mir." Damit verließ Allie das Studio, um einige Anrufe zu erledigen.

Drei Stunden später war Grady dem Haftrichter vorgeführt und wieder gegen Kaution freigelassen worden, und Charlie befand sich allein mit Bill im Allerheiligsten.

„Diese beiden!" Schwer ließ Bill sich in seinen Drehsessel fallen. „Organisieren hinter meinem Rücken so was wie einen Wohltätigkeitsdrogenring für Schwerkranke! Und jetzt schweben sie im siebten Himmel wegen des Medienrummels, während Coulter sich durch unzählige haarsträubende Anträge wühlen muss. Hätten die beiden doch bloß ihren verdammten Mund gehalten!"

„Zumindest ist das Rätsel um den anonymen Brief gelöst."

„Schätze, das bedeutet, Sie reisen ab."

„Falsch gedacht. Ich bleibe. Sie können meinem Dad ausrichten, dass er gewonnen hat."

„Was hat Ihr Dad damit zu tun?"

„Vergessen Sie Ihr Pokerface, Bill. Ich kam schon vor einer ganzen Weile dahinter. Sie riefen meinen Dad an und erzählten ihm von diesem Geschreibsel. Im Gegenzug hat mein alter Herr sich bei Ihnen über seinen wertlosen, herumstreunenden Sohn ausgeweint. Kurzerhand kochten Sie das untereinander aus. Ein Gefallen für einen alten Freund, richtig?"

„Ich sagte ihm gleich, dass ich Sie kaum hier anbinden könne. Dann gingen Sie hin, machten sich zum Hit und brachten mir eine Menge Geld ein. Es ist Ihre eigene Schuld."

„Nein, Allies." Charlie seufzte.

„Künftig werden die Nächte sicher wieder sehr interessant."

„Die Morgenstunden. Ich will die Prime Time." Das kam davon, wenn man mit Allie herumhing. Diese Frau machte ihn noch zum Workaholic!

„Geht nicht. Das ist Marks Sendezeit."

Charlie zuckte die Achseln. „Dann gehe ich. Und Allie auch."

Bill zog die buschige Augenbrauen hoch. „Alice? Sie bleibt schön hier!"

„Wir werden heiraten, Bill. Wo ich hingehe, da geht auch sie hin. Irgendwo bekommen wir schon die Prime Time." Hinter seinem Rücken kreuzte Charlie die Finger.

„Was, zum Henker, soll ich dann mit Mark machen?"

„Meine diesbezüglichen Vorschläge dürften Ihnen mit Sicherheit nicht gefallen."

Bill stieß eine ganze Reihe wilder Flüche aus, dann gab er sich geschlagen. „Na schön, die Hauptsendezeit gehört Ihnen."

„Herzlichen Dank. Und viel Glück mit Grady und Beattie. Lassen Sie es mich wissen, wenn ich helfen kann."

„Danke. Aber es ist ein Familienproblem."

„Um die Wahrheit zu sagen, Bill, ihr drei seid mir mächtig ans Herz gewachsen. Sollten Sie Unterstützung benötigen ..."

Bills Gesichtszüge wurden weicher. „Dann rufe ich Sie an."

Charlie schaute kurz in Allies Büro, aber sie war schon fort. Er wusste, wo er sie finden würde. Auf dem Weg zu seinem Wagen versuchte er, nicht daran zu denken. Jetzt war kaum der Zeitpunkt für eine Herzattacke.

Auf Charlies Klopfen hin öffnete Allie die Apartmenttür. Allein sein Anblick verschaffte ihr weiche Knie. Heute war der erste November. „Komm herein." Allie gab sich betont nonchalant.

Ohne einen Blick zurück ging sie ins Schlafzimmer und kroch unter die Bettdecke. „Steht der Sender noch?"

„Als ich ging, verkündete Mark ungefragt der uninteressierten Weltöffentlichkeit, dass er in den Siebzigern mal einen Joint geraucht habe."

„Oje!" Wieso stand Charlie am Bettende? Eigentlich sollte er längst mit ihr in den Federn liegen!

„Keine Ahnung." Charlie rieb sich den Nacken. „Ich bin jedenfalls froh, dass es vorbei ist. Ich komme um vor Müdigkeit."

Leichte Enttäuschung erfasste sie. „Du kannst hier schlafen, wenn du willst." Einladend lüftete sie die Bettdecke.

„Allie, wenn ich zu dir ins Bett steige, werde ich mehr wollen."

Ihr Herz machte einen Satz. „Kannst du haben. So viel du willst. Aber zuerst bekommst du eine längst überfällige Entschuldigung." Ein Kompromiss war schließlich noch keine Kapitulation, oder? „Weißt du, von deiner Standfestigkeit bin ich schwer beeindruckt. Nicht viele würden für ihre Überzeugung alles aufgeben. Auch bezüglich einiger anderer Dinge hattest du Recht. Was ich sagen will, ist, ich weiß, dass ich dich liebe, und da du mich auch liebst ... nun, wenn wir vielleicht an den verbleibenden Problemen arbeiten ..."

„Willst du mich heiraten?"

Allie fiel fast aus dem Bett.

„Bill geht felsenfest davon aus. Bei einem Nein stehe ich da wie ein kompletter Idiot."

Heirat. Das war dauerhaft genug. Da es Charlie war, der fragte, war es für immer. Gut, sie würde ihm kreuz und quer durchs Land folgen müssen, ihre Kinder würden wahrscheinlich alle in verschiedenen Bundesstaaten zur Welt kommen, und von ihrer Karriere konnte sie sich endgültig verabschieden. Dafür bekam sie ein glückliches Leben mit viel, viel Lachen. Und Charlie.

„Könnten wir uns ein Wohnmobil anschaffen?"

„Klar. Sicher." Charlie blinzelte verwirrt. „Was in aller Welt willst du mit einem Wohnmobil?"

„Damit es wie ein Zuhause ist, während unserer Reisen."

Sein Stirnrunzeln vertiefte sich. „Reisen wohin?"

„Wo immer wir auch hinwollen. Es ist November."

Er begann zu lachen. Allie hätte ihn mit Freuden erwürgen mögen. „Wir gehen nirgendwohin. Ich habe die Option auf einen Vollzeitjob bei WBBB, inklusive Krankenversicherung, Rente und Vaterschaftsurlaub. Wir adoptieren Sam. Ich werde sesshaft."

An manchen Tagen wurden alle Träume wahr! „Oh, gut." In einer Mischung aus Verwunderung und Erleichterung sank Allie zurück in die Kissen. „Oh, Charlie, ich liebe dich wirklich. Ich würde dir überallhin folgen, aber ich würde wirklich lieber ..."

„... hier bleiben und mich zum Star machen. Dein Wunsch sei mir Befehl, Baby."

„Warum bist du dann immer noch eine ganze Bettlänge entfernt?"

„Ich habe Lampenfieber." Sein Lächeln verblasste. „Das ist unglaublich. Ich fühle mich wie ein Teenager bei der ersten Verabredung." Er rutschte höher, stützte seine Hände neben ihr auf und sah auf sie hinunter, als wolle er sich ihren Anblick für immer einprägen. „Das ist unsere Premiere, Honey." In seinem Blick lag so viel Liebe, dass es Allie die Kehle zuschnürte. „Was wir vorher hatten, war Spaß, aber das ist von wahrer Liebe Lichtjahre entfernt."

„So müssen früher Hochzeitsnächte gewesen sein." Allie legte die Hand auf seine Brust. Sie hatte vergessen, wie gut er sich anfühlte, wie muskulös sein Körper war und wie heiß seine Haut. „Ich brauche dich so sehr. Trotzdem bin ich schrecklich nervös." Sie wollte nicht so verletzlich klingen, aber die Worte ließen sich nicht zurücknehmen.

„Ein ansteckendes Phänomen."

Beide wussten um die Kostbarkeit ihrer Empfindungen. Diesmal gab es keine Hast, kein Ungestüm, kein verzweifeltes Verlangen. Ihnen blieb alle Zeit der Welt. Mit äußerster Klarheit nahm Allie die Dinge um sich herum wahr – die Muster von Licht und Schatten an der Wand, der kühle Luftzug, als Charlie ihr das Nachthemd abstreifte, das leichte Kratzen seiner Bartstoppeln auf ihrer empfindsamen Haut, den schnellen Schlag seines Herzens. Sie spürte das Wunder der Liebe in jeder sanften Berührung, jeder zärtlichen Liebkosung.

Die Uhr auf dem Nachttisch tickte die Sekunden vorbei, die Minuten. Aber das war eine andere Welt. In der Welt, in der sie sich liebten, besaß Zeit keine Bedeutung. In dieser Welt zählte nur das Glück des Augenblicks.

Als Charlie sie endlich sanft und voller Gefühl zum Gipfel führte, flüsterte Allie leise wieder und wieder seinen Namen, zog ihn zu sich hoch und nahm ihn so tief in sich auf, als wolle sie für immer eins mit ihm sein.

Es war Nachmittag, als Allie aufwachte. Noch im Halbschlaf zog Charlie sie näher und drückte einen Kuss auf ihren Scheitel. „Ich vergaß, dir die guten Neuigkeiten zu erzählen. Wir haben eine neue Sendung."

„Was für eine neue Sendung?" erkundigte sich Allie verschlafen.

„Bill gibt uns die Prime Time", murmelte er. „Die um sechs Uhr früh. Du bist wieder da, wo du sein wolltest."

Plötzlich war sie hellwach. „Hast du gerade sechs Uhr gesagt? In aller Herrgottsfrühe? Kurz vor Morgengrauen? Bist du völlig irre?"

Charlie stemmte sich hoch. „Ich dachte, genau das wolltest du. Endlich wieder obenauf sein."

Empört wies Allie seinen Vorschlag zurück. „Ich kann nachts obenauf sein!"

Schmunzelnd umfasste er ihre Brust. „Jederzeit."

Allie erwiderte sein Lächeln und bedeckte seine Hand mit ihrer. „Du weißt, was ich meine. Ich mag unsere skurrilen Hörer. Lass Mark die Prime Time. Wenigstens, bis Marcia sie ihm abjagt. Wir gehören in die Nacht, Charlie."

Lachend fiel Charlie zurück aufs Bett. „Warte, bis ich Bill davon erzähle."

„Wie konntest du die Morgensendung nur in Erwägung ziehen!"

„Ich dachte, ich erfülle dir damit deinen sehnlichsten Wunsch."

„Du erfüllst mir immer meine sehnlichsten Wünsche. Was mich daran erinnert ..." Genüsslich streckte sich Allie der Länge nach auf ihm aus. Er gehörte ihr! Für den Rest ihres Lebens! „Ich habe eine Idee für eine neue Sendung", verkündete sie. „Zeitlich unbegrenzte Sendedauer. Ausgewähltes Publikum. Nennen werde ich sie ‚Charlie all afternoon'. Und das Programm ..."

„Um das Programm kümmere ich mich selbst", versprach er und unterstrich seine Worte mit einem heißen Kuss.

- ENDE –

Jennifer Crusie

Wie Feuer im Blut

Roman

Aus dem Amerikanischen von
Heike Hellmann-Brown

MIRA®

1. KAPITEL

Schwungvoll riss Tess Newheart ihre Apartmenttür auf. Nick Jamieson! Groß, attraktiv, erfolgreich und verdächtig zerknirscht. Immerhin stellte sein jungenhaftes Lächeln einen netten Kontrast zu seinem perfekt sitzenden Designeranzug dar. Energisch unterdrückte Tess die lächerliche Gefühlsmischung aus Erleichterung, Freude und Erregung, die in ihr hochstieg.

„Tess!" Weit breitete er die Arme aus. „Du siehst fantastisch aus!"

Flüchtig musterte Tess ihr schlabbriges, ausgeblichenes Sweatshirt und die eingelaufene blaue Jogginghose. So viel also zu Erleichterung, Freude und Erregung! „Stimmt." Damit knallte sie ihm die Tür vor der Nase zu und ließ beide Riegel laut einrasten.

„Komm schon, Tess. Es ist einen Monat her. Genauer gesagt einen Monat, eine Woche und zwei Tage, aber wer zählt schon? Na schön, ich zähle. Du fehlst mir. Ständig rede ich mit deinem Anrufbeantworter, aber du rufst ja nie zurück. Ist das fair? Darüber sollten wir uns wirklich mal unterhalten, finde ich."

„Finde ich nicht!" Grimmig strich sie ihre kurzen roten Locken aus der Stirn. Wäre Nick nicht solch ein kühl-kalkulierender Kapitalist, wäre er genau das, was sie im Moment brauchte. Zu schade. Denn wenn diese ausgebuffte Ratte vor ihrer Tür ihren Charme spielen ließ, dann wollte Nick Jamieson etwas. Und dieses Etwas war höchstwahrscheinlich nicht sie. Es hatte mit Geld zu tun. Geld, Prestige, Status oder allem zusammen.

„Wer ist dieser Kerl? Dein Vermieter?" Gina DaCosta, eine

Sinfonie in Schwarz, hatte es sich auf der mottenzerfressenen Couch gemütlich gemacht: wirres schwarzes Haar, ein riesiges schwarzes T-Shirt und schwarze Leggings, die enger saßen als Bandagen.

„Schlimmer." Tess umrundete mehrere Bücherstapel, einen Berg farbenfroher Socken, eine Sammlung teilweise benoteter Aufsätze und ein halb gemaltes provokatives Poster mit den Worten ‚Ich lese verbotene Bücher!'. „Jedes Mal, wenn ich denke, mein Leben hätte seinen Tiefpunkt erreicht, senkt immer noch jemand den Level."

„Tess?" Nick klopfte an die Tür. „Können wir uns nicht wie Erwachsene benehmen? Oder du kannst ganz erwachsen sein, und ich tu so, als ob. Tess?"

„Nick?" entfuhr es Gina verdutzt. „Wieso sperrst du ihn aus?"

In einer theatralischen Geste breitete Tess die Arme aus. „Die Sache ist die: Ich öffnete die Tür, und er sagte: ‚Tess, du siehst fantastisch aus.'"

Ein Blick auf Tess' ausgeleierten Jogginganzug, und Gina verstand.

„Genau." Tess sank in ihren altersschwachen Sessel, der unter ihrem Gewicht ächzend nachgab, und schwang ihre langen Beine über die Armlehne. Sofort sprang eine schwarze Katze auf ihren Schoß. „Mein Verstand sagt mir: ‚Ja, er ist herrlich verrückt und wunderbar aufregend, aber für seine Karriere geht Nick Jamieson über Leichen, also halt dich von ihm fern.' Leider meldet sich dann mein Körper zu Wort und sagt: ‚Hallo, du Götterknabe, komm zu Mama.'" Resigniert schüttelte sie den Kopf. „Ich muss dringend ein ernstes Gespräch mit meinem Körper führen!"

„Erwarte nicht allzu viel Gehör. Hättest du mich so angezogen, wäre unsere Freundschaft beendet."

„Langsam klingst du genau wie Nick."

„Okay. Neues Thema. Wieso wartest du auf deinen Vermieter?"

„Weil ich ihn beim Wohnungsamt angezeigt habe."

„Wie unfreundlich. Was hat er getan?"

„Frag lieber, was er nicht getan hat." Mit sichtlicher Genugtuung zählte Tess die Vergehen des Hausbesitzers auf. „In den vergangenen zwei Monaten gab es hier drei Einbrüche. Denkst du, Ray repariert wenigstens das Schloss an der Eingangstür? Fehlanzeige. Irgendwer musste etwas unternehmen." Spitzbübisch sah sie die Freundin an. „Wer könnte das besser als ich?"

„Tess?" Ihr unerwünschter Besucher klang zunehmend ungeduldiger. „Es ist ganz schön gefährlich hier draußen. Wenn ich überfallen werde, nur weil du Miss Rühr-mich-nicht-an spielst, verzeihst du dir das nie."

Auch seine neueste Strategie verfehlte ihre Wirkung. Nie wieder würde sie sich von Süßholz raspelnden Männern mit dunklen Augen und charmantem Lächeln einlullen lassen!

„Tess Newheart als Papiertiger?" Verständnislos schüttelte Gina den Kopf. „Verlierst du auf deine alten Tage deinen Biss?"

„Ehrlich gesagt dachte ich zuerst an eine Lichterkette. Nur ist dieses Haus so eine Feuerfalle, dass sich für den guten alten Ray oben in seiner Luxussuite das Problem ganz von selbst gelöst hätte. Einwegfeuerzeuge waren auch keine Alternative. Wegen Stanley von gegenüber."

„Stanley?"

„Du kennst Stanley nicht?" Tess' Mundwinkel zuckten verräterisch. „Stanley trägt immer dasselbe T-Shirt. Bauchfrei. Leider ist Stanleys Bauch nicht besonders attraktiv. Tatsächlich ..." Ein entrückter Ausdruck erschien auf ihrem Gesicht. „Tatsächlich ist Stanleys Bauch der einzige, den ich je mit einem Fünf-Uhr-Bartschatten gesehen habe. Glaubst du, er rasiert ihn?"

Ginas angewiderte Miene sprach Bände.

„Eben. Genau deshalb konnte ich mir Stanley nicht mit einem Einwegfeuerzeug vorstellen. Eine Fackel, ja. Ein Bic, nein." Ein mutwilliges Glitzern trat in ihre Augen. „Dann dachte ich, weshalb gebe ich Stanley keine Heugabel und lass ihn den Demonstrationszug anführen?" Sie sah es direkt vor sich. „In Stanley steckt eine Menge von Quasimodo."

„Tess, Darling, gib mir wenigstens eine Chance", störte Nick ungebeten ihre malerische Ausführung. „Ich will mich entschuldigen. Bedeutet dir das denn gar nichts?"

Fragend hob Gina eine fein geschwungene Augenbraue. Da Tess den Kopf schüttelte, konzentrierte sie sich wieder auf das anstehende Problem. „Quasimodo mit Heugabel? Ziemlich freie Interpretation."

„Wie auch immer, ich musste endlich zur Tat schreiten, bevor jemand ernsthaft verletzt wird. Also handelte ich wie eine Erwachsene und stellte Strafanzeige."

„Kluge Entscheidung. Eine Anklage wegen Anstiftung zum Harakiri wäre vermutlich das Aus für deine Karriere."

„Die ist momentan sowieso an einem toten Punkt angelangt." Tess rutschte tiefer in ihren Sessel. „Eigentlich wollte ich dir deinen ersten Abend nach der Tournee nicht mit dieser Hiobsbotschaft verderben, aber ... ich bin meinen Job los."

„Oh nein!" Bestürzt setzte Gina sich auf.

„Nur keine Panik. Plan B steht bereits."

„Natürlich." Demonstrativ schickte Gina einen verzweifelten Blick zur Decke. „Also, was ist passiert?"

„Budgetkürzung. Unser ach so engagierter Bildungsminister hält die Finanzierung privater Nachhilfeinstitutionen für unpädagogisch. Jetzt muss die Stiftung allein mit Freiwilligen zurechtkommen oder ganz dichtmachen."

„Oh Tess, das tut mir so Leid. Wirklich. Ich weiß, wie viel dir diese Kinder bedeuten."

„Hey." Mit der Strenge eines Feldwebels fixierte Tess die Freundin. „Optimismus, DaCosta! Die Schlacht ist zwar verloren, doch der Krieg fängt gerade erst an. Mir fehlt bloß ein lukrativer Job für die laufenden Unkosten. Ehrenamtlich mache ich sowieso weiter." Sie versuchte einen treuherzigen Augenaufschlag. „Vor kurzem sah ich ‚Pretty Woman' im Fernsehen. Julia Roberts machte es so viel Spaß, von Richard Gere zum Objekt degradiert zu werden, dass ich ernsthaft überlege, künftig auch mein Glück auf der Straße zu suchen. Allerdings erscheint mir sechsunddreißig doch ein bisschen alt für eine Laufbahn als schillerndes Nachtschattengewächs."

„Tessie-Schatz?" Unüberhörbar hämmerte es an der Tür. „Soll ich zu Kreuze kriechen? Okay, ich krieche zu Kreuze. Für dich rutsche ich sogar auf dem Bauch. Ich habe einen tollen Bauch. Was du wüsstest, wenn du mich nicht aus heiterem Himmel sitzen gelassen hättest ..."

Ginas Kopf schoss hoch. „Falls du deinen Körper verkaufen willst, geh und mach die Tür auf. Er hat massig Kohle, stimmt's?"

„Bei seiner materialistischen Einstellung? Garantiert!"

„Heirate ihn! Reiche Anwälte wachsen schließlich nicht auf Bäumen."

„Nein."

„Immer noch besser als zu verhungern!"

„Zuerst einmal hat er mich nicht gefragt. Außerdem gehört er zum Establishment. Meine Mutter würde mich enterben. Davon abgesehen, wer heiratet schon einen Mann, der sich beim Hochzeitsempfang an die Brautjungfer heranmacht?"

„Keine Sorge, ich wimmele ihn ab."

„Du kennst Nick nicht. Der verführt selbst Mutter Teresa."

Tess lauschte. Stille. Kein Geräusch vor der Tür. Diese Alternative konnten sie wohl streichen.

Verdammt! Kein Mann, der sie angeblich sehnsüchtig vermisst hatte, kapitulierte gleich nach der ersten Runde!

„Was bist du überhaupt auf einmal so wild auf die Ehe?"

„Honey, ich bin die Grandma Moses der Balletttruppe." Vorsichtig beugte Gina ihr rechtes Bein. „So langsam muss ich mich umorientieren. Okay, Nick ist vielleicht ein paar Kaliber zu groß." Mit schmerzverzerrtem Gesicht massierte sie ihre Wade. „Ich will nur einen netten, unscheinbaren Mann." Plötzlich wirkte sie sehr verletzlich. „Ich brauche Sicherheit, Liebe, Kinder und ein trautes Heim."

Der Feministin in Tess sträubten sich sämtliche Nackenhaare. „Streich Nick von deiner Liste. Bei häuslichen Gelüsten denkt der gleich an Imagepflege und Steuervorteile. Vor einigen Wochen führte er mich durch den Rohbau seines neuen Luxusanwesens. Während ich mir ausmalte, wie heimelig es nach der Fertigstellung aussehen würde, malte sich Nick den Wertzuwachs im ersten Jahr aus. Wenn du möchtest, stelle ich dir ein paar nette Typen aus der Stiftung vor. Natürlich sind sie jetzt arbeitslos." Wie üblich hielt Tess die Errettung der Menschheit für ihre Lebensaufgabe.

„Fühlst du dich eigentlich nie einsam?"

„Selten." Ihre Wahrheitsliebe siegte. „Okay, manchmal möchte eben auch Florence Nightingale Geborgenheit, einen Hauch von Luxus und jede Nacht großartigen Sex." Vor ihrem geistigen Auge sah sie sich in Häubchen und Schürze in der Küche stehen und für ihren hinreißenden Göttergatten Kirschkuchen backen. Nur führte dann schnell eins zum anderen. Ehe sie sich's versah, riss ihr dieser Göttergatte die Schürze vom Leib, leckte Kirschsaft von ihrem bebenden Körper und verführte sie zu heißen Sexspielen auf der Anrichte.

Außerdem konnte sie überhaupt nicht backen.

Schluss mit diesen erotisch angehauchten Hausfrauenfantasien!

Tess sprang auf und holte einen Schnappschuss aus dem Schlafzimmer: Nick, das Haar zerzaust, auf dem Kinn ein Schmutzfleck, dazu ein altes Sweatshirt mit abgeschnittenen Ärmeln, hatte von hinten die Arme um Tess geschlungen. Tess sah sogar noch mitgenommener aus: Ihre wirren roten Locken standen nach allen Richtungen, keine Spur von Make-up. Dafür nahm ihr Lächeln das ganze Gesicht ein. Sie sah aus wie zehn.

„An dem Tag lernten wir uns kennen. Bei einem Picknick. Wir spielten Football. Nick trug zerlumpte Jeans, und sein Sweatshirt war sogar noch älter als meins. Arm, aber glücklich, dachte ich und hielt ihn für meinen Märchenprinzen. Mann, was lag ich daneben!"

„Selbst im Struwwelpeter-Look ist er höllisch sexy."

„Du solltest ihn erst mal im Smoking sehen." Tess seufzte. „Am Abend unserer Trennung besuchten wir diese feudale Opernaufführung. Ein Klatschreporter schoss ein Foto von uns. Nun, eigentlich schoss er Nicks Foto. Ich stand nur zufällig daneben. Nick sah aus wie ein Cousin der Kennedys. Ich sah aus wie eine Kohlrübe mit Haaren. Wir waren das absolute Albtraumpaar. In jeder Beziehung."

„Du suchst nach einem Bettelprinz, wo du ihn haben könntest?" fragte Gina entgeistert.

„Frühkindliche Prägung." Versonnen zeichnete sie die Umrisse des Bildes nach. „In den Sechzigern lebten wir in einer Kommune. Meine Mutter hielt Cinderella und all die anderen Märchen für patriarchalisch und sexistisch. Daher erfand einer ihrer Freunde, ein Typ namens Lanny, ‚CinderTess' für mich. Die macht sich als emanzipierte Frau selbstverständlich allein zum Ball auf. Wer braucht schon eine gute Märchenfee? Engagement und Hilfsbereitschaft zählen. Unterwegs rettet sie viele Menschen und Tiere, die ihr im Gegenzug weiterhelfen", erklärte Tess. „Auch auf dem Ball macht sie sich für ihre neuen Freunde stark. Als beste Tänzerin ..."

„Nicht als schönste?"

„‚Attraktivität ist oberflächlich. Wahre Frauen schlagen sich mit schwerer Arbeit und Talent durchs Leben'", zitierte Tess prüde. „Wo war ich stehen geblieben?"

„Sie war die beste Tänzerin ..."

„Richtig. Schnell geriet sie ins Zentrum der Aufmerksamkeit und brachte die Probleme ihrer neuen Freunde zur Sprache. Sie hielt eine Rede über die Umwelt und eine über die Armen, glaube ich. Bei diesen Abschnitten habe ich nie so genau zugehört, weil ich auf die guten Passagen wartete – die über den Prinzen." Bei der Erinnerung musste sie lächeln. „Der politisch korrekte Teil war mir schnuppe. Ich wollte lediglich ein Märchen mit einem Prinzen."

„Klingt verdächtig normal. Wann kommt er endlich ins Spiel?"

„Es gab drei. Zwei davon regten sich über die Reden tödlich auf. Erst der dritte Prinz schlug sich auf CinderTess' Seite und machte auch gleich Verbesserungsvorschläge. Und – dieses Detail mochte ich immer besonders gern – er hatte so niedliche Lachfältchen ..." Zur Verdeutlichung schnitt sie eine Grimasse. „Sicher meinte Lanny es nur gut, aber diese verflixten Lachfältchen haben mich ganz schön ins Schleudern gebracht, seit ich Nick kenne."

Jemand klopfte an die Tür.

„Bestimmt dein Vermieter. Lass ihn am Leben."

Tess warf das Foto auf den Tisch und sprang auf. Dabei stieß sie ihre verärgerte Katze von ihrem Schoß. Als sie die Tür öffnete, stand Nick vor ihr.

„Ich weiß zwar nicht, welche Laus dir heute über die Leber gelaufen ist, aber keine Bange, ich störe nicht lange." Aus jeder Pore strahlte er einen selbstsicheren Charme aus, den Tess abwechselnd widerlich und unwiderstehlich fand, je nachdem, aus welchem Grund er ihn einsetzte. Winzige Fältchen bildeten sich in seinen Augenwinkeln. Eine schwarze Haarlocke fiel ihm in die Stirn und ließ ihn jungenhaft unbekümmert aussehen.

Was er sicher auch genau wusste!

„Ich habe kurz einen Abstecher zum Chinesen gemacht. Das wird dich aufheitern." Sein Lächeln vertiefte sich. „Huhn in extra scharfer Sauce."

Tess' Entschlusskraft geriet gefährlich ins Wanken. „Du erinnerst dich?"

„Ich erinnere mich an alles."

„Dein neuester Standardspruch?" erkundigte sie sich verächtlich. „Willst du dich wirklich entschuldigen, oder hast du mit diesem Wiesel, für das du arbeitest, wieder irgendeinen faulen Handel ausgeheckt?"

„Park? Komisch, dass du ausgerechnet ihn erwähnst ..."

Mit blitzenden Augen entriss sie ihm die Schachtel, schlug die Tür zu und stellte den Karton auf den Couchtisch. „Er ist hoffnungslos!"

Plötzlich krachte die Tür gegen die Wand. „Katastrophale Sicherheitsstandards." Seelenruhig trat Nick ein. „Alle möglichen finsteren Gestalten können hier einfach hereinspazieren." Demonstrativ ließ er die Riegel einrasten.

„Was du nicht sagst!" Entrüstet stemmte Tess die Hände in die Hüften. „Verschwinde!"

Unbeirrt steuerte er die Küche an. Im Vorbeigehen tätschelte er Gina den Kopf. „Hi, Kleine. Toll siehst du aus."

Ein rosiger Schimmer überzog Ginas Wangen. Hektisch durchwühlte sie ihre Handtasche nach einem Kaugummi.

„Entschuldige bitte", sagte Tess zu Nick. „Warst du eingeladen?"

Sofort machte er eine Kehrtwendung und küsste sie. Seine Zärtlichkeit durchdrang ihre Abwehrbereitschaft. Tess schmiegte sich in seine Arme, genoss seine Wärme. Sie hatte ihn wirklich vermisst, auch wenn sie so wütend auf ihn war. Den Hals umdrehen konnte sie ihm später noch. Leider ließ er sie los, ehe sie zum Vergeltungsschlag ausholen konnte.

„Gut, dass du keine Schürze trägst." Gina klimperte unschuldig mit den Wimpern. „Ganz entschieden Zeit, ein ernsthaftes Wort mit deinem Körper zu wechseln."

Verlegen zupfte Tess am Saum ihres Sweatshirts und versuchte sich in mentaler Seelenstärkung. Wo steckte nur ihr viel gerühmter Kampfgeist, wenn sie ihn so dringend brauchte? „Platzt hier einfach rein! Manieren sind das! Subtile Zurückweisungen verstehst du wohl nicht, was?"

„Wo ich dir gerade ein unwiderstehliches Angebot machen will?" Unverfroren marschierte er in die Küche, bediente sich aus ihrem Kühlschrank und lehnte sich dann lässig an den Türrahmen. Unglaublich attraktiv, unerträglich selbstsicher und unendlich begehrenswert.

Ginas Augenbrauen schossen hoch. „Heirat?" wisperte sie kaugummikauend. „Schnapp ihn dir!"

„Fast. Ich brauche eine Begleiterin für das Wochenende." Seine Stimme sank zu einem trägen, intimen Flüstern herab, das Tess glühende Schauer über den Rücken jagte. „Du kamst mir natürlich als Erste in den Sinn."

„Warum?" Sein gewinnendes Lächeln löste ein höchst unerwünschtes Prickeln in ihr aus.

„Weil mein Leben leer ist ohne dich." Er riss den Verschluss der Bierdose ab und trank einen kräftigen Schluck.

„Dein Leben ist niemals leer!" Diese Dreistigkeit war wieder mal typisch! „Was ist mit dieser Klette von Stewardess passiert?" Interessiert verfolgte Gina den Wortwechsel. „Nichts ahnend hole ich ihn vom Flughafen ab", erklärte sie der Freundin, „da hängt diese Frau sehnsüchtig an seinem Hals und gibt ihm einen Abschiedskuss, als stürze er sich geradewegs ins Schlachtgetümmel. Es fehlte nicht viel, und sie hätte ihm angeboten, an Ort und Stelle sein Baby zu empfangen."

Nick verschluckte sich. „Sie war nur eine Freundin. Ich bin eben ein freundlicher Typ."

„Was du nicht sagst!" Aufgebracht verschränkte sie die Arme vor der Brust. „Versprüh deine Freundlichkeit woanders!"

„Tess, Honey." Als letztes Mittel feuerte Nick eine geballte Ladung Charme auf sein widerspenstiges Gegenüber ab. „Süße. Schätzchen. Baby."

„Junge, du musst wirklich in der Patsche stecken."

„Bis zum Hals. Ich brauche dich. Ein Wochenende lang. Keine Verpflichtungen."

„Kein Sex!" Geflissentlich ignorierte Tess die Wünsche ihres Körpers. „Diese Chance hast du verpasst."

„Also, meinen Segen habt ihr", mischte sich Gina in das Geplänkel ein.

Jetzt verbündeten sich die beiden auch noch! „Du unheilbare Romantikerin. Wenn überhaupt, dann will ich Rache. Rache für diese Kriegsbraut von Stewardess, Rache für das Galadinner zu Gunsten der Stiftung, bei dem er mich versetzt hat, ganz zu schweigen von dieser Demütigung auf dem Opernparkplatz", zählte Tess an ihren Fingern auf. „Ich kenne Frauen, die ihm allein dafür die Reifen aufgeschlitzt und sein Bier vergiftet hätten."

Argwöhnisch musterte Nick die Dose in seiner Hand.

Tess' Herz sank. Oh, verflixt! Trotz seiner lässigen Eleganz verkörperte er eine atemberaubende Männlichkeit und einen verführerischen Sex-Appeal, der all ihre Lebensgeister weckte. Er war ungelogen das Attraktivste in ihrem Apartment. Im Grunde war er das Attraktivste in ihrem Leben. Natürlich war Attraktivität etwas rein Äußerliches. Besonders bei einem Mann wie Nick.

„Tu es." Gina blies ihren Kaugummi auf und ließ ihn mit einem lauten Knall platzen.

„Vielleicht." Ihre neu entdeckte sadistische Ader kämpfte mit ihrem angeborenen Samariterinstinkt. „Gib mir die Details."

Gina schwang die Beine auf den Boden. „Das klingt nach meinem Stichwort." Ohne auf Tess' Protest zu achten nahm sie ihre Handtasche. „Ich muss sowieso gehen. Nach Einbruch der Dunkelheit treibe ich mich nur ungern in dieser Gegend herum."

„Eine intelligente Frau", meinte Nick, als sie fort war.

„Das ist genau die Frau, von der du behauptet hast, sie würde ihr Leben in Strumpfhosen verschwenden!"

„Ich sagte, Tanzen sei nicht gerade ein solider Beruf. Ohne Vorausplanung gerät sie eines Tages in höllische Schwierigkeiten."

„Manche Menschen leben eben für den Augenblick." Mürrisch ließ sie sich in ihren Sessel fallen und versuchte zu vergessen, dass nicht nur Gina sich gerade jetzt wegen mangelnder Vorausplanung in höllischen Schwierigkeiten befand. Eine der ärgerlicheren Eigenschaften von Nick war, dass er oft Recht behielt. Außerdem war sie es leid, sich den Kopf verrenken zu müssen, wenn sie mit ihm streiten wollte. „Sitz." Sie deutete auf den Boden. Gehorsam ließ er sich an der Wand hinuntergleiten. „Gut. Du verstehst die grundlegenden Kommandos."

„Komm her, dann darfst du mir den Bauch kraulen."

Allein der Gedanke ließ ihr Herz Purzelbäume schlagen.

Nick deutete ihren Gesichtsausdruck falsch. „Vergiss, was ich gesagt habe. Ein frecher Kobold hat meiner Zunge einen Streich gespielt."

„Der einzige Kobold weit und breit ist dieser trottelige Wicht, für den du arbeitest."

„So ein Zufall, dass du Park erwähnst."

2. KAPITEL

War es erst zwei Stunden her, dass Nick nichts ahnend sein Büro bei Patterson & Patterson betreten hatte? Es musste am Ambiente von unverschämt teuren importierten Mahagonipaneelen, kostbaren Orientteppichen, seltenem antikem Mobiliar und kaum erwähnenswerter Unterstützung des Sekretariats liegen, dass er sich hier jedes Mal wie ein Räuberbaron vorkam. Ein äußerst zufriedener Räuberbaron. Heute war das Leben besonders gut zu ihm gewesen: ein wichtiger und unerwartet schneller Sieg vor Gericht, ein dankbarer Klient und ein freier Nachmittag. Hätte die Inschrift an der Tür nur geheißen „Patterson, Patterson & Jamieson", wäre sein Leben perfekt.

Ab da ging es rapide bergab.

„Ich bin zurück, Christine", begrüßte er seine Sekretärin, eine unerschütterliche Brünette. „Nein, stehen Sie nicht auf. Ich finde den Weg schon allein."

Im Zeitlupentempo erhob sie sich und folgte ihm ausnehmend desinteressiert. „Mr. Patterson war hier", verkündete sie gelangweilt. „Könnten Sie fünf Minuten für Park erübrigen?"

„Das haben Sie nett ausgedrückt." Nick warf sein Jackett über den Stuhl, ließ sich auf seinen Schreibtischsessel fallen und zerrte an seiner Krawatte. „Unser Senior hat ihn wieder in die Bredouille gebracht, aber Ihr Taktgefühl verbietet Ihnen jeglichen Kommentar. Kein Wunder, dass wir Ihnen ein Vermögen zahlen."

„Ich brauche eine Gehaltserhöhung." Christine verzog keine Miene. „Und ich würde es nicht als Bredouille bezeichnen. Eher als mittlere Katastrophe. Apropos Katastrophe – hier sind die neusten Beweise Ihres ausschweifenden Liebeslebens." Sie reichte ihm einen Stapel Gesprächsnotizen. „Von Tess ist keiner darunter."

Unwillkürlich wanderte Nicks Blick zu einem gerahmten Schnappschuss. „Wieso sollte ich von Tess hören wollen?"

„Weil Sie sie ständig anrufen, sie Sie jedoch eiskalt abfahren lässt", erklärte Christine so geduldig, als hätte sie ein Kleinkind vor sich. „Übrigens, Park wartet in seinem Büro."

Nick ignorierte die Notizen. „Irgendwas, das ich vorher wissen sollte?"

„Das fragen Sie mich?" Christine schwebte aus der Tür. „Ich bin nur die Sekretärin."

„Genau. Vergessen Sie das nicht!"

„Nick!" Ganz der Inbegriff eines sorglosen Sonnyboys, der stark auf die Vierzig zuging und jede Minute dagegen ankämpfte, kam Park hinter seinem massiven Schreibtisch hervor und schlug Nick jovial auf den Rücken. „Kumpel! Freund! Compadre!"

„Compadre?" Kopfschüttelnd machte er es sich im Sessel bequem. „Das muss schlimm sein. Du sprichst kein Spanisch."

„Wie wäre es mit ‚Partner'?"

Äußerlich unbeteiligt schlug er die Beine übereinander und vertiefte sich in das Muster des Orientteppichs, obwohl er bei der Vorstellung am liebsten vor Freude an die Decke gesprungen wäre. Ambitionen waren ja schön und gut; nur gab es da noch jenen tief sitzenden, nackten Ehrgeiz. Ein äußerst schlechter Charakterzug, der ebenso zielstrebig wie verwundbar machte. Davon abgesehen hielt Tess ihn für moralisch verwerflich. Vielleicht war da sogar etwas Wahres dran. Nicht viel, natürlich. Auf lange Sicht gesehen spielte es ohnehin keine Rolle. Sehnsucht nach Erfolg war seine Triebfeder. Solange niemand dabei auf der Strecke blieb, konnte er damit leben. „Heißt das, wir haben Welch an der Angel?"

„Absoluto no problemos, Amigo." Park hockte sich auf die Schreibtischkante. „Du kriegst das schon auf die Reihe. Nur noch ein paar geschickte Winkelzüge ..."

„Welche?" Dieser ungewohnte Enthusiasmus war hochgradig suspekt.

„Eine Heirat würde helfen."

„Deine Drogenexperimente in den Siebzigern zeigen anscheinend Spätfolgen."

„Sehr witzig." Park wurde ernst. „Welch möchte unsere Familien kennen lernen. Besonders deine. Er mag dich."

„Wir haben keine Familien. Jedenfalls ich nicht. Du kannst ihm immerhin deine Eltern vorführen. Was soll das Ganze eigentlich?"

„Keine Ahnung. Wir sind für das Wochenende auf seine Ranch in Kentucky eingeladen. Dinnerparty mit Dichterlesung. Inklusive unserer Ehefrauen. Welch besteht darauf. Was hast du ihm bloß erzählt?"

„Ganz sicher nicht, dass ich verheiratet bin!" In Gedanken durchlief er die Unterhaltung. „Hauptsächlich ging es um seinen neuen Autorenvertrag. Und jetzt will er meine Familie kennen lernen? Das ist doch lächerlich."

„Nein, das ist Norbert Nolan Welch, der begnadete amerikanische Schriftsteller. Das ist der Kontrakt, den mein Vater unbedingt an Land ziehen will. Falls eine Heirat die Unterzeichnung beschleunigt, werden wir eben heiraten."

Nick kniff die Augen zusammen. „Ach tatsächlich? Und weshalb?"

Park rutschte nach vorn. „Weil Dad sich dann aus dem Geschäftsleben zurückzieht. Gäbe es einen stilvolleren Abgang?

Denk an seine Eitelkeit. Denk an den Aha-Effekt dieser Siegestrophäe. Denk an deine Partnerschaft." Schuldbewusst sah er den Freund an. „Endlich bräuchten wir nicht mehr heimlich seine Fehler auszubügeln."

Es klang haargenau nach der Erfüllung seiner Wünsche. Nur, wie so vieles im Leben, hatte die Sache einen Haken. Es gab immer einen Haken. Manchmal war Nick diese Haken verdammt leid. „Wieso zum Teufel ist diese Partnerschaft an den Welch-Kontrakt gekoppelt? Wieso schlägst du deinem Vater nicht einfach vor, mir die Partnerschaft anzubieten, auch wenn ich kein Familienmitglied bin? Das ist sowieso schon lange überfällig."

„Ich soll meinem Vater widersprechen?"

„Oh richtig. Ich vergaß. Also was muss ich tun?"

„Heiraten."

„Nein."

„Dad findet, ein lebenslustiger Single von zweiundvierzig sähe schlichtweg pathetisch aus."

„Das ist dein Problem. Ich bin erst achtunddreißig."

„Er hält alles über fünfunddreißig für fragwürdig."

Nick näherte sich rasch seiner Toleranzschwelle. „Nichts für ungut, Park, aber es kümmert mich nicht die Bohne, was dein Vater von meinem Familienstand hält! Ich will lediglich die Partnerschaft – und eine Menge Geld."

„Gebongt! Für den Welch-Kontrakt. Also such dir eine Ehefrau."

„Nein."

„Wie wär's mit einer ernst zu nehmenden Verlobten?"

„Wie wär's mit einer ernst zu nehmenden Klage wegen eines gebrochenen Heiratsversprechens?"

„Kennst du keine begnadete Amateur-Schauspielerin? Ein literarisches Genie wäre nicht schlecht."

„Tess", sagte Nick prompt.

Park stöhnte. „Nicht Tess! Jede, aber nicht Tess. Sobald sie den Mund aufmacht, werde ich nervös. Sie besitzt absolut keinen Funken Taktgefühl. Immer sagt sie die Wahrheit, egal mit wem sie spricht."

„Mit mir spricht sie jedenfalls nicht mehr, seit ..." Rechtzeitig fing er sich. „Was hast du eigentlich gegen sie?"

„Ich hasse es einfach zuzusehen, wie du dich auf eine einzige Frau beschränkst. Monogamie ist persönlichkeitsdeformierend. Genau deshalb will ich auch, dass du den Welch-Kontrakt holst. Du musst deine Grenzen erweitern."

„Bislang bin ich bei Tess noch lange nicht an meine Grenzen gegangen", gab Nick zu bedenken.

„Gut. Frauen mit Verstand sind mit Vorsicht zu genießen. Erst lenken sie dich mit ihren Reizen ab und dann ..."

„Tess wäre die Idealbesetzung für unser pseudoliterarisches Quartett. Sie ist Englischlehrerin. Sie organisiert all diese Zensurproteste." Ihr letzter Protestmarsch fiel ihm ein. „Pornografie findet im Kopf des Betrachters statt" stand auf ihrem Schild. Beim Anblick ihres hautengen T-Shirts waren ihm sofort unzählige pornografische Gedanken durch den Kopf geschossen, was in Tess' Nähe nicht weiter verwunderlich war. Sie war taktlos, impulsiv, unkontrollierbar ... und unwiderstehlich. Irgendetwas an ihr zog ihn immer wieder zu ihr hin.

Nick hoffte inständig, dass es ihr Körper war, denn sonst steckte er in Riesenschwierigkeiten.

„Protestmärsche?" überlegte Park laut. „Sind die nicht illegal?"

Gut, dass er sich in den letzten Jahren ein dickes Fell angeeignet hatte. „Park, hast du während deines Jurastudiums auch mal aufgepasst?"

„Nur bei den interessanten Sachen. Wer muss schon Demonstranten verteidigen?“ Die Vorstellung löste das blanke Entsetzen in ihm aus. „Was siehst du nur in dieser Rebellin?“

Nick öffnete den Mund und klappte ihn gleich wieder zu. Dieser Snob würde Tess’ unermüdliche Kreuzzüge für Wahrheit und Gerechtigkeit nie verstehen, auch wenn er sicherlich ihre unbändige Lebensfreude nachvollziehen konnte; einen Enthusiasmus, der selbst den Entschlossensten mitriss, bis der beinah unglaublich dumme Dinge auf Opernparkplätzen anstellte. Dinge, für die man wegen Erregung öffentlichen Ärgernisses hätte verhaftet werden können ...

Nicks Fantasie drohte vollends mit ihm durchzugehen. Zurück zu Parks Frage! Konzentrier dich auf das Wesentliche! befahl er sich. „Sie hat tolle Beine.“

„Das reicht nicht als Grundlage für eine Beziehung.“

„So?“ Dieser plötzliche Beweis von Tiefgang war wirklich erstaunlich! „Was denn dann?“

„Brüste.“ Väterlich legte ihm Park die Hand auf die Schulter. „Brüste sind enorm wichtig für Frauen. Sonst sitzen ihre Kleider einfach nicht richtig.“

„Noch mal im Klartext“, bat Tess und verschlang den letzten Bissen ihres Essens. „Ich soll vor einem unserer größten Romanautoren deine Verlobte mimen, damit du eine weitere Stufe auf der Karriereleiter erklimmen kannst in deinem Streben nach ultimativer Yuppie-Schaft?“ Kurz dachte sie darüber nach. „Nicht schlecht. Ich könnte eine Schürze tragen.“

„Nur über meine Leiche!“

„Na schön, keine Schürze. Du bist selbst schuld.“

„Tess, bitte konzentrier sich.“ Eindringlich musterte er sie. „Ich muss aussehen wie jemand, der den Hafen der Ehe ansteuern will. Du musst dich wie jemand benehmen, an den ich mich binden würde. Schaffst du das?“ Seine Augen verengten sich zu Schlitzen. „Natürlich schaffst du das nicht. Warum höre ich bloß nie auf Park?“

„Weil er ein Idiot ist! Hat er meine schauspielerischen Qualitäten angezweifelt? Diese Ratte! Ich weiß, dass ihr seit Urzeiten befreundet seid, aber ist dir noch nie aufgefallen, was für ein wertloser Trottel er ist?“

„Wertlos ist ein bisschen übertrieben. Unreif, vielleicht.“

„Was hat er getan? Dich aus einem brennenden Gebäude gerettet?“ Entnervt stöhnte sie auf. „Selbst Lassie war dem guten alten Timmy nicht so treuherzig ergeben. Na schön, er hat dich in die Kanzlei geholt. Und? Ich bewundere ja deine Loyalität. Aber wie oft hast du ihm seitdem aus der Patsche geholfen? Findest du nicht, du hast deine Schuld mehr als wettgemacht? Besonders, da er deine Verlobte verunglimpft.“ Angesichts seiner Verwirrung fügte sie geduldig hinzu: „Das wäre ich, erinnerst du dich?“

„Zumindest erinnere ich mich daran, dass ich das mal für eine brillante Idee hielt. Durch den Welch-Kontrakt könnten wir reich werden.“

„Du bist bereits reich. Es ist Zeit für hehrere Werte.“

Sein Blick schweifte durch ihr Apartment. „Wenn Moralapostel in so einem Dreckloch landen, verzichte ich dankend. Und wo zum Teufel hast du bloß diese Jogginghose her? Aus der Altkleidersammlung?“

„Hey“, fuhr Tess verärgert auf. Wie oft musste sie ihr Outfit heute denn noch verteidigen? „Sie wurde mit ehrlichem Geld in einem ehrlichen Discountladen erstanden.“ Aufmüpfig reckte sie das Kinn vor. „Nur weil ich im Gegensatz zu dir und Park kein hoffnungslos überteuertes Designer-Sportswear kaufe, in dem ich sowieso nicht jogge, weil ich ja schwitzen könnte ...“

„Jetzt mach mal halblang! Ich jogge."

Aber Tess erwärmte sich bereits für ihre Argumentation. „... was eine pure Verschwendung eures unrechtmäßig erworbenen Profits wäre ..."

„Gegen das ‚unrechtmäßig erworben' erhebe ich Einspruch!"

„Einspruch abgelehnt."

„Schau, wir betrügen weder Witwen oder Waisen noch verteidigen wir Umweltverschmutzer oder tun sonst was, wovon ihr empfindsamen Baumumarmer einem dauernd in den Ohren liegt!" brauste Nick auf. „Wir sind Anwälte, keine Kriminellen, zum Donnerwetter noch mal!"

„Eben! Zum Pfad des Gesetzes geht es da lang!" Wütend deutete sie zur Tür. „Diese Verlobung hätte sowieso nie funktioniert. Du willst mich keine Schürze tragen lassen, und im Lauf der Jahre hätte ich dir diese Bevormundung schwer übel genommen. Ein schneller Griff zum Fleischermesser, und schon wären wir im National Enquirer gelandet." Da Nick sie verständnislos ansah, zeigte Tess Mitleid und ließ das Thema fallen. „Nun, danke für die kleine Stippvisite. Du findest sicher allein hinaus." Gleich war er fort. Diesmal endgültig. Ein flaues Gefühl breitete sich in ihrer Magengrube aus.

Jetzt half nur noch die Wahrheit. „Honey, der Welch-Kontrakt könnte mir die Partnerschaft einbringen."

Die Worte bohrten sich wie ein Messerstich in ihr Herz. „Oh, Darling. Wann hörst du endlich auf zu beweisen, dass du der Beste bist? Du musst dich nicht länger rund um die Uhr abrackern. Dein Foto ist ständig in der Klatschspalte. Du bist ein Star in Riverbend. Die Leute beten dich an. Du hast es geschafft."

„Erst wenn ich Partner bin. Auch wenn mich das in deinen Augen zu einem unmoralischen, profitgierigen Aasgeier macht."

„Immerhin liegst du mit deinem nichtsnutzigen Busenfreund

voll auf einer Wellenlänge. Mir ist bloß schleierhaft, weshalb er dir deinen Wunschtraum nicht erfüllt. Du leitest diese verflixte Kanzlei ja praktisch."

„Noch ist Kent Patterson Seniorpartner." Resigniert ließ er den Kopf gegen die Wand sinken. „Park spaziert eher splitterfasernackt durch den Feierabendverkehr, als dass er seinem alten Herrn widerspricht oder, der Himmel möge es verhüten, gar auf Konfrontationskurs geht. Und für Kent zählt nicht Leistung, sondern allein der gesellschaftliche Status", erklärte Nick steif. „Leider entstamme ich der arbeitenden Bevölkerung. Nicht der Prototyp des Partners einer Patterson-Kanzlei."

„Du scherzt. Er kann unmöglich so vorsintflutlich sein."

„Sicher kann er das. Es ist seine Kanzlei. Er stellt die Regeln auf."

Das klang wie im tiefsten Mittelalter. Ebenso veraltet wie hoffnungslos. Vor allen Dingen aber war es nicht ihr Problem. Oder doch? Erinnerungen an ihr legendäres Footballspiel überfielen Tess. Erst hatte Nick sie umgerannt, dann hatte er sich auf sie gesetzt und mit einer entsetzlichen Bogart-Parodie dafür gesorgt, dass sie sich vor Lachen nicht mehr halten konnte und den Ball abgab. Als sie sich einen Monat später von ihrem damaligen Freund trennte, brachte Nick ihr Schokoladeneis und „Zeit der Zärtlichkeit" auf Video, ertrug kommentarlos ihren Weinkrampf und sagte keinen Ton wegen der Tränen- und Maskaraspuren auf seinem Hemd.

Andererseits waren da sein Faible für Geld und Erfolg und die Zurückweisung auf dem Parkplatz ...

Sie waren fast quitt. Aber nur fast. Okay, was romantische Verwicklungen anging, war sie endgültig fertig mit ihm. Doch er war ein Freund. Wenn ein Freund dich braucht, bist du für ihn da. So einfach war das.

Immer enger zog sich das Netz um sie zusammen. Er sah so jungenhaft und verletzlich aus. Bestimmt wusste er das auch, denn darauf legte er es ja an, aber tief, tief, tief drinnen war er wirklich süß. Er hatte einfach nur einen lausigen Umgang. „Okay, ich mach's."

Nick sackte vor Erleichterung zusammen. „Dem Himmel sei Dank." Sofort nutzte er die Gunst der Stunde. „Vielleicht könntest du auch gleich für Park eine akzeptable Begleiterin besorgen? Jemanden von der Stiftung? Jemanden, der des Lesens mächtig ist."

„Ich höre mich mal um. Natürlich werde ich erwähnen müssen, dass er wertlos ist."

„Prima." Nick rappelte sich hoch und ging zur Tür. „Wenn ich mich irgendwie revanchieren kann, sag es. Ich schulde dir eine Menge."

„Gut. Ich brauche einen neuen Job. Stell mich jemandem im Vorstand der Decker-Academy vor."

Mit zwei Schritten war er wieder bei ihr. „Was ist passiert?" Liebevoll nahm er sie in die Arme.

„Etatkürzungen." Sein Mitgefühl war unerwartet tröstlich. Für einen Moment verlor Tess ihre gleichmütige Haltung und schmiegte sich an seine Brust. „Ist schon in Ordnung." Sie atmete tief durch und zauberte ein Lächeln auf ihre Lippen. „Bei der letzten Anti-Zensur-Demonstration habe ich diesen unheimlich netten Typ kennen gelernt."

Und wegen dieses Giftzwergs verbrachte er schlaflose Nächte! „Du sollst doch nicht mit fremden Männern reden!"

„Manchmal kann das sehr produktiv sein." Selbstvergessen berührte sie die tiefe Furche auf seiner Nasenwurzel. „Mach nicht so ein grimmiges Gesicht. Er war ein richtiger Schatz. Falls ich je einen Job brauche, solle ich ihn anrufen."

„Was hat dieser windige Typ mit der Decker-Academy zu tun?"

„Er ist Vorstandsvorsitzender. Sein Name ist Alan ..."

„Sigler", endete Nick hörbar erleichtert. „Er muss an die sechzig sein. Wieso flirtest du mit älteren Männern?"

„Aus Mangel an Gelegenheit", erwiderte Tess frech. „Allerdings habe ich meinen Charme umsonst versprüht. Da mir die richtige Qualifikation fehlt, sehen meine Chancen nicht allzu rosig aus. Der Verwaltungsrat muss erst über eine Ausnahmeregelung abstimmen. Leider ist das Gremium Veränderungen gegenüber nicht besonders aufgeschlossen. Also dachte ich, falls du zufällig einen von ihnen kennst ..."

„Bingo! Vermutlich ist sogar der ein oder andere dieses Wochenende bei Welch. Aus unerfindlichen Gründen engagiert er sich neuerdings stark im Bildungswesen." Zärtlich strich er ihr eine Haarlocke aus der Stirn. „Bist du sicher, dass du den Job willst? Die Miniatursnobs in diesem Edelhort werden dich für eine Außerirdische halten."

„Die Bezahlung ist gut. Und der Unterricht endet um eins. Der Nachmittag ist für besondere Projekte reserviert."

Nick schnaubte. „Country-Club 101."

„Was soll's. Immerhin könnte ich so um halb zwei in der Stiftung sein. Bis dahin sind auch viele meine Schüler da."

„Zwei Jobs? Willst du dich umbringen?"

Sofort stellte sie ihre Stacheln auf. „Ich kann die Stiftung nicht verlassen. Die Kids brauchen mich."

Nick schwieg einen Moment. „Na schön. Ich tue, was ich kann. Aber versprich mir, dass du dich nicht zu Tode schuftest, wenn du diese Stelle bekommst."

All ihre guten Vorsätze zerplatzten wie eine Seifenblase. „Siehst du, genau deswegen bin ich so verrückt nach dir. Bitte sag schnell etwas Materialistisches, damit ich meinen Schutzwall wieder aufrichten kann."

„Diese Jogginghosen sind scheußlich. Dafür hast du ein Millionen-Dollar-Gesicht."

Unvermittelt senkte er den Kopf und küsste sie. Hingerissen ergab Tess sich den köstlichen Empfindungen, bis sie von Kopf bis Fuß in Flammen stand. „Charmeur", wisperte sie, als er verführerisch an ihrem Ohrläppchen knabberte.

Auch nachdem die Tür längst hinter ihm ins Schloss gefallen war, sah Tess ihm noch lange verträumt nach – und fragte sich, worauf sie sich da nur wieder eingelassen hatte.

„Und, tust du's?" fragte Gina, sowie sie von Nicks Vorschlag hörte.

„Gute Frage. Also schön, er hat mich nach allen Regeln der Kunst eingewickelt. Zugegeben, er kann ein materialistischer Schuft und ein Schürzenjäger erster Güte sein, aber tief drinnen ist er ein anständiger Kerl." Der sie, wenn ihm das die Partnerschaft einbrachte, schon in der nächsten Sekunde wie eine heiße Kartoffel fallen lassen würde. Verflixt, wenn ihr nicht schleunigst eine bessere Rechtfertigung einfiel, war sie geliefert. „Bestimmt ist das Ganze ohnehin die Idee dieses lausigen Park."

„Nick ist ein großer Junge. Er könnte Nein sagen."

„Zu Park? Nie! Den babysittet er schon seit diesem unseligen Moby-Dick-Aufsatz. Muss wohl die Macht der Gewohnheit sein."

„Moby Dick? Das ist der Wal, richtig? Ich kenne den Film."

„Schön für dich. Park kannte nicht mal das Buch. Quer über seinem Aufsatz stand: ‚Leider, Mr. Patterson, stirbt der Wal am Ende'. Zur Strafe wurde er zu Nachhilfestunden bei Nick verdonnert. Als der wissen wollte, wie um alles in der Welt Park Käpt'n Ahabs letzten Triumph übersehen konnte, erklärte Park ganz unschuldig, als Kind hätten ihm seine Eltern eben nur intelligenzförderndes Spielzeug gekauft. Eines dieser Spiele sei das Moby-Dick-Spiel gewesen ..."

„Das ‚Moby-Dick-Spiel'?"

„... aber dieses Spiel war für Kinder gedacht, daher ..."

„... überlebt der Wal."

„Genau." In Tess' Stimme schwang unterdrücktes Lachen mit. „Basierend auf diesem Kindergartenwissen schrieb Park seinen Aufsatz. Ist das nicht komisch?"

„Ich finde es eher traurig. Warum haben seine Eltern ihm nur diesen pädagogischen Kram gekauft?"

„Weil sie wollten, dass er Gott wird." Tess pustete eine Haarlocke aus der Stirn. „Leider besitzt der gute Park nicht mal den Grips eines Engels. Also verlässt er sich auf Nick. In allem. Ohne Park Patterson wäre Nick heute wahrscheinlich Bezirksstaatsanwalt und würde sich für das Wohl der Menschheit einsetzen, statt reiche Leute zu verhätscheln. Er ist so brillant. Was für eine Verschwendung!"

„Klingt, als hingst du immer noch an ihm."

„Unsinn." Verärgert setzte sie sich auf. „Er tut mir lediglich Leid."

„Richtig", spottete Gina. „Und?"

„Und er bringt mich zum Lachen."

„Und?"

„Und er macht mich an", gab Tess schließlich zu und lehnte frustriert die Stirn auf die Knie. „Ich muss verrückt sein." Sie seufzte. „Völlig verrückt. Aber wir sprechen hier über einen Mann, der dir selbst im Waschsalon weiche Knie verschafft. Da sitzt er in einem ausgefransten, ärmellosen Sweatshirt neben dir vor dem Trockner, und urplötzlich bemerkst du, dass er den tollsten Bizeps besitzt, den du je im Leben gesehen hast. Du bekommst Hitzewallungen, deine Gedanken schweifen ab, und es ist entweder die Menopause, verkompliziert durch Alzheimer, oder du bist erregt. Wenn du klug bist, suchst du so schnell wie möglich das Weite und verriegelst sämtliche Türen, weil du ihm sonst das Sweatshirt herunterreißt und über ihn herfällst."

Nach einer langen Pause erkundigte sich Gina vorsichtig: „Soll ich warten, während du dir einen Kübel Eiswasser besorgst?"

Der Seitenhieb verpuffte. „Es ist nur eine Frage der Zeit, bis ich ihn auf die nächste ebene Oberfläche zerre. Und das wäre eine Katastrophe."

„Und was für eine!"

„Spar dir deinen Sarkasmus. Was, wenn ich mit ihm ins Bett hüpfe, und es ist großartig? Nick Jamieson ist nie und nimmer der Richtige für mich. Er hält mein Apartment für ein Dreckloch, er regt sich über meine Billigklamotten auf, als wenn Maßanzüge und Rolex-Uhren das Nonplusultra wären und ..."

„Ach du liebes bisschen, eine Rolex! Das ist ein echter Nachteil."

„Nein, ein Symbol für dieses stockkonservative, geldhungrige Yuppie-Gehabe, das mir höllisch auf die Nerven geht. Außerdem will er mich keine Schürze tragen lassen."

„Wenn du mich fragst, verlier deinen Verstand und heirate ihn. Finanzielle Sicherheit ist nicht zu verachten."

„Wie enorm geldgierig von dir."

„Wie enorm praktisch von mir. Übrigens, wie alt ist dieser Park?"

„Oh, komm schon, Gina."

„Komm selbst. Also, wie alt?"

„Ende dreißig, Anfang vierzig."

„Gut. Ich mag ältere Männer."

„Gina! Dieser Westentaschenromeo verfügt über den Intelligenzquotienten einer Kumquat und verabredet sich grundsätzlich nur mit Frauen von der Persönlichkeit eines Plattfisches." Wenn er nicht gerade ausnahmsweise eine bühnenerfahrene Pseudo-Intellektuelle brauchte ...

Ja, sie besaß eindeutig eine sadistische Ader.

Vom anderen Ende der Leitung kam ein Lachen. „Beruhige dich. Oder könntest du dir mich allen Ernstes mit so einem High-Society-Typen vorstellen? Was für ein Gag!"

Bei genauerer Betrachtung besaß diese Idee durchaus ihren Reiz.

„Sag mal, hast du am Wochenende schon was vor?" fragte Tess. „Du willst einen Ring am Finger, und du wirst ihn bekommen. Mit Park als Eintrittskarte erhältst du Zutritt zu einer Party voller reicher Kerle mit genau dem richtigen Ehemannpotenzial. Einer von ihnen könnte auch nett sein. Wenn sonst nichts dabei herausspringt, bekommst du wenigstens ein Wochenende freies Essen."

„So knapp stehe ich nun auch wieder nicht vor dem Hungertod."

„Als Dreingabe erlebst du diese Null von Park Patterson in voller Aktion. Das kuriert dich schnell von sämtlichen romantischen Ambitionen."

Und ganz nebenbei könnten sie diese elitäre Herrenriege so richtig aufmischen.

3. KAPITEL

Während der nächsten beiden Tage unterrichtete Tess in der Stiftung, besorgte sich Hintergrundinformationen über sämtliche Vorstandsmitglieder der Decker-Academy und versuchte Nick und das kommende Wochenende zu vergessen. Was nicht einfach war, denn immer wieder spiegelte ihr ihre hyperaktive Fantasie aufregend unanständige Szenen an aufregend unpassenden Orten mit einem aufregend unersättlichen Anwalt vor.

Bis Donnerstag bedauerte sie, dass sie Nick Jamieson je kennen gelernt hatte, und zählte die Stunden, bis sie ihn wiedersah.

Nick ging es ähnlich wie Tess.

„Diese Einladung könnte sich als fataler Fehler erweisen."

„Höchstwahrscheinlich." Gleichmütig ließ Christine die Post auf seinen massiven Ebenholzschreibtisch fallen. „Von Park soll ich Ihnen ein Dankeschön ausrichten. Er hat eine Verabredung für das Wochenende. Jemand, der des Lesens mächtig ist."

„Was meinen Sie mit ‚höchstwahrscheinlich'?" Nick kippte seinen Ledersessel zurück. „Sie wissen doch überhaupt nicht, wovon ich spreche."

„Sie sind unsicher wegen Tess."

„Wie kommen Sie denn da drauf?" Misstrauisch kniff er die Augen zusammen. „Wissen Sie, Christine, manchmal sind Sie mir richtiggehend unheimlich."

„Gehört zum Service. Dienen ist mein Leben."

Irritiert trommelte er auf die Schreibtischplatte. „Es liegt nicht nur an Tess' vorlautem Mund. Es sind ihre Kleider. Sie bringt es fertig, wickelt sich in ein Tischtuch aus dem Discountladen und nennt es einen viktorianischen Sarong."

Christine starrte ins Nichts, als beschäftige sie sich in Gedanken mit ihrer Maniküre.

„Christine ..." Sein strahlendes Lächeln hätte ausgereicht, eine mittlere Kleinstadt in taghelles Licht zu tauchen. Seiner wenig dienstbeflissenen Mitarbeiterin, die anscheinend gerade eine weitere Nagelhaut entfernte, entlockte es nicht die winzigste Regung. „Huhu, Christine." Er schnipste mit den Fingern. „Wissen Sie, das Leben einer Sekretärin ist äußerst ... vielfältig."

„Was soll ich tun?" fragte Christine direkt.

Nick vergaß die Ausflüchte. „Ziehen Sie los, kaufen Sie ein Kleid, und lassen Sie es an Tess' Adresse liefern. Nehmen Sie sich den Rest des Nachmittags frei, damit ich mir nicht wie ein Ausbeuter vorkomme."

„Wo, welche Farbe, welche Größe?"

„Ist mir egal, wo." Schnell kritzelte er ein paar Worte auf eine Karte. „Schwarz. Konservativ. Die Größe kennc ich nicht."

Christine sah ihn verächtlich an, was Nick als Schritt in die richtige Richtung betrachtete, angesichts ihrer üblichen geradezu unheimlichen neutralen Haltung. „Wie groß ist sie?"

„Ungefähr so ..." Seine Hand zeigte auf Ohrhöhe.

„Zirka einszweiundsiebzig. Wie viel wiegt sie?"

„Keine Ahnung. Sie ist nicht dick, aber sie hat die richtigen Rundungen. Mittel eben."

„Brüste?"

„Ja."

„Nein, wie groß sind sie?"

„Gute Frage. Nick versuchte nicht an Tess' Brüste zu denken. Es war erst Donnerstag früh. Das hieß, er musste noch zwei volle

Tage hinter sich bringen, und er war bereits abgelenkt genug. „Sie, äh, sie sind irgendwie größer als mittel. Müssen wir darüber reden?"

„Sie hat entweder 34, 36 oder 38."

„Treffen wir uns in der Mitte – nehmen Sie 36."

„Gut." Christine schwebte zur Tür.

„Hey. Brauchen Sie kein Geld?"

„Ich setze es einfach mit auf Ihre Visa-Karte."

„Geht das denn?" Ihr mildes Lächeln ließ ihm das Blut in den Adern gefrieren. „Sollten Sie je eine kriminelle Karriere in Betracht ziehen, denken Sie bitte daran, dass ich gut zu Ihnen war. Christine? Hey, Christine?"

Nichts als Schweigen antwortete ihm, daher widmete er sich wieder dem anstehenden Problem. Wie viel Verlass war auf Tess in dieser Scharade? Je mehr er darüber nachdachte, desto deprimierter wurde er. Schon ihre Wahl war der erste Schritt zu professionellem Selbstmord gewesen. Das kleine Schwarze war nur eine unwesentliche Verbesserung – solange er ihr keinen passenden schwarzen Knebel kaufte ...

Natürlich war Tess Freitagnachmittag nicht zu Hause. Was Nick nur wenig überraschte. Tess verspätete sich ständig. Wo immer sie sich auch befand, ließ sie sich vom Drama des Augenblicks gefangen nehmen. Für Einstein wie für Tess war Zeit relativ.

Unpünktlichkeit war leider nur eine ihrer hervorstechendsten Charaktereigenschaften neben ihrer Unverblümtheit, ihrer Spontaneität und ihrem prinzipiellen Hang zum Chaos. Diese tödliche Kombination könnte sein ganzes Leben aus den Fugen bringen. Besonders dieses Wochenende. Vielleicht sollte er die ganze Sache abblasen. Andererseits bekam er so zwei volle Tage mit Tess und – wenn er seine Trümpfe richtig ausspielte – auch die Nacht.

Möglicherweise lag in Tess' Unberechenbarkeit sogar ein Großteil ihrer Anziehungskraft – als wohltuender Gegenpol zu seinem sorgfältig geplanten Leben. Nicht dass sein Leben kritikwürdig wäre. Durch Zielstrebigkeit war er fast am Ziel seiner Wünsche angelangt.

Fast.

Und was dann?

Während Nick über seine Zukunft, seinen Singlestatus und die düstere Prophezeiung seines Seniorchefs nachdachte, knallte unten die Haustür. Jemand stürmte die Stufen hoch. Wenig später kam Tess in Sicht: zerzauste rote Locken, verführerisch gerötete Wangen, sanft gerundete Brüste, die sich unter dem weiten T-Shirt hoben und senkten, und ein hautenger Mini, der viel zu viel von ihren leicht gebräunten Beinen enthüllte. Beine, die sicher schon manchen Verkehrsstau verursacht hatten. Ihre atemberaubende Mischung aus knisternder Erotik und unbändiger Lebensfreude stellte eine permanente Gefahr für seinen Hormonhaushalt dar. Sicherheitshalber schob er die Hände in die Hosentaschen. „Nur die Ruhe. Wir haben noch jede Menge Zeit."

„Du sagtest allerspätestens vier Uhr", beschwerte sie sich ganz außer Atem und schloss die Tür auf.

„Weil ich dich kenne. Was war es diesmal? Nein, lass mich raten. Du warst in der Stiftung. Irgendein Kind brauchte deine Hilfe."

„Okay. Gewonnen. Du kennst mich."

„Vergiss das nicht." Mit Bestürzung entdeckte Nick einen abgenutzten Matchbeutel auf der Couch. „Das dachte ich mir. Her mit dem verdammten Ding. Das geht nicht mit nach Kentucky." Tess reichte ihm die Tasche, was seinen missbilligenden Blick auf ihre Jacke lenkte. Ihr heiß geliebtes, zum Schreien hässliches marineblaues Jackett. Ihr modischer Geschmack war einfach unmöglich! „Könnten wir dieses grässliche Ding auch für das Wochenende loswerden?"

„Sei nicht so verdammt hochnäsig." Liebevoll strich Tess über den ausgeblichenen Ärmel. „Dieser Blazer ist fantastisch, ungemein bequem und zeitlos schick. Außerdem haften ihm zahllose Erinnerungen an."

„Von Methusalem persönlich."

Tess schenkte ihm ein zuckersüßes Lächeln. „Schön brav, dann zwänge ich mich nachher auch in dieses piekfeine Nancy-Reagan-Outfit, das gestern rein zufällig bei mir abgeliefert wurde." Dass sie den Schlitz verlängert und den Saum verkürzt hatte, verschwieg sie lieber. „Übrigens wäre der Match-Beutel wesentlich praktischer."

„Nicht in meinen Augen." In Windeseile landeten ihre Sachen in seinem Koffer. „Ganz zu schweigen von meiner Selbstachtung."

„Du besitzt keinerlei Selbstachtung."

„Nicht in deiner Nähe." Sie war so lebendig, so lebenssprühend. Plötzlich war er verdammt froh über Welchs Einladung. „Deshalb gehören wir auch zusammen. Du rettest mich davor, ein furchtbarer Spießer zu werden."

„Schön für dich." Tess verschränkte die Arme vor der Brust und sah ihn mit gespielter Skepsis an. „Und wer rettet mich?"

„Ich." In seinen Augen blitzte etwas Teuflisches auf. „Zur Hölle, Frau, erkennst du keinen Helden, wenn einer mitten in deinem Wohnzimmer steht?"

„Du?" Spöttisch hob sie eine Braue.

„Ja, ich. Stell dir mich in schimmernder Rüstung vor. Noch besser, stell dir mich ohne Rüstung vor."

„Träum weiter, Jamieson!"

„Gut für dich, dass ich ein geduldiger Mann bin."

„Das ist nicht unbedingt gut für mich."

„Warten wir's ab. Können wir endlich gehen? Chrysler liefert Radkappen nur auf Vorbestellung." Die Kriminalitätsrate in der Gegend musste Besorgnis erregend hoch sein.

„Würdest du keinen so hoffnungslos überteuerten Luxusschlitten in diesem unterprivilegierten Stadtteil parken, müsstest du dir auch nicht über deine kostbaren Radkappen den Kopf zerbrechen, die die Jungs dir sowieso nur klauen, um die soziale Ungerechtigkeit auszugleichen."

Die nur zu vertraute Verärgerung über Tess stieg in ihm hoch. „Deiner Meinung nach ist jedes Verbrechen gerechtfertigt, solange es nur ökonomisch motiviert ist?" Nick nahm den Koffer in die rechte Hand, weil er Tess sonst stranguliert hätte. „Eine feine Moral."

„Ich sage nur ..."

Ob er die kommenden achtundvierzig Stunden durchhielt, erschien äußerst fraglich. „Hör zu." Nick atmete tief durch. „Wir müssen zwei gemeinsame Tage überstehen. Du siehst absolut umwerfend aus, ich sehe absolut umwerfend aus. Wenn wir gerade mal nicht streiten, mögen wir uns sehr. Ganz zu schweigen von dieser starken sexuellen Anziehungskraft, der wir meiner Ansicht nach endlich nachgeben sollten. Warum einigen wir uns nicht auf einen Waffenstillstand bis ... sagen wir, Sonntag um Mitternacht?"

„Was für eine sexuelle Anziehung? Und überhaupt – wer behauptet, du sähest umwerfend aus?"

„Willst du es abstreiten?"

Wenn sie ihn jetzt ansah, war sie verloren. Der herbe Duft seines Aftershaves stieg ihr in die Nase. Trotz seiner lässigen Eleganz strahlte er unglaublichen Sex-Appeal aus. Eine freche Strähne seines gekonnt zerzausten schwarzen Haars fiel ihm in die Stirn. Der dunkle Maßanzug spannte sich über den breiten Schultern und betonte seine schmalen Hüften und die langen sehnigen Beine.

Jetzt grinste dieser Ausbund an Männlichkeit auch noch frech! Dieses unwiderstehliche Lächeln entwaffnete sie jedes Mal. Der Anzug und die Frisur gehörten zu Nick, dem Yuppie-Materialisten. Dem konnte sie widerstehen. Kein Problem. Das Lächeln dagegen gehörte zu dem Mann, der mit ihr alte Filme ansah und ihre sentimentalen Tränen trocknete. Dem schlimmsten Bogart-Imitator der westlichen Hemisphäre. Dem Mann, der einem ihrer künstlerisch veranlagteren Schüler eine Strafe wegen Vandalismus erspart und ihm im Gegenzug eine solche Gottesfurcht eingebläut hatte, dass der Junge nie wieder eine Spraydose in die Hand nahm.

Das freche Grinsen verriet ihr, dass der wahre Nick gefangen war in diesem optisch perfekten, erfolgsorientierten, Ich-werde-Partner-noch-ehe-ich-vierzig-bin-Dressman. Vielleicht fantasierte sie deshalb ständig davon, ihm diesen Designeranzug auszuziehen.

Tess gab auf und ging zur Tür. „Okay, du Adonis. Du siehst atemberaubend aus. Tut mir Leid, dass ich so zickig bin. Das bevorstehende Wochenende macht mich nervös. Unterwürfigkeit liegt mir nicht. Und ehrlich gesagt halte ich Norbert Welch für einen selbstgefälligen, widerlichen Zyniker, der seine innere Unsicherheit durch die vorsätzliche Provokation seiner kritikunfähigen Leserschaft kompensiert. Obwohl ich das besser dieses Wochenende nicht erwähne."

„Dein Wort in Gottes Ohr." Lässig lehnte er sich an die Wand. „Weißt du, Tess Newheart, deine Impulsivität hat mir gefehlt. Du hast mir gefehlt. Sag nichts. Du bist wunderbar ohne mich zurechtgekommen." Verschwörerisch zwinkerte er ihr zu. „Oder?"

„War es eigentlich dein Selbstvertrauen oder deine politische Einstellung, die mich am meisten genervt hat?"

„Konzentrier dich lieber auf das, was dich zu mir hinzog."

„Deine Muskelkraft." Gelassen nahm Tess ihr funkelnagelneues Abendkleid von der Garderobe. „Jede Frau in dieser Gegend wünscht sich einen privaten Bodyguard bei ihren allwöchentlichen Waschorgien."

„Widerstand ist zwecklos, Baby." Schmunzelnd folgte Nick ihr nach draußen. „Du bist mit dem Besten zusammen!"

Welcher Optimismus ...

Die Fahrt nach Kentucky am späten Septembernachmittag durch die grüne Hügellandschaft war wunderschön. Woran Nicks Wagen, ein schwarzer Cobra, nicht ganz unschuldig war. Natürlich war er viel zu teuer und viel zu auffällig. Dafür fuhr er traumhaft. Tess kuschelte sich tiefer in den Ledersitz und genoss den ungewohnten Luxus. „Ich liebe dieses Auto."

„Dieses protzige Symbol prestigeträchtiger Konsumsucht?"

„Hm. Von mir aus können wir ewig weiterfahren."

„Ich ahnte, dass du Wachs in meinen Händen sein würdest", spottete Nick. „Spiel deine Karten richtig aus, Sweetheart, dann nehme ich dich auch auf der Rückfahrt mit."

„Bogart würde sich im Grabe umdrehen."

„Stimmt, aber ich werde immer besser."

„Stimmt, zweihundert Jahre gebe ich dir noch."

„Bei deiner Spitzfindigkeit polst du diese nichts ahnenden Decker-Kids in null Komma nichts zu Rebellen um. Auch wenn der Job ein toller Karrieresprung ist."

„Wer redet denn von Karriere?" Wie ein kleines Kind reckte Tess den Kopf, als sie die Brücke über den Ohio River passierten. „Die Stelle soll mich nur finanziell über Wasser halten."

„Ist doch egal, wo du unterrichtest. Der einzige Unterschied zwischen der Stiftung und Decker besteht darin, dass du bei Decker ein anständiges Gehalt beziehst und – als zusätzlicher Bonus – nicht regelmäßig überfallen wirst."

„Nein. Der Unterschied besteht darin, dass die Kids in der Stiftung mich brauchen. Aber es sind alles Kinder, also ist es im Prinzip egal. Ich mag Kinder." Stirnrunzelnd betrachtete sie das Spiel des Sonnenlichts auf dem Wasser. „Ich glaube, ich würde gerne auf einem Hausboot leben."

„Der Decker-Job ist ein fantastisches Sprungbrett. Wenn Sigler dich wirklich mag, könntest du leicht in die Verwaltung aufsteigen."

„Lieber sterbe ich. Sag mal, wie funktionieren Hausboote eigentlich? Installationsmäßig, meine ich."

„... mit deiner Intelligenz leitest du diesen Nobelschuppen in einem Jahr."

„Was? Wen soll ich leiten?"

„Du, die Verwaltung bei Decker. Tolle Idee."

Entgeistert schüttelte sie den Kopf. „Lass mich sofort raus!"

„Was ist denn jetzt schon wieder?"

„Hör gut zu." Ihre Geduld hing am seidenen Faden. „Ich bin keine windschnittige Manager-Type. Ich möchte in der Stiftung unterrichten, wo ich etwas bewirke. Dafür würde ich so gut wie alles tun, aber ich werde nicht, unter gar keinen Umständen, als tranige Verwaltungsangestellte in einem steifen Kostüm herumrennen. Kostüme kneifen. Ist das klar?"

„Sicher. Es war nur so ein Gedanke."

„Du hast schreckliche Gedanken! Behalt sie künftig für dich. Und jetzt zu meinem Hausboot ..."

„Du besitzt ein Hausboot? Seit wann denn das?"

„Da heißt es immer, Kommunikation sei die Basis einer guten

Ehe. Wir sind verloren", meinte Tess traurig. „Wen wundert's. Die Schürze war schließlich ein deutliches Indiz."

Visionen von Tess in Schürze und Spitzenhäubchen tanzten Nick durch den Kopf. „Entdeckst du neuerdings dein Faible für die Hausfrauenrolle?"

„Eher für heiße Verführungsszenen auf dem Küchentisch im Anschluss an schweißtreibende Backorgien."

„Du kannst backen?"

„Tagträume unterliegen der dichterischen Freiheit, Jamieson. Das sollte auch ein Yuppie wie du wissen."

„Schade. Wie steht's mit Sex auf dem Küchentisch? Darüber sollten wir uns bei Gelegenheit mal eingehender unterhalten. Beispielsweise in meiner Küche."

„Bestens. Fast so gut wie auf dem Vordersitz eines Autos", gab Tess schnippisch zurück. „Nicht dass du das jemals erleben wirst, Mr. Stockkonservativ."

„Apropos ‚konservativ' ..." Bloß nicht wieder diese leidige Parkplatzgeschichte! „Danke, dass du Park ein Rendezvous besorgt hast."

„Oh." Tess war die Unschuld in Person. „Hast du mit ihm gesprochen? Was sagt er über sie?"

„Nichts." Sein Misstrauen war geweckt. „Wer ist diese Frau?"

„Nur keine Panik. Sie spielt jede Rolle perfekt. Sie tut alles, was Park von ihr erwartet." Eine entsetzliche Vorstellung! „Innerhalb gewisser Grenzen, versteht sich. Park würde ihr doch nicht gleich am ersten Abend an die Wäsche gehen, oder?"

Sicher würde er das, dachte Nick, behielt das jedoch lieber für sich.

Auch Tess kam ein Themenwechsel sehr gelegen. „Erzähl mir von eurem Partnerschaftsabkommen." Wie erwartet lächelte Nick und berichtete bereitwillig und ausführlich von seinen Schwierigkeiten, den Namen Jamieson in Goldlettern auf die Kanzleitür zu bekommen.

Zwei Stunden später legte sich die Dämmerung über Kentucky. Welchs Landsitz, ein weißes Herrenhaus umringt von sanften Hügeln, weißen Zäunen und so vielen wunderschönen Pferden, dass Tess fast erwartete, jeden Moment die junge Liz Taylor in eine Mähne schluchzen zu sehen, lag vor ihnen. „Sieht aus wie ein Drehort."

Nick bog in die kiesbestreute Auffahrt. „‚Der lange, heiße Sommer'. Ein toller Film."

„Mit Welch als Will Varner?" Tess dachte darüber nach. „Passt."

„Ich übernehme den Paul-Newman-Part, und du kannst Joanne Woodwards Rolle spielen."

Die Realität hatte sie wieder. „Wenn ich mich recht erinnere, blieb die Beziehung zwischen Clara und Ben Quick rein platonisch. Nur eine Menge erotisches Knistern."

„Und was haben sie am Ende im Schlafzimmer getrieben? ‚Monopoly' gespielt?"

„Sie wollten heiraten", erinnerte ihn Tess.

Nick hielt neben Parks Wagen am Ende der Zufahrt und stieg aus. „Könnte klappen."

„Was?"

„Ich sagte ‚könnte klappen'."

„Heiraten?" Völlig perplex stolperte sie aus dem Wagen. „Wir beide? Wie, um Gottes Willen, kommst du denn auf diese Idee? Bist du wahnsinnig geworden?"

Geschickt fing er sie auf. „Möglich. Vermutlich zeitweilige geistige Umnachtung. Rein situationsbedingt. Keine Sorge. Das Bedürfnis verschwindet, sobald wir wieder in der Stadt sind."

„Bitte behalte bis dahin alle weiteren schwachsinnigen Auswüchse für dich." Hoheitsvoll zupfte sie ihr Jackett zurecht und tänzelte hüftschwingend die Stufen der imposanten Freitreppe hoch. „Zumindest in aller Öffentlichkeit."

Die Tür öffnete sich. Ein distinguierter grauhaariger Gentleman im schwarzen Frack stand im Licht der feudalen Eingangshalle. Er erinnerte an eine Kreuzung zwischen Abraham Lincoln und Lurch aus der Addams Family.

„Hi." Grüßend streckte sie die Hand aus. „Ich bin Tess Newheart."

„Erfreut, Sie kennen zu lernen, Miss Newheart." Ein dezentes Nicken. „Ich bin Henderson, Mr. Welchs Butler." Er trat einen Schritt zurück. Tess ließ die Hand fallen. Da Nick sie von hinten mit dem Koffer anschubste, war das Plauderstündchen notgedrungen beendet.

„Wenn Sie mir bitte folgen würden." Henderson ging voran. „Ihre Zimmer befinden sich oben. Ich wünsche Ihnen einen angenehmen Aufenthalt."

„Oh, den werden wir haben." Unsanft landete Nicks Ellbogen in ihren Rippen. „Ich wusste gar nicht, dass sich Leute heute noch Butler halten", wisperte Tess, während sie Henderson eine Treppe hinauffolgten, die selbst Tara aus „Vom Winde verweht" alle Ehre gemacht hätte. „Wo, glaubst du, hat Welch ihn her? Von Harrods?"

Beim Anblick ihres Schlafzimmers legte sich ihr Groll über die Ausbeuter-Attitüden ihres Gastgebers allerdings schnell wieder. Blassblaues Dekor zu massiven handgeschnitzten Walnussmöbeln im Pionierstil. Über dicken, damastbezogenen Daunenkissen hing ein Spruchband mit den salbungsvollen Worten „Müßiggang ist aller Laster Anfang".

„Eines muss man dem Mann lassen. Wenigstens besitzt er Sinn

für Humor.“ Schwungvoll platzierte Tess den Koffer auf dem Federbett.

„Weißt du ...“ Ihr eng anliegender Mini bot einen großzügigen Blick auf lange, wohlgeformte Beine, die sicher schon ganz andere Männer auf dumme Gedanken gebracht hatten. Fasziniert betrachtete Nick ihre schlanken Fesseln, goldgetönte Haut, sanft geschwungene Hüften und einen überaus verführerischen Po. Ein genießerisches Lächeln stahl sich auf seine Lippen. „So auf Anhieb fiel mir da die ein oder andere lasterhafte Beschäftigung ein.“

„Du besitzt einen lasterhaften Verstand, mein Lieber. Das ist nicht dasselbe.“

Mit zwei Schritten war er bei ihr. Das mutwillige Glitzern in seinen Augen versetzte Tess in allerhöchste Alarmbereitschaft. Eine verräterische Röte stieg ihr in die Wangen. Zum Teufel mit ihren guten Vorsätzen! Plötzlich konnte sie nur noch an Sex, Lust und Sinnlichkeit denken. „Ich kann nicht glauben, dass du tatsächlich versuchst, mich mit einer Stickerei zu verführen.“ Vorsichtig wich sie zurück, bis sie gegen die Wand stieß. Weit und breit kein Fluchtweg in Sicht.

Sofort stemmte er die Hände neben ihren Kopf. „Gelegenheit macht Diebe. Denk darüber nach. Du und ich, zwischen zerwühlten Laken ...“

Eine überaus reizvolle Vorstellung. Oh verdammt! Jede Sekunde in der Nähe dieses Mannes war Gift für ihr seelisches Gleichgewicht!

Wie gebannt schaute sie auf seine sinnlichen Lippen. Lippen, die sich ihren unerbittlich näherten. Nah. Viel zu nah. Bis seine nächsten Worte sie abrupt aus ihrer sinnlichen Verzückung rissen.

„Diese Idee verdient es, dass man ernsthaft darüber nachdenkt.“

„Dazu hast du heute Nacht jede Menge Zeit.“ Blitzschnell

tauchte sie unter seinem Ellbogen weg. „In deinem Schlafzimmer!“

Die Cocktailparty war in vollem, wenn auch würdevollem Gang, als Nick eine Stunde später eine in edlem schwarzen Crêpe de Chine gekleidete Tess in Welchs geschmackvoll eingerichteten Salon führte. Auch dieser Raum quoll über vor massiven Walnussmöbeln, kaffeebraunem Leder, genug Messing, um ein ganzes Orchester auszustatten, und einer Unmenge steifer Gäste, deren maßgeschneiderte Kleidung dermaßen gestärkt war, dass sie vermutlich auch von allein stehen konnte.

Der einzige Lichtblick war Henderson. Unauffällig stellte er sicher, dass jeder die Bar fand, ein volles Glas in der Hand hielt und sich nicht am Silber vergriff. Tess war begeistert. Wie oft begegnete man schon einem Mann, der sich perfekt um alles kümmert und dann in den Hintergrund verblasst? Wahrscheinlich war das auch der Grund, weshalb Männer heirateten. Da für sie eine Ehefrau aus verständlichen Gründen nicht in Frage kam, könnte sie sich ja eines Tages einen Henderson anschaffen. Vielleicht schenkte Nick ihr einen zu Weihnachten. Ziemlich ausbeuterisch zwar, aber immerhin wäre sie durchaus bereit, ihn mit Gina zu teilen.

Dann entdeckte sie Gina an der Bar. Mit glühenden Wangen schmachtete sie Park Patterson an.

Ein sehr schlechtes Zeichen.

Dieser notorische Herzensbrecher musste auf der Fahrt ihrer unbedarften Freundin mit einem erotischen Frontalangriff vollkommen den Verstand vernebelt haben. Kein Wunder, dass sie glühte. Nicht eine Sekunde hatte Tess diese Möglichkeit in Betracht gezogen. Sträflicher als Ginas Leichtsinn war nur noch ihre eigene grenzenlose Naivität. Ausgerechnet Park! Verglichen mit diesem charakterschwachen Ladykiller sahen selbst Filmstars bieder aus.

„Das ist Gina“, stellte Nick verblüfft fest.

„Sicher ist das Gina. Ich sollte deinem nichtsnutzigen Freund doch eine Begleiterin beschaffen.“

„Akzeptabel war das Zauberwort.“

„Hey.“ Sofort übertrug Tess ihre Verärgerung auf Nick, den Anwalt. „Wir reden hier über meine beste Freundin. Also halt dich geschlossen.“

„Offen gestanden fürchte ich, ihre Grammatik und ihr Kaugummi passen nicht ganz in diesen Rahmen.“

„Sie blufft sich schon durch.“ Gleichermaßen wütend auf Nick, Park und sich selbst stürmte sie zu dem Paar.

„Oh, großartig. Tess Trueheart, die Rächerin der Enterbten.“

Nichts brachte Tess mehr in Fahrt als eine ordentliche Herausforderung. „Schön, dich zu sehen, Park.“ Ihr Blick traf ihn wie ein giftiger Pfeil. Dies war der Schuft, der Nick ins Yuppietum gelockt hatte, Gina in einen liebeskranken Teenager verwandelte und sie selbst für das Objekt seiner persönlichen Belustigung hielt. Die geballte Feindseligkeit, die sie für ihren Vermieter, das Kuratorium der Stiftung und für Nick empfand, fand endlich ein Ventil. „Habe ich dir je gesagt, dass dein Name an ein Sanatorium für ganz Debile erinnert?“

„Immer noch derselbe Takt, wie ich sehe.“ Ebenso feindselig starrte Park zurück.

„Immer noch derselbe Teint.“ Tess knirschte hörbar mit den Zähnen. „Wie du vielleicht weißt, zeigen Studien, dass exzessives Sonnenbaden ...“

„Gina, du siehst hinreißend aus.“ Nachdrücklich trat Nick seiner geschwätzigen „Verlobten“ gegen den Knöchel.

„... zu Hautkrebs und vorzeitigen Alterungserscheinungen führt." Geschickt floh Tess aus seiner Reichweite.

„Deine Besorgnis rührt mich zu Tränen."

Tess setzte schon zu einem weiteren verbalen Tiefschlag an, da raunte Nick leise: „Komm schon, Tess. Spiel fair."

„Er hat angefangen!"

„Könntest du dich zur Abwechslung bitte wie eine Erwachsene aufführen?"

Ginas flehender Blick gab den Ausschlag. „Okay, okay. Es tut mir Leid. Versuchen wir's noch mal." Sie atmete tief durch und schenkte Park ihr zauberhaftestes Lächeln. „Hallo, Park, schön dich zu sehen."

Gezwungen lächelte er zurück. „Es ist mir immer ein Vergnügen, Tess."

„Na siehst du. War doch gar nicht so schwer, oder?"

Wenn Blicke töten könnten, hätte Nick auf der Stelle das Zeitliche gesegnet. „Ich muss dich sprechen", flüsterte Tess und ergriff Ginas Arm. „Gina und ich besuchen kurz die Damentoilette, um unseren Lippenstift aufzufrischen."

Alle drei reagierten ähnlich überrascht.

„Na schön. Gina frischt ihren auf, und ich lege welchen auf."

Auf der Suche nach Privatsphäre landeten die beiden im feudalen Bad des Hausherrn. „Schau dir nur diese Wände an!" Hingerissen betrachtete Gina das blassgrüne Dekor. „Handbemalt! Ich habe noch nie Kacheln ohne Kalkflecken gesehen. Einfach wundervoll!"

Verärgert duckte sich Tess unter einem der vielen Farne hinweg, die von der Decke hingen. „Henderson sollte an der Tür Macheten ausgeben. Wenn so der Regenwald aussieht, stelle ich meine Rettungsbemühungen ein."

„Oh, Tess.“ Gina sank in einen Rattansessel. „Gib’s schon zu. Das ist paradiesisch.“

„Irrtum. Trotz der üppigen Vegetation ist das bloß ein äußerst protziges Bad. Jede Wette, dass Welch hier drinnen einen Sarong trägt. Nein, warte. Männer tragen keine Sarongs. Eine Toga? Nein, einen Lendenschurz!“ Welchs Foto auf dem Einband seines letzten Buches fiel ihr ein: klein, korpulent und cholerisch. Nur diesmal im Lendenschurz. „Nein, besser doch nicht.“

„Ich meine diesen ganzen Lebensstil. Ehe wir losfuhren, hat Park mich zu einem Drink eingeladen. Im ‚Levee‘.“ Ihre Stimme sank zu einem ehrfürchtigen Flüstern herab.

„Da war ich auch schon. Überteuerte Speisen, unterwürfige Kellner, aber ausgezeichneter Wein. Vielleicht sollten sie einen Drive-in einrichten.“

„Alle waren so nett. Die Speisekarte enthielt überhaupt keine Preise.“

„Taktik. Wenn du danach fragen musst, kannst du es dir nicht leisten. Und sie waren nicht nett. Sie sind dir in den Hintern gekrochen. Wärst du ein Niemand, hätten sie dich bespuckt.“

„Genau das ist der Punkt. Ich bin ein Niemand. Trotzdem behandelt mich Park wie eine Königin.“ Gedankenverloren zeichnete sie unsichtbare Muster auf das makellose Porzellan der Wanne. „Keine plötzlichen Wagenpannen, keine anzüglichen Bemerkungen, keine Ringkämpfe auf dem Vordersitz.“

Tess brach der kalte Schweiß aus. „Bitte sag, dass du Park nicht als potenziellen Heiratskandidaten in Betracht ziehst.“

„Keine Bange. Park Patterson läuft außer Konkurrenz. Lass mich nur den Augenblick genießen. Ich bin noch nie mit jemandem wie ihm ausgegangen.“

„Das glaub ich dir gerne. Park ist einmalig. Ein Einfaltspinsel par excellence. Okay, okay.“ Resigniert hob sie die Hände.

„Mach, was du willst. Nur verrenn dich nicht in irgendwelche Ideen. Verlass dich bloß nicht auf ihn."

Gina lachte freudlos. „Noch besitze ich immerhin einen winzigen Funken Intelligenz. Meine Zukunft liegt woanders. Das ‚Charles Theater' sucht eine Sekretärin. Montagnachmittag habe ich einen Vorstellungstermin."

„Sekretärin?" Tess überkam die sehr lebendige, Schrecken erregende Vision eines an eine Schreibmaschine geketteten Revuegirls, das langsam, aber sicher im Chaos versank. „Du kannst nicht tippen. Lass dir was anderes einfallen."

„Musst du immer so negativ sein?"

„Sorry." Zu ihrer Bestürzung entdeckte sie Tränen in den Augen der Freundin. „Wirklich. Du wärst eine fantastische Ergänzung für jedes Theater. Was Besseres als du ist Park nie widerfahren. Und du bist die beste Freundin, die ich je hatte. Tut mir Leid, dass ich so ein Trauerkloß bin. Gib mir eine Minute, und du bekommst deine Seelenmassage."

„Dazu brauchst du keine Minute. Park hält vermutlich schon nach einer aufgetakelten Amazone Ausschau, und du hast Recht, ich kann nicht tippen."

„Unwichtig." Verzweifelt zermarterte sie sich den Kopf nach einem positiven Aspekt. „Dafür kennst du das Theater besser als jede Sekretärin. Du kennst Theaterleute. Du könntest deine Verbindungen spielen lassen", erwärmte sich Tess für ihre Argumentation. „Fürs Tippen und die Aktenablage wärst du die reinste Verschwendung. Sie müssten verrückt sein, wenn sie keine Verwaltungsassistentin aus dir machten. Sag ihnen das! Und Park kannst du ausrichten, wenn er sich nicht anständig benimmt, zerreiße ich ihn in der Luft!"

4. KAPITEL

Bei ihrer Rückkehr aus Welchs Farn-Dschungel kündigte Henderson das Dinner an. Für Nick und Tess waren Plätze direkt neben dem Hausherrn am Kopfende des Tisches reserviert.

„Zwei Vorstandsmitglieder der Decker-Academy sind hier. Immer schön lächeln, und sag auf gar keinen Fall etwas Kontroverses“, flüsterte Nick Tess ins Ohr und deutete verstohlen auf die andere Tischseite.

„Annalise Donaldson und Robert Tyler.“ Tess überlegte. „Sie sammelt Terracotta, er ist ein großer Fan der Bengals.“ Auf seinen fragenden Blick hin erwiderte sie süffisant: „Intensive Nachforschungen.“

Zu einer Vorstellung kam es nicht mehr, denn ihr Gastgeber erschien auf der Bildfläche.

„Das ist also die kleine Lady.“

Tess erstarrte. Überheblichen Chauvis hatte sie schon für ganz andere Bemerkungen den Kopf abgerissen. Besonders solchen Paradebeispielen männlicher Intoleranz, die ihr kaum bis zum Kinn reichten. Nur sein Gesicht wurde der Legende vom großen Literaturlöwen gerecht: eine dichte Mähne schlohweißen Haars über einem kantigen, verwitterten Preisboxergesicht.

Welch war die einzige Person im Raum, die aussah, als wäre sie nicht passend zum Dekor entworfen worden.

Plötzlich bemerkte Tess, dass sie ebenso eindringlich gemustert wurde. „Sie sind also die zukünftige Mrs. Jamieson.“

Mrs. Jamieson? Selbstverständlich würde sie nach der Hochzeit ihren Mädchennamen weiterführen! Das wollte sie diesem aufgeblasenen Wichtigtuer auch gerade erklären, da rief sie sich energisch zur Ordnung. Eine Heirat mit Nick? Eher fror die Hölle zu!

Tess entschied sich für die Überrumpelungstaktik und mobilisierte ihre Vorzeigemanieren. „Richtig. Bei der Gelegenheit möchte ich mich gerne für die Einladung bedanken. Ein wundervolles Haus." Neben ihr stieß Nick einen Seufzer der Erleichterung aus. „Henderson erzählte uns vorhin, Sie hätten für morgen eine Lesung geplant?" Sie wollte ihn schon fragen, wo genau er Henderson erstanden hatte und ob sie dort auch MasterCard akzeptierten.

„Ziemlich praktisch, was?" fuhr Welch ihr über den Mund. „Wer liest heute noch selbst? Jede Wette, dass Sie lieber auf die Verfilmungen warten."

„Oh, ich kenne all Ihre Bücher." Einen winzigen Seitenhieb konnte sie sich allerdings nicht verkneifen. „‚Das letzte Versprechen' wurde mir als Collegearbeit aufgebrummt, die anderen beiden habe ich aus eigenem Antrieb gelesen. Natürlich ist das schon ewig her. Wie lange liegt ‚Entzauberte Abende' zurück? Fünfzehn Jahre?"

„Warum setzt du dich nicht erst mal, Tess?" schlug Nick vor und rückte ihr den Stuhl zurecht. „Und erinnere dich daran, wo du bist."

„Wenn ich Ihren Beistand brauche, lasse ich es Sie schon wissen, Jamieson!" wetterte Welch und konzentrierte sich wieder auf Tess. „Sie freuen sich also auf meine Lesung? Weil Sie so angetan sind von meiner Philosophie?"

„Das weniger. Ich mag Ihren Stil." Ihr unschuldiger Augenaufschlag wog ihn in trügerischer Sicherheit. „Sicher haben Sie auch die Stickerei in meinem Schlafzimmer ausgesucht, stimmt's?"

Welch lachte dröhnend. „Die hat Ihnen gefallen, was?" Beifall heischend wandte er sich an die Frau zu seiner Linken. „Ein echter Geniestreich, Tricia."

Tricia, die anscheinend unter einem akuten Anfall von Heldenverehrung litt, verschlang ihn praktisch mit ihren Blicken.

„Wer ist denn dieses Groupie?" raunte Tess Nick zu.

Der überschaute inzwischen die Sitzordnung. „Ein gutes Zeichen. Welch hat uns direkt neben sich platziert. Wenn du jetzt noch deine Zunge im Zaum hältst, kann gar nichts mehr schief gehen."

Daran hegte Tess berechtigte Zweifel. Dafür gab es wenigstens den distinguierten Henderson. „Ich will auch so einen."

„Wofür? Als Schilderträger für deine Demo-Vorbereitungen?"

„Mir gefällt einfach die Art, wie er das Universum kontrolliert. Angeblich achtet er sogar auf Welchs Cholesterinspiegel. Obwohl bei dieser chronischen Streitlust jeder Herzprobleme bekäme."

Unauffällig begann das Objekt ihrer Wünsche zu servieren. „Ein Mann, dessen ganze Existenz sich allein um mich dreht. Ein Traum."

„Hey." Nick klopfte sich auf die Brust und bedachte sie mit einem fast perfekten Ausdruck verletzter Unschuld. „Vergisst du nicht das Offensichtliche?"

Jederzeit, dachte Tess. „Du bist süß, aber du bist nicht Henderson!"

Zur grenzenlosen Erleichterung ihres Frischverlobten behielt Tess bis zum Ende des Hauptgerichts ihre guten Manieren bei.

Dann schob Welch seinen Teller zurück. „So, Miss Newheart. Sie bemängeln also meine Weltanschauung. Hätten Sie eine bessere anzubieten?"

Herausfordernd fixierte er sie unter seinen dichten Brauen hinweg.

Sei brav und halt dich zurück! ermahnte sie sich. Dieser Abend ist enorm wichtig für Nick! Eine Grundsatzdebatte zum Thema Moral wäre so ziemlich das Letzte, was ihr harmoniesüchtiger Begleiter von ihr erwartete. Obwohl Welchs Bulldozer-Charme ihre ganze Selbstbeherrschung forderte. Da Lächeln immer noch die beste Art war, seinem Gegner die Zähne zu zeigen, erklärte sie honigsüß: „Momentan lautet meine Devise: Benimm dich anständig, sonst wirst du nie wieder zum Dinner eingeladen. Dieses Fleisch schmeckt köstlich. Kocht Henderson auch für Sie?"

So leicht ließ ein streitsüchtiger Chauvi sich nicht aus dem Konzept bringen. „Sie weichen der Frage aus."

„Nur aus Höflichkeit. Gutes Benehmen ist für mich ein ständiger Kampf. Aber wir schweifen ab. Wo genau haben Sie Henderson denn nun ..."

„Zur Hölle mit der Etikette! Auch wenn Sie hier unter Jamiesons Fuchtel stehen, müssen Sie doch einen Funken eigenen Grips besitzen."

Ein Dutzend beißender Erwiderungen lag Tess auf der Zunge. „Sie kennen doch uns Frauen: kleines Köpfchen, groß im Shopping."

„Wegen ihrer Intelligenz haben Sie die bestimmt nicht ausgesucht, was, Jamieson?" spottete Welch, doch sein Blick ruhte weiterhin auf Tess.

„Tess ist überaus brillant ..."

Tess winkte ab. „Was haben Sie vor?" Ihr Gastgeber schmunzelte. „Dachte ich mir's doch. Sie wollen mich in ernste Schwierigkeiten bringen. Vergessen Sie's. Reichen Sie mir lieber die Butter. Hat Henderson auch die Brötchen gebacken?"

„Eine Frau ohne jegliche Lebensphilosophie." Kopfschüttelnd gab Welch ihr die Schale. „Wieso überrascht mich das nicht?"

„Okay, okay, ich habe eine Maxime." Nur um Nicks willen spielte sie mit. „Eigentlich ist es mehr eine Leihgabe. Vor langer Zeit pflegte einer meiner Freunde zu sagen: ‚Willst du ein erfülltes Leben, dann halte nach dem Besten in jedem Tag Ausschau und stelle sicher, dass du daran wenigstens ein kleines bisschen Anteil hattest.' Danach richte ich mich."

„Oh Gott!" stöhnte Park.

„Wie charmant." Die hochnäsige Blondine neben ihm rümpfte die Nase.

„Ich finde das richtig." Diese Bemerkung war für Gina, die bisher nur verschüchtert auf ihren Teller gestarrt hatte, ein wahrhaft mutiger Akt.

„Abgenutzte Hippie-Polemik!"

Kampflustig funkelte Tess ihren Gastgeber an. Sofort legte sich Nicks Hand warnend auf ihren Oberschenkel. Tess schluckte, was Welch nur zu ermutigen schien, denn gleich startete er eine neue Attacke.

„Der sprichwörtliche Schatz am Ende des Regenbogens. Sie gehören vermutlich zu diesen Narren, die glauben, Literatur solle lebensbejahend sein."

„Tess ist Englischlehrerin. Sicher besitzt sie jede Menge interessanter Theorien zu diesem Thema, doch im Augenblick ..."

„Wer hat Sie denn zu ihrem offiziellen Sprecher auserkoren, Jamieson? Was ist mit ihrem Mund passiert?"

„Der tritt jeden Moment in Aktion", murmelte Tess und formulierte schon den vernichtenden Gegenschlag. „Sprachrohr", verbesserte sie dann laut.

„Sprachrohr?" mischte sich Park verwirrt ein.

„Ein geschlechtsneutraler Terminus." Mit Befriedigung bemerkte Tess, dass Welch vor Verärgerung rot anlief. Auf ihr triumphierendes Lächeln hin nickte er ihr kaum merklich zu.

Eins zu null für sie.

„Politisch korrekter Schwachsinn!“ brummte er.

„Genau.“ Welchs dekorativem Groupie entging das unterschwellige Kräftemessen völlig.

„Das Patriarchat ist tot, Freunde. Gewöhnt euch daran.“

„Zur Hölle ist es das! Nicht in meinem Haus!“

Was für ein mieser, aufdringlicher Besserwisser! „Was haben Sie vor?“ Geschickt manövrierte sie ihr Bein aus Nicks Reichweite. „Wollen Sie die Fünfziger wiederaufleben lassen?“

„Klingt vernünftiger als ein Revival der Sechziger! All diese nostalgische Flower-Power-Verklärtheit! Als echte Radikale sind Sie vermutlich ständig wahllos in irgendwelche sinnlosen Proteste verwickelt.“ Seine dichten Brauen zogen sich zusammen, und er senkte den Kopf wie ein angriffslustiger Bulle. „Glauben Sie allen Ernstes an diesen Humbug?“

In Tess brodelte es sichtlich. Wenn Welch sie zur Weißglut treiben wollte, machte er bemerkenswerte Fortschritte. Sollte sie sich wirklich weiterhin mit diesem unerträglich arroganten Mega-Macho herumstreiten? Wenn sie Nick wirklich helfen wollte, hielt sie besser den Mund.

Also hielt sie den Mund.

Nick tätschelte dankbar ihr Knie. Zu früh.

„Ihr Problem ist, dass Sie im falschen Jahrzehnt leben. Die Zeit der Hippies ist vorbei, Tess. Geben Sie es auf.“

„Aufgeben?“ gab Tess mühsam beherrscht zurück. „Und wer hält dann die Fahne hoch?“

„Genau das dachte ich mir – Sie spielen den Märtyrer. Und wofür? Protestmärsche sind der reinste Egotrip. Eure hehren Ideale sind doch längst überholt.“

Jetzt reichte es! Was zu viel war, war zu viel! „Meine Ideale sind zeitlos. Nach welchen Prinzipien leben Sie?"

„Harte Arbeit, Motivation und Erfolg. Konkurrenzdenken bringt mich wesentlich weiter als Ihre anrührig-mitfühlende Seelchen-Masche." Gespannt wartete er auf ihre Reaktion.

„Werte sind keine Busse", beschied sie ihn kühl. „Sie sollen Sie nirgendwohin bringen, sie definieren Ihre Persönlichkeit. Und wenn Sie mich fragen, dann lieber anrührend-mitfühlend als moralisch bankrott!"

„Also wirklich!" empörte sich die aufgetakelte Blondine.

Park verdrehte die Augen. „Schrecklich nette Party."

„Ich jedenfalls bin lieber moralisch bankrott als finanziell ruiniert", schoss Welch zurück. „Richtig, Jamieson?"

Alle sahen Nick an.

„Eine solide Basis in beiderlei Hinsicht ziehe ich eindeutig vor. Und ganz entschieden freue ich mich schon auf Ihre morgige Lesung, Sir."

Welch schnaubte verächtlich. „Juristen ..."

„Zumindest in diesem Punkt sind wir uns einig."

„Gut für Sie." Zur allgemeinen Erleichterung widmete er seine Aufmerksamkeit seiner anderen Tischnachbarin.

„Was war denn das?" fragte Tess verdutzt.

„Berühmte letzte Worte." Um Parks Mundwinkel lag ein grimmiger Zug. „Genauer gesagt: das war das Geräusch eines Millionen-Dollar-Deals, der uns durch die Lappen ging."

„Oh nein", stöhnte Gina und tunkte zum Entsetzen aller Umsitzenden ihr Brötchen in die Sauce.

Zwei Stunden später stand Nick nur mit seiner Pyjamahose bekleidet in der Verbindungstür zu Tess' Schlafzimmer und versuchte zu vergessen, wie oft seine „Verlobte" ihrem Gastgeber im Lauf des Abends Kontra gegeben hatte. Ganz zu schweigen von Welchs beifälligen Blicken. Eifersucht wäre lächerlich und kleinkariert. Im Gegenteil, er sollte für dieses Interesse dankbar sein. Theoretisch gesprochen. Praktisch jedoch wurde es zunehmend schwieriger, sich seine Gründe für diese Jagd nach dem verflixten Kontrakt ins Gedächtnis zurückzurufen. Besonders, wo seine kratzbürstige Traumfrau nur wenige Schritte entfernt auf dem Bett hockte.

Der Lichtstrahl der Nachttischlampe umrahmte ihre Silhouette und zauberte einen verführerischen Schimmer auf ihre roten Locken. In dem sanften Licht wirkte sie fast überirdisch schön. Verletzlich, trügerisch unschuldig, unendlich begehrenswert – und in kilometerlange Flanellschichten gehüllt.

„So hatte ich mir das Wochenende nicht vorgestellt." Mit lebhafter Deutlichkeit erinnerte er sich an ihre samtweiche Haut, die verführerisch gerundeten vollen Brüste ... Erbarmungslos gaukelte ihm seine Fantasie die erregendsten Bilder vor. Vorläufig verdrängte er die irritierenden Gedanken und konzentrierte sich auf die dringend nötige Klärung der Fronten. „Musstest du den ganzen Abend mit Welch herumstreiten?"

„Er hat angefangen. Davon abgesehen gefiel es ihm. Nur seine Gesundheit macht mir Sorgen." Tess runzelte die Stirn. „Eine Diät reicht bestimmt nicht. Vielleicht sollte ich mit Henderson über eine Einschränkung seines Alkoholgenusses sprechen."

„Das wirst du ganz schön bleiben lassen!" Innerlich stöhnte er. Diese Frau war schlimmer als ein Dutzend neugieriger Nachbarn. Mit etwas Glück unterzeichnete Welch den Kontrakt ja bei ihrer Abreise aus purer Erleichterung.

„Jetzt ist es sowieso zu spät." Ein schneller Handgriff, und schon war ein Großteil ihres verlockenden Körpers unter der Bettdecke verschwunden. „Mach die Tür zu, wenn du gehst." Theatralisch legte sie sich die Hand an die Stirn. „Vor mir liegt ein anstrengender Tag neuer Wortgefechte, ganz zu schweigen von der Lesung am Nachmittag. Ich brauche meinen Schlaf m...“ Ihre dramatische Vorstellung nahm ein abruptes Ende, da er es sich seelenruhig neben ihr gemütlich machte. Seine vor der Brust verschränkten Arme signalisierten, dass ihr eine längere Diskussion bevorstand.

„Erst werden wir einige grundlegende Missverständnisse beseitigen.“

Tess riskierte einen vorsichtigen Blick auf das Objekt ihrer Begierde. Der ausgeprägte Bizeps, die Andeutung seines Triceps, der wohlgeformte Deltoideus ...

„Tess?“

Oh verflixt! Wieso wurde sie bloß immer ausgerechnet bei Armen schwach? Und wieso musste er auch so tolle besitzen? Entnervt rollte sie sich herum und gähnte. „Geh schlafen.“

„Du schickst einen verzweifelten Mann zurück in die Wüste?“ Lässig stützte er sich auf den Ellbogen und zog die Kontur ihrer Ohrmuschel nach. „Du bist immer noch wütend wegen dieser Parkplatzgeschichte, stimmt's? Na schön, ich bin verwirrt, weil du nicht mehr mit mir ausgehen willst. Ich finde ...“

Das war wirklich der Gipfel! Wie naiv konnte ein Mann sein? Nun, sie würde seinem Erinnerungsvermögen schon auf die Sprünge helfen! Wütend bohrte sie ihm den Finger in die Rippen. „Erst reizt du mich, bis ich halb verrückt bin vor Erregung, dann entscheidet der Herr plötzlich, dass er doch nicht mit mir schlafen will, aber dir ist schleierhaft, weshalb ich unsere Beziehung abgebrochen habe? Falls es dir übrigens entgangen sein sollte, du Unschuldslamm, ich verbringe gerade das Wochenende mit dir, also komm mir bloß nicht auf die Mitleidstour!“

Sofort änderte Nick die Taktik. „Siehst du, genau darüber sollten wir uns unterhalten.“

Tess' Atem beschleunigte sich. Unter ihren Fingerspitzen spürte sie seinen gleichmäßigen Herzschlag. Unwillkürlich fuhr sie durch die weichen dunklen Locken. Eine süße Schwäche überkam sie, die leider gar nicht in ihre Pläne passte. „Zieh dir was über, und wir unterhalten uns."

Kurz darauf war er wieder da.

Das Pyjamaoberteil war an. Gut. Leider war es nicht zugeknöpft. Nick besaß wirklich einen tollen Brustkorb, doch dem konnte sie widerstehen. Arme waren ihre große Schwäche. „Okay." Widerwillig setzte sie sich auf und schob sich ein Kissen in den Rücken. „Leg los."

„Bringen wir zuerst das Schlimmste hinter uns. Der Parkplatz." Uneingeladen rutschte er zu ihr unter die Bettdecke. „Zuerst einmal war von mangelndem Interesse meinerseits nie die Rede."

„Du hast Nein gesagt!" Zum Glück fachten seine Worte ihren Zorn wieder an und löschten ihr brennendes Verlangen.

„Ich sagte ‚bitte nicht auf dem Vordersitz meines Autos mitten auf dem Opernparkplatz', weil es, unter anderem, gegen das Gesetz verstößt."

„Das soll eine Entschuldigung sein?"

Aufgebracht fuhr er sich durchs Haar. „Nein. Es ist eine Erklärung. Ich war willens, bereit – mehr als bereit! – und in der Lage, dich in meinem Apartment wenn nötig die ganze Nacht zu lieben, doch du warst ja gleich eingeschnappt ..."

„Was ist romantisch an deinem Apartment?" Mit ihren blitzenden Augen erinnerte sie ihn an eine gereizte Tigerin.

„Was ist romantisch an den Vordersitzen eines Sportwagens? Zur Hölle, Tess, ich bin nicht mal sicher, ob das überhaupt geht."

„Das hätten wir herausfinden können. Aber nein, der

Schwarm aller Schwiegermütter muss ja anständig und angepasst und pragmatisch und verantwortungsbewusst sein ..."

„Außerdem habe ich eine Karriere, die ich dabei aufs Spiel setze ..."

„... und verstockt und oberstur ..."

„... die dir natürlich nichts bedeutet ..."

„... und absolut todlangweilig ..."

„Mir bedeutet meine Karriere eine Menge."

„Ganz davon zu schweigen, was für ein gravierender Beweis es dafür ist, wie wenig du mich tatsächlich begehrst."

„Oder immerhin so viel, dass ich sie nicht für Sex im Auto riskieren werde."

„Und deshalb sehe ich keinen Sinn darin, diese Beziehung weiterzuführen."

„Und überhaupt ziehe ich Betten vor."

„Also kannst du zurück in dein eigenes Bett gehen!" fauchte Tess.

„Wie dieses hier beispielsweise!"

„Was?"

„Ich denke, wir sollten miteinander schlafen."

Entgeistert starrte Tess ihn an. „Hast du auch nur ein Wort mitbekommen? Dumme Frage. Natürlich nicht. Du warst ja wieder mal voll auf dem Egotrip. Raus aus meinem Bett!"

„Wieso? Ich habe mich gerade entschuldigt."

„Nein, du hast irgendwelche wirren Reden über deine heiß geliebte Karriere geschwungen. Das ist keine Entschuldigung. Das ist eine Kriegserklärung!"

Nick stieß eine heftige Verwünschung aus. „Lass es mich nochmal versuchen: Wenn meine angeblich so eiskalte Abfuhr auf diesem Parkplatz deine Gefühle verletzt hat, tut es mir Leid. Vermutlich wirst du das nie verstehen, aber glaub mir wenigstens, wenn ich dir sage, dass es nur an dem unmöglichen Ort lag! Vertragen wir uns wieder?“

Tess’ Entschlusskraft geriet ins Wanken. Manchmal konnte er so süß sein. Auch wenn an seinen Absichten kein Zweifel bestand. Sie wollte von ihm abrücken und streifte dabei den deutlich spürbaren Beweis seines Verlangens. Tief in ihr erwachte ein Sehnen, das beinahe schmerzhaft war. Sie brauchte sich bloß in seine Arme zu schmiegen ... „Möglicherweise habe ich ja überreagiert, also nehme ich einen Teil der Schuld auf mich. Dir sei verziehen. Du darfst dich jetzt verabschieden. Gute Nacht.“ Demonstrativ kehrte sie ihm den Rücken zu.

„Möglicherweise?“ explodierte Nick. „Sechs Wochen ignorierst du mich, nur weil ich sage ‚Lass uns eine Viertelstunde warten‘! Das nennst du ‚möglicherweise‘?“

„Willst du auch darüber streiten?“ brauste Tess auf.

„Nein, unsere Versöhnung feiern.“

Tess rutschte tiefer in ihr Kissen und beobachtete ihn unter halb gesenkten Lidern. Ausgerechnet jetzt diese ungewohnte Friedfertigkeit. Besser, sie ließ sich schleunigst etwas anderes einfallen. Das Problem mit Nick war – abgesehen von seinen rasanten Persönlichkeitswechseln zwischen Alan Alda und Donald Trump –, dass es schwerer und schwerer wurde, sich mit ihm zu streiten. Warum lag er auch neben ihr im Bett? Wenn sie die Hand ausstreckte, konnte sie ihn haben, und sie wollte ihn.

Dabei wäre eine Affäre mit ihm der reinste Wahnsinn. Er hasste ihre Impulsivität; sie verachtete seine Karrierebesessenheit. Ihr Samariterinstinkt würde ihn den letzten Nerv kosten, er würde im Erfolgsrausch glatt ihren Namen vergessen.

„Komm schon, Tess.“ Sacht strich Nick ihr eine Locke aus den Augen. „Was wirfst du mir jetzt noch vor?“

Ihr Blick fiel auf sein energisches Kinn, wanderte weiter über seinen Hals zu den verlockend ausgeprägten Brustmuskeln unter dem offenen Pyjamaoberteil, die in einen flachen, harten Bauch übergingen, und tiefer. Schwindel erregende Möglichkeiten taten sich auf. „Wieso kannst du nicht so simpel gestrickt sein wie die meisten Männer? Gerade wenn ich denke, du seist ein wertloser Trottel, wirfst du mich mit irgendwas wieder völlig aus der Bahn. So wie vorigen Monat, als du mitten in der Nacht zu meiner Ehrenrettung ins Polizeirevier kamst."

„Nach deiner Verhaftung wegen Prostitution? Ich hielt sogar schon hundert Dollar bereit."

„Sehr komisch." Schon sah sie die Szene in leuchtenden Farben vor sich. Energisch rief sie sich zur Ordnung. „Du weißt sehr gut, dass ich nicht auf den Strich gegangen bin!"

„Es war nur eine Hoffnung." Nick zog sie noch eine Spur näher. Durch ihr unruhiges Gezappel rieb sie sich an seinen Hüften. Eine äußerst wirkungsvolle Folter. „Diese Vorstellung gefiel mir zumindest besser als deine verrückte Idee, Fotos von den Nummernschildern der Freier zu schießen!" Unendlich zärtlich bedeckte er ihren Hals mit zahllosen Küssen und liebkoste die empfindsame Stelle hinter ihrem Ohr.

„Es war eine geniale Idee!"

„Ansichtssache." Geschickt arbeiteten sich seine Lippen unter den Kragen ihres Nachthemdes vor und zeichneten feurige Muster auf ihre nackte Schulter.

Wie ein Kätzchen schmiegte sie sich an seinen zur Liebe bereiten Körper. Ihr Puls raste. All ihre Sinne waren aufs Höchste geschärft. Seine unendliche Zärtlichkeit, der Druck seines muskulösen Körpers, seine verführerischen Lippen, das volle, warme Timbre seiner tiefen Stimme zogen sie tiefer und tiefer in einen Strudel wunderbarer Gefühle und besiegten ihre mühsam aufgebaute Abwehr. Wenn allein seine Zärtlichkeit einen solch beunruhigenden

Zauber über sie ausübte, was würde erst geschehen, wenn er sie wirklich liebte? Schlagartig kam Tess zur Besinnung. „Okay, die Parkplatzsache wäre geklärt. Worüber könnten wir sonst noch streiten?"

„Solange wir die Politik ausklammern, über nichts mehr."

Das hatte sie befürchtet. „Dann werden wir eben auf Clintons Außenpolitik zurückgreifen müssen."

„Wieso?" Aufreizend fuhr er mit der Zungenspitze über ihre Unterlippe. „Ich hätte da eine viel bessere Idee."

Das konnte Tess sich lebhaft vorstellen! Sie rutschte tiefer in die Kissen, kniff fest die Augen zu und zog die Bettdecke bis an die Nasenspitze. „Einen Waffenstillstand gibt's nicht. Sonst schlafe ich am Ende noch mit dir." Ihre Stimme klang gedämpft.

„Moment mal!" Entrüstet riss Nick ihr die Decke weg. „Deine Zwergenaufstände sind bloß Rückzuggefechte?"

„Gelegentlich schon." Der Anblick seiner muskulösen Arme bereitete ihr höllische Konzentrationsprobleme. „Manchmal bist du so ein Yuppie, dass ich unweigerlich auf die Barrikaden gehe. Die halbe Zeit denkst du bloß an diese verdammte Kanzlei oder lässt bissige Bemerkungen über meine beste Freundin fallen. So lieb du auch sein kannst, immer wieder schlägt bei dir das alte Blut durch. Wenn ich mich mit dir einlasse, ende ich vermutlich barfuß und schwanger als Heimchen vorm Herd, während der gefeierte Anwalt im Büro Überstunden macht! Nicht mit mir, Nick Jamieson! Das ertrage ich nicht! Ich kann dir einfach nicht vertrauen! Du bist wie Dr. Jekyll und Mr. Hyde." Abrupt setzte sie sich auf. Zum Teufel mit seiner magischen Anziehungskraft, die ihren gesunden Menschenverstand systematisch untergrub! „Und dass du es weißt", fauchte sie, „ich hasse Dr. Jekyll!"

„Jekyll war der Gute!" Jetzt verlor auch Nick seine hart umkämpfte Gelassenheit. Reine Willenskraft nützte nicht viel in dieser Situation. Entweder er bekam sich langsam in den Griff, oder …

Während er noch schwankte, ob er sie küssen oder weitaus drastischere Maßnahmen ergreifen sollte, boxte Tess ihn wütend in den Magen. „Nein, Jekyll war der Konservative. Korrekt, kontrolliert, ganz auf die öffentliche Meinung fixiert."

„Hyde hat einen alten Mann mit einem Stock zu Tode geprügelt", stieß Nick reichlich geladen hervor. „So hättest du mich also gerne?"

„Eigentlich hielt ich diese Stelle immer für sexuell bedeutsam", meinte Tess, kurzzeitig abgelenkt. „Aber, nein, natürlich nicht. Ich möchte lediglich einmal eine Regung erleben, die nicht vorher offiziell von dem Opernkuratorium und sieben Gemeindekirchen genehmigt wurde."

„Du übertreibst."

„So?" Tess lehnte sich gegen das Kopfende und verschränkte die Arme vor der Brust. „Wieso dann deine Parkplatzbedenken?"

„Erregung öffentlichen Ärgernisses ist ein Vergehen, verdammt noch mal!"

„Vielen Dank, Dr. Jekyll. Keine weiteren Fragen."

Schweigen. Seine Reaktion wurde Tess langsam unheimlich. Jeden Moment rechnete sie damit, dass er in sein Zimmer stürmte und die Tür hinter sich zuknallte. Eine überaus deprimierende Vorstellung. Sie wollte nicht, dass er ging. Sie wollte ihn. Hart und heiß. Sofort …

„Sag mir eines." Angestrengt versuchte Nick sich zu beherrschen. „Warum hast du diesem gemeinsamen Wochenende zugestimmt? Warum liegst du mit mir im Bett, obwohl du ahnen musstest, dass so etwas passiert?"

„Unkontrollierbare Sehnsucht.“ Gedankenverloren spielte sie mit seinem krausen Brusthaar. Seine nackte Haut zu berühren war ein sinnlicher Genuss, der süchtig machen konnte. „Ich schätze, ich hatte einfach gehofft, du würdest mein Herz im Sturm erobern.“ Damit schlang sie ihm die Arme um den Hals und bog sich ihm einladend entgegen.

Mochten Nick noch insgeheim Bedenken gequält haben – jetzt verflogen sie. Wen kümmerte es, ob er seine Zeit mit einer eingeschworenen Liberalen verschwendete? Fast ein ganzes Jahr hatte er auf Tess gewartet – seit sie nach der Trennung von ihrem letzten Verlierer tränenaufgelöst in seinen Armen gelegen hatte. Warm, weich und so verletzlich, dass sie etwas tief in seinem Inneren angerührt hatte. Seitdem redete er sich ein, sein Interesse an ihr sei rein sexueller Natur.

Ein fataler Trugschluss.

Nein, hier ging es nicht nur um Sex, aber für die nächste Stunde würde es hauptsächlich darum gehen – wenn er die Zeichen richtig deutete.

Tess startete einen neuen Verführungsangriff. Tastend erkundete ihre Zungenspitze seinen Mund. Den sonst so unerschütterlichen Nick Jamieson überkam das Gefühl, wehrlos in einem Nebel von Hitze und Leidenschaft zu versinken. Bis sie ihn plötzlich wegschob. Innerlich stählte er sich bereits für eine hitzige Debatte über seine konservative Kusstechnik, da segelte ihr keusches Nachthemd in hohem Bogen zu Boden. Wilde, heiße Lust packte ihn, als sie sich im schwachen Lampenschein räkelte. Ohne nachzudenken meinte er: „Park hatte Recht.“

„In welcher Beziehung?“

Ihr verführerischer Duft stieg ihm in die Nase und benebelte seine Sinne. Was immer er auch sagen wollte, war plötzlich vergessen. Sein Atem wurde flacher. Sein Herz klopfte zum Zerspringen. Fast greifbar spürte er die Hitze, die von ihr ausging, ihre Erregung, ihre Bereitschaft. Und obwohl alles in ihm danach drängte, ihre weichen Schenkel auseinander zu schieben, sofort in sie einzudringen, seiner brennenden Sehnsucht nachzugeben, hielt er sich bewusst zurück, um ihre Sinnlichkeit gründlich auszukosten. „Vergiss es." Träge lächelte er, ehe er sie küsste, auf eine langsame, leidenschaftliche Art, die ihren ganzen Körper erglühen ließ.

Eng umschlungen rollten sie über das Bett. Als wollte er sie quälen, ließ er sich Zeit, reizte und lockte, streichelte und erforschte ihren Körper, bis die Erregung wie flüssiges Feuer durch ihre Adern pulsierte und sie dahinschmolz vor Verlangen.

Voller Ungeduld ließ Tess die Hüften kreisen. Er war so überwältigend stark, so männlich, dass sie sich nur noch wünschte, sich dieser Kraft zu ergeben. Und weil es Nick war, war alles leicht und sicher; das Kondom steckte in seiner Pyjamatasche. Tess streifte es ihm über, dankbar für seine Rücksicht und der Erfüllung entgegenfiebernd.

„Jetzt." Sein triumphierender Aufschrei vermischte sich mit ihrem lustvollem Seufzer. Gemeinsam versanken sie im Strudel ihres Verlangens.

Sex mit Nick übertraf alle Erwartungen. Die Hitze seiner Leidenschaft. Die geballte Kraft dieses durchtrainierten Körpers. Außer sich vor Erregung, fuhr sie mit beiden Händen über seinen Rücken, krallte die Finger in die angespannten Muskelstränge, während er wieder und wieder tief und hart in sie eindrang.

Sein aufreizender Rhythmus brachte Tess fast um den Verstand. Unermüdlich variierte er das Tempo, verlängerte die süße Qual, bis sie hemmungslos aufschrie und sich ihre Spannung mit elementarer Wucht entlud.

Im selben Moment riss der Wirbelsturm der Leidenschaft auch Nick mit sich fort und trug ihn ans Ziel seiner Wünsche.

5. KAPITEL

In aller Herrgottsfrühe saß Tess an der Koppel knapp hundert Meter vom Haus entfernt und brütete vor sich hin, ohne der romantischen Szenerie einen Blick zu gönnen. Wen interessierten schon grünes Hügelland, durchtrainierte Pferde, saftiges smaragdgrünes Gras, der postkartenblaue Himmel oder die nach Geißblatt duftende Brise? Und die putzmunteren Vögel konnten auch den Schnabel halten!

„Du siehst ja zum Fürchten aus", erklang plötzlich Ginas Stimme hinter ihr. Tess schrak zusammen. Halt suchend umklammerte sie den Zaunpfahl. In ihrem schwarzen Rollkragenpullover und mit dieser Leichenbittermiene bot die Freundin auch nicht gerade ein Bild blühenden Lebens. Was ihre nächsten Worte bestätigten. „Falls du daran denkst, die Sache abzublasen – ich bin dabei."

„Eine verlockende Idee." Fröstelnd kuschelte sie sich tiefer in ihren blauen Lieblingsblazer.

„Meine depressive Phase hat wenigstens einen guten Grund." Auch Gina erklomm den blendend weißen Weidezaun. „Wie konnte ich euch nur gestern Abend in tödliche Verlegenheit bringen? Jetzt sehe ich Park nie wieder! Was mir sowieso von Anfang an klar war, aber man soll die Hoffnung ja nie aufgeben. Und weißt du, wer diese hochnäsige Blondine war, mit der du dich zu meiner Ehrenrettung angelegt hast? Tricia Sigler!" Tess nahm diese Information erstaunlich gelassen hin. „Anscheinend macht dir der Decker-Job keine Sorgen. Was ist es dann? Habt ihr zwei Turteltäubchen mal wieder gestritten?"

„Nein, miteinander geschlafen. Es war wundervoll. Dann wachte ich auf, und er war fort." Missmutig fischte sie einen Zettel aus ihrer Jackentasche und las vor: „‚Bin bei Welch. Die Sache sieht gut aus. Wir sehen uns beim Lunch. Nick.'"

Das ist alles? dachte Gina. Ein kräftiger Kreativitätsschub könnte nicht schaden. „Bist du sicher, dass ihr miteinander geschlafen habt?"

„Vermutlich zeitweilige Bewusstseinstrübung. Du kennst ja meine überaktive Fantasie." Wütend trat sie gegen den Balken. „Wie Wachs war ich in seinen Armen – und er hinterlässt mir seine hingekritzelte Tagesordnung!" Wie konnte sie nur wieder auf ihn hereinfallen? Mehr noch. Dumm, wie sie war, hatte sie für diesen kostbaren Kontrakt auch noch sämtliche Prinzipien in den Wind geschrieben. „Ich werd's schon überleben. Wie steht's mit dir? Wollte Park noch einen Gutenachtkuss?"

„Ja." Gina seufzte. „Und dann ist er gegangen."

„Echt? Kein Annäherungsversuch? Nichts?" Eine weitere Illusion, die sich in Rauch auflöste.

„Wundert dich das nach diesem Saucen-Desaster?" Resigniert ließ sie den Kopf hängen und versank fast in ihrem Rollkragen. „Puh, war das peinlich!"

„Hey, er hat es dir schließlich nachgetan. Und überhaupt ... Ich habe ihn den ganzen Abend beobachtet, bereit, ihm bei der ersten falschen Bewegung den Hals umzudrehen. Er behandelt dich tatsächlich wie eine Königin. Er spricht mit dir. Er hört dir zu. Wenn du unsicher wirkst, nimmt er deine Hand. So habe ich ihn noch nie erlebt. Versteh mich nicht falsch", fuhr Tess widerstrebend fort. „Er ist immer tadellos höflich, aber seine bisherigen Freundinnen waren ..."

„Stilvoller."

„... reine Accessoires. Ich schwöre, manchmal wählt er sie passend zu seiner Krawatte aus. Dich dagegen respektiert er. Sei unbesorgt.“ Tess hielt inne. „Nein, besser nicht. Kein halbwegs intelligentes Wesen würde sich sorglos auf eine Beziehung mit Park einlassen.“

„Tess, bitte ...“

„Vergessen wir die Männer. Alles Ratten, wo du auch hinblickst. Wer braucht sie schon? Wir sind emanzipierte Frauen! Hungrige Frauen! Los, sehen wir zu, dass wir Frühstück bekommen.“ Abrupt sprang sie vom Zaun und marschierte los.

Gina musste fast rennen, um sie einzuholen. „Respekt, Respekt.“ Entrüstet stampfte sie mit dem Fuß auf. „So viel Respekt will ich nun auch wieder nicht!“

„Dann tu was dagegen.“

„Was hast du bei Nick getan?“

„Geatmet. Nick ist ein Selbststarter. Und wenn er fertig ist, ist er offensichtlich auch fertig.“

„Es ist also endgültig aus?“

Tess blieb stehen und versuchte ihr Unglück in Worte zu fassen. „Eine Weile dachte ich, seine Karrierebesessenheit sei lediglich ein vorübergehendes Stadium. Jetzt allerdings beschleichen mich leise Zweifel, welcher von beiden echt ist – der Sonnyboy oder der rücksichtslose Aufsteigertyp. Ich liebe den einen und hasse den anderen. So wie es aussieht, ende ich irgendwann mit Dr. Jekyll.“

„Statt Heckle?“

„Statt Hyde.“

„Hyde war das Monster.“

„Bei Gelegenheit solltest du dir Dr. Jekyll mal genauer anschauen. Besonders wenn es um Geld und Status geht.“

„Gib ihm eine Chance. Immerhin scheint er wirklich an dir interessiert zu sein ...“ Bei Tess’ flammendem Blick verbesserte

Gina sich schnell. „... zumindest gelegentlich. Die gestrige Nacht muss ziemlich spektakulär gewesen sein, sonst wärst du nicht so durcheinander. Außerdem magst du sein Auto." Gina zuckte die Schultern. „Ich würde ihn nehmen."

Ungläubig starrte Tess die Freundin an. „Das Leben besteht aus mehr als aus heißem Sex und tollen Autos!"

„So viel mehr nun auch wieder nicht."

Ginas Lächeln nahm Tess den Wind aus den Segeln. „Du bist eine nette Frau, DaCosta." Freundschaftlich legte sie ihr den Arm um die Schulter. „Nur an deinem Tiefgang müssen wir noch arbeiten. Du besitzt nämlich keinen."

Der Lunch war eine Katastrophe.

Das Essen war natürlich vorzüglich. Schließlich fiel es in Hendersons Verantwortungsbereich. Doch nicht einmal der hätte die angespannte Lage retten können.

„Verrat mir einfach nur, was ich jetzt wieder falsch gemacht habe." Möglichst unbeteiligt sah Nick in die Runde, damit niemand ihren Streit mitbekam.

„Ich will nicht darüber sprechen", zischte Tess giftig.

„Und ich will verdammt sein, wenn ich verstehe, was an einer Nacht hemmungsloser Ekstase so schlecht sein soll!"

„Es war nicht die Nacht, es war der Morgen!"

„Wir haben heute Morgen nicht miteinander geschlafen."

„Eben. Reich mir bitte das Salz."

„Wenn du Sex willst, sag es gefälligst! Ich bin schließlich kein Hellseher!"

„Probleme, Jamieson?" rief Welch vom anderen Tischende.

„Nicht im Geringsten, Sir. Ein großes Lob für Hendersons überragende Kochkünste."

„Du bist widerlich!" fauchte Tess.

„Weswegen denn nun schon wieder?"

Statt einer Antwort reckte Tess ihre hübsche kleine Nase in die Luft und zeigte ihm demonstrativ die kalte Schulter – zur Freude ihres völlig hingerissenen zweiten Tischnachbarn.

Tess hielt die frostige Kühle den ganzen Lunch durch. Erst bei der anschließenden Lesung siegte ihre Neugier. Dutzende gobelinbezogener Stühle verwandelten den Salon in ein Musterexemplar aus „Schöner Wohnen". Der Raum füllte sich mit hochkarätigen Gästen, die Einfluss, Prestige und wirklich gute Schneider besaßen. Nur wozu? Absatzförderung? Sollten sie für Welch die Werbetrommel rühren?

Ein ziemlich unwahrscheinliches Motiv für eine literarische Ikone.

„Braucht Welch diese Leute?"

„Honey, jeder braucht diese Leute. Unter uns befinden sich zwei Senatoren und ein Gouverneur."

„Was haben die mit Literatur zu tun?"

„Nichts." Nicks analytischer Verstand lief auf Hochtouren. „Möglicherweise peilt er ja eine politische Karriere an. Überaus geschicktes Timing. Clintons Demokraten geraten zunehmend in die Schusslinie. Wahrscheinlich sieht er sich schon als Gallionsfigur des rechten Flügels." Entspannt lehnte er sich in seinem Stuhl zurück. „Ja, ein Senatorensitz wäre ein cleverer Schachzug. Zudem eine plausible Erklärung für das andere Mysterium. Wie Park mir erzählte, verabscheut Welch seinen Vater, Kent Patterson. Wieso also füttert er uns durch?"

War sie Psychologin? „Wieso?"

„Weil Kent im Gegensatz zu ihm auf dem politischen Parkett zu Hause ist", erwiderte Nick prompt. „So lausig er als Anwalt sein mag, im Taktieren ist er Spitzenklasse. Mit dem Buchkontrakt als Köder erspart sich Welch das lästige Klinkenputzen. Ein gerissener Fuchs. So allmählich gefällt er mir immer besser."

„Mir gefällt er immer weniger." Tess schüttelte sich. „Was ist mit der guten alten Zeit passiert, als sich reiche Weiße ihren Weg in ein politisches Amt einfach erkauften?"

„Inflation."

In diesem Moment trat der Gastgeber ans Podium. Seine einführenden Bemerkungen über die verheerenden Auswirkungen des Liberalismus und des Feminismus trafen offensichtlich einen sehr empfänglichen Nerv seiner geneigten Zuhörerschaft. Ebenso offensichtlich hatte Nick, wie üblich, ins Schwarze getroffen. Welch bereitete sich auf den Einstieg in die Politik vor.

„... für diese flachbrüstigen Idealisten ist das Leben ein Märchen, in dem das Happy End vorprogrammiert ist. Aber was passiert, wenn all die aufgeregten Hühner in der großen, bösen Welt Federn gelassen haben?"

Er lachte dröhnend, bis er Tess' Blick auffing. Frech streckte sie ihm die Zunge raus.

„Finden wir es heraus. Im Prolog meines neuen Buches geht es um eine junge Frau namens CinderEllen ..." Das Publikum lachte höflich. „Ein typisches Produkt der Sechziger: voller Illusionen und mit allen Garanten für immer währendes Glück – Reichtum, Schönheit, Erfolg."

Welch begann mit einer Szene, in der seine grenzenlos naive Heldin auf einem Ball große Reden schwang über den Vorrang der Umwelt vor Geschäftemacherei und Profitgier, was ihr das Herz des Prinzen zufliegen ließ.

Tess blieb das Herz stehen. Es war nicht allein Welchs Sarkasmus, der seinen amüsierten Fans geradewegs aus der Seele zu sprechen schien. Es waren die Worte. Worte, die ihr so vertraut waren, dass sie sie stumm mitzitierte. „... und fortan hielten CinderEllen und ihr Prinz nach dem Besten in jedem Tag Ausschau und stellten sicher, dass sie daran wenigstens ein klitzekleines bisschen Anteil hatten."

Das erzielte einen großen Lacher.

Tess knirschte mit den Zähnen. Welch erzählte die Cinder-Tess-Geschichte! Lannys Geschichte! Er demontierte und verspottete ihre Ideale, ihre Prinzipien, ihren Charakter. Kalte Wut stieg in ihr hoch.

Inzwischen schwenkte Welch auf CinderEllens Geschichte dreißig Jahre später ein. Wegen ihrer Großzügigkeit steckte sie bis zum Hals in Schulden, umweltpolitische Auflagen trieben ihr kleines Familienunternehmen in den Konkurs, und ihr Traumprinz entpuppte sich als hirnloser Taugenichts. Kurz, die naive Heldin stolperte von einem Debakel ins nächste.

Die Szene endete mit CinderEllens Emanzipationsansprache.

Auch Tess platzte der Kragen. „Ich bringe ihn um!"

„Pst!" raunte es von allen Seiten.

Kurz unterbrach Welch seine Lesung, um CinderEllens Wandlung aufzuzeigen. Hoffnungslos desillusioniert rationalisierte sie durch Massenentlassungen ihre Firma; durch Abweisung der Bittsteller sparte sie ein Vermögen. Damit nicht genug. Vom besten Schönheitschirurgen ließ sie sich wieder in die frühere Ballkönigin verwandeln. Dann erzählte sie ihre Geschichte ein zweites Mal. Nur setzte sie diesmal ihre weiblichen Waffen ein. Am Ende des Buches stand eine amüsante Verführungsszene, in der CinderEllen in wiedererstrahlter Jugend den Umweltminister ebenso redegewandt wie einfallsreich zur Ausgrenzung ihres Unternehmens aus umweltpolitischen Kontrollen manipulierte. Ihr mitreißender Appell für den Vorrang rücksichtsloser Geschäftemacherei war eine wortgetreue Parodie auf CinderEllens Originalrede.

Die Zuhörer fielen vor Lachen fast von ihren Stühlen.

Tess erstarrte vor unterdrücktem Zorn. „Das ist der Gipfel der Geschmacklosigkeit! Wir müssen ihn stoppen!"

„Tess", sagte Nick warnend. „Du wirst dich da nicht einmischen. Es ist sein Buch."

„Eben nicht. Es ist ein Plagiat. Ich kenne die Geschichte."

„Noch mal ganz langsam zum Mitschreiben." In bester Anwaltsmanier führte Nick Tess zu einem Sessel. „Dieser Prolog über CinderEllen ist angeblich abgekupfert?"

„Von wegen angeblich." Flüchtig sah sie sich in Welchs Arbeitszimmer um: teure Holzpaneele, farbenprächtige Orientteppiche, ein riesiges Ledersofa und eine seelenlose Sammlung von Lederbänden in verglasten Bücherschränken. Geld, dachte sie. Es läuft immer wieder auf das eine hinaus. „Eure Literaturikone zieht mein ganzes Leben in den Schmutz. Ich werde ihn aufhalten!"

„Das wäre keine gute Idee." Mit verschränkten Armen baute er sich vor ihr auf.

„Warum?" Welch war der Übeltäter. Wieso musste sie sich dieser Inquisition stellen?

Park schnaubte. „Weil es um einen Haufen Geld geht, darum."

„Die Sache ist die", warf Nick hastig ein, „wir sind Gäste im Haus dieses Mannes. Du magst das ja schwer verständlich finden, aber unter diesen Umständen erscheint mir eine solch bösartige Unterstellung ziemlich unhöflich."

„Zum Teufel mit der Höflichkeit! Es ist eine Frage der Moral." Als Park etwas Unverständliches murmelte, warf sie ihm einen eisigen Blick zu. „Diebstahl geistigen Eigentums hältst du für tolerierbar? Entschuldige. Dumme Frage. Natürlich. Wo sonst bekommst du deine Gedanken her? Dabei bist du Jurist. Ein Hüter des Gesetzes."

„Das ist die Polizei. Nicht, dass du uns da verwechselst. Anwälte machen eine Menge Geld. Und wir werden weiterhin eine Menge Geld machen, wenn du den Mund hältst."

„Das glaube ich einfach nicht! Du lässt ihn davonkommen?"

„Warte mal eine Minute", mischte sich Nick in das Geplänkel ein. „Wir wissen ja nicht einmal, womit er davonkommt."

Musste sie es den beiden erst buchstabieren? „Ich rede von Plagiat!" Tess stand kurz davor, handgreiflich zu werden. „Als ich ungefähr acht war, lebten wir in einer Kommune in der Nähe von Yellow Springs ..."

„Ein Haufen Hippies", meinte Park verächtlich.

„Es war eine nette Kommune", protestierte sie hitzig. „Eines Tages tauchte da dieser Typ auf." Sie biss sich auf die Lippe. Das flaue Gefühl in ihrem Magen wuchs. „Er war wundervoll." Dass Welch gerade Lannys Geschichte so bösartig umgedichtet hatte, würde sie ihm nie verzeihen. „Er war ungefähr Mitte zwanzig. Ein Bär von einem Mann. Ein Riese. Groß, kräftig, mit langem braunem Haar, buschigem Bart und großen Ohren. Alles an ihm war überproportional groß."

„Na toll." Nick schickte einen verzweifelten Blick zur Decke. „Komm endlich auf den Punkt."

„Sein Name war Lanny."

„Ist das wichtig?" mischte sich Park ein. „Gina und ich verpassen die Cocktails."

„Halt den Mund, Park!"

„Er erzählte mir dieselbe Geschichte. Den Prolog. Wort für Wort."

„Daran erinnerst du dich heute noch?"

„Natürlich. Er erzählte sie wieder und wieder, den ganzen

Sommer lang. Jedes Mal fügte er etwas Neues hinzu, eine neue Aufgabe, die die Heldin erledigen, ein anderes Problem, das sie lösen musste. Ehe er uns verließ, schrieb er alles für mich auf. Noch Jahre später las mir Elise jede Nacht daraus vor. Einen Großteil kenne ich auswendig." Das Temperament ging mit ihr durch. Mit blitzenden Augen sprang sie auf. „Und dein literarischer Superstar hat uns genau dieselbe Geschichte vorgelesen!"

„Wer ist Elise?" erkundigte sich Nick verwirrt.

„Meine Mutter."

„Deine Mutter hat dir eine Geschichte über diese Ellen vorgelesen? Unglaublich!"

„Nein. Meine Geschichte handelte von CinderTess."

Park rollte die Augen.

„Bist du dir ganz sicher? Jemand des Plagiats zu beschuldigen ist eine sehr ernste Sache."

„Klar bin ich sicher! Am Ende sagte Lanny immer: ‚Und fortan hielten CinderTess und der Prinz nach dem Besten in jedem Tag Ausschau und stellten sicher, dass sie wenigstens ein klitzekleines bisschen daran Anteil hatten.'" Plötzlich erfasste sie unbändiger Zorn. „Nicht nur, dass dieser Kerl mein Lieblingsmärchen benutzt, nein, er macht sich auch noch darüber lustig." Sie hielt den Atem an. Eine Flut von Empfindungen brach über sie herein. „Schaut mal, die CinderTess-Geschichte war wichtig für mich. Manchmal denke ich, sie beeinflusste mich mehr als meine Eltern. Das gilt zumindest für Lanny." Ihr Kinn zitterte kaum merklich. „Für euch mag es ja kindisch klingen, aber im Grunde hat Lannys Märchen meine gesamten Moralvorstellungen geprägt. Ich werde nicht zulassen, dass irgend so ein alternder Neokonservativer mit Schreibblockade es in eine antifeministische Hasstirade verwandelt!"

„Dieser fantasiebegabte Althippie ist der Grund, weshalb du

ständig gegen Windmühlenflügel ankämpfst?" fragte Nick entgeistert.

„Hattest du als Kind kein Buch, das dich derart beeinflusst hat? ‚Das samtweiche Kuschelhäschen' zum Beispiel? Nur die Liebe zählt."

„Klingt hochgradig gefährlich", tat Park mit gelangweilter Miene seine unmaßgebliche Meinung kund. „Eltern sollten vorsichtiger in der Auswahl ihres Vorlesestoffs sein."

„Kinder reizt das Wall Street Journal nun mal nicht besonders. Sie besitzen nämlich mehr Tiefgang als Erwachsene", verwies Tess ihn in seine Schranken. „Aber das Wichtige ist, dass Welch das Märchen völlig auf den Kopf gestellt hat. So, als hätte er Puh, den Bären, in einen reißenden Wolf verwandelt."

„Hey, das Buch hatte ich früher."

„Ich auch." Gina und Park tauschten einen innigen Blick.

Park lächelte. „Ein schönes Buch, nicht wahr?"

„Genau!" sagte Tess schnell, ehe die beiden ganz in ihren Jugenderinnerungen aufgingen. „Wärst du nicht verärgert, wenn jemand die Geschichte umgeschrieben und Puh zu einem Killer gemacht hätte?"

„Irgendwie schon." Stirnrunzelnd setzte er sich neben Nick auf die Schreibtischkante. „Wir reden hier von einem handschriftlichen Manuskript, richtig? In keiner Weise veröffentlicht?"

„Richtig. Aber ..."

„Und es war in den Sechzigern?"

Tess rechnete nach. „Fünfundsechzig oder sechsundsechzig."

„Bingo!" Park strahlte auf. „Nach dem Urheberrecht von 1976 fällt jedes Werk sofort nach Verfassung automatisch unter das Copyright. Davor jedoch, also in den Sechzigern, haben wir es mit dem 1947er Gesetz zu tun, wonach nicht zum Verkauf bestimmte Schriftstücke extra notariell registriert werden mussten, um sic urheberrechtlich zu schützen. Das wird dein Hippiefreund sicher nicht getan haben. Zugegeben, man könnte die Tatsache der Niederschrift und die Kopie deiner Mutter als Veröffentlichung auslegen. Allerdings besteht die begründete Annahme, dass es Privateigentum war. Meiner Meinung nach ist Welch damit aus dem Schneider."

Mit offenem Mund lauschte Tess. „Das ist Park? Dieses wandelnde Lehrbuch von Gesetzeslücken?"

Nick zuckte die Achseln. „Im Vertragsrecht ist er ein Genie."

Nachdem Park einmal losgelegt hatte, gab es kein Halten mehr. „Der heutigen Rechtslage nach liegt ein Plagiat ohnehin nur dann vor, wenn das neue Manuskript den potenziellen Absatzmarkt des fraglichen Werkes gefährdet. Offen gestanden sehe ich keinen potenziellen Markt für CinderTess' Harmoniegefasel. Im Gegenteil. Falls Welchs Buch ein Erfolg wird, könnte dein Hippie-Freund sogar davon profitieren und mit seinem Geschreibsel auf der Erfolgswelle mitreiten." Plötzlich kam ihm ein Gedanke. „Ich frage mich, ob dein Hippie-Freund bereits von jemandem vertreten wird. Wie hieß er noch gleich?"

„Ist mir egal, was das Gesetz sagt." Nur langsam löste sich Tess aus ihrer Trance. „Welch ist geliefert!"

„Wieso? Juristisch gesehen bestehen keinerlei Prob ..."

„Es könnte aber ein moralisches Problem bestehen", erhielt Tess unerwartet Rückendeckung von Nick. „Besonders, wenn Tausende wütender Ex-Hippies uns Protestbriefe zufaxen."

„Alle aus einer winzigen Kommune in Ohio?"

„Er ist weitergezogen", erinnerte Nick und wandte sich an Tess. „Wie lange war er bei euch?"

„Nur den Sommer über. Aber wen interessiert schon Lanny? Lasst uns zuerst euren Literaturpapst und all seine Millionen beschützen."

„Tess, konzentrier dich. Kennen auch andere diese Storys?"

„Klar. Es gab eine Unmenge Kinder. CinderTess war eins unserer Lieblingsmärchen."

Die Sache sah schlecht aus. Sehr schlecht. „Wo zog Lanny anschließend hin? In eine andere Kommune?"

„Keine Ahnung. Ich weiß ja nicht einmal, wo wir anschließend hinzogen. Pennsylvania wahrscheinlich." Triumphierend sah sie die beiden Männer an. „Tausende könnten das Märchen gehört haben. Wir müssen Welch damit konfrontieren."

„Nein!" riefen beide erneut, diesmal jedoch weit weniger vehement. Nick wirkte nachdenklich, Park bloß verärgert.

„Können wir darüber schlafen?" schlug Nick vor. „Immerhin veröffentlicht Welch das verdammte Ding ja nicht gleich morgen."

„Und dann reden wir mit ihm?"

„Nur keine Hektik", meinte Nick. „Eine Menge hängt davon ab. Meine Partnerschaft beispielsweise."

Grabesstille senkte sich über die kleine Gruppe. „Was bist du doch für ein unerträglicher Yuppie-Verschnitt! Für meinen Traumprinzen die absolute Fehlbesetzung!" Wenn diese geldhungrigen Staranwälte glaubten, sie würde sich einfach unterbuttern lassen, täuschten sie sich gewaltig! „Ihr habt bis Montag Zeit. Dann spreche ich mit Norbert Welch. Wenn er nicht Vernunft annimmt, informiere ich die Presse."

„Du bist wirklich eine verteufelt unterhaltsame Wochenendbegleitung."

„An deiner Stelle würde ich mir darüber keine Gedanken machen. Hiermit löse ich unsere Verlobung!" Türknallend stürmte Tess aus dem Zimmer. Von nun an war er Luft für sie!

„Gib mir das schriftlich!" Wie war er nur je auf diese ebenso hitzköpfige wie nervtötende Kratzbürste verfallen?

Nur den kläglichen Überbleibseln von Tess' guter Erziehung war es zu verdanken, dass sie bis zu ihrem Aufbruch am Spätnachmittag annähernd höflich blieb. Nick dagegen troff förmlich vor Charme, obwohl Welch sich für den Kontrakt noch Bedenkzeit erbat.

„Ich rufe Sie nächste Woche an, Jamieson." Er schüttelte ihm die Hand und ignorierte den verwirrten Park völlig. „Vielleicht können wir zum Dinner ausgehen. Bringen Sie Tess mit."

„Sehr gerne, Sir." Grandios. Wie sollte er Tess jetzt noch zu einem stundenlangen todlangweiligen Geschäftsdinner überreden?

Inzwischen verabschiedete sich seine „Verlobte" von dem einzigen Mann in weiterer Umgebung, mit dem sie noch sprach. „Ich habe dieses Wochenende wirklich genossen. Und das ist allein Ihr Verdienst, Henderson." Sie stellte sich auf die Zehenspitzen und küsste den verblüfften Butler auf die Wange. „Sie sind ein Wunder!"

Frauen! Im Wagen versuchte Nick die explosive Stimmung zu entschärfen. „Du setzt diesem armen Mann Ideen in den Kopf."

„Wenigstens stiehlt er sie nicht, so wie sein Boss!"

Nick gab es auf. Okay, Sex mit ihr war fantastisch ... nein, mehr als fantastisch, und sie bedeutete ihm viel, aber für seine Karriere war sie der absolute Ruin.

Nachdem eine Stunde vergangen war, ohne dass Tess auch nur einen Ton gesagt hatte, warf Nick ihr einen verstohlenen Blick zu.

„Ich muss Gina helfen." Stirnrunzelnd sah sie in die Ferne. „Du hattest Recht – sie verlässt die Balletttruppe und bewirbt sich um eine Stelle im Charles Theater. Als Tippse! Das ist fast so aussichtslos wie die Suche nach Lannys Manuskript." Von ihrem gewohnten Optimismus war nur wenig zu spüren. „In jenem Sommer war Lanny die Welt für mich." Ihre Stimme wurde melancholisch. „Er hatte so viele tolle Ideen und erzählte wunderbare Geschichten. Er war ein großer Bruder, ein Vater, eine Mutter und mein bester Freund in einer Person. Ich liebte ihn."

„Du warst erst sechs!" Gut, dass sie diesen Kerl nie wiedergesehen hat, dachte Nick.

„Ich war acht. Nicht, dass das eine Rolle spielt. Lanny war mein großer Schwarm. Im Gegensatz zu Daniel lehrte er mich wirklich nützliche Dinge."

„Daniel?" Nick beschlich plötzlich ein Gefühl, das Eifersucht verdächtig nahe kam.

„Mein Vater", erklärte Tess. „Er plädierte bloß immer für ein harmonisches Leben im Einklang mit allen Kreaturen, was sich in der Praxis für eine Rothaarige zuweilen als recht schwierig erweist. Die anderen Kinder in der Kommune waren nämlich beileibe keine Engel. Lanny war da wesentlich pragmatischer veranlagt. Von ihm lernte ich, meine Schlachten selber zu schlagen – vorausgesetzt, der Zweck rechtfertigt die Mittel und die drohenden Verluste sind tolerierbar. ‚Sich zu wehren bedeutet Kampf', sagte er immer, ‚und kein Kampf geht ohne blaue Flecken ab. Also wenn schon, dann richtig. Gut gewappnet ist halb gewonnen.'"

„Toller Rat für ein Kind."

Tess ignorierte seinen Spott. „Lanny und meiner Selbstachtung zuliebe werde ich mich mit Welch anlegen, obwohl ich vermutlich dabei den Kürzeren ziehe. Welch ist durchtriebener, reicher und wesentlich mächtiger als ich. Zudem hat er dich an seiner Seite. Aber ich kann Lanny nicht einfach im Stich lassen. Ich kann nicht einfach alles aufgeben, woran ich glaube."

Eine Weile herrschte Schweigen. „Wenn es derart wichtig für dich ist, dann helfe ich dir", meinte Nick schließlich. „Betrachte es als Abschiedsgeschenk."

„Was ist mit dem Vertrag?"

„Je mehr ich über dieses verdammte Buch erfahre, desto besser." Eine Plagiatklage war der reinste Horror. Im Endeffekt musste er Tess sogar dankbar sein.

Sie beendeten die Heimfahrt in ihre eigenen Gedanken versunken. Nick hatte sich schon fast mit dem Ende ihrer Beziehung abgefunden. Es war das einzig Logische. Tatsächlich war es sogar so verdammt logisch, dass er selbst nicht wusste, weshalb er nach einem Schlupfloch suchte.

Als sie die Treppe zu ihrem Apartment hochstiegen, wappnete er sich für den bevorstehenden Abschied. Einfach ihre Sachen abladen und verschwinden. Einfach aus ihrem Leben gehen. Ganz einfach. „Hör zu, ich kann leider nicht bleiben ..."

„Nein, natürlich. Ich verstehe. Ich bin dir dankbar für die moralische Unterstützung, aber besser wir sehen uns nie ..." Wie angewurzelt verharrte sie auf dem Treppenabsatz.

Die Apartmenttür war eingetreten.

6. KAPITEL

„Oh nein!“ Entsetzt spähte Tess durch die Überreste ihrer Tür. Schnell packte Nick ihren Arm. „Lass mich vorgehen.“

Der Nachbar von gegenüber kam heraus. In der einen Hand hielt er eine Bierdose, mit der anderen kratzte er seinen dicken Bauch. „In Ihr Apartment wurde eingebrochen“, verkündete er mit totalem Desinteresse. „Gestern Nacht. Setzen Sie sich mit den zuständigen Beamten in Verbindung!“

„Wirklich sehr hilfreich, danke, Stanley.“ Nick drängte sich an Tess vorbei. Die Wohnung sah aus wie ein Schlachtfeld. Schubladen waren herausgerissen, Möbel umgeworfen, alle Couchkissen aufgeschlitzt. „Hast du Feinde?“

Benommen trat Tess ein. „Es war nichts Persönliches. Dasselbe ist auch schon anderen hier im Gebäude passiert.“

„In dieses Rattenloch wird regelmäßig eingebrochen, und du sagst keinen Ton?“

„Zwischen uns herrschte gerade Funkstille. Deshalb habe ich die Sache selbst in die Hand genommen und den Vermieter angezeigt.“

Fassungslos musterte Nick die ruinierte Tür. „Oh, ja, du hast die Sache in die Hand genommen.“ Er schüttelte den Kopf. „Ab jetzt nehme ich sie in die Hand.“

„Entschuldige bitte, aber ich denke nicht ...“ Tess biss sich auf die Unterlippe. „Oh mein Gott, Angela ...“

Nick nahm sie in die Arme. Dankbar schmiegte sie sich an ihn. „Angela ist keine dumme Katze.“ Tröstend strich er ihr übers

Haar. „Bestimmt ist sie aus dem Fenster gesprungen." Sein Griff festigte sich. „Komm. Pack ein paar Sachen ein. Wir fahren zu mir. Keine Widerrede."

Ein winziger Funken ihres gewohnten Kampfgeistes flackerte auf. „Gerade konntest du es kaum erwarten, mich loszuwerden."

„An diese endgültige Lösung dachte ich weniger." Angst und Wut machten ihn fast wahnsinnig. Bis ins Innerste aufgewühlt beobachtete er, wie Tess aus ihrer Wohnung rettete, was zu retten war, die bunten Sofakissen abbürstete und weiß der Himmel was einsammelte. Hätte er sie nicht nach Kentucky verschleppt, wäre auch sie diesen Barbaren zum Opfer gefallen. Pures Glück. Schon der Gedanke, sie auf irgendeine Art zu verlieren, ließ ihm das Blut in den Adern gefrieren, doch sie auf diese Art zu verlieren ...

Als Nick aufsah, stand sie mit einem Wäschekorb voller Kleider im Türrahmen. „Brauchst du noch was aus der Küche? Such alles zusammen. Inzwischen bringe ich die erste Ladung ins Auto."

Im Flur klopfte er an die Nachbartür. Misstrauisch spähte Stanley hinaus. „Ja?"

„Kennen Sie Tess' Katze?"

„Ja. Und?"

„Ich gebe Ihnen hundert Dollar, wenn ich sie morgen hier abholen kann."

„Wie zur Hölle soll ich dieses schwarze Biest auftreiben?" jammerte Stanley.

„An Ihrer Stelle würde ich ein Dutzend Dosen Katzenfutter kaufen und mich drüben auf die Lauer legen."

„Das könnte Stunden dauern."

„Dafür bezahle ich Sie." Nick reichte ihm seine Visitenkarte.

Tess verließ ihre Wohnung, über der Schulter ihren Matchbeutel, in der Hand Nicks Koffer. „Das ist alles."

„Gut. Gehen wir."

In dieser Nacht lag Tess lange wach. Unruhig warf sie sich im Bett herum und lauschte unwillkürlich auf die in ihrer Nachbarschaft üblichen Geräusche. Nur das Rascheln der Blätter im Wind durchbrach die Stille. Der Garten war ein Traum. Wie das ganze Haus. Das Meisterwerk eines Architekten. Weitläufig, mit riesigen Glasfronten. Alles war weiß, bis auf Nicks Schlafzimmer und das Esszimmermobiliar. Weiße Berberteppiche, weiße Wildledersofas, ein weißer Marmorkamin. Nie zuvor war Tess sich so fehlplatziert vorgekommen.

Allerdings waren auch im sündigen Luxus ihre Probleme die gleichen. Nachdem sie eine Viertelstunde lang grimmig ihr Kopfkissen bearbeitet hatte, schlich sie auf Zehenspitzen in den Garten, streifte T-Shirt und Slip ab und versuchte im Pool ihre Dämonen auszutreiben.

Eine Runde für die Mieter des Apartmenthauses und ihre unverschlossenen Türen.

Eine Runde für die völlig verschreckte Angela.

Eine Runde für Ginas verkorkstes Liebesleben und ihre aussichtslose Jobsuche.

Eine Runde für die Kinder in der Stiftung und ihre gefährdete Zukunft.

Eine Runde für Lanny und seine vergewaltigte Vision.

Eine Runde für Nicks gespaltene Persönlichkeit.

Nur dass eine Runde nicht reichte. Sobald sie an Nick in seinem schwarzen Satinbett dachte, schwamm sie schneller. Vergeblich. Überdeutlich zeichneten sich vor ihrem geistigen Auge die Erinnerungen ab – der lachende Nick beim Football; Nicks Arme in dem zerlumpten Sweatshirt bei ihrer wöchentlichen Waschorgie; Nick im Smoking. Hinzu kamen neue Erinnerungen. Erinnerungen an Nick nackt und erregt. An seinen Körper über ihrem. Allein bei dem Gedanken daran wurde ihr so schwindelig, dass sie sich nach Atem ringend an den Poolrand klammern musste.

„Alles in Ordnung?" In schwarzseidenen Boxershorts stand Nick vor ihr. Ein schwacher Bartschatten lag auf seinem Kinn. Mit dem zerzausten Haar, den glänzenden dunklen Augen sah er viel zu männlich aus, viel zu verführerisch und ...

Stöhnend ließ Tess sich unter Wasser sinken.

Sofort fühlte sie seine Hand auf ihrem Arm. Unerbittlich zog er sie an die Oberfläche. „Ertränk dich bitte woanders. Meine Versicherungsprämien schießen sonst drastisch in die Höhe. Ganz zu schweigen davon, dass ich nie wieder eine Verabredung bekomme, wenn sich herumspricht, dass meine Gesellschaft in Frauen Selbstmordabsichten weckt."

„Ich bin nicht selbstmordgefährdet." Oder vielleicht doch ... Vor dem dunklen Nachthimmel zeichnete sich sein vollkommener Körper ab wie gemeißelter Marmor. Die Schultern waren breit, die Hüften schmal. Die muskulöse Brust und sehnige Arme und Beine vervollständigten das Bild. Im Mondlicht schimmerte seine Haut wie polierte Bronze. Von ihm ging etwas Gefährliches und Dunkles aus, etwas Ungebändigtes und aufregend Verbotenes. Tess hätte da auch schon einige Ideen.

„Tatsächlich bist du gerade nackt."

„Ist Nacktbaden in Privatpools illegal?" Insgeheim verwünschte sie seine magische Anziehungskraft, die ihren Hormonhaushalt gründlich auf Touren brachte.

„Nein, aber möglicherweise unmoralisch. Klären wir die Frage im Bett."

Vor Verblüffung trat Tess gleich ein wenig schneller Wasser. „Ich dachte, wir wären fertig miteinander."

„Das waren wir. Bis dein Apartment in Schutt verwandelt wurde und du nackt in meinem Pool landetest. Ich erinnere mich daran, dass ich dich niemals wiedersehen wollte, allerdings erinnere ich mich momentan nicht an den Grund."

Tess seufzte. „Es hatte höchstwahrscheinlich mit deiner Karriere zu tun. Wie immer."

„Welche Karriere? Ab morgen werde ich Poolboy. Da lernt man so nackte Leute kennen."

Tess zog Nick ins Wasser. Sowie er auftauchte, umschlang sie ihn mit Armen und Beinen und presste ihre Lippen auf seinen Mund. Glitzernde Wassertropfen rannen von ihren Schultern und Brüsten. Ihre hochaufgerichteten Brustspitzen drängten sich gegen seine heiße, nackte Haut. Das Blut rauschte in ihren Ohren. Provozierend langsam zog sie eine Spur heißer Küsse über seinen Hals und leckte das Wasser von seiner Haut.

„Ein Bett", keuchte Nick. „Ich habe da dieses irrsinnig bequeme Bett ..."

„Hier!" Liebkosend umspielte das Wasser ihre Haut. Damit Nick gar nicht erst auf dumme Gedanken kam, verschränkte sie die Beine hinter seinem Rücken. Erotisierend streifte der glatte feuchte Stoff seiner Boxershorts ihre Oberschenkel. „Die müssen weg."

„Warte eine Minute." Schon schlüpften ihre Finger unter den Bund. „Was mein Bett angeht ..."

„Hier." Tess zog ihm die Boxershorts herunter.

„Die Nachbarn ..." Nick zerrte die Boxershorts wieder nach oben. Kein leichtes Unterfangen, weil er gleichzeitig ihre Hand festhalten und Wasser treten musste.

„Hier!"

„Ich denke wirklich, mein Bett ..." Energisch befreite er seine Hose aus ihrem festen Griff.

„Vergiss es." Wutentbrannt schob Tess ihn weg. „Vergiss es einfach!"

„Was zum Donnerwetter findest du an einem verdammten Pool bloß so romantisch?"

„Es ist nicht nur romantisch. Es ist spontan. Sexy. Es wäre mal kein verdammter Karriereschritt!" Um ihm zu entkommen, tauchte sie unter. Als sie wieder hochkam, war er fort.

Auch gut. Ihretwegen konnte er auf dem Grund der Hölle schmoren! Hätte sie nachgegeben, dürfte sie sich vermutlich für den Rest ihres Lebens auf langweiligen Schlafzimmersex einstellen. Was mit Nick natürlich auch nicht völlig zu verachten wäre. Aber sie würde nicht darüber nachdenken, weil Nick Jamieson der unspontanste, konservativste, Lass-uns-jeden-Schritt-vorausplanen-Mann war, den sie kannte. Was natürlich oft zu weltbewegendem Sex führte, da er sicherstellte ...

Oh, zur Hölle!

Plötzlich legte sich eine Hand um ihren Knöchel. Vor Schreck verschluckte sie fast den halben Pool. Prustend und keuchend kam sie an die Oberfläche. „Mach das nie wieder! Ich wäre fast ertrunken!"

„Übertreib nicht!"

Ihre Beschwerde ging in einem fordernden Kuss unter. Zärtlich knabberte er an ihrer Unterlippe, bevor seine Zunge in die Süße ihres Mundes eintauchte. Mit beiden Händen hielt er ihre Hüften und rieb sie an seinem erregten Körper. Schwach vor Verlangen sank Tess gegen ihn. In ihrem Inneren tobte ein Sturm der Gefühle. Nicht in ihren kühnsten Träumen hätte sie sich vorgestellt, je eine solche Lust zu empfinden.

„Wird das jetzt ‚Komm ins Bett, Schätzchen, Teil zwei'?" stieß sie hervor, sobald sie wieder sprechen konnte. „Denn falls dem so ist ..." Nanu, wo waren denn seine Boxershorts abgeblieben?

„Nein, das ist ‚Zur Hölle mit den Nachbarn, Schätzchen, aber ich musste ein Kondom holen, Teil eins'.

„Oh", sagte sie nur.

Und dann belohnte sie ihn für seine Rücksichtnahme.

Beim Aufwachen fand Tess einen Zettel auf dem schwarzen Seidenkissen zusammen mit einer Zwanzigdollarnote und einem Schlüssel. Typisch Nick!

Darling,
das Geld ist fürs Taxi. Hör auf, verzweifelte Blicke an die Zimmerdecke zu schicken, denk lieber an deine Termine.
Gegen sechs bin ich zurück.
Ich bin froh, dass in deinem Apartment die Vandalen gehaust haben.
In Liebe,
Nick
P.S.: Ich habe etwas Poolwasser mit ins Büro genommen, damit ich am Chlor schnuppern und den ganzen Tag an dich denken kann.

Na also. Nicht gerade Shakespeare, aber nicht übel. Ein zärtliches Lächeln umspielte ihre Lippen. Allerdings hatte die Realität sie bald wieder. Der Tag war geballt voll mit Terminen. Sie musste Angela suchen, auf dem Polizeirevier Formulare ausfüllen. Alan Sigler wollte verbindlich wissen, ob sie den Job an der Decker-Academy wollte – und dass, obwohl dessen Frau sie hasste. Sie musste ihren Unterricht in der Stiftung nachholen, ihre Mutter nach Lanny fragen. Und dann war da noch Gina ...

Vorrangiges Problem jedoch war ihre Kleidung. Die war gut genug für die Polizei, gut für die Stiftung, aber um Eindruck auf Alan Sigler zu machen ... Fehlanzeige. Kurz entschlossen öffnete sie Nicks Schrank. Genau, wie sie sich gedacht hatte. Reihenweise edle Hemden und hinreißende Jacketts. Natürlich alles in deprimierend tristen Farben.

Räuber duften nicht wählerisch sein. So nahm Tess ein weißes Hemd vom Bügel und las das Etikett: Armani. „Passt." Dazu ihr blauer Mini. Perfekt. Sie krempelte die Ärmel hoch und warf einen Blick in den Spiegel. Sie sah aus wie ein Kind, das Verkleiden spielte. Blindlings griff sie nach einer von Nicks Westen. Besser. Jetzt sah sie aus wie Annie Hall mit Beinen. Wenn sie Ohrringe anlegte, ging sie vielleicht als Frau durch.

Schnell schnappte sie sich den Zwanziger vom Bett und rief ein Taxi.

Bester Laune spazierte Nick in sein Büro.

„Sie kommen zu spät", tadelte Christine und reichte ihm die Welch-Akte.

„Christine, ich bin der Boss. Der Mittelpunkt Ihrer Welt."

„Mr. Patterson hat heute Morgen angerufen. Er möchte mit Ihnen Mittag essen."

„Nicht heute."

„Sie belieben zu scherzen."

Trotz ihres indignierten Tonfalls ließ er sich in seinen Sessel fallen und warf die Akte beiseite. „Nein, ich bin beschäftigt." Unermüdlich ratterte er seine Befehle herunter. „Rufen Sie Annalise Donaldson an. Lunch um eins im ‚Levee'. Fragen Sie Alan Sigler, ob er morgen zum Dinner frei ist. Finden Sie heraus, wer der Vermieter dieses Apartmenthauses ist ..." Er reichte ihr eine Karte. „Schaffen Sie ihn mir sofort an den Apparat. Anschließend arrangieren Sie für zwei Uhr eine Verabredung zum Tennis mit Thom Nordhausen vom Charles Theater. Reservieren Sie einen Platz. Was habe ich vergessen?"

„Die Kanzlei?“

Stirnrunzelnd betrachtete er die kleine Flasche in seiner Hand. „Ach ja, die Kanzlei.“

„Träumer“, murmelte Christine und ging.

Nachdem sie das Vorstellungsgespräch bei Alan Sigler mit Anstand hinter sich gebracht hatte, rief Tess ihre Mutter an. Nach einer halben Stunde wusste sie zwar nichts Konkretes, dafür hatte sie siebzehn Namen, drei Telefonnummern und Elises Versprechen, ihr Gedächtnis genauer zu durchforsten.

„Oh, ehe ich es vergesse, ich bin umgezogen. In mein Apartment wurde eingebrochen.“ Sie gab ihrer Mutter die Adresse und Telefonnummer.

„Du wohnst bei Gina?“

„Nein, bei Nick. Dem Rechtsverdreher. Keine Bange, ich lasse mich nicht korrumpieren.“

„Schläfst du mit ihm?“

„Elise!“

„Ist er gut?“

Tess zog die Nase kraus. „Elise, das ist keine Frage, die man seiner Tochter stellen sollte.“

„Lass dich nicht durch konventionelle Moralvorstellungen blenden. Befriedigender Sex ist die Grundlage jeder guten Beziehung.“

„Mit einem karrierebesessenen Konservativen?“

„Hauptsache, er macht dich glücklich. In meiner Jugend kannte ich da einige überaus enthusiastische Vertreter dieser Gattung.“

„Darauf gehe ich jede Wette ein.“

„Also, wie ist er nun?“

„Die Erde bebt jede Nacht.“

„Dann würde ich mir keine Sorgen machen.“

Bei der ersten Gelegenheit befreite sich Tess aus dem Kreuzverhör und rief Gina an. „Hey, wo warst du heute Morgen? Ich habe zwei Mal angerufen."

„Ich habe sie!"

„Wen?"

„Die Stelle im Charles Theater! Als PR-Assistentin! Bis vor einer Stunde wusste ich nicht mal, was das ist. Echt irre! Ein richtiger Job!"

„Gina, das ist wundervoll!" In ihrer Erleichterung sank Tess auf Nicks weiße Ledercouch. „Lass uns feiern. Wir gehen essen und ..."

„Geht nicht. Park führt mich aus! Er hat mich auch gleich für morgen eingeladen, damit ich ihm alles über meinen ersten Arbeitstag erzählen kann!"

Bei Ginas übersprudelnder Begeisterung zog sich Tess' Herz schmerzvoll zusammen. Park Patterson war ein notorischer Playboy. Gerne hätte sie der Freundin die seelische Bruchlandung erspart.

„Unglaublich, was?" fuhr Gina fort. „Nachdem Nordhausen mich eine Viertelstunde wegen dieses dummen Tennismatches warten ließ, sah ich meine Chancen schon den Bach hinuntergehen. Und dann das! PR-Assistentin!" Noch einmal zählte sie im Detail ihre neuen Aufgaben auf. „Sag mal, wo steckst du eigentlich? Als ich dir vorhin Bescheid sagen wollte, war deine Leitung tot."

„Mein ganzes Apartment ist tot", erklärte Tess dumpf. „Dank einer Horde Vandalen. Ich wohne bei Nick."

„Oh. Und wie kommt er damit zurecht?"

„Besser als ich. Dieses Haus ist ... na ja, ich schätze, es ist einfach nicht mein Stil."

„Lass mich raten. Edel, elegant und hochgradig luxuriös? Komm schon, Tess. Genieß es."

„Dekorativ, steril und schwarz-weiß trifft es eher. Selbst das Taj Mahal strahlt mehr Lebendigkeit aus. Meiner schnell schwindenden Sehkraft zuliebe sollte ich meine grellbunten Sofakissen auf diesen Designercouches verteilen." Mit Entsetzen bemerkte sie, wo sie saß, und ließ sich auf den Boden gleiten. „Nicht dass ich mich jemals wirklich auf eins dieser Dinger setzen werde. Sie sind aus weißem Wildleder!"

„Im Ernst?" Gina kicherte. „Okay, er besitzt weiße Wildledersofas. Was sonst stimmt nicht mit ihm?"

„Nichts. Ich meine, alles. Oh, verdammt! Nick ist ein richtiger Schatz. Er macht Liebe wie ein junger Gott, er schenkt mir Wärme und Geborgenheit ..." Bedrückt sah sie sich in der eisigen Pracht von Nicks Wohnzimmer um und schüttelte sich. „In den letzten Tagen ist mir eine Menge durch den Kopf gegangen. Vielleicht suche ich einfach jemanden wie Lanny."

Lange herrschte Schweigen. „Hast du je daran gedacht, dass Lanny heute eine exakte Kopie von Nick sein könnte?"

„Quatsch. Lanny wäre ..." Ja, wie? In den Neunzigern konnte sie sich ihren alten Freund nicht vorstellen. Er war auf Dauer erhalten im verklärten goldenen Sonnenschein der Sechziger wie eine Fliege in Bernstein. „Mein Leben war erheblich leichter, als alles noch schwarz-weiß war."

„Bestimmt dekoriert Nick deshalb so, wie du denkst", meinte Gina. „Hör zu, ich muss mich jetzt fertig machen. Für Park will ich absolut spektakulär aussehen."

„Das tust du doch immer." Trotz ihrer aufmunternden Worte sank Tess' Stimmung ins Bodenlose. Großartig! Fehler Nummer zwei. Fehlte nur, dass sie dem drohenden Fiasko auch noch ihren offiziellen Segen gab ...

Um sieben Uhr kam Nick nach Hause. „Gina hat den Job bekommen!“ Polternd stürmte Tess die Treppe hinunter. „Und ich habe eine Unmenge Ferngespräche geführt ...“ Dann sah sie die Katze. „Angela?!“

„Rein zufällig fuhr ich an deinem Apartment vorbei, und da saß sie.“ Auf wundersame Weise war mit Angela gleich auch ein nagelneuer Tragekorb aufgetaucht.

„So, so.“ Die Katze im Arm, fiel sie Nick freudestrahlend um den Hals. „Wie viel hast du Stanley bezahlt?“

„Nicht viel. Was hältst du von einer Portion Huhn in extra scharfer Sauce?“

„Ich bin verrückt nach dir.“

Achtlos stellte er die verführerisch duftende Tüte ab und nahm Tess in die Arme. Unendlich zärtlich strich er ihr über die Wange, zeichnete ihre Wirbelsäule nach, ihren runden Po, genoss das Gefühl, ihre langen Beine an seinen zu spüren. „Echt?“

„Ja, echt.“ Als er die Kontur ihres Mundes nachzog, öffnete Tess unwillkürlich die Lippen und saugte an seinem Zeigefinger. Sofort atmete Nick scharf ein. Das gefiel ihr. Probeweise biss sie in seine Fingerspitze. Seine Augen verdunkelten sich zu einem samtigen Schwarz. Endlich eroberte er ihre Lippen, erst sanft wie ein zärtliches Versprechen, dann tief und fordernd, sodass kein Zweifel an seinen Absichten blieb. Die langsamen, rhythmischen Bewegungen seiner Zunge sandten Wogen der Erregung durch ihren Körper – bis Angela mit ihren Krallen ihr Missfallen ausdrückte.

Schwer atmend lösten sie sich voneinander und fielen ebenso ausgehungert über das Essen her.

„Ich habe mit der Suche nach dem Manuskript angefangen.“ Neugierig spähte Tess in die vielen Schachteln.

„Wenn du möchtest, kann Christine die Anrufe erledigen.“

„Wer ist Christine?“ Vorsichtig balancierte sie Nicks Pfeffersteak auf der Gabel.

„Meine Sekretärin." Nick grinste. „Eine verteufelt tolle Frau."

Tess erstarrte. „So?" fragte sie kühl.

Ließ sich die ach so unerschütterliche Tess Newheart also doch aus der Reserve locken! „Du bist ja eifersüchtig." Seine Augen funkelten vor Vergnügen. „Gib mir mein Steak. Dann ist mein Leben perfekt."

„Eifersüchtig? Irrtum!" Na schön, sie war ganz grün vor Eifersucht, aber das würde sie ihm ganz sicher nicht auf die Nase binden. „Jede Wette, dass sie achtundachtzig und potthässlich ist."

„Sie ist um die dreißig und sündhaft sexy." Milde ausgedrückt. „Sie ist einfach nicht besonders ... zugänglich. Wie diese abgehobenen Models, die immer ein Gesicht machen, als hätten sie gerade ein transzendentales Erlebnis. Ansonsten sieht sie wirklich toll aus – soweit man das über eine Scheintote sagen kann. Park versucht schon seit Jahren, sie zu einer Verabredung zu überreden."

Tess dachte an Gina. Hilfloser Groll erfüllte sie. Zum Teufel mit ihrem verflixten Samariterinstinkt! Hätte sie Gina doch bloß nicht auf diese Party geschleppt! „Versucht er das immer noch?"

„Ebenso beharrlich wie erfolglos. Christine geht prinzipiell nicht mit ihren Vorgesetzten aus."

„Und woher weißt du das so genau?" Sie hätte ihn mit Freude erwürgen können.

„Ich habe sie eingeladen." Nick wollte den Reis probieren. Bei ihrem vernichtenden Blick stockte er. „Vor drei Jahren. Direkt nach ihrer Einstellung. Damals kannte ich dich nicht einmal." Mit allergrößter Geduld legte er die Gabel aus der Hand. „Tess, das ist drei Jahre her. Heute ist sie wie eine Schwester für mich. Eine äußerst attraktive, äußerst effiziente, äußerst distanzierte, äußerst platonische Schwester." Immer noch war die Atmosphäre äußerst spannungsgeladen. „Diese Eifersuchtssache ist ein echter Egotrip für mich, aber übertreib es nicht."

Während Nick in Lichtgeschwindigkeit sein Steak verzehrte, verwünschte Tess seine unerschütterliche Selbstsicherheit. Seine Hemdsärmel waren hochgerollt. Die Muskeln seiner Unterarme spielten, eine Haarlocke fiel ihm in die Augen. Das war Nick zu Hause: locker, entspannt, vollkommen er selbst. Selbst völlig ungezwungen strahlte dieser allzu attraktive, unverschämte Teufel aus jeder Pore Sex und Verführung aus.

Mal sehen, ob ihn vielleicht Konkurrenz nervös machte. „Bist du nie eifersüchtig?"

„Nie", erwiderte Nick im Brustton der Überzeugung. „Bei deinem untrüglichen Instinkt für Fair Play würdest du mich nie betrügen." Nachdem das geklärt war, widmete er sich wieder seinem Pfeffersteak.

„Wie steht es mit Männern aus meiner Vergangenheit?"

„Wie wer?"

„Wie Lanny."

„Lanny?" Ein Reiskorn verirrte sich in seine Luftröhre. „Ich dachte, du hättest gesagt ..." Er hustete.

Zuvorkommend reichte Tess ihm eine Serviette. „Damals war er mein großer Schwarm. Womöglich habe ich ihn insgeheim idealisiert und gehe deshalb immer so hart mit dir ins Gericht."

Erstaunlich, wie schnell einem der Appetit vergehen kann, dachte Nick.

„Das ist bloß eine dumme Theorie."

„Dieser Lanny – er war ein Riese mit braunem Haar, einem struppigen Bart und Abraham-Lincoln-Ohren, richtig?"

„Richtig. Woher weißt du das mit den Ohren?"

„Gut geraten."

„Niemand errät Abraham-Lincoln-Ohren!" Tess schob ihr Essen beiseite.

„Wenn jeder Einzelne deiner Verflossenen ein großer Kerl mit braunen Haaren und großen Ohren war, schon. Wo zur Hölle hast du sie bloß alle aufgegabelt? Hast du in einem Clan gewildert?"

Tess klappte der Mund auf. „Ach du liebes bisschen. Du hast Recht."

„Zwei von ihnen trugen einen Bart. Was verrät uns das?"

„Dass ich in der Vergangenheit lebe?"

Nick machte sich wieder über sein Pfeffersteak her. „Vielleicht sollte ich mir einen Bart wachsen lassen."

„Untersteh dich! Ich will keine Lanny-Kopie. Ich liebe ... dein Aussehen."

Bei ‚ich liebe' hob er abrupt den Kopf. Er beobachtete sie eine Weile, ehe er langsam sagte: „Na gut. Kein Bart."

Ihre Blicke trafen sich. Plötzlich lag ein gewisses Knistern in der Luft. Tess' Herzschlag beschleunigte sich. Ihre erotischen Hausfrauenfantasien kamen ihr in den Sinn. Offenbar war sie nun völlig verrückt geworden. Oder? Ihre Abenteuerlust siegte.

Blitzschnell lief sie ins Bad, um ein Kondom zu holen. Noch ehe Nick wusste, wie ihm geschah, kam sie zurück und verführte ihn auf dem Esszimmertisch.

„Lange machen meine Bandscheiben das nicht mehr mit." Nick tastete nach einem Chinakarton, der während ihres Liebesspiels auf einen Stuhl gefallen war, und brach einen Glückskeks entzwei. „‚Wer Sex auf dem Esszimmertisch treibt, ruiniert sich die Knie'", las er vor. Vorsichtig setzte er sich auf. „Teufel auch. Ich werde nie wieder gehen können. Und das nach dem Tennismatch."

„Tennis?"

Geflissentlich ignorierte er die Frage. „Wenn du so auf diese erotischen Extravaganzen stehst, lasse ich Christine Knieschoner besorgen."

„Vergiss Christine." Mit einem mutwilligen Lächeln zog Tess ihn wieder auf sich.

Diesmal landeten die Glückskekse auf dem Boden.

„Christine? Kommen Sie her. Ihr Herr und Meister ruft."

Wie aus dem Nichts tauchte seine Sekretärin vor dem Schreibtisch auf, starrte ins Nichts und plante vermutlich irgendeinen dubiosen Coup. Nick konnte nur hoffen, dass es nicht bei Patterson & Patterson war.

„Christine, ich habe einen dringenden Termin, folglich muss ich Ihnen eine überaus anspruchsvolle Aufgabe übertragen." Er bot seine gesamte Überzeugungskraft auf. „Da Sie mit beneidenswertem Geschick Tess' Kleiderproblem gelöst haben ..."

„Bekomme ich den Nachmittag frei."

„Logo." Nick reichte ihr eine Tüte. „Ersetzen Sie das. Scheuen Sie keine Kosten. Anschließend verbrennen Sie es."

Mit spitzen Fingern zog Christine ein ausgeblichenes grünes Sweatshirt heraus. „Sie begehen einen fatalen Fehler."

„Na so was. Sie widersprechen? Sie besitzen eine eigene Meinung? Interessant. Und jetzt schwirren Sie ab." Damit war für ihn der Fall erledigt und er vertiefte sich wieder in seine Papiere.

Dumpf landete die Tüte vor seiner Nase. „Ich mag Sie", sagte Christine ohne jede auch nur andeutungsweise erkennbare Gefühlsregung. „Sie sind ein guter Arbeitgeber. Sie sind umgänglich, effizient, professionell und unkompliziert. Daher gebe ich Ihnen einen guten Rat, obwohl ich mich sonst prinzipiell nicht in Ihr Privatleben einmische."

„Gutes Prinzip."

Völlig ungerührt setzte Christine ihren Monolog fort. „Lassen Sie die Finger von der Garderobe Ihrer Freundin. Sie wird es Ihnen schwer übel nehmen."

„Nicht Tess. Groll ist ein Fremdwort für sie. Dazu ist ihre Aufmerksamkeitsspanne viel zu kurz. Ohnehin sind ihr Modefragen ein Gräuel." Energisch schob er ihr die Tüte zu und widmete sich wieder seinem Schriftsatz.

„Das ist ein ausgesprochen schlechter Schachzug!"

„Zeigen Sie Erbarmen. Es ist bloß ein ausgesprochen scheußlicher Jogginganzug." Verärgert sah Nick auf, aber sie war bereits verschwunden. „Wo Sie schon dabei sind, kaufen Sie sich ein Paar Steppschuhe!" rief er ihr nach. „In letzter Zeit verursachen Sie mir eine Gänsehaut!"

„Nicholas?"

Parks Vater erschien im Türrahmen. Groß, distinguiert und mit vollem grauen Haar verkörperte Kent Patterson den perfekten Anwalt: weise, gütig, wohlwollend und gerecht.

Leider war er in Wirklichkeit ein geistloser, prestigewütiger Trottel.

„Norbert Welch hat angerufen. Er spricht in den höchsten Tönen von Ihnen. Gute Arbeit!"

Nicks Knie wurden weich. „Wir haben den Kontrakt?"

„Fast. Beim Lunch heute bringe ich die Sache unter Dach und Fach. Überlassen Sie nur alles mir. Ich kümmere mich darum."

Nick spürte, wie die Kraft in seine Knie zurückkehrte. Wenn Kent sich darum kümmerte, sahen sie Welch nie wieder. „Vielleicht sollte ich Ihnen beiden Gesellschaft leisten, Sir."

„Unsinn. Hier muss ein Meister ran!"

Klugerweise verkniff sich Nick jeglichen Kommentar.

„Sie sind doch morgen zum Dinner frei? Prima. Melisande und ich würden gerne Ihre Verlobte kennen lernen."

Heute war ganz entschieden nicht sein Glückstag! „Meine was?" Winzige Schweißperlen erschienen auf seiner Stirn.

„Norbert hat mir alles über sie erzählt." Jovial zielte Kent einen Boxhieb auf Nicks Schulter. „Sie gerissener Hund! Hielten sie unter Verschluss, stimmt's?"

„Nun, eigentlich, Sir ..."

„Morgen im ‚Levee'. Gegen acht. Nur Melisande, ich und Park mit seinem neuesten Schwarm ..." Kent schnaubte verächtlich. „Und natürlich Sie und Ihre ... Bess heißt sie doch, oder?"

„Tess", verbesserte Nick dumpf. „Ich und meine Tess ..."

Während Nick sich mit Parks Vater auseinander setzte, sprach Tess mit ihrem früheren Vermieter.

„Falls ich sonst noch etwas für Sie tun kann, nur heraus damit." Mit völlig untypischem Eifer stand Ray Briggs auf der Eingangstreppe des Apartmentgebäudes, die Hände hinter dem Rücken verschränkt, und wippte auf den Zehenspitzen. Seine Glatze schimmerte durch die sechs sorgfältig darüber gekämmten Haarsträhnen.

„Nun, eigentlich ziehe ich gerade aus, Ray. Meine Möbel ..."

„Geben Sie mir die Adresse. Lieferung frei Haus. Kein Problem."

„Sie scherzen. Na schön. Jetzt aber zu den Schlössern ..."

„Alle erster Klasse." Er gestikulierte wild. „Hier am Eingang, an allen Apartments und auch an der Hintertür, genau wie der Doktor geraten hat." Asthmatisch lachte er. „Oder in diesem Fall der Anwalt, hm? Kommen Sie, überprüfen Sie es selbst."

„Anwalt?" Ihre düstersten Ahnungen bestätigten sich.

„Sie werden Mr. Jamieson doch sofort davon erzählen, ja?"

Tess schloss die Augen. „Worauf Sie sich verlassen können."

Kurz nach sechs kam Nick nach Hause. „Wir gehen aus." Auf dem Weg zur Treppe lockerte er seine Krawatte. „Zieh das kleine Schwarze an."

„Hey", protestierte Tess. „Warte eine Minute."

„Oh, richtig." Sofort machte er auf dem Absatz kehrt und

küsste Tess so stürmisch, dass ihr fast die Sinne schwanden. „Diese WG-Sache ist gewöhnungsbedürftig." Sein warmer Atem fächelte ihr Ohr. „Von jetzt an, das schwöre ich, werde ich sagen ‚Hi, Honey, ich bin wieder da!'"

„Gut." Verführerisch knabberte sie an seinem Ohrläppchen. „Folglich lautet mein Text wohl: ‚Wie war dein Tag, Darling?'"

„Höllisch nervenaufreibend. Wir haben eine Verabredung für Drinks um sieben und Dinner um ..."

„Nicht so schnell, mein Freund." Entschlossen drückte sie dieses wandelnde Energiebündel auf die Couch. „Heute hatte ich eine überaus interessante Unterredung mit meinem Vermieter." Ihre Finger verirrten sich in sein dichtes Haar. Zärtlich streichelte sie seinen Nacken, nur aus Freude an der Berührung.

„Hm, das tut gut." Sein Kopf sank nach vorn. „Mach weiter."

Gehorsam hockte Tess sich auf die Fersen und knetete seine verspannten Muskeln. „Alle Apartments haben neue Schlösser. Die Mieter sind überglücklich. Ist das nicht erstaunlich?"

„Hm." Eine köstliche Trägheit breitete sich in ihm aus. „Fester", murmelte er.

„Also hast du den armen Ray angerufen und ihm mit irgendwas Hässlichem und Legalem gedroht, stimmt's, Batman? Musstest wohl wieder mal den Helden spielen. Übrigens – wie war dein Tennismatch gestern mit Nordstrom?"

Nicks Gesicht war fast ganz in den Kissen vergraben. „Nordhausen. Es war schrecklich. Wieso?"

„Du hast Gina den Job verschafft."

„Schau, Tess ..." Sein Versuch, sich aufzusetzen, wurde ihm vereitelt.

„Du bist mein Held, weißt du das? Und aus diesem Grund werde ich mich jetzt in Schale werfen und deiner Karriere zuliebe dein elegantes, pflegeleichtes, hirnloses Anhängsel spielen." Zum

Abschluss ihrer Massage versetzte sie ihm einen Klaps auf den Rücken und sprang auf. „Wen beeindrucken wir heute?"

„Alan und Tricia Sigler." Nicks Stimme klang leicht gedämpft. „Honey, das war himmlisch. Lass uns heiraten, dann kannst du mir bis ans Ende meiner Tage Nackenmassagen verabreichen."

„Die Siglers?" Langsam kehrte Tess zu ihm zurück. Ihr Puls begann zu rasen, und tief in sich spürte sie eine verräterische Wärme. „Es geht um mich, nicht um die Kanzlei?"

„Sei nett zu Tricia – der Decker-Job steht auf dem Spiel." Er hob den Kopf, ließ ihn aber sofort wieder sinken, weil er es viel zu bequem hatte. „Könntest du meinen Nacken noch mal massieren? Nur für eine Minute?"

Seine Bitte war ihr Untergang. „Für den Rest deines Lebens."

„Was?"

„Nichts." Überwältigt von einer Flut verwirrender, nie zuvor empfundener Gefühle, machte Tess sich wieder an die Arbeit. Bei jeder Bewegung spürte sie das Spiel seiner stählernen Muskeln unter ihren Handflächen. Sein Duft erfüllte ihre Sinne. Tess verlor sich in dem sinnlichen Zauber und hauchte kleine prickelnde Küsse auf seinen Nacken.

Nicht schlecht. An diese Schwindel erregende Hingabe könnte sie sich glatt gewöhnen.

7. KAPITEL

Tess' Hochgefühl hielt bis zum folgenden Tag an. Da sowohl sie als auch Tricia Sigler, die Tess das aufmüpfige Verhalten am Welch-Wochenende längst nicht verziehen hatte, das Dinner relativ unbeschadet überstanden hatten, sah sie dem anstehenden Treffen mit den Pattersons recht optimistisch entgegen.

Der Abend entwickelte sich zu einer mittleren Katastrophe.

Woran das „Levee" nicht ganz unschuldig war. Die Kellner sahen aus wie Donny Osmond und legten das Gehabe von Prinz Philip an den Tag. Das Dekor aus mintfarbenem Marmor und aprikotfarbenem Leinen erinnerte an eine Schönheitsfarm, und die Speisekarte las sich wie eine Auflistung der Napoleon-Feldzüge.

Aber all das verblasste angesichts der Gesellschaft.

Mit Park hatten sie sich zu Drinks verabredet. Lässig und entspannt lehnte er an der Bar. So weit lief alles erwartungsgemäß. Nur war die Brünette mit den blonden Strähnchen an seiner Seite ganz sicher nicht Gina.

„Ich bringe ihn um!" fauchte Tess.

Im letzten Moment fing Nick sie ab und zog sie hinter einen Pfeiler. „Das hatte ich befürchtet. Schau, Park ist ein netter Kerl ohne viel Rückgrat. Nur auf eines ist bei ihm hundertprozentig Verlass: seine fast schon unterwürfige Haltung seinem Vater gegenüber. Und der würde Gina niemals tolerieren."

Tess' Augen sprühten vor Zorn. „Sein verdammtes Rückgrat interessiert mich nicht die Bohne! Ich will ihn tot sehen!"

„Beherrsch dich. Zumindest in aller Öffentlichkeit." Nick sah schon die Schlagzeilen vor sich: *Berühmter Rechtsanwalt wegen Beihilfe zum Mord angeklagt.* Dazu ein großformatiges Foto seiner blutrünstigen Begleiterin. „Nicht er hat sie angerufen, oder?" fragte er sanft und wickelte sich eine ihrer seidigen Haarlocken um den Finger. „Gina wollte ihren neuen Job feiern, und er sagte ‚sicher'. Natürlich ist das noch lange keine Rechtfertigung."

„Oh, verdammt." Tränen glitzerten in ihren Augen. Energisch blinzelte Tess dieses unerwünschte Zeichen der Schwäche zurück und schob Nicks Hand beiseite.

„Wenn du möchtest, setze ich dich nachher bei ihr ab. Ich kann ja unten warten."

„Gina heult nicht gerne vor Publikum, und hier sind mir sowieso zu viele Zeugen. Ich warte lieber bis morgen, und dann unternehme ich etwas." Weiß der Himmel, was. „Vielleicht, wenn ich sie einem Kollegen in der Stiftung vorstelle ..."

„Tess, du kannst nicht jeden retten." Mitfühlend legte er den Arm um sie. „Diese Sache geht allein Gina und Park an. Es ist nicht deine – unsere – Angelegenheit. Komm schon, wir machen es kurz, damit du ihn nicht lange ertragen musst."

Wie üblich war der Weg zur Hölle mit guten Vorsätzen gepflastert. Auf ihre Begrüßung hin, die verdächtig an das Zischen einer Kobra erinnerte, reagierte Park nur mit einer Mischung aus Angst und Verständnislosigkeit. Der kritische Punkt kam, als seine blasierte Begleiterin Corinne ihren gestrigen Besuch in dieser entzückenden kleinen Galerie erwähnte. Der Abend, an dem Park mit Gina ihren neuen Job feiern wollte! Arme Gina. Zwei Mal hintereinander versetzt!

Nur die Ankunft seiner Eltern rettete Park vor Tess.

Kent Patterson war ein attraktiver, grauhaariger, überaus beeindruckender Mann, der das auch auszuspielen wusste. Mehrere Leute neigten bei seinem Eintreten devot die Köpfe, und nicht alle waren Kellner.

Im Vergleich zu ihrem Mann wirkte Melisande Patterson recht farblos. Sie war ein wandelndes Gerippe, sonnengebräunt wie gegerbtes Leder, so sehr geliftet und zurechtgezupft, dass sie aussah wie eine Mumie mit platinblondem Haar. Ihr Kostüm war von Chanel, und das Einzige, was ihr nach Tess' Ansicht noch fehlte, war ein Sag-einfach-Nein-zu-allem-Button.

„Schaff mich hier raus", zischte Tess leise, aber Nick schob sie unerbittlich nach vorn.

Die Begrüßungszeremonie brachte Tess noch mit Anstand hinter sich, doch dann meinte Kent gönnerhaft: „Das ist also die kleine Lady."

„Ich bin einsfünfundsiebzig!" Dafür erntete sie einen nachdrücklichen Tritt gegen den Knöchel.

„Wie amüsant", meinte Melisande mit Leichenbittermiene.

Bevor Tess eine gepfefferte Antwort einfiel, erkannte Kent die Frau an der Seite seines Sohnes. „Corinne, du siehst bezaubernd aus." So reserviert wie eine Schaufensterpuppe erwiderte die junge Frau sein Lächeln. „Ich erinnere mich noch, wie du als kleines Mädchen mit Park zu Mrs. Windesham's gingst. Du kannst nicht älter als fünf oder sechs gewesen sein." Väterlich tätschelte Kent ihr die Hand. „So eine Tochter wie dich habe ich mir immer gewünscht. Natürlich ist es nie zu spät für eine ebenso süße kleine Enkelin, nicht wahr, Park?"

Park stimmte verlegen zu.

„Genauso wenig gibt es Grund, die Dinge zu überstürzen, oder, Park?" sagte Melisande ruhig.

Corinne entging der unterschwellige Kleinkrieg, doch Tess war entsetzt. Auf ihren fragenden Blick hin zuckte Nick bloß die Achseln. Offenbar war das der übliche Umgangston im Hause Patterson. Wäre Park nicht so ein ausgemachter Mistkerl, könnte er einem fast Leid tun, dachte Tess.

„Corinne war auf Redcliff." Jetzt, wo ihr Sohn eingeschüchtert war, schoss sich Melisande auf eine neue Gegnerin ein. „Ich übrigens auch. Wo haben Sie studiert, Miss Newheart?"

Die Worte „Jemand hat Ihnen einen akademischen Grad verliehen?" lagen Tess schon auf der Zunge. Rechtzeitig fing sie sich. „Auf der Ohio State. Hauptfach Kunst."

„Oh, eine staatliche Universität." Melisande zog die sorgfältig gezupften Augenbrauen hoch.

„Ja, eine staatliche Uni. Deshalb nennt man sie auch Ohio State University, statt ‚Ohio hoffnungslos überteuert'." Geschickt manövrierte Tess ihren Fuß außerhalb von Nicks Reichweite.

„Tess ist Lehrerin", versuchte Nick die Unterhaltung zu retten. „Sie denkt an einen Wechsel zur Decker-Academy."

„Lehrerin?" meldete sich Corinne zu Wort. „Sie unterrichten?"

„Ja." Tess rang sich ein Lächeln ab. Sie hatte nichts gegen Corinne – abgesehen von ihren Zweifeln an deren Existenzberechtigung. „Was machen Sie?"

„Machen?" wiederholte Corinne verwirrt.

Tess ließ das Thema fallen. Die traurige Tatsache war, dass Corinne perfekt zu Park passte. Keiner von ihnen hatte je im Leben einen zusammenhängenden Gedanken gehabt. Hinzu kam Kent mit seinem Werbefeldzug für ebenso hochgradig blasierte Enkelkinder. Und dann diese platinblonde Giftspritze ...

Arme Gina.

„Sie arbeiten also für Ihren Lebensunterhalt. Wie interessant."

Nichts hätte Tess lieber getan, als Melisande endgültig in ihre Schranken zu verweisen. Nach einem vorsichtigen Blick auf Nick überkamen sie heftige Gewissensbisse. Seiner resignierten Miene nach hatte er sich bereits mit dem Ende seiner Karriere abgefunden. Ein wenig Rücksichtnahme würde sie schon nicht umbringen. Besonders nach allem, was er für sie getan hatte. „Ja. Es ist äußerst interessant. Fast wie eine ehrenamtliche Tätigkeit. Sind Sie ehrenamtlich tätig, Mrs. Patterson?“

„Bitte? Oh, ja.“ Nach anfänglicher Überraschung begann Melisande einen ausschweifenden Monolog über die Probleme bei der Organisation des diesjährigen Tags der offenen Tür des Opernkuratoriums. In den passenden Momenten nickte Tess zustimmend, und als der Ober den ersten Gang brachte, raunte ihr Nick ein „Danke“ ins Ohr.

Es war ja nur für diesen einen Abend. Was schadete es schon?

Am nächsten Tag erstand Tess eine riesige Schachtel Pralinen und erkundigte sich am Empfang des Charles Theaters nach Gina.

„Handelt es sich um eine theaterbezogene Angelegenheit?“ Streng musterte die steife Rezeptionistin die unkonventionelle Besucherin durch ihre Hornbrille.

„Es besitzt ganz entschieden dramatisches Potenzial!“

Sichtlich widerstrebend deutete die Frau auf eine Tür am Ende des getäfelten Gangs. Höchstwahrscheinlich fürchtete sie, Tess könne jeden Moment ihre Rollschuhe auspacken und auf dem kostbaren Marmorboden ihre Pirouetten drehen.

Nach einem tiefen Atemzug betrat Tess das Büro, entschlossen, die Freundin aus den Tiefen ihrer Verzweiflung zu reißen.

Von abgrundtiefer Verzweiflung keine Spur. „Tess!“ Freudestrahlend fiel Gina ihr um den Hals. „Pralinen?“

„Ein Einstandsgeschenk.“

„Du bist genauso schlimm wie Park. Er hat Blumen geschickt. Schau nur!“

In der Tat hatte Park Blumen geschickt. Jeweils ein Dutzend Rosen in jeder verfügbaren Farbe. Ein Rosengarten war nichts dagegen.

„Er ist ja so ein Schatz. Ein absoluter Traummann. Vorgestern waren wir zum Dinner in diesem kleinen griechischen Restaurant", plapperte Gina weiter und nahm hinter ihrem beeindruckenden Schreibtisch Platz. „Er hat meine Hand gehalten. Es war so romantisch!"

„Vorgestern Abend?" Erschlagen sank Tess auf einen Stuhl. „Bist du sicher?"

„Natürlich bin ich sicher. Wir mussten doch meinen Job feiern!" Ein verträumter Ausdruck erschien auf ihrem Gesicht. „Und wie wir gefeiert haben! Gestern übrigens auch ..."

„Gestern?" Vor lauter Verwirrung deutete Tess erst jetzt die Zeichen richtig. „Oh nein, du hast doch nicht ...?"

Ginas glühende Wangen sprachen Bände. „Er ist ein absoluter Gentleman!"

Na großartig, dachte Tess. Nicht nur, dass er sie nach Strich und Faden betrügt, er ist auch noch eine Niete im Bett. Ich bringe ihn um! Alternativ könnte sie Gina von Corinne erzählen. Nur fehlte es ihr dazu an der nötigen Kaltblütigkeit. Gina war so glücklich. Sie würde Park einfach ganz langsam, mit ihren bloßen Händen töten müssen. Besser Trauerarbeit als diese Demütigung!

„Miss DaCosta?" Die Empfangsdame steckte den Kopf zur Tür herein. „Sie haben die Sprechanlage wieder abgeschaltet!"

Zu Tess' grenzenloser Überraschung zuckte Gina nicht mit der Wimper, sondern drückte gelassen die entsprechende Taste. „Besser so, Pamela?"

Allein mit dem Hochziehen einer Augenbraue strahlte sie ein enormes Missfallen aus. „Ein Anruf auf Leitung drei."

„Wer ist es?"

„Weiß ich nicht."

Gelassen parierte sie den überheblichen Blick der Frau, bis sie das Duell gewann.

„Ich frage kurz nach." Lautstark knallte Pamela die Tür zu.

„Hallo. Was war denn das?“ staunte Tess. „Gina DaCosta, der Terminator?“

„Ein Schnellkurs in Managementstrategien.“ In ihren Augen blitzte der Schalk. „Park meinte, sie würde mir das Leben zur Hölle machen, wenn ich sie nicht von Anfang an in ihre Schranken verwiese. Die beiden haben sich gestern kennen gelernt, als er mich zum Lunch abholte“, fügte sie viel sagend hinzu.

„Lunch auch ...“

Die Tür öffnete sich einen Spalt. „Es ist Mr. Patterson.“ Pamelas Wangen waren vor Aufregung gerötet. „Sie lassen Mr. Patterson warten!“

„Danke. Beim nächsten Mal benutzen Sie bitte die Gegensprechanlage.“

„Du kannst ein ganz schönes Biest sein“, erklärte Tess in einer Mischung aus Missfallen und Bewunderung. „Was ist mit deiner sozialen Ader passiert?“

Die war ebenso vergessen wie der Rest der Welt. Dieses Liebesgesäusel war einfach unerträglich! Zum Abschied winkte Tess der Freundin zu und fischte auf dem Weg zur Tür noch schnell zwei Pralinen aus der Schachtel. Den Rest überließ sie Gina. Sie würde sie brauchen.

Bis Freitag der folgenden Woche wuchs Nicks Zuversicht. Tess passte sich erstaunlich gut seinem gesellschaftlichen Leben an, sein Haus ähnelte zunehmend einem Heim, und Welch zeigte endlich Verhandlungsbereitschaft. Zwar verwandelte Tess' spürbare Feindseligkeit Park langsam, aber sicher in ein nervliches Wrack, bisher allerdings zügelte sie ihre mordlüsternen Triebe. Sogar aus Ginas Liebesleben hielt sie sich heraus. Für Tess war das ein riesiger Schritt hin zum Stadium der Reife. So wie es aussah, war sie im Handumdrehen zivilisiert.

Nick war begeistert und alles hätte perfekt sein können, hätte er nicht das vage Gefühl gehabt, dass er etwas Wichtiges verloren hatte. Vorzeigemanieren kosteten Kraft, die Anstrengung forderte ihren Tribut. Während Nick gesellschaftlich wie auch beruflich Punkte machte – mit unermesslicher Unterstützung der erstaunlichen reservierten, hocheleganten Tess –, war er nachts zu müde für erotische Eskapaden.

Heute stand ein Rundgang durch das prächtige Haus, in dem das Opernkuratorium residierte, auf dem Programm. Solche Tage der offenen Tür waren Melisandes Lieblingsprojekt. Eine Einladung glich einer höchstrichterlichen Verfügung; Anwesenheit war Pflicht.

Von Anfang an stand der Abend unter einem schlechten Stern. Nick war müde, gestresst und sexuell frustriert. Eine tödliche Kombination. Tess verspätete sich wie üblich. In Rekordzeit war sie umgezogen. Ihr schwarzer Minirock passierte problemlos sein kritisches Auge, ebenso wie das weich fließende weiße Hemd. Die schwarze Weste dagegen erinnerte ihn an einen seiner Armani-Anzüge. Nick war ziemlich sicher, dass das Hemd ihm ebenfalls gehörte.

„Sehr nett", knurrte er, als er ihr vor dem prunkvollen Herrenhaus aus dem Wagen half. „Tu dir bitte keinen Zwang an. Wenn du dich an meinem Kleiderschrank vergreifen willst, nur zu."

„Keine Sorge", gab Tess ebenso schnippisch zurück. „Sag mal, bekriegen wir uns jetzt die ganzen nächsten Stunden? Schließlich wusstest du, dass ich heute unterrichten musste. Ich bin sogar extra früher gegangen nur wegen dieses dämlichen Prachtbaus ..."

„Fang nicht an." Zähneknirschend führte er sie zur Tür.

„Mr. Jamieson, wie nett!" Eine grauhaarige Dame nahm sie in Empfang. „Wir fürchteten schon, Sie könnten es zeitlich nicht einrichten."

„Um keinen Preis würde ich dieses Ereignis verpassen, Mrs. Tate." Er lächelte gewinnend. „Darf ich Ihnen eine Freundin vorstellen ... Tess Newheart. Tess, Mrs. Tate leitet das Opernkuratorium praktisch im Alleingang."

„Ach, Unsinn." Errötend winkte sie ab.

Tess seufzte. Gegen diesen Casanova war jedes weibliche Wesen zwischen neun und neunundneunzig machtlos. „Es ist meine Schuld", entschuldigte sie sich. „Ich wurde von meinen Schülern aufgehalten."

„Besser spät als nie. Schauen Sie sich nur in aller Ruhe um."

Der Zeitpunkt war günstig. Im Augenblick waren sie die einzigen Besucher. Da Tess ohnehin nicht lange auf Nick böse sein konnte, schlenderte sie schon bald mit ihm von Raum zu Raum. Die stilvoll dekorierten Säle inspirierten sie zu den verrücktesten Plänen für die Neugestaltung seines Eispalastes.

„Also, ich finde, wir sollten das Bad mit grünem Samt bespannen. Samt sammelt die Feuchtigkeit so nett."

Selbst als sie im Zug ihrer Verschönerungsaktion pink gemaserten Marmor und violette Gaze vorschlug, stimmte Nick abwesend zu. „Sehr stimmungsvoll." Eine Woche des unfreiwilligen Zölibats war entschieden zu lang! Wenn sie sofort losfuhren, konnten sie in zwanzig Minuten im Bett sein ...

„Oh, Nick, schau nur!" Unbarmherzig zog sie ihn weiter. Der Raum war leer bis auf einen imposanten Flügel, der vor einem Hintergrund aus weißem Satin auf schwarz-weißen Fliesen stand.

„Schon wieder ellenlange Stoffschwaden." Von hinten umschlang er Tess mit den Armen und küsste ihr Haar. „Was sind diese Leute bloß so wild auf solche Geschmacksverirrungen?"

„Das fragst ausgerechnet du? Du solltest dich in dieser Eintönigkeit doch wie zu Hause fühlen." Tess löste sich aus seinen Armen. „Alles in Schwarz und Weiß."

„Nicht ganz." Wie ein Feuerball hob sich ihr rotes Haar vom weißen Satin ab. „Mit deinem Haar bist du doch immer in Technicolor."

Plötzlich sah sie bestürzt an sich herab. „Sogar ich passe dazu. Grundgütiger, seit wann laufe ich in dieser Nonnenkluft herum?"

Nonnenkluft? Bei ihrem hocherotischen Outfit überkamen Nick alles andere als religiöse Gedanken. Viel zu früh rissen ihn Tess nächste Worte aus seinen Tagträumen.

„Nicht zu fassen!" Deutliche Verachtung schwang in ihrer Stimme mit. „Diese Kretins haben den Flügel kastriert! Ein elektronisches Piano!"

„Was?"

Entrüstet wirbelte sie herum. „Diese elenden Spießer haben nicht nur alle Farbe, sie haben auch die Leute entfernt. Du brauchst nicht mal mehr einen Pianisten. Knopfdruck genügt. Das ist widerlich! Dieser ganze Lebensstil ist widerlich! Schau mich nur an. Die reinste Marionette. Du ziehst die Fäden, und schon benehme ich mich ganz würdevoll und kühl." In ihre Augen trat ein gewisses Glitzern, das Schlimmes ahnen ließ. „Damit ist jetzt auf der Stelle Schluss, Nick Jamieson!" Sie schwang sich auf den Flügel.

„Bist du wahnsinnig geworden? Steig sofort da runter!"

„Sei nicht so ein unerträglicher Spießer! Abenteuer sind die Würze des Lebens. Brechen wir eine Lanze für die Menschlichkeit. Beweis mir, dass du kein Roboter bist!"

Ihre verführerische Pose weckte die aufregendsten Assoziationen. Ein verheerendes Feuer flammte in ihm auf, dem er heldenhaft Widerstand entgegensetzte. „Tess ..." Eigensinnig lenkte er seine Gedanken von ihren Kurven auf die Frage, wie er sie vom Flügel herunterbekommen sollte.

„Falls du dir Sorgen wegen der Zerstörung eines großartigen

Musikinstrumentes machst ..." Ein dumpfer Knall und ihre Pumps landeten auf dem Boden. „Zu spät. Diese Musikbanausen sind uns zuvorgekommen." Aufreizend räkelte sie sich. „Hast du je ‚Die fabelhaften Baker Boys' gesehen?"

„Ja. Mit dir. Und jetzt runter da ..."

Mit zwei Schritten war Nick im Flur und sah hinunter in die Halle. Weit und breit niemand in Sicht, was ihn enorm erleichterte. Inzwischen war Tess vom Flügel gesprungen, was ihn sogar noch mehr erleichterte – bis sie unter ihren Rock griff und ihren schwarzen Slip auszog.

„Wie steht's mit ‚Pretty Woman'?"

Sie schwang sich wieder auf den Flügel. Wie sollte er sich bei diesem Anblick auf einschlägige Filmszenen konzentrieren? „Was hast du vor?" Idiotische Frage! Schon segelte ihr Slip auf ihn zu. Geistesgegenwärtig schob er das schwarze Spitzengebilde in die Tasche, ehe ihm noch mehr dumme Ideen kamen, als er bereits hatte.

„Wir werden diesem Leichenschauhaus Leben einhauchen im Namen menschlicher Leidenschaft."

Seine Gedanken schweiften in alle möglichen gefährlichen Richtungen. „Nein, das werden wir nicht!" Bleib cool, befahl er sich. Sexueller Entzug hat noch keinen Mann umgebracht! Äußerlich gelassen lehnte er sich an den Türpfosten. „Vergiss es. Zieh dich an. Wir fahren nach Hause. Wir können sogar unterwegs anhalten und einen Flügel kaufen, wenn der dich so in Fahrt bringt."

„Bitte ..." Tess befeuchtete ihre Lippen. Mit zwei Fingern zauberte sie ein Kondom aus ihrer Westentasche.

Ihm wurde heiß und heißer. „Du hast das geplant?"

„Sagen wir, ich habe eine Menge von dir gelernt. Voraussicht. Eigeninitiative. Durchhaltevermögen." Sie klimperte mit den Wimpern. „Dynamik." Einen nach dem anderen öffnete sie ihre Hemdknöpfe.

„Tu mir das nicht an." Irgendwer musste schließlich einen kühlen Kopf bewahren. Was leichter gesagt war als getan. Denn zwischen Theorie und Praxis bestand ein himmelweiter Unterschied, wie Nick feststellen musste, als er Tess vom Flügel heben wollte.

Provozierend langsam ließ sie ihren Zeh an seiner inneren Hosennaht hinaufgleiten und lockerte seine Krawatte. Gleichzeitig zogen ihre Lippen eine feurige Spur über seinen Hals.

„Nein! Schluss damit!" Sein Ausweichmanöver scheiterte. „Bitte, Tess, nicht hier. Jeden Moment kann jemand hereinkommen."

Ernüchtert barg sie den Kopf an seiner Schulter. Sie musste den Tatsachen ins Auge sehen: Wenn sie Nick wollte, dann zu seinen Bedingungen. In jeder Hinsicht. Für ihre gemeinsame Zukunft bedeutete das eine endlose Aneinanderreihung karrierefördernder Dinnerpartys, imagepflegender Kurzauftritte und trostloser Wohltätigkeitsveranstaltungen. Ihr Verlangen erstarb. „Okay." Sie rutschte vom Flügel. „Gehen wir nach Hause." Tapfer lächelte sie. „Es ist schon gut. Wirklich. Es war dumm von mir."

„Du bist niemals dumm." Ihr verblüfftes „Oh" wurde von einem sinnlichen Kuss erstickt. Zart nahm Nick ihre Unterlippe zwischen die Zähne, und als Tess aufstöhnte, küsste er sie leidenschaftlicher. Ein Funke sprang über, der sofort ein verzehrendes Feuer entfachte. Fordernd glitten seine Hände über ihren Rücken und hielten inne, als er feststellte, dass sie keinen BH trug.

„Ein Hoch auf deine Voraussicht."

Das sinnliche Spiel seiner Zunge an ihren Brüsten erfüllte Tess mit prickelnder Wärme. Wie es geschah, wusste sie nicht, aber Sekunden später rollten sie über den Flügel. „Nick?" Der Druck seines harten, heißen Körpers sandte einen quälend süßen Schmerz bis in ihr tiefstes Inneres.

„Höre ich etwa Beschwerden, Mrs. Jekyll?"

Ihre Erleichterung wandelte sich in Lust. Seine Berührung war pure Wonne, und die Hitze seines Verlangens ein elektrisierender Kontrast zu dem kalten, harten Flügeldeckel.

Nick geriet gefährlich an den Rand seiner Selbstkontrolle. Noch während er mit der Zunge wilde, erotische Muster um ihre aufgerichteten Brustspitzen zeichnete, schob er ihren Rock hoch und tastete sich zielstrebig vor, um ihre empfindsamste Stelle zu liebkosen.

Unerträgliche Hitze durchflutete Tess. Mit wiegenden Hüften folgte sie dem Rhythmus seiner Finger, bis sie zu sterben glaubte. Durch sein Jackett biss sie ihn in die Schulter, krallte sich in die festen Muskeln seines Rückens und flehte ihn an, endlich ihre Sehnsucht zu stillen.

Fast verzweifelt nestelte Nick an dem kleinen Folienpäckchen. Sein Begehren steigerte sich zu schmerzhafter Intensität. Jeder Muskel in ihm vibrierte vor Anspannung. Wie im Taumel umfasste er Tess' Hüften und vollzog ihre Vereinigung.

Seine harten, festen Stöße brachten Tess an den Rand der Ekstase, doch gerade als die Leidenschaft wie eine gewaltige Welle über ihr zusammenschlug, legte er ihr unvermittelt die Hand auf den Mund.

„Mr. Jamieson?“ rief Mrs. Tate durchs Treppenhaus. „Mr. Jamieson? Haben Sie den elektronischen Flügel gefunden?“

„Ja.“ Sein warnender Blick verwandelte sich in ein jungenhaftes Grinsen, obwohl er sich um einen möglichst gelassenen Tonfall bemühte.

„Soll ich hochkommen und ihn für Sie anstellen?“

„Nein!“ Nick schloss die Augen. „Vielen Dank. Ich mach das schon.“

Tess verspürte Mitleid mit ihm, aber er war heiß und zuckend in ihr, und ihre Beherrschung hing am seidenen Faden.

„Ich habe vollkommen den Verstand verloren. Und das ist deine Schuld."

Bei seiner Suche nach dem Schalter bewegte er sich in ihr – eine sinnliche Folter. Von wilder Ungeduld gepackt, schob Tess seine Finger von ihrem Mund. „Links neben der Klaviatur", hauchte sie in sein Ohr. „Beeil dich. Vielleicht könnten wir dann endlich zur Sache kommen." Verlangend ließ sie die Hüften kreisen. „Ich stand nämlich kurz vor dem Höhepunkt, ehe du dein Schwätzchen einlegtest."

Abrupt erwachte der Flügel unter ihnen mit dem Flohwalzer zum Leben, und dann gab es nur noch ihren unstillbaren Hunger, der sie auf den Gipfel ihrer sinnlichen Sehnsüchte trug.

„Das war unglaublich!" raunte Nick ihr zu und löste sich wieder von ihr. Die Zärtlichkeit, die ebenso sehr Teil seines Wesens war wie seine Leidenschaft, kam an die Oberfläche, und er strich Tess behutsam eine schweißfeuchte Locke aus der Stirn. „Ich wusste ja, ich hätte Christine Knieschoner besorgen lassen sollen." Vorsichtig streckte er die Beine aus. „Ich bin einfach zu alt für diese akrobatischen Übungen."

„Den Eindruck hatte ich aber nicht."

8. KAPITEL

Am nächsten Tag machte Tess auf dem Weg zum Bus einen Abstecher zum Charles Theater, um herauszufinden, ob ihre Freundin noch in glückseliger Unwissenheit schwelgte, was Parks doppeltes Spiel anging.

Gina, die gerade telefonierte, winkte sie herein. „Vielen Dank, Mr. Edelstein. Das Arrangement wird zu Ihrer vollsten Zufriedenheit ausfallen", flötete sie in der wohlmodulierten Stimme einer Nachrichtensprecherin. Tess traf fast der Schlag.

„Selbstverständlich. Ich freue mich darauf. Also, bis dann." Gina legte auf. „Na, was gibt's Neues bei dir?"

„Bei mir?" Tess musste sich erst mal setzen. „Erwartest du Queen Mum, oder was?"

„Liegt es an meiner Stimme oder an meinem Kostüm?"

Erst jetzt bemerkte Tess das ungewohnte leuchtendrote Outfit. „Du liebe Güte, was ist denn mit dir passiert?" Kaum ließ sie ihre Freundin einen Tag aus den Augen, mutierte sie zu einer Zwillingsschwester von Corinne!

„Ich nehme Sprechunterricht. Bisher hatte ich noch nie eine Sprechrolle."

„Und jetzt hast du eine?" fragte Tess grimmig. „Als Parks Freundin?"

„Park ist völlig unschuldig. Ich ... ich hatte es sowieso vor. Das Auftreten ist enorm wichtig in meinem Job. Immerhin verbringe ich irre viel ... äh ... eine Unmenge Zeit am Telefon."

„Und das Kostüm? Das hilft dir auch beim Telefonieren?"

„Park gefällt's", entgegnete Gina peinlich berührt. „Er findet, ich sähe einfach fantastisch aus in Rot. Wir haben es gemeinsam ausgewählt. Wir hatten so viel Spaß."

„Darauf gehe ich jede Wette ein", meinte Tess grimmig. Mochte diese Ratte auf dem Grund der Hölle schmoren! Wie konnte er es wagen, per Scheckbuch sein Schuldgefühl zu betäuben?

„Deiner Meinung nach hätte ich es nicht annehmen dürfen."

„Parks Geschenke sind allein seine Angelegenheit. Ich musste nur daran denken, wie glücklich Nick wäre, wenn ich von diesen Edelklamotten ebenso begeistert wäre. Ich habe es dir noch nicht erzählt, oder? Er hat es schon wieder getan. Diesmal hat er meine Jogginghose gestohlen und sie durch diese flatternden Seidendinger ersetzt. Jeder Protest ist zwecklos. Er behauptet bloß, ich sähe darin sexy aus, und macht einfach weiter. Jeans von Joop, Cashmerepullover von Ralph Lauren, Nachthemden von LaPerla." Tess verzog das Gesicht.

„Entspann dich und genieß es!"

„Gina, ich hasse diesen Designerkrempel. Cashmere juckt, und schlafen tue ich am liebsten in alten T-Shirts. Außerdem geht mir die Einrichtung dieses verdammten Hauses auf den Geist – es gleicht einem Kühlhaus mit Teppichboden! Und ich hasse das Opernkuratorium! Himmel, ich habe wirklich nach Kräften Sportsgeist bewiesen, aber diese karrierefördernden Freizeitaktivitäten werden allmählich zum Full-Time-Job."

„Und wofür brauchst du deine kostbare Zeit sonst noch?"

„Für Lanny."

Gina stöhnte.

„Angeblich besitzt die Universitätsbibliothek von Riverbend eine handschriftliche Aufzeichnung über die Geschichte der Kommune von einem ehemaligen Mitglied. Eine brandheiße Spur. Seit Tagen will ich schon einen Blick in die Unterlagen werfen, aber immer wieder steht etwas anderes an. Theater, Dinner mit Welch oder irgendeine Wohltätigkeitsveranstaltung." Tess blickte nachdenklich vor sich hin. „Das gescheiteste wäre, auszuziehen, nur entgehen mir dann so erotische Highlights wie auf diesem Flügel."

„Irgendwas muss ich verpasst haben", murmelte Gina.

„Das ist auch so eine Sache, die mir Sorgen macht." Tess sank in ihrem Sessel zusammen. „Ich verändere mich. Zum Beispiel dachte ich, konventioneller Sex sei langweilig. Du weißt schon, nachts, hinter verschlossener Tür. Missionarsstellung. Decke hoch. Licht aus."

„Ausgerechnet Nick bevorzugt die Missionarsstellung?"

„Nick bevorzugt sämtliche Stellungen. So oft wie möglich. Was bei genauerer Betrachtung eigentlich absolut phänomenal ist."

„Gut. Und was ist mit dem Lichtausschalten?"

„Das war eine Übertreibung. Aber er zieht eindeutig Sex im Bett vor."

„Ich auch", pflichtete Gina ihm bei. „Schon aus Rücksicht auf meinen Rücken und den dringend nötigen Schönheitsschlaf."

Obwohl Tess ihr Geisteszustand langsam Sorgen machte, kam sie immer mehr zu einer ähnlichen Erkenntnis. „So ungern ich es auch zugebe, mir geht es genauso. Sex an ungewöhnlichen Orten ist zwar aufregend, aber eben meist auch ziemlich kurz."

„Wo liegt das Problem?"

„Ich werde konventionell! Ich verliere meinen Persönlichkeit. Ich verändere mich."

„Wirst du damit aufhören!" fuhr Gina sie an. „Du veränderst dich nicht. Und jetzt zu diesem Flügel. Wo genau stand er?"

„Im Haus des Opernkuratoriums."

Gina starrte sie an. „Bist du wahnsinnig geworden?"

„Langsam klingst du genau wie Nick."

„Dieser Saal hat nicht mal eine Tür!"

„Woher willst du das wissen?"

„Der Tag der offenen Tür gilt auch für kulturlose Ex-Showgirls", erwiderte Gina. „Ich war mit Park in der Mittagspause da. Wie konntest du den armen Nick nur auf diesen Flügel locken? Er muss wirklich verrückt nach dir sein."

„Oh." So hatte Tess die Sache noch gar nicht betrachtet. „Du hast Recht. Wie er da vor mir stand, sah er aus wie Dr. Jekyll, und ich hatte Angst ..."

„Und deshalb hast du ihn nach allen Regeln der Kunst verführt?" hakte Gina nach. „Dein Egoismus übersteigt meinen Horizont. Hast du auch nur den blassesten Schimmer, was mit seiner Karriere passiert wäre, wenn ihr erwischt worden wäret?" Entnervt stöhnte sie auf. „Wie kannst du nur so selbstsüchtig sein!"

„Worüber sprichst du eigentlich?" fragte Tess verletzt.

„Über deine Rücksichtslosigkeit! Über deine hirnverbrannten sexuellen Eskapaden! Dieser Mann besitzt einen großartigen Ruf in dieser Stadt, den er sich hart erarbeiten musste – und den du so ganz nebenbei für dein Vergnügen ruinierst!"

„Nun mach mal halblang! Seit Wochen lebe ich praktisch nur für seine oberflächliche Schickeria ..."

„Für dich ist es oberflächlich. Aber nicht für Nick oder Park. Oder mich."

„Was?"

„Ich sagte ‚oder mich'." Verbissen reckte sie das Kinn vor. „Sorry. Ich bin zu den Bösen übergelaufen. Verklag mich."

„Ich fasse es nicht! Wie konntest du nur?"

„Wie kann man nur so verbohrt sein! Hätte ich mich kahl geschoren, einen Kurs in keltischer Mythologie belegt oder eine Geschlechtsumwandlung vorgenommen, wärst du für mich da, ohne

Wenn und Aber. Nur weil ich mit dem Strom schwimmen will, spielst du den Oberlehrer. ‚Gina, bist du ganz sicher?‘, ‚Gina, Reichtum korrumpiert‘ und ‚Ach Gina, würdest du doch bloß Park vergessen und einen netten prinzipientreuen Mann kennen lernen‘.“

„Unsinn. Es ist nur so, dass ...“

„Es ist nur so, dass du mich nicht genug respektierst, um meine Wünsche zu akzeptieren. Du nimmst dir alle Freiheiten, aber der Rest der Menschheit muss entweder das wollen, was du willst, oder er ist für dich gestorben. Probier's mal mit etwas Toleranz!“

„Ich will doch nur verhindern, dass du irgendwann vor einem seelischen Trümmerhaufen stehst. Schon jetzt veränderst du dich. Du bist stiller, förmlicher, und du kleidest dich ...“ Fast wäre ihr Corinnes Name herausgerutscht. „Früher hast du immer diese Ballettsachen getragen. Du warst süß und sexy. Jetzt siehst du so ... erwachsen aus.“

„Danke für das Kompliment. Aufgeschlossenheit ist das Stichwort, Tess. Wandel muss nicht zwangsläufig schlecht sein. Die Leute schreiben ständig Bücher darüber. Nur nennen sie es ‚persönliches Wachstum‘.“

„Mag sein“, gestand Tess widerstrebend. „Allerdings könnte ich mit deinem persönlichen Wachstum besser umgehen, wenn es nicht ausgerechnet durch Park inspiriert wäre.“

„Tess, ich liebe Park. Wenn ich könnte, würde ich ihm die Welt zu Füßen legen. Halt dich also bitte raus.“

Gezwungenermaßen verkniff Tess sich eine bissige Bemerkung über Parks doppeltes Spiel. „Okay, okay. Ich bin glücklich, wenn du es auch bist.“

„Wirklich?“

„Wirklich“, schwindelte Tess.

„Um die Wahrheit zu sagen, Glück ist relativ. Wenn wir allein sind, ist alles großartig. Ob Ravioli aus der Dose oder die Mitternachtsvorstellung der ‚Rocky Horror Picture Show', wir haben einen Riesenspaß zusammen."

„Du hast Park in die ‚Rocky Horror Picture Show' geschleppt?" Ginas Optimismus in allen Ehren, aber ahnte sie überhaupt, wie nah sie am Rande des Abgrunds balancierte? Um das Maß voll zu machen, sprach sie schon davon, Parks Eltern kennen zu lernen.

Spätestens jetzt hätte Tess ihr die Illusionen nehmen müssen – eher fror die Hölle zu, als dass Park sie seiner snobistischen Familie vorstellte. Schließlich war er lange vergeben an eine High-Society-Prinzessin mit dem Charme eines Eisblocks, die sein Vater bereits als Mutter seiner Enkelkinder bezeichnete.

Unbehaglich sah sie die Freundin an. Gina war so ernst und liebenswert und unsterblich verliebt. Eine winzige Hoffnung keimte in ihr auf. Mit etwas Glück könnte es ja funktionieren. Vielleicht verliebte sich Park, entwickelte endlich mehr Rückgrat, stellte sich gegen seinen Vater und heiratete Gina.

Und vielleicht konnten Schweine fliegen ...

„Kann ich irgendwas für dich tun?" fragte Tess.

„Ja. Sorg dafür, dass Nick nicht wegen Erregung öffentlichen Ärgernisses verhaftet wird. Skandale sind schlecht für die Kanzlei."

„Nun mach kein Drama daraus!"

„Vergiss es. Du kapierst es nie. In deiner grenzenlosen Engstirnigkeit verstehst du nur deinen eigenen Standpunkt. In Anbetracht der Tatsache, dass Nick versucht, dich in ein Model zu verwandeln und du ihn im ‚Guinness Buch der Rekorde' in der Sparte ‚Sex an den blödesten Orten' sehen willst, trennt ihr euch besser, bevor ihr euch gegenseitig das Leben zur Hölle macht."

Tess überlief ein Frösteln. Sie biss sich auf die Unterlippe und fühlte sich noch elender als zuvor. „Na gut, kein riskanter Sex mehr. Warum gehe ich nicht gleich ins Kloster? Was hat denn das Leben für einen Sinn, wenn man keine Risiken eingehen darf?"

„Arbeit. Liebe. Kinder."

Eine herrliche Perspektive. Ihren Job war sie los. Ihre Gefühle für Nick waren ein einziges Chaos, und Kinder ... Die fehlten ihr jetzt gerade noch.

„Na, wie funktioniert das Leben mit Tess?" erkundigte sich Park süffisant beim Lunch.

„Bestens", antwortete Nick. „Wieso fragst du?"

„Reine Neugier." Abwesend zerkrümelte Park ein Brötchen. „Ihr lebt schon fast einen Monat zusammen, und dein Haus steht immer noch."

„Anpassung ist unsere Devise." Nick schob seinen leeren Teller zurück. „Tess' Kleider zum Beispiel. Sie lief herum wie Annie Hall auf Sozialhilfe. Inzwischen hat Christine die Sache in die Hand genommen." Bei der Erinnerung an Tess in dem mitternachtsblauen Negligee vergangene Nacht lächelte er genießerisch. „Das Nächste, was verschwindet, ist dieser verflixte Tweedblazer."

„Sie war irgendwie seltsam beim Dinner. Ruhig. Würdevoll. Welch war richtig enttäuscht. Ist sie krank?"

„Was erwartet dieser alte Bock? Hostessenbetreuung?" Mühsam bezähmter Groll schwang in Nicks Stimme mit.

Park wurde nachdenklich. „Ich weiß zwar nicht, was er von Tess will, Sex ist es jedenfalls nicht."

„Danke für deine umfassende Persönlichkeitsanalyse."

„Sieh den Tatsachen ins Auge", fuhr Park fort. „Die meisten Männer stehen entweder auf Brüste oder Beine. Tess schneidet in beiden Kategorien ziemlich gut ab. Welch dagegen betrachtete immer nur ganz fasziniert ihr Gesicht. Fast so, als ob er nach etwas sucht oder auf etwas wartet."

„Worauf?"

„Keine Ahnung. Wen kümmert's, solange es uns den Vertrag verschafft?" Ganz in Gedanken griff Park nach einem weiteren Brötchen. „Habe ich dir schon von unserer neuen Rechtsanwaltsgehilfin erzählt? Echt scharf, die Frau."

Verärgert verschränkte Nick die Arme vor der Brust. „Park, was zum Teufel tust du da?"

Das Brötchen landete haarscharf neben dem Wasserglas. „Bitte?"

„Diese Sache mit Corinne um sieben und Gina um elf. Und jetzt die neue Anwaltsgehilfin!"

„Woher weißt du davon?" fragte Park, das personifizierte schlechte Gewissen.

„Tess spricht gelegentlich mit Gina. Hast du vollkommen den Verstand verloren?"

„Ja."

Diese Naivität war zum Haareraufen! „Park, ich mische mich weiß der Himmel nur ungern ein, aber dieses Spiel mit dem Feuer muss aufhören!"

„Soll ich Gina den Laufpass geben? Einfach so? Sie ist so glücklich ..."

„Oh, zum Donnerwetter noch mal!" Aufgebracht warf Nick seine Serviette hin. „Du kannst es nicht der ganzen Welt recht machen. Ich warne dich. Irgendwann lässt Tess die Sache auffliegen."

Park war entsetzt. „Sie würde Gina davon erzählen?"

„Natürlich würde sie das. Verdammt, Park, trenn dich von ihr, aber so behutsam wie möglich. Was du da tust, ist grausam." Außerdem war es überhaupt nicht sein Stil.

„Ich weiß, ich weiß. Ich halte das sowieso nicht mehr lange durch. Erst steife Champagnercocktails mit Corinne, dann Ravioli aus der Dose mit Gina. Eine völlig neue Welt."

„Wovon sprichst du?" fragte Nick total verdutzt.

„Vergiss es. Es ist vorbei. Jetzt muss ich es nur noch Gina beibringen ..." Park widmete sich wieder seinem Brötchen. „Frauen sind die Hölle. Mir ist schleierhaft, wie du vier Wochen mit Tess unbeschadet überstehen konntest."

Das war die Untertreibung des Jahres! „Hast du je mit einer Frau zusammengelebt, zu der du unmöglich Nein sagen konntest?"

„Ja." Parks Miene verdüsterte sich. „Meine Mutter."

„Das ist etwas anderes. Tess und ich hatten Sex auf dem Flügel des Opernkuratoriums."

„Wieso?"

„Weil er eben da war." Nick stieß eine heftige Verwünschung aus. „Zur Hölle, ich weiß nicht, warum. Vermutlich ein schlimmer Anfall von Lust. Tess sagte ‚Lass es uns tun', und ich sagte ‚Nein'. Dann taten wir es. Irgendwann werden wir noch verhaftet, aber das wird es wert sein." Er schob den Stuhl zurück und stand auf. „Genug über mich. Schaff dir Gina vom Hals, bevor Tess dich massakriert."

„Richtig", bestätigte Park dumpf. „Ich muss mir Gina vom Hals schaffen."

Um halb zwölf an diesem Abend kam Tess aus dem Archiv der Universität und fand Nick schlafend am Tisch im Lesesaal.

„Nick." Sanft schüttelte sie ihn. „Honey, es tut mir Leid."

Schlaftrunken rieb er sich die Augen. „Schon gut. Hast du was gefunden?"

„Nein. Kein Wort über Lanny. Ich schwöre dir, er ist kein Produkt meiner lebhaften Fantasie." Resigniert ließ sie sich auf einen Stuhl fallen. „Es ist wie verhext. Ich habe mit Leuten gesprochen, die sich an Lanny erinnern, und mit anderen, die sich an seine Geschichten erinnern. Doch niemand besitzt ein Manuskript oder könnte daraus zitieren. Ich habe nichts in der Hand. Absolut nichts." Sie deutete hinter sich. „Das war mein letzter Trumpf. Notizen von fünfzig Kommunenmitgliedern – und kein Hinweis auf Lanny."

„Wieso nicht?" Nick runzelte die Stirn. „Er hat den Sommer bei euch verbracht. Warum erwähnt ihn niemand?"

„Keine Ahnung."

„Wie sieht diese Akte aus?"

„Es ist bloß eine dicke Mappe voller Papiere."

„Ungebunden? Sind die Seiten nummeriert?"

„Ich weiß nicht."

Gereizt schob er den Stuhl zurück und zog sie auf die Füße. „Komm mit. Ich werde mich zwar dafür hassen, aber zeig mir diese verdammte Mappe."

Zehn Minuten später überflog Tess ihre Notizen. „Dem Tagebuch nach fehlen alles in allem vier Dokumente. Alle aus dem Sommer fünfundsechzig. Eines davon war ein Manuskript. Jemand hat sie herausgenommen. Aber warum?"

„Wir wissen, warum." Nick schloss den Karteikasten. „Nur wer, das ist hier das große Rätsel."

Eine Nachfrage bei der zuständigen Archivarin bestätigte seinen Verdacht. Bisher hatte nur eine einzige Person außer ihnen je nach diesen Unterlagen gefragt.

„Diese hinterhältige Ratte!" schimpfte Tess beim Verlassen der Universitätsbibliothek.

„Reg dich ab." Ungeduldig zog Nick sie zum Parkplatz. „Im Augenblick können wir sowieso nichts unternehmen. Ich will nur noch ins Bett. In aller Frühe habe ich einen Gerichtstermin."

Tess wollte schon vehement protestieren, da überkamen sie heftige Gewissensbisse. Nick war todmüde. Trotzdem ließ sie ihm keine Ruhe. Gina hatte Recht, egoistischer ging es nicht mehr. Der arme Mann gab ihr sein Bestes, und sie kritisierte ihn nur. Jetzt zerrte sie ihn mitten in der Nacht in düstere Archive, damit er ihr Hilfestellung beim Zerstören seiner eigenen Karriere leistete. Falls sie auch nur das Geringste für Nick empfand, würde sie aus seinem Leben verschwinden!

„Alles okay?" Er schloss den Wagen auf. „Du bist auf einmal so still."

„Ich ziehe aus."

„Was?" Er knallte die Fahrertür zu und betrachtete Tess in dem schwachen Licht. „Wovon sprichst du?" Panik schwang in seiner Stimme mit.

„Von meiner Unberechenbarkeit", erklärte Tess tonlos. „Meiner Rücksichtslosigkeit. Ich bin Gift für dich, ich ruiniere deine Karriere ..."

„Wer zum Teufel hat dir denn das eingeredet? Ich brauche keinen Babysitter. Und meine Karriere läuft blendend."

„Gut, aber angenommen, jemand hätte uns auf diesem verflixten Flügel erwischt. Wo wärst du dann?"

„Höchstwahrscheinlich auf ewig bewahrt in den eifersüchtigen Herzen der gesamten männlichen Einwohnerschaft Riverbends." Nick wurde ernst. „Heraus mit der Sprache. Wer setzt dir solche Flausen in den Kopf?"

„Du wärst bestimmt besser dran, ohne dass ich alle Viertelstunde deinen guten Ruf gefährde."

„Hörst du Beschwerden?" Seine Lippen umspielte ein sinnliches Lächeln. „Seit wir gemeinsam die Tiefen der Dekadenz entdeckt haben, erhält mein Sexleben gewaltigen Auftrieb. Komm her." Er beugte sich über die Schaltung und umfasste ihre Wange.

„Ich liebe dich, Tess. Geh nicht." Ungestüm, fordernd und besitzergreifend eroberte er ihre Lippen.

Seine Leidenschaft riss sie mit. Noch nie hatte ein Kuss dermaßen ihre Sinne erregt. Immer wieder drang Nick mit der Zunge in ihren Mund vor, und sein aufreizender Rhythmus war wie ein Vorgeschmack auf erotische Genüsse, die er ihr nur zu gern bereiten würde.

Schauer der Erregung jagten durch ihren Körper. Im Bann ihrer intensiven Gefühle waren alle guten Vorsätze schnell vergessen. Wie von selbst wanderte ihre Hand über seine Brust, den flachen Bauch, zwischen seine Schenkel, wo sie ihn verlangend umschloss. Mit Befriedigung spürte sie das harte, drängende Pulsieren.

Ermutigt tastete Tess nach dem Reißverschluss. Ein berauschendes Gefühl weiblicher Macht überkam sie. Obwohl Nick halbherzig protestierte, senkte sie den Kopf und liebkoste den verlockenden Beweis seines Verlangens.

Überrascht von dem erotischen Angriff, grub er die Finger in ihre weichen Locken und überließ sich aufstöhnend ihren Lippen. Das elektrisierende Spiel ihrer Zunge brachte Nick an den Rand des Wahnsinns. Jeden Moment konnte sich seine sexuelle Hochspannung entladen. Wen kümmerte es schon, dass dies ein öffentlicher Parkplatz war? Tess wollte ihn verlassen! Alles in ihm drängte danach, seinen Besitzanspruch ein für alle Mal zu deklarieren. Sie gehörte ihm.

Für immer.

Ehe Tess richtig bewusst wurde, was er vorhatte, drückte er sie zurück auf den Beifahrersitz. „Hoch mit dir."

Instinktiv stützte sie sich auf das Armaturenbrett. Dann war er hinter ihr und schob ihr ungeduldig den engen Rock hoch. Nur den Bruchteil einer Sekunde später spürte sie seine Finger an ihrem Slip. Der dünne Stoff zerriss.

Mitgerissen von seiner unbändigen Erregung, spreizte sie die Schenkel. Warte, wollte sie sagen. Nicht so. Ich kann dich nicht sehen. Ich kann dich nicht berühren. Ich kann nicht ...

Doch die Hitze seiner Leidenschaft, gepaart mit ihrem eigenen Verlangen, löschte alle Gedanken aus. Plötzlich stieß er mit derart unbändiger Heftigkeit in sie, dass sie schockiert aufschrie. Im selben Moment fand seine Hand das Zentrum ihrer Weiblichkeit und liebkoste es zärtlich.

Tess wurde von unbändiger Lust gepackt. Stöhnend klammerte sie sich an das Armaturenbrett, während jeder seiner gedehnten Stöße sie tiefer in einen Taumel der Erregung führte.

„Nick", hauchte sie.

„Was?" Sein heißer Atem fächelte ihr Ohr.

Ein prickelnder Schauer nach dem anderen durchflutete sie. Mit ihrer ganzen Willenskraft klammerte sie sich an die kläglichen Überreste ihrer Vernunft. „Ich tue überhaupt nichts." Selbst in ihren Ohren klang das wenig überzeugend.

„Lass dich gehen", raunte Nick. „Nur dieses eine Mal."

Wie zur Bekräftigung steigerte er sein Tempo, und nun gab es auch für Tess kein Halten mehr. Wild bäumte sie sich auf und wand sich unter ihm, und als sie dann beide im selben Moment Erfüllung fanden, war ihnen zu Mute, als würde nach einem tobenden Wirbelsturm endlich süße Stille einkehren.

Und gleichzeitig wussten sie, dass der Sturm jederzeit wieder mit elementarer Gewalt ausbrechen konnte.

9. KAPITEL

Am nächsten Morgen folgte Tess Nick verschlafen zum Frühstück. Beneidenswert munter schwirrte er in der Küche umher, bereitete Toast und Kaffee zu und überschüttete sie mit Befehlen.

„Hol mich um sechs im Büro ab. Nimm ein Taxi. Ich habe noch spät eine Besprechung."

„Mit wem gehen wir heute essen?"

„Mit den Pattersons und Norbert Welch."

Ausgerechnet heute, wo ich alles andere als in Topform bin, dachte Tess.

„Erwähn beim Dinner nichts von den fehlenden Papieren. Wir sprechen bei einem Schlaftrunk mit Welch. Aber keine Anschuldigungen, verstanden?" Zur Untermauerung seines Standpunktes deutete Nick mit seinem Marmeladentoast auf sie, ehe er hineinbiss. „Ich will diesen Kontrakt. Wir stehen kurz vor der Unterzeichnung. Vermassle es nicht!"

„Ich weiß, ich weiß, und dann wirst du Partner." Wie konnte er nach einer solchen Nacht nur so vor Energie sprühen? Sie jedenfalls war ganz und gar nicht in der Verfassung für eine neuerliche Diskussion über sein Lieblingsthema. „Nenn mir wenigstens einen einzigen vernünftigen Grund für diese Besessenheit, wo dich schon jetzt ganz Riverbend für einen Gott im dreiteiligen Anzug hält!" Müde stützte sie das Kinn in die Hand und unterdrückte ein Gähnen.

„Okay." Nick zögerte. „Mit achtzehn wurde ich in Yale angenommen. Mein Dad war mächtig stolz. Durch jahrelanges Sparen hatte er einen Collegefonds für mich angelegt, der zusammen mit meinem Teilstipendium so gerade mit Ach und Krach mein erstes Studienjahr finanziert hätte. Kein Problem, sagte Dad. Zur Sicherheit würde er eben Überstunden in der Fabrik machen. Wenn nötig, könne er auch seine betriebliche Altersversorgung angreifen."

Bei Nicks ernstem Tonfall wurde Tess hellwach. „Ein großartiger Mann."

„Durch Missmanagement der Fabrik verlor er kurz vor Weihnachten erst seinen Job und dann auch noch sämtliche Rentenansprüche. Drei Monate später verursachte er einen tragischen Autounfall. Er und Mom waren auf der Stelle tot." Nicks Stimme klang gepresst, trotzdem beendete er die Geschichte vollkommen ausdruckslos. „Er hinterließ nichts. Dreiundzwanzig Jahre Schwerstarbeit, und am Ende besaß er keinen Cent. Das brachte ihn um." Um seine Mundwinkel lag ein grimmiger Zug.

Mitfühlend streckte Tess die Hand aus.

„Werd jetzt bloß nicht rührselig. Dein Toast wird kalt."

„Es tut mir Leid."

„Kein Problem. Schieb einfach zwei neue Scheiben rein."

„Nicht wegen des Toasts, wegen deiner Eltern."

„Es passierte vor zwanzig Jahren, Tess. Es ist vorbei." Mit einem tiefen Schluck leerte er die Kaffeetasse und ging zur Tür. „Ich will einfach nur Sicherheit und finanzielle Unabhängigkeit für uns beide und für unsere Kinder. Sie sollen nicht irgendwann mit leeren Händen dastehen."

„Kinder?" Aber er küsste sie bloß zum Abschied, wobei seine Lippen ein wenig länger als sonst auf ihren verharrten. Tess umklammerte das Revers seines Jacketts und barg das Gesicht an seiner Schulter. „Ich liebe dich."

„Ich weiß. Ich liebe dich auch. Geh wieder ins Bett. Du bist völlig erschlagen."

Nach diesem ebenso beiläufigen wie überraschenden Heiratsantrag saß Tess noch lange am Küchentisch. Unzählige Gedanken wirbelten ihr durch den Kopf. Ein festes Band. Für immer und ewig. Wieso nicht? Sie passten so gut zusammen. Das Einzige, was sie trennte, war Nicks Streben nach Erfolg. Sobald das befriedigt war ... Wären sie verheiratet, könnte sie auf einigen Farbtupfern in diesem Mausoleum bestehen. Dann könnte sie abends von ihren Jobs bei Decker und in der Stiftung heimkehren zu Nick und ihren Kindern.

Kinder ... Ein Junge und ein Mädchen. Nick bevorzugte Symmetrie. Zwei brave, kleine, angepasste braunhaarige Sprösslinge. Ganz der Vater. Natürlich müsste man sie vom Pool fern halten – es sei denn, sie bekamen Schwimmunterricht im Country Club. Natürlich bekamen sie den. Schließlich waren es Nicks Kinder. Die weißen Wildledersofas würden auf jeden Fall verschwinden müssen – außer sie erzog die Kleinen zu beinahe übermenschlicher Sauberkeit und Ordnung. Selbstverständlich mussten sie auf die richtigen Schulen gehen, die richtige Kleidung tragen und höchstwahrscheinlich das Moby-Dick-Spiel spielen. Als Tess sich die beiden in Schuluniformen vorstellte, verging ihr die Lust auf Nachwuchs.

Langweilige kleine Trottel, dachte sie. Schluss mit diesem Albtraumszenario! Mit der Partnerschaft würde Nick sich doch wohl ändern, oder?

Nachdem sie sich auch noch im Bett stundenlang über das Für und Wider einer unauflöslichen Beziehung den Kopf zerbrochen hatte, schlief sie endlich ein und träumte von dunkelhaarigen Minisnobs, die ständig „Oh, Mom!" stöhnten, und einem stromlinienförmigen Ehemann, der seelenruhig verkündete, er würde zur

Präsidentschaftswahl antreten, folglich müsse sie sich komplett neu einkleiden. Erst gegen drei Uhr nachmittags wachte sie auf, weil Gina ihr am Telefon hysterisch von Parks Verlobung berichtete.

Sobald ihre tränenüberströmte Freundin mit einem Berg Taschentücher und einer Unmenge Schokolade versorgt war, stürmte Tess mordlüstern in die Kanzlei. Sie wollte Blut sehen. Parks Blut. Vorzugsweise über alle Wände verspritzt. Allein die Erinnerung an Ginas verzweifelte Miene ließ sie vor Wut am ganzen Körper beben. Sie würde Park finden, und wenn sie mit ihm fertig war, würde die Zeitung nur noch eine Nachricht über ihn bringen – einen Nachruf!

„Entschuldigen Sie, Miss, aber ..."

Wutentbrannt marschierte sie an der völlig verdutzten Empfangsdame vorbei. Krachend schlug die Glastür gegen die Wand. Mehrere verblüffte Sekretärinnen schreckten hoch. Ein mittelgroßer Typ mit Brille versuchte doch tatsächlich, sie abzuwimmeln. In diesem Moment verließ Park zusammen mit einer hübschen Assistentin sein Büro. In einer mörderischen Zielstrebigkeit, die alles im Weg stehende überrollte, steuerte Tess auf ihn zu, packte seine Aufschläge und wirbelte ihn herum. „Ich will dich sprechen, und zwar auf der Stelle, du widerlicher Bastard!" Sein verdutztes Gesicht war nur Millimeter von ihrem entfernt. „Sollen wir das öffentlich oder privat austragen?"

„In meinem Büro wartet ein Klient ..." Park stand sichtlich unter Schock.

„Hier." Eine attraktive Brünette in den Dreißigern öffnete eine Tür. „Benutzen Sie Nicks Büro."

„Ich glaube nicht, Christine ..." stammelte Park.

„Großartig. Danke, Christine!"

Als Park sagte „Wirklich, ich kann doch nicht ...", zerrte Tess ihn an der Krawatte quer durch den Flur und knallte die Bürotür hinter ihnen zu.

„Du verrotteter, verlogener, frischverlobter Abschaum!" Bebend vor Zorn drängte sie ihn gegen die Wand. „Du musstest ihr wehtun, nicht wahr? Ein klarer Schlussstrich war zu viel Mühe, also hast du einfach weitergemacht, und dann lässt du es sie durch diesen verdammten Zeitungsartikel herausfinden!"

„Wovon sprichst du?"

Das stoppte sie. Park wirkte ebenso verängstigt wie ratlos. Keine Spur von Schuldgefühl. „Gina", zischte Tess. „Ich rede von dem, was du meiner besten Freundin angetan hast."

„Gina?" Beschwörend umfasste er ihre Arme. „Was ist mit ihr? Ist sie verletzt?"

„Natürlich ist sie verletzt, du Mistkerl." Mit einem Schulterzucken befreite sich Tess aus seinem Griff. „Sie hat gerade in der Zeitung von deiner Verlobung gelesen. Sie glaubte, du würdest sie lieben, und ..."

„Welche Verlobung? Gina denkt, ich sei verlobt?"

„Klar denkt sie das." Himmel, was war er blöd! „Mit Corinne." Angesichts seiner bestürzten Miene verpuffte ihr Zorn. Wenn es eine Sache gab, die Park auf gar keinen Fall wollte, dann war es eine Verlobung mit Corinne. „Park." Ihre Geduld wurde zusehends überstrapaziert. „Irgendjemand hat der Presse deine Hochzeit angekündigt. War das ein Missverständnis?"

Alle Farbe wich aus seinem Gesicht. „Ach du liebe Güte! Und Gina hat das gelesen?" Er stürzte zum Telefon. „Gina? Gina? Nein, warte, Darling ..." Entmutigt legte er auf und vergrub das Gesicht in den Händen.

„Sie ist wirklich am Boden zerstört, Park."

„Ein voller Erfolg für Dads neusten Feldzug in Sachen Seriosität. Mein Gott!"

„Dein Vater hat diese Lüge in die Welt gesetzt?“ Nicht zu fassen! „Denkt er tatsächlich, wenn er einfach die Verlobung verkündet, würdest du Corinne heiraten? Was ist mit Gina?“

„Sie spricht ja nicht mehr mit mir.“

Nur mühsam widerstand Tess dem Drang, ihm eine schallende Ohrfeige zu verpassen.

„Dabei wollte ich gestern die ganze Sache aufklären, nachdem Nick mir ins Gewissen geredet hat.“ In seinem Elend war er fast Mitleid erregend. „Sie öffnete die Tür und strahlte mich an. Zuerst dachte ich, sie hätte im Lotto gewonnen.“ Park schluckte. „Aber sie sagte nur: ‚Du bist da‘, und strahlte mich an. Dieses idiotische glückliche Lächeln war nur für mich.“

Unglaublich, wie egozentrisch er war! „Wirklich klasse, Park. Richtig selbstlos von dir!“

„Verdammt, ich liebe sie nun mal!“

Tess blieb skeptisch. „Weil sie jedes Mal bei deinem Anblick ein idiotisches glückliches Lächeln zeigt?“

„Nein. Weil ich jedes Mal genauso strahle, wenn ich sie sehe.“ Ein ausnehmend einfältiges Lächeln breitete sich auf seinem Gesicht aus.

„Bitte tu mir das nicht an. Du nimmst mir ein wichtiges Feindbild.“ Jetzt hatte sie gleich zwei Probleme am Hals. Überdeutlich hörte sie Nick sagen: „Halt dich da raus!“ Ach, zur Hölle mit ihm! Allein seinetwegen würden ihre Kinder zwei hirnlose Lackaffen werden! „Willst du einen guten Rat? Sieh zu, dass du dieses Durcheinander beseitigst. Corinne sucht bestimmt schon das Brautkleid aus. Und dann stellst du Gina deinen Eltern vor. Je eher, desto besser. Möglichst ehe dein Vater dich mit Prinzessin Diana verlobt.“

„Er wird schrecklich zu ihr sein. Und meine Mutter ... Oh Gott, meine Mutter!“

„Was bist du doch für ein Waschlappen! Gina geht gerade durch die Hölle. Wenn du es ernst meinst, steh auch dazu! Das bist du ihr schuldig!“ Ein boshaftes kleines Glitzern lag in ihren Augen. „Wie wär's, wenn du noch einen weiteren Platz für heute Abend im ‚Levee' reservierst?“

Nachdem die Nicht-Verlobung gelöst, Park zu der Liebe seines Lebens entschwunden und ein überaus unterhaltsamer Abend vorprogrammiert war, erforschte Tess neugierig Nicks Büro. Das sterile Hochglanz-Territorium moderner Straßenräuber bestand vorwiegend aus dunklem Holz, Chrom und Leder. Selbst der Bilderrahmen musste ein Vermögen gekostet haben.

Plötzlich stutzte sie. Was immer sie auch auf Nicks Schreibtisch zu finden erwartet hatte, das ganz bestimmt nicht.

Der Schnappschuss von ihrem Footballspiel! Sehr seltsam. Wieso wählte Nick ausgerechnet ein Bild, auf dem er aussah wie ein Lausejunge? Natürlich die höllisch attraktive Version. Dennoch, das absolute Gegenstück zu seinem perfekten Rechtsanwalts-Image.

Gedankenverloren zeichnete sie seine Gesichtszüge nach. Wie viel Spaß sie damals gehabt hatten! Wie viel Spaß sie immer hatten. Sie liebte ihn so sehr. Wäre er doch bloß immer so entspannt anstatt unermüdlich dieser verdammten Partnerschaft nachzujagen.

Kritisch betrachtete sie ihr eigenes Abbild. So würden vermutlich ihre Kinder aussehen, ohne den Einfluss von Nicks Yuppie-Genen. Ihr Haar stand zu Berge, ein Schmutzfleck zierte ihre Wange, sie trug nicht mal einen Hauch von Make-up, und an ihrem strahlenden Lächeln hätte jeder Zahnarzt seine helle Freude gehabt. Sie sah aus wie zehn! Zehn mit Krähenfüßen, aber trotzdem zehn – und keinen Tag älter.

„Christine?“ Sofort erschien die Sekretärin in der Tür. „Hi, ich bin Tess.“

„Das dachte ich mir. Was haben Sie Park angetan?“

„Nur sein Leben in Ordnung gebracht.“ Verschwörerisch zwinkerte sie. „Sagen Sie, steht dieses Foto schon lange auf Nicks Schreibtisch?“

„Ewig.“

„Glauben Sie, Welch hat es gesehen?“

„Bestimmt. Er stolziert ständig wie ein Tiger im Käfig umher.“

Welch kannte CinderTess, er kannte die Kommune, er kannte sie. Die Lösung des Rätsels lag zum Greifen nah, das spürte Tess. Kurz entschlossen rief sie ihre Mutter an. „Konzentrier dich, Elise. Es ist wichtig. Erinnerst du dich an meine Frage nach Lannys Manuskript?“

„Natürlich erinnere ich mich. Ich bin alt, aber nicht senil.“

„Richtig. Entschuldige.“ Tess versuchte es anders. „Irgendwer hat es ebenfalls gesucht und auch gefunden. Folglich kannte er Lanny. Gab es da jemanden in der Kommune? Kleiner als Lanny. Dicker. Ein bisschen älter.“

„Da waren eine Menge Männer, Liebes.“

„Der Name war Welch. Norbert Welch.“

„Nein“, sagte Elise langsam. „An jemanden mit diesem Namen erinnere ich mich nicht.“

„Verdammt! Ich war sicher, dieser Mann hätte mein Bild erkannt und mich deshalb vorsorglich zu seiner Party eingeladen – sonst erinnert sich ja kaum jemand an die Geschichte. Anders wäre es einfach ein zu großer Zufall. Ich kann es mir nicht anders erklären. Die Kommune, ich, Lanny, CinderTess ... Wie hätte Welch sonst ...“

„Der einzige Welch, den ich kenne, ist Lanny.“

Tess glitt das Bild aus den plötzlich eiskalten Fingern. „Was? Lannys Name war Welch? Warum sagst du das nicht gleich?"

„Du hast nicht gefragt. Außerdem haben wir kaum Nachnamen benutzt. Ist es wichtig?"

„Ja. Danke, Elise." Benommen legte sie auf. Lanny Welch? Ein Bruder von Norbert? Wieso erkannte er dann ihr Foto? „Christine? Benutzt Welch ein Pseudonym?"

„Nein. Auch sein richtiger Name lautet Norbert Nolan Welch."

Nolan. Lanny. Norbert Welch war Lanny.

Vor Tess' Augen drehte sich alles. Lannys größter Feind war Lanny selbst! Wie konnte er seine eigenen Ideale verraten? Ihre Ideale? Wie konnte ihr Bemühen, einen lange verlorenen Freund zu beschützen, nur damit enden, dass sie diesen Freund für immer verlor?

Sobald sie diese Ungeheuerlichkeit verarbeitet hatte, musste sie an die Konsequenzen denken. Nick ... Diese verdammte Partnerschaft. Ja, jetzt saß Welch in der Falle. Ein angehender neokonservativer Senator, der in den Sechzigern ein überzeugter Radikaler gewesen war – damit hatte sie ihn in der Hand. Sie brauchte nur zu sagen: „Veröffentliche dieses Buch nicht, oder ich erzähle der ganzen Welt von Lanny, CinderTess und deiner Hundertachtziggradwende."

Und Nick konnte sich endgültig von dem Kontrakt verabschieden. Kein Buch, kein Vertrag.

Die nächste Viertelstunde betrachtete sie das Problem aus allen erdenklichen Blickwinkeln. Aus allen Blickwinkeln sah es gleich aus. Verhinderte sie das Buch, verhinderte sie die Partnerschaft. Stoppte sie es nicht, opferte sie Nicks Karriere zuliebe alles, woran sie glaubte.

„Oh, verdammt!" stieß sie hervor.

Nick fing ihre Worte auf. „Was gibt's?" Wie ein Wirbelsturm

fegte er ins Büro, legte die Aktentasche ab, stemmte die Hände in die Hüften und nahm Tess' weites T-Shirt und den engen Mini in Augenschein. „Wir müssen in einer Viertelstunde im Restaurant sein. Was zum Teufel trägst du da?“ Und vor allen Dingen, wieso zum Kuckuck dachte er bei ihrem Anblick gleich an heiße Schreibtischszenen statt an kühle Drinks? „Christine! Haben Sie dieses entsetzliche Jackett ersetzt?“

Gehorsam erschien die Sekretärin im Türrahmen, in der Hand eine flache Schachtel. „Donna Karen. Marineblau mit Nadelstreifen. Sagen Sie nicht, ich hätte Sie nicht gewarnt.“

Tess ahnte Entsetzliches. Widerstrebend hob sie den Deckel und sah ihre schlimmsten Befürchtungen bestätigt. „Es mag euch vielleicht entgangen sein, aber ich besitze bereits einen Blazer.“ Ihr vernichtender Blick hatte schon wesentlich hartgesottenere Gegner in die Knie gezwungen.

Nick schnippste bloß mit den Fingern. „Du hattest. Dieses Tweedding war mottenzerfressen. Und jetzt avanti, Baby.“

„Entscheidet der große Nicholas Jamieson“, spottete sie. „Prima. Was ist als Nächstes an der Reihe? Oh, richtig – du willst ja nicht nur meine Garderobe, sondern auch gleich meinen Charakter ummodeln. Sei still, sei brav, sei höflich.“ Ihre Augen sprühten vor Zorn. „Raffinierte Gehirnwäsche, Dr. Jekyll. Leider begehen auch Genies manchmal Fehler. Mich verbiegst du zu keinem pflegeleichten Society-Mäuschen! Besorg dir lieber eine dekorative Schaufensterpuppe, denn die hält sich garantiert schön brav aus allem heraus. Was erwartest du eigentlich von mir? Soll ich einfach die Hände in den Schoß legen, während um mich her das größte Chaos ausbricht? Heute musste ich Gina erklären, weshalb ich Parks doppeltes Spiel schweigend geduldet habe. Irgendwie hat das ‚Nick riet mir, mich nicht einzumischen‘ keinen von uns beiden so richtig befriedigt.“ Da sie sich gerade so schön in

Fahrt geredet hatte, ignorierte sie Nicks markigen Fluch. „Durch deine Vogel-Strauß-Politik hätten Gina und Park fast ihr Leben ruiniert.“ Kurz erzählte sie ihm von den übereifrigen Klatschreportern.

„Oh, zur Hölle!“ Nick schloss die Augen und legte den Kopf in den Nacken. „Und was jetzt?“

„Jetzt gehen wir alle gemeinsam zum Dinner.“

Hatte sie etwa völlig den Verstand verloren? „Na toll. Das wird Welch wirklich beeindrucken!“

„Welch hat sein eigenes Problem. Mich.“

Gelegentlich sträubten sich auch einem abgebrühten Anwalt sämtliche Nackenhaare. „Tess, ich sagte dir doch, wenn du bis nach dem Dinner warten würdest ...“

„Du sagst mir ständig irgendwas. Zur Abwechslung bin ich mal an der Reihe. Es gibt einige Dinge, die in meinem Leben schief gelaufen sind, und die werde ich in Ordnung bringen. Falls du damit nicht zurechtkommst, kommst du auch mit mir nicht zurecht. Nimm mich so, wie ich bin, oder lass es bleiben.“

„Ist das ein Ultimatum?“ Ein winziger Muskel zuckte an seinem Kinn.

Tess schluckte. „Ja. Ich habe es auf deine Art versucht. Es geht nicht. Das war es dann wohl.“ Da Nick schwieg, begutachtete sie Christines neuesten Kauf, bis ein dunkler Schatten unter dem Seidenpapier ihre Aufmerksamkeit erregte. Triumphierend holte sie ihren fadenscheinigen Lieblingsblazer heraus und zog ihn über. „Christine braucht eine Gehaltserhöhung! Und wir beeilen uns besser, sonst verpassen wir das Beste.“

Damit rauschte sie hoheitsvoll aus dem Büro.

10. KAPITEL

Tess und Nick verspäteten sich. Kent, Melisande und Welch saßen bereits am Tisch, ein kleines Triumvirat aus Privilegien und Arroganz. Am liebsten hätte Tess ihrer Wut deutlich Ausdruck verliehen. Leider war Unhöflichkeit überaus ineffektiv. Von Nick hatte sie einiges gelernt. Takt. Diplomatie. Hinterhältigkeit. Sie würde Welch wie ein Lamm zur Schlachtbank führen. „Gründlich schmoren lassen und dann auf kleiner Flamme weich kochen" lautete ihre Devise.

„Wenn ich mich den ganzen Abend benehmen soll, brauche ich einen Drink", entfuhr es Tess.

„Ich auch." Hinter ihr stand Nicks Versagerfreund mit seiner völlig verschüchterten Begleiterin.

„Gina, Honey? Alles in Ordnung?"

„Klar. Alles bestens." Ihre Augen waren vom Weinen gerötet, die fahrigen Bewegungen ein deutlicher Beweis für ihr strapaziertes Nervenkostüm. „Mir geht es gut. Wirklich", wiederholte sie stoisch. „Kann ich einen Kaugummi haben?" Starr vor Entsetzen fixierte sie Parks Mutter, eine Frau, die nie amüsiert und oft empört war. Ohne jeden Zweifel hatte Melisande niemals so viel Grund zur Empörung gehabt wie im Augenblick.

Park dagegen schrumpfte unter dem vernichtenden Blick seines Vaters wie ein Sünder am Jüngsten Tag, der einiges zu erklären hatte, was die kleine Italienerin an seiner Seite anbelangte, die so offensichtlich das Pattersonsche Zuckerpüppchen-Profil sprengte.

In weiser Voraussicht tat Nick das Naheliegende und winkte nach dem Kellner. „Bringen Sie Wein. Egal welchen. Sofort."

Kent Patterson lächelte verkniffen. „Den Chateau Rothschild, Dennis."

„Sehr wohl, Sir." Der Kellner verbeugte sich devot.

Bei der Gelegenheit orderte Kent auch gleich für alle das Menü. „Wir beginnen mit Graved Lachs und Kürbissuppe." Da er Autorität ausüben konnte, entspannte er sich sichtlich. „Anschließend den Ziegenkäse auf Endiviensalat." Geflissentlich übersah er, wie Welch die Augen rollte. „Dann Ente à la Moskau und zum Dessert Crème Brûlée."

„Sehr, sehr gut, Sir", lobte Dennis.

„Steak", mischte sich Welch ein. „Medium. Grillkartoffeln. Und eine Bloody Mary."

„Henderson wird nicht sehr begeistert sein", meinte Tess.

„Henderson wird es nicht erfahren. Es sei denn, Sie verpetzen mich."

„Das sollte ich. Jemand muss Sie vor sich selbst retten."

Zum Glück brachte Dennis in diesem Moment den Wein. Eine Gelegenheit für Nick, sich auf den neuesten Stand der Dinge zu bringen. „Was geht hier eigentlich vor?"

„Das Erste von Dantes zwölf Stadien der Hölle. Geh lieber. Es könnte ziemlich hässlich werden." Fröhlich hob Tess ihr Glas und prostete in die Runde.

„Park erzählte mir, Sie seien Demokratin." Missbilligend musterte Kent seinen verlegen dasitzenden Sohn. „Da müssen interessante Diskussionen zwischen Ihnen und Nicholas ja vorprogrammiert sein."

„Oh, gelegentlich." Tess ließ sich nicht provozieren.

„Demokraten", schnaubte Welch, doch er beobachtete Tess mit derselben Aufmerksamkeit, die er ihr stets schenkte.

Kent lächelte herablassend. „Es stimmt also, dass die Politik eigenartige Bettgesellen macht?"

„Also wirklich, Kent!“ Melisande rümpfte pikiert die Nase.

„Bettpersonen.“ Alle starrten Park an. „Tess zieht geschlechtsneutrale Ausdrücke vor.“

„Sei kein Idiot!“ entgegnete Kent.

„Er hat Recht.“ Wenn schon nicht seine Intelligenz, so rührte Tess zumindest Parks Friedensangebot. „Bettpersonen ziehe ich eindeutig vor“, log sie.

„Politisch korrekter Schwachsinn!“ warf Welch ein.

„Klingt nicht sehr überzeugt, Norbert. Haben Sie mal wieder Ihre Meinung geändert?“

Jetzt war Welchs Misstrauen deutlich spürbar.

„Bettpersonen. Wie merkwürdig.“ Melisande starrte Gina an, als sei sie die Wurzel allen Übels.

„Möchte außer mir noch jemand einen Drink?“ fragte Nick, um Melisande abzulenken. „Ober?“

Während Dennis das Auftragen des Lachs überwachte, brachte ein anderer Kellner eine neue Weinflasche.

Brot und Fisch, stellte Tess angewidert fest. „Was ist das denn für ein öliges rosa Zeug? Kunstharz?“

„Geräucherter Lachs.“

„Sollte ich je wieder mit dir essen gehen, dann nur bei Burger King!“

Mit dem nächsten Gang startete Melisande zum Frontalangriff. „Erzählen Sie mir etwas von sich, Miss DaCosta.“ Geschickt passte sie genau den Moment ab, als Gina probieren wollte. Völlig überrumpelt ließ sie den Löffel fallen. Suppe spritzte in alle Richtungen.

„Oh, es tut mir so Leid!“ Hektisch tupfte sie die Spritzer auf.

Schnell packte Park sie am Handgelenk und lächelte liebevoll. „Gina ist äußerst talentiert. Sie besitzt eine wundervolle Stimme.“

„Oper?“ erkundigte sich Melisande aalglatt.

„Musical."

Nick reichte ihr rasch den Brotkorb. „Noch Brot?"

Das Ablenkungsmanöver scheiterte. „Nein", erwiderte Melisande kurz angebunden und fiel wieder über ihr völlig verschrecktes Opfer her. „Und Ihre Ausbildung beendeten Sie wo?"

„An der Brush High School." Nervös benetzte Gina die trockenen Lippen. „In Euclid, Cleveland."

„Nein, nein, meine Liebe. Ich meinte das College."

Gina errötete bis an die Haarwurzeln.

„Versuchen Sie die Kürbissuppe, Mrs. Patterson", sprang Tess ein. „Sie ist köstlich."

„Ich war nicht auf dem College", ergab sich Gina resigniert in ihr Schicksal. „Wenn Sie es genau wissen wollen, ich besitze nicht mal einen High-School-Abschluss. Mit sechzehn schloss ich mich einem Tourneetheater an. Dabei bin ich in den vergangenen achtzehn Jahren geblieben."

„Sie sind also ein Revuegirl?" versetzte Melisande ihrer Gegnerin triumphierend den Todesstoß.

„Ja." In einem Schluck trank sie ihr Weinglas leer.

Unter seiner Sonnenbräune nahm Park einen seltsam rosigen Farbton an. „Mutter, ich denke nicht ..."

„Habe ich dir schon erzählt, wen ich in Cape Cod getroffen habe, Park?" wechselte Melisande das Thema, nachdem ihr Gift erfolgreich verspritzt war. „Susan Vandervalk. Sie hat gerade ihren Magister gemacht und arbeitet ehrenamtlich im Kunstmuseum. Ein bezauberndes Mädchen. Erinnerst du dich, wie viel Spaß ihr beide in Paris hattet?"

„Nein."

Melisande blinzelte verdutzt. Welch verschluckte sich an seiner Bloody Mary. Tess ließ ihre Gabel auf den Boden fallen und zupfte beim Hinunterbeugen an Nicks Ärmel.

„Was ist?“ Gemeinsam verschwanden sie unter der Tischplatte.

„Besser du verkündest öffentlich unsere Trennung, denn noch vor dem Dessert bringe ich diese Hexe um.“

Bei dem Wort „Trennung“ zuckte Nick zusammen. „Beherrsch dich. Die Sache ist peinlich genug. Wenn du mich fragst, haben Gina und Park die richtige Idee. Halt dich an den Alkohol.“

„Da reicht alles Hochprozentige der Welt nicht“, stöhnte Tess.

„Und das mit der Trennung kannst du getrost vergessen! Ich hasse diesen verdammten Blazer, aber so leicht kommst du mir nicht davon. Meinetwegen kannst du in Sack und Asche gehen. Wir bleiben zusammen!“

„Verwechselst du da nicht Anlass und Ursache?“

Ehe sie ihre Beziehungsprobleme lösen konnten, störte Melisande die kleine Konferenz. „Bitte, Kinder, der Kellner wird sich um die Gabel kümmern.“

Beide drehten den Kopf. Überheblich sah einer dieser wandelnden Pinguine auf sie hinab.

„Der Kellner wird sich um die Gabel kümmern, Tess.“ Nick verdrehte die Augen.

„Natürlich. Wie provinziell von mir.“

Da Dennis beim Wein beständig für Nachschub sorgte, waren sie schon bald alle in einen alkoholischen Nebelschleier gehüllt, der jedoch leider auch nicht die gespannte Atmosphäre zu lockern vermochte.

Schließlich brachte Dennis den Ziegenkäse.

„Ziegenkäse“, bemerkte Tess. Ihre Stimmung sank auf den Nullpunkt. „Ich hasse dieses Krümelzeug. Früher lebten wir in einer Kommune, wo ich diese kleinen Biester regelmäßig melken musste. Sie würden nicht glauben ..." Ein harter Tritt gegen den Knöchel verriet ihr, dass sie wild drauflos plapperte. Sie verstummte.

„Ziegen?" wiederholte Melisande schockiert. „Sie hielten Ziegen?" Für sie entsprang Ziegenkäse vermutlich auf wundersame Weise den Endivien.

„Natürlich, Ziegen, Melisande."

Mit blitzenden Augen fuhr sie zu ihrem Mann herum.

Nick versuchte Kent vor der zu erwartenden Attacke zu retten. „Also, Kent, was gibt's Neues an der Küste?"

„Wie schön, dass Sie danach fragen", schnitt Melisande ihm im Gegenzug das Wort ab. „Wir waren zum Dinner bei den Whitneys. Sie und Park sind im College mit den Töchtern ausgegangen. Bea und Bunny. Erinnern Sie sich?"

„Lebhaft."

Tess verschluckte sich an ihrem Wein.

Mit der Feinfühligkeit einer Dampfwalze schwenkte Melisande wieder auf ihr Lieblingsthema ein. „Zwischen Park und Bunny war es ja damals eine ziemlich ernste Sache. Beim Dinner hat sie übrigens nach dir gefragt, Park. Ein reizendes Ding. Du solltest sie anrufen."

„Nein."

Welch grinste. „Irrsinnig unterhaltsamer Abend."

„Moment mal, ist das wahr?" Tess tupfte sich den Mund ab. „Sie heißen wirklich Bea und Bunny?"

„Finden Sie das etwa lächerlich, Miss Newheart?" gab Melisande frostig zurück.

„Lächerlich ist noch milde ausgedrückt."

„Verstehe ich nicht", murmelte Gina.

„Ich glaube, Miss DaCosta hat genug." Indigniert musterte Melisande ihr Gegenüber. „Sicher sind Sie einen so edlen Tropfen nicht gewohnt, meine Liebe. Soll Dennis Ihnen etwas anderes bringen? Vielleicht ein Bier?"

Park sog hörbar die Luft ein. „Das reicht, Mutter!"

Auch Tess stand kurz davor, handgreiflich zu werden. „Sie ist Italienerin! Die Italiener haben den Wein erfunden. Dort würde man übrigens niemanden Bunny und BeeBee taufen."

„Bunny und Bea."

„Halten Sie das für eine Verbesserung?"

„Wirklich exzellenter Ziegenkäse", bemerkte Nick mit gequältem Gesichtsausdruck.

Gina befand sich ebenfalls am Rand der Verzweiflung. „Noch Wein, bitte."

„Wie italienisch von Ihnen, meine Liebe."

„Mutter!"

Jetzt langte es Tess.

Schnell stieß Nick seine Gabel vom Tisch, packte Tess am Jackenärmel und zerrte sie mit sich.

„Kinder, der Kellner wird die Gabel aufheben."

Nur mühsam hielt Tess ihr hitziges Temperament unter Kontrolle.

„Danke Gott, dass du Waise bist."

Allmählich wurde Nick die Komik der Situation bewusst. Wären sie nicht alle leicht angeheitert, hätte in diesen ehrwürdigen Hallen längst ein Gemetzel stattgefunden. „Zu schade, dass Stephen King verhindert war. Er hätte einiges lernen können." Spielerisch drückte er Tess einen Kuss auf die Nase. „Ich liebe dich."

„Was?"

„Ich liebe dich. Egal, was du vorhast."

„Sag, dass unsere Kinder keine Schwimmstunden nehmen müssen!"

„Du willst, dass sie ertrinken?“ Würde er je hinter ihre wirren Gedankengänge kommen?

„Nicholas, bitte ...“, begann Melisande erneut.

Halt suchend klammerte sich Tess an die Tischkante. „Hören Sie, Lady, wir debattieren hier unten. Nur für geladene Gäste. Also stören Sie nicht ständig!“ Abrupt tauchte sie wieder unter.

„Sehr geschickt. Jetzt sind wir endgültig von ihrer Weihnachtskartenliste gestrichen.“

„Oh verdammt!“ Beide prusteten vor Lachen. Bis Tess sich an Welch erinnerte. „Das ist nicht komisch ...“ Bevor sie die veränderte Situation erklären konnte, kamen die Entenmedaillons an, begleitet von drei grünen Bohnen, zwei winzigen Karotten und einer Kartoffel. Verächtlich musterte Welch die Teller der anderen und schnitt sein Steak an.

„Sehr übersichtlich, das Ganze“, raunte Tess ihrem plötzlich verblüffend unbekümmerten Tischnachbarn zu. „Glaubst du, Dennis hat unterwegs einen kleinen Imbiss zur Stärkung genommen?“

„Mehr gibt es nicht. Das ist Haute Cuisine. Frei nach dem Motto ‚friss oder stirb‘!“

„Eine interessante Alternative“, meinte Tess. Ein kleiner seelenreinigender Mord wäre momentan nicht zu verachten. Besonders, da sie jederzeit kostenlos die Dienste eines begnadet vielseitigen Anwalts in Anspruch nehmen könnte. „Ich hasse dieses Leben.“

„Wegen des Gemüses?“

„Wegen der fehlenden Farbtupfer. Ich hasse dieses triste Schwarz-Weiß. Ich hasse diese verdammten Edelklamotten. Und diesen entsetzlichen Gourmettempel hasse ich auch.“

„Okay.“ Langsam legte Nick die Gabel ab. „Was liebst du dann?“

„Dich. Bedingungslos. Aber ich werde dein Leben zerstören."

„Nur, wenn du mich verlässt."

Durch eine erprobte Handbewegung landete ihre Gabel unter dem Tisch, gefolgt von Tess und Nick. „Ich könnte das Buch stoppen."

„Wie?"

„Welch ist Lanny."

„Das ist kein Verbrechen."

„Ein Anti-Vietnam-Kämpfer als Konservativer auf dem politischen Parkett? Denk an seinen Stolz!"

Nicks Lippen bildeten eine dünne Linie. Ein winziger Muskel zuckte an seiner Wange. „Denk an meine Partnerschaft in der Kanzlei."

In seinen Augen entdeckte Tess unerbittlichen Ehrgeiz, aber auch Stärke und Großzügigkeit. Er hatte Angela gerettet, für neue Schlösser in ihrem Apartmenthaus gesorgt, Gina einen Job verschafft, ihr selbst eine Chance bei Decker ermöglicht – und ganz nebenbei liebte er sie bis zur körperlichen und emotionellen Ekstase. Als Gegenleistung wollte sie seine Hoffnungen zerstören.

Und ihre Beziehung ...

Beklemmung stieg in ihr auf, ein Schwindelgefühl, das nur bedingt am Wein lag. Angst und Unsicherheit lasteten wie eine dunkle Wolke auf ihr. „Du kannst mich aufhalten", flüsterte sie.

„Gut. Wie?"

„Gib mir den Laufpass." Sein fassungsloser Blick wirkte fast komisch. „Ein sauberes Ultimatum. Unsere Liebe oder das Buch. CinderTess ist mir enorm wichtig. Aber nicht um jeden Preis."

Zärtlich schob er ihr eine Haarlocke hinters Ohr. „Du kannst beides haben."

Seine Selbstlosigkeit bekräftigte Tess in ihrem Entschluss. „Du würdest es bedauern, nach all der Mühe, die du in deine

Karriere investiert hast. Das wäre dann auch das Ende unserer Beziehung."

„Nein."

„Kinder!" rief Melisande indigniert.

„Ich tue es nicht."

„Dann mach ich es." Entschlossen richtete Nick sich auf. „Sie sind also Lanny", ging er ohne Vorwarnung auf Konfrontationskurs. „Enormer Umschwung in Ihrem Märchen. Wie wollen Sie das eigentlich Ihren Fans erklären?" Diesen mörderischen Blick sparte er sich sonst nur für besonders unkooperative Zeugen auf.

Sechs Augenpaare starrten ihn entgeistert an.

Nachdem die Bombe endlich geplatzt war, wirkte Welch richtiggehend erleichtert. „Ziemlich lange Leitung, Mädchen", spottete er an Tess gewandt. „Früher warst du wesentlich scharfsinniger."

„Und du warst wesentlich größer", schoss Tess zurück.

„Du warst wesentlich kleiner!"

„Dein Haar war braun, und du warst nicht so fett!"

„Also wirklich, Tess!" Kent bemühte sich um einen letzten Rest von Anstand. „Das ist wohl kaum ..."

„Ich bin nicht fett", unterbrach Welch ihn.

„Bist du doch! Du hast dich verändert. Stell dir vor, wie viele Leute das interessant finden werden."

„Nicht viele."

„Sollen wir es riskieren? Die Reporter stürzen sich mit Begeisterung auf alle Leichen, die ihr angehenden Abgeordneten so im Keller habt."

„Uninteressant. Die Kampagne ist gestrichen. Ich habe einen neuen Job", kündigte Welch triumphierend an. „Neuerdings sitze ich im Kuratorium der Decker-Academy. Schon gehört?"

Das zog Tess den Boden unter den Füßen weg.

„Dachte ich mir's doch." Selbstgefällig grinste er. „Übrigens stimmen wir morgen über die neuen Lehrverträge ab. Schon ein Nein verhindert eine Neueinstellung."

„Was bist du doch für ein lausiger Bastard!"

„Tess!" rief Kent. „Nick, also wirklich ..."

„Dabei habe ich dich so sehr geliebt", sagte Tess. Kent fielen fast die Augen aus dem Kopf. „Du warst alles für mich. Von dir habe ich so viel gelernt. Du hast mir beigebracht, wer ich bin."

„Papperlapapp!" entgegnete Welch. „Du wusstest immer genau, wer du bist. Ich habe dir einfach einen Tritt in den Hintern gegeben, wenn du ihn brauchtest."

„Ach, und dieses verdammte Buch war der letzte Wink mit dem Zaunpfahl, was? Wie konntest du nur alles ruinieren?"

„Ich? Wer bekam denn fast einen Herzinfarkt, als er dieses Foto von dir und Jamieson in der Zeitung sah? Und dann das Bild in seinem Büro." Er lachte. „Tessie Newheart. Das Gespenst aus meiner Vergangenheit."

„So ist das also gelaufen. Nicht schlecht. Sehr Lanny-mäßig. Diese Einladung zu deiner Lesung kam mir sowieso ziemlich suspekt vor."

„Vergiss Lanny. Vorbei ist vorbei. Komm schon, Kleine, bringen wir es hinter uns. Du bist am Zug."

In einer Mischung aus Resignation und Bewunderung betrachtete sie den alten Freund. Achtundzwanzig Jahre hatten ihre Spuren hinterlassen. Äußerlich wie innerlich. Welch hatte Recht. Die Vergangenheit war vorbei. Alles, was sie besaß, war das Heute. Heute und Nick. Aber sie besaß auch Lannys wertvollste Lektion. War eine Konfrontation die möglichen Verluste wert?

„Feigling!"

„Nenn es Reife. Und sei froh, dass einer der besten Anwälte dieser Stadt für dich arbeitet."

Eine kleine Seelenmassage, und prompt taute auch Kent auf. „Oh, vielen Dank, Tess."

„Nicht Sie! Ich meinte Nick."

„Ich muss doch sehr bitten! Ich bin Norberts Anwalt!"

„Irrtum. Sie sind gefeuert", knurrte Welch.

„Das ist allein ihre Schuld", machte Kent seiner Empörung Luft und zeigte mit dem Finger auf Tess. „Diese Frau ist vollkommen inakzeptabel! Nick, Sie werden sie auf der Stelle ..."

„... heiraten, und das so bald wie möglich", verkündete Nick gelassen. „Seien Sie sehr vorsichtig mit Ihren Beschimpfungen."

„Nick, ich bitte Sie!" Der Alkohol ließ Melisande laut werden. „Diese unmögliche Frau nimmt Ihr unsinniges Angebot glatt für bare Münze." Sie gestikulierte wild.

„Er meint es ernst, Mutter", bestätigte Park unverhofft. „Ich übrigens auch." Er atmete tief durch. „Ich heirate Gina – wenn sie mich will."

Seine fassungslose Braut schnappte geräuschvoll nach Luft und umklammerte die Tischkante.

„Dieses Flittchen? Niemals!" Die Boshaftigkeit in Melisandes Stimme ließ jeden erstarren außer Tess, die so heftig auf den Tisch schlug, dass das Porzellan klirrte.

„Hören Sie, Lady! Dieser Abend war für mich wahrlich kein Zuckerschlecken. Greifen Sie meine Freundin noch ein einziges Mal an, dann machen Sie sich auf Konsequenzen gefasst!"

„Ja, Mutter, hör auf. Und zwar sofort!"

Melisande stützte das Kinn auf ihre zitternde Hand und seufzte. „Die besten Kindermädchen. Die besten Schulen. Die besten Universitäten."

„Drei davon, noch ehe ich ins Hauptstudium kam. Ist dir je in den Sinn gekommen ..."

Plötzlich straffte sich Melisande und zielte mit ihrer perfekt manikürten Hand auf ihren einzigen Sohn. „Du heiratest dieses italienische Flittchen nicht, verstanden?"

Diese Kompromisslosigkeit brachte das Fass endgültig zum Überlaufen. Unbeherrscht warf Park seine Serviette hin. „Jetzt reicht es langsam, Mutter. Entweder du behandelst meine zukünftige Frau mit allem gebührenden Respekt, oder wir beide sind geschiedene Leute. Ist das klar?"

Melisande starrte ihn fassungslos an.

„Mach dich nicht lächerlich." Ihr sonst so wortgewaltiger Ehemann klang wie ein jammernder Zweijähriger. „Du kannst unmöglich ..."

„Und für dich gilt das doppelt!"

Kent wurde purpurrot vor Entrüstung.

„Gut, mein Junge." Welch nickte beifällig. „Diesen Mumm hätte ich Ihnen nie zugetraut."

„Du bist enterbt!" Nach einem triumphierenden Blick in die Runde holte Kent zum letzten Tiefschlag aus. „Ihr seid gefeuert. Alle beide."

Das gab Gina den Rest. „Oh nein!" Kreidebleich beugte sie sich unter den Tisch.

Die Umsitzenden erstarrten. Selbst Dennis schien mit seiner Weisheit am Ende. Nick fand als Erster die Fassung wieder. „Äh, Herr Ober? Diesmal ist es keine Gabel."

„Bist du wohl still!" Vorsichtig lüpfte Tess das Tischtuch.

„Also bei den Gabeln waren sie wesentlich schneller", verteidigte sich Nick.

„Schatz?" Auch Park ging auf Tauchstation.

Der praktisch veranlagte Welch reichte Gina diskret eine angefeuchtete Serviette. „Keine Sorge, Kleine", hörten sie ihn sagen. „Dieses kalorienarme Zeug muss einem ja wirklich auf den Magen schlagen."

„Meine Schuhe", kreischte mit einemmal Melisande schockiert. „Sie sind von Manolo Blahnik, und diese Frau ..."

„Hatte ich Sie nicht vor Konsequenzen gewarnt?"

Ehe Blut floss, lotste Nick die drei aus dem Restaurant.

„Wie konnte ich nur?" schluchzte Gina, als Park sie auf seinen Schoß zog, um hinten im Taxi Platz für Tess und Nick zu machen. „Ausgerechnet im ‚Levee'. Und dann auch noch auf die Schuhe deiner Mutter. Oh, Gott, ich will sterben." Sie barg das Gesicht an Parks Halsbeuge.

Nick, ganz der nüchterne Anwalt, blieb fair. „Eigentlich warst du, bis du dein Dinner von dir gegeben hast, die Stillste von uns."

„Sie werden euch da nie wieder reinlassen!"

„Bei diesen Preisen? Wen kümmert's?" meinte Tess.

„Und deine Eltern werden nie wieder mit dir sprechen."

„Kauf ihr dafür den größten Diamanten in ganz Riverbend!"

„Das ist nicht komisch." Gina trocknete ihre Tränen. „Es ist entsetzlich!"

„Ansichtssache." Tröstend strich Park ihr übers Haar. „So sehr haben sie mich sowieso nie gemocht. Und sehen wir den Tatsachen ins Auge: Ich bin ihr einziger Sohn. Sie werden mich zurücknehmen müssen. Ist ja nicht so, als bliebe ihnen eine Wahl."

„Sie verdienen dich nicht."

„Oh, ich weiß nicht ..."

„Nein", pflichtete Tess ihr überraschend bei. „Sie hat Recht. Im Grunde bist du ein anständiger Kerl. Auch wenn dieses doppelte Spiel mit Corinne nicht gerade die feine englische Art war, du Schuft."

„Er ist kein Schuft!" Entrüstet spähte Gina über die Rückenlehne. „Er ist der wundervollste, rücksichtsvollste, liebenswerteste enterbte Mann auf diesem Planeten – und ich habe die Schuhe seiner Mutter ruiniert." Wie ein Stein sank ihr Kopf an seine Schulter.

„Weißt du, sie ist keine gute Betrunkene", stellte Nick kritisch fest. Drei Augenpaare funkelten ihn böse an. Nick zuckte die Achseln. „Nur eine Feststellung."

„Ich finde sie perfekt. Ich verdiene sie nicht."

„Oh doch, das tust du, das tust du." Wild fuchtelnd schlang Gina Park die Arme um den Hals. „Ich will dich nie wieder verlieren."

„Ich verliere gleich meine Ente à la Moskau, wenn sich die Stimmung nicht langsam hebt!" stöhnte Tess. „Um Himmels willen, Gina! Du hast nur das Dinner gesprengt und keinen Meuchelmord begangen!"

Zur allgemeinen Erleichterung hielt das Taxi vor Parks Apartmenthaus. Zuvorkommend half er seiner torkelnden Freundin auf die Füße, was in etwa so einfach war, wie gekochte Spaghetti hochkant zu stellen. „Puh, was war das für ein schrecklicher Abend!"

„Betrachte es mal von der positiven Seite. Keiner dieser verabscheuungswürdigen Leute spricht mehr mit uns."

„Gutes Argument." Behutsam fasste er Gina um die Taille. „Alles in Ordnung?"

„Nein", kam Tess der Freundin zuvor. „Ich bin sehr verwirrt."

„Sie ist mein Problem", erklärte Nick. „Bring deins nach oben und flöß ihm literweise Kaffee ein."

Der Gedanke an Kaffee brachte die unerschütterliche Tess gleich auf eine Idee. „Lasst uns morgen vor der Arbeit alle zusammen frühstücken. Pfannkuchen. Ja, das könnte mich aufmuntern. Mit Blaubeeren."

Gina stöhnte.

„Welche Arbeit? Wir wurden gerade gefeuert."

„Richtig. Ich vergaß. Sorry. Wie unsensibel von mir."

„Treffen wir uns um acht im River Inn. Anschließend können wir unsere Schreibtische ausräumen und Pläne schmieden. So rettungslos sitzen wir nämlich gar nicht in der Tinte. Wir könnten selbst eine Kanzlei eröffnen. Zur Hölle, wir haben ohnehin die ganze Arbeit erledigt."

„Diese Möglichkeit ist mir auch schon durch den Kopf geschossen ..."

„Das River Inn! Geht es nicht eine Nummer kleiner?"

„Nein", erwiderte Park traurig. „Ich bin das Produkt meiner Erziehung."

„Entschuldige. Da bin ich wieder mal mitten ins Fettnäpfchen getreten."

„Schon gut." Zum Abschied küsste Park Tess auf die Wange. Bei der Bewegung geriet Gina gefährlich ins Schwanken. „Ganz ruhig, Liebes." Im letzten Moment fing er sie auf.

„Eigentlich bist du ein ganz netter Mensch, Park", säuselte Tess.

„Danke."

„Als ihr euch noch gegenseitig die Köpfe eingeschlagen habt, wart ihr mir wesentlich sympathischer." Dieses widerwärtige Harmoniegefasel schlug Nick empfindlich auf den Magen. Allerdings nicht so sehr wie Tess' nächste Bemerkung.

„Übrigens ziehe ich aus." Selbstvergessen lehnte sie den Kopf an seine Schulter. „Als Arbeitsloser kannst es dir nicht leisten, mich weiter durchzufüttern." Grandiose Zukunftsaussichten. Keine Wohnung. Kein Job. Kein Nick. Die Stelle bei der Decker-Academy konnte sie endgültig streichen. Nun, dafür hatte sie immerhin noch ihren Blazer.

„Okay. Lass uns heiraten, während du suchst."

Verständnislos sah sie ihn an.

„Falls du Schuldgefühle wegen deines Sabotageaktes hast, vergiss es. Je mehr ich darüber nachdenke, desto mehr komme ich zu dem Schluss, dass dieser Karriereknick dringend nötig war. Los, nenn mir deine Bedingungen."

„Keine Bedingungen. Keine Verpflichtungen. Keine Zweifel. Keine Reue. Ich gehöre ganz dir. Nur bitte keine Heirat."

„Nein. Ich will alles. Die Ehe mit allem Drum und Dran. Für immer und ewig."

„Du bist betrunken. Du willst keine Ehe. Du bist ein Mann. Reiß dich gefälligst zusammen!"

11. KAPITEL

Im River Inn saßen lauter beneidenswert fröhliche Frühaufsteher. Benommen spähte Nick über den Rand seiner Sonnenbrille, zuckte sichtlich zusammen, schob die Brille wieder auf die Nase und folgte dem Kellner zu einem freien Tisch.

„Kaffee. Sehr, sehr schwarz. Beeilen Sie sich." Sein Schädel dröhnte so sehr, dass die Explosion nur eine Frage von Sekunden war.

Gerade als der Kellner seinen Kaffee brachte, nahmen Park und Gina ihm gegenüber Platz.

„Wo bleibt Tess?" fragte die erstaunlich muntere Gina.

„Was ist aus der wandelnden Schnapsleiche geworden?" fuhr Nick sie an.

Park antwortete für sie. „Die hat Köpfchen bewiesen und alles von sich gegeben. Also, wie steht's nun mit dem Frühstück?"

„Musste das sein? Was hast du getan – mit ihr über der Schüssel gehangen?" brummte Nick. Vorsichtig nippte er an seinem Kaffee. Dabei versetzte das einfallende Sonnenlicht seine Gehirnzellen erneut in unliebsame Schwingungen.

„Ich? Oh, mein Magen ist alkoholresistent." Völlig ungezwungen vertiefte Park sich in die Speisekarte. „Was hältst du von Crêpes mit Kirschsauce, Schatz?"

„Wart mal eine Minute." Nick hob die Hand. „Ich bin hier der Gesundheitsfanatiker. Keine Zigaretten, keine alkoholischen Exzesse, keine nächtlichen Orgien mit merkwürdigen Frauen. Wieso habe ich einen höllischen Kater, und du bist topfit?"

„Intensives Training. Und überhaupt, Tess ist merkwürdig."

„Ist sie nicht“, erklang Ginas Stimme aus den Tiefen der Speisekarte. „Wie wär’s, wenn ich Waffeln mit Blaubeersauce nähme? Dann könnten wir tauschen.“

„Großartig.“ Die beiden wechselten einen innigen Blick.

Nicks Magen revoltierte. „Es ist zu früh am Morgen für junge Liebe. Hört auf damit.“

„Hey, wir haben dich und Tess wochenlang ertragen. Übrigens, wo steckt sie eigentlich?“

„Nebenan am Kiosk.“ Ein paar Millimeter hob er die Brille an und blinzelte ins gleißende Sonnenlicht. „Keine Ahnung, was sie da will.“

„Mission erfolgreich abgeschlossen.“ Wie aufs Stichwort tauchte sie an ihrem Tisch auf. „Na, wie geht’s euch zwei Turteltäubchen heute Morgen? Seid ihr immer noch verlobt?“

Gina sah aus, als wäre sie am liebsten im Erdboden versunken.

„Natürlich sind wir immer noch verlobt“, bestätigte Park unbekümmert. „Wieso auch nicht?“

Seine Verlobte stieß einen erstickten Laut aus. „Du meinst es ernst?“ Eine durchaus berechtigte Skepsis nach zwei Verlobungen in zwei Tagen.

„Sicher. Denkst du, ich verlobe mich hobbymäßig?“

„Du warst betrunken bei deinem Antrag.“ Eine zarte Röte überzog ihre Wangen. „Außerdem war das vor meinem unrühmlichen Soloauftritt im teuersten Restaurant der Stadt.“

„Jetzt bin ich nüchtern. Willst du mich heiraten?“

„Ja“, hauchte Gina.

„Gut. Können wir jetzt bestellen?“

„Stört es dich nicht, dass du nie wieder ins ‚Levee‘ gehen kannst?“

Liebevoll tätschelte er ihre Hand. „Honey, dieser Nobelschuppen lebt von uns.“

„Uns?“

„Ja, uns. Willst du noch einen Antrag hören?“

Freudentränen glitzerten in ihren Augen. „Vielleicht war der gestrige Abend ja doch nicht der Schlimmste meines Lebens.“

„Also, ich persönlich habe ihn außerordentlich genossen.“ Tess’ Optimismus war ungebrochen. „Was auch der Grund ist, weshalb ich gerade den Pattersons ein Dankgeschenk zukommen ließ.“

Misstrauisch beäugte Nick sie über den Rand seiner Sonnenbrille.

„Keine Panik. Weder eine Boa Constrictor, noch ein Terrorkommando. Nur ein hübsches kleines Geschenkabonnement. Jede Woche frei Haus.“ Sie lächelte verschmitzt. „Für die nächsten fünf Jahre.“

„Ein Abonnement wovon?“ fragte Nick, ziemlich sicher, dass er es gar nicht wissen wollte.

„Des National Enquirer.“ Es war eines der berüchtigtsten Klatschblätter. „Zuerst dachte ich an die ‚Sun‘ wegen dieser interessanten Titelstory über eine Außerirdische, die Elvis‘ Baby in einem Stau in Minnesota bekam. Aber Melisande möchte bestimmt lieber wissen, dass diese Geschichte über Roseanne Arnolds abgesaugtes Oberschenkelfett schlichtweg ein böses Gerücht ist, wogegen Liz Taylor tatsächlich …“

„Du hast meiner Mutter ein Fünfjahresabonnement des National Enquirer geschenkt?“ stoppte Park ihren Redefluss.

„Nun, Park, das musste ich. Schließlich weiß jeder Narr, dass Elvis nie in Minnesota war. Für deine Mutter wollte ich nur das Beste.“

Parks Augen leuchteten auf. „Lass mich dein Frühstück bezahlen. Sagtest du, es wird direkt ins Haus geliefert?“

„Jede Woche. Und ich bezweifle, dass sie den Auftrag stornieren kann. Es soll außerordentlich schwierig sein, den National Enquirer wieder loszuwerden."

„Ich übernehme auch die Rechnung für dein Mittagessen."

„Mr. Patterson möchte mich künftig als seine Privatsekretärin." Den Stenoblock in der Hand, baute sich Christine vor Nick auf, als sie alle vier im Büro ankamen. „Wurden Sie gefeuert?"

„Ist Ihnen je in den Sinn gekommen, dass ich vielleicht gekündigt haben könnte?"

„Nein."

Nick gab auf. „Ja, ich wurde gefeuert."

„Aber es war meine Schuld", mischte sich Tess ein.

„Also, wo arbeiten wir jetzt?"

„Sie kommen mit?"

„Natürlich. Die Erziehung eines pflegeleichten Chefs ist äußerst zeitintensiv. Außerdem ist Mr. Patterson inkompetent." Ihr Blick fiel auf Park. „Nichts für ungut."

„Ist schon gut. Seine Inkompetenz ist kein Geheimnis. Mich hat er ebenfalls gefeuert."

Auch von dieser Neuigkeit blieb Christine unbeeindruckt.

„Schaut mal, wie wär's, wenn ich mit ihm spreche ...", begann Tess.

Von sämtlichen Umstehenden kam ein entschiedenes „Nein!".

In diesem Moment verließ Kent mit staatsmännischem Gehabe gefolgt von Welch sein Büro.

Tess rüstete sich zum Frontalangriff. Gerade noch rechtzeitig hielt Nick ihr den Mund zu.

„Schnelle Reaktion", lobte Welch. „Sie überschauen eine Situation und handeln dementsprechend. Suchen Sie noch einen neuen Klienten? Sie denken doch an eine eigene Kanzlei, oder?"

„Unbedingt."

„Dafür gibt es keinen Grund.“ Kent sah seine Felle bereits davonschwimmen.

„Wollen Sie sich etwa um meine juristischen Belange kümmern?“ fragte er den völlig verdutzten Anwalt barsch. „Nur über meine Leiche!“

Kent gab sich notgedrungen geschlagen. „Kündigungen unter Alkoholeinfluss sind ohnehin nicht rechtswirksam.“ Säuerlich betrachtete er die zu allem entschlossenen vier Musketiere. Unter ihnen die kleine Italienerin – seine zukünftige Schwiegertochter. „Was mein eingeschränktes Urteilsvermögen angeht ... willkommen in der Familie, meine Liebe.“ An seiner Herzlichkeit hatte er entschieden noch zu arbeiten. „Und nun zu Ihnen, Nicholas.“

„Nein.“

„Nein?“ wiederholte Tess verdutzt.

Wenigstens ein Mal kam Kent ihr zuvor. „Was wollen Sie?“

„Die Partnerschaft.“

„Patterson & Patterson ist ein Familienunternehmen, mein Junge ...“

„Dann adoptieren Sie mich. Sonst sehen Sie mich nie wieder.“

„Und mich auch nicht“, verkündete sein Sohn unerwartet. „Ohne Nick hätte ich es sowieso nie geschafft.“

Welch stupste Tess an. „Amüsierst du dich?“

„In Maßen. Schließlich wäre da noch dieses verdammte Buch.“

„Deine Kritik in allen Ehren – es ist ein gutes Buch.“

„Es ist verlogen.“

Kent räusperte sich vernehmlich. „Junge Dame, so spricht man nicht mit Älteren!“

„Und so spricht man nicht mit meiner Frau“, versetzte Nick im selben Moment wie Welch zischte: „Halten Sie den Mund, Patterson!“

Kent stand buchstäblich mit dem Rücken zur Wand. Obwohl seine Augen gefährlich aufblitzten, unterdrückte er die Verachtung in seiner Stimme und rang sich ein Lächeln ab. „Falls Sie tatsächlich einen Mitarbeiter dieser Kanzlei heiraten wollen, meine Liebe, werden Sie gehörig an Reife zulegen müssen."

„Wird sie nicht. Sie bleibt, wie sie ist. Technisch gesehen heiratet sie übrigens keinen Mitarbeiter dieser Kanzlei. Sie heiratet mich, und ich bin immer noch gefeuert."

„Unsinn. Noch heute Nachmittag lasse ich die Verträge aufsetzen."

„Gut." Zufrieden wandte Nick sich an seine ziemlich perplexe Begleiterin. „Hör auf, meinen wichtigsten Klienten zu schikanieren."

„Halten Sie sich raus, Jamieson! Ich brauche einen Anwalt, keinen Bodyguard!"

„Sie werden Ihre Meinung schon noch ändern. Sie ist sturer als ein Maulesel."

„Ich werde heiraten", dämmerte Gina so langsam die Erkenntnis.

„Ich nicht", widersprach Tess entschieden.

„Sicher wirst du." Besitzergreifend verschränkte Nick seine Finger mit ihren. „Testen wir aus, wer von uns beiden starrsinniger ist. Aber ich warne dich: Ich bin soeben Partner geworden. Jetzt kann ich mich voll und ganz auf diese Hochzeit konzentrieren, und die hat allerhöchste Priorität."

„Die Wette gilt."

Welch lachte.

Das zog Tess' Aufmerksamkeit auf ihren Erzfeind. „Ich möchte dich sprechen."

„Wenn du mir wieder wegen dieses Buches die Hölle heiß machen willst, vergiss es. Mir gefällt es so, wie es ist."

Kaum waren sie außer Hörweite, stemmte Tess aufgebracht die Hände in die Hüften und stapfte mit dem Fuß auf. „Dieses Buch ist Mist, Lanny!"

Welch grinste. „Achtundzwanzig Jahre, und es kommt mir vor wie gestern. Verdammt, du hast mir gefehlt."

„Was? Hörst du mir überhaupt zu? Ich habe dich gerade beleidigt."

Aber ihr alter Freund schwelgte bereits in Erinnerungen an die gescheiterten sozialen Experimente der Sechziger. „Damals hockte ich in dieser Kommune wie ein Fisch auf dem Trockenen. Alles erschien mir plötzlich so nichts sagend. Dein Vater, Daniel, stolzierte umher wie ein Prophet aus dem Alten Testament. Und Elisem ..." Er lächelte. „Deine Mutter war schon etwas Besonderes, Tessie. Feminismus und freie Liebe. Eine verteufelt tolle Frau!"

Tess stutzte. Ihre Mutter und Welch?

„Mir wurde diese Ideologie zunehmend suspekt. Antiautoritäre Erziehung, Frieden, sorglose Blumenkinder – das alles klang ja ganz hübsch, aber es funktionierte nicht. Wie sollte es auch? Und eines Tages tauchtest du plötzlich auf, mit zerzaustem Haar und einem blauen Auge. Du sagtest ‚Dieses Halt-auch-die-andere-Wange-hin-Gebot ist Mist, Lanny', genau wie jetzt. Ja, du hattest als Einzige in diesem ganzen verdammten Verein den absoluten Durchblick."

„Ich war acht!"

„Eben. Nenn es Nostalgie, aber genau deshalb war ich hinter Jamieson her. Ich wollte hören, wie du mit mir über meinen neusten literarischen Erguss lachst. Sozusagen als Bestätigung." Seine Verbitterung brachte Welch auf den Boden der Tatsachen zurück. „Ich hätte dich nie bei deinen Eltern lassen dürfen. Sie haben dich total vermurkst." Mehr zu sich selbst fügte er hinzu: „Dich zu verlieren ist das Einzige, was ich an meinem Weggang bereut habe. Du hast mir gefehlt, Tessie Newheart."

Die sentimentale Stimmung griff auch auf Tess über. „Ich wünschte, du hättest mich einfach gekidnappt. Meine Eltern hätten vermutlich nicht mal mit der Wimper gezuckt." Mit Schrecken stellte sie fest, dass ihre Stimme zitterte. „Willst du mir allen Ernstes einreden, ich sei der Auslöser für deine politische Radikalkur gewesen? Und das, nachdem du mir beigebracht hast, meine Schlachten selbst zu schlagen?" Plötzlich hatte sie einen Kloß in der Kehle. „Okay, versuchen wir es noch mal. Dein Buch ist kein Schund. Es ist einfach zu simpel."

„Ich werde dieses Buch nicht umschreiben! Das habe ich bereits entschieden. Basta! Ich bin die Schriftstellerei leid. Ich gehe in die Politik."

„Na das ist ja eine Überraschung!" Wenn er glaubte, er könnte ein solches Chaos anrichten und dann ganz nonchalant den Rückzug antreten – wieder einmal – täuschte er sich gewaltig. Böse funkelte sie ihn an. Welch grinste bloß frech. „Schluss damit. Ich bin keine acht mehr, also spar dir diese gönnerhafte Tour. Hier ist der Deal."

„Es gibt keinen Deal."

„Du überdenkst dein tendenziöses Meisterwerk und korrigierst gewisse Stellen."

„Es ist eine Satire, verdammt!"

„... und ich übernehme deine Wahlkampagne."

„Was?"

Volltreffer! dachte Tess. „Irgendjemand muss sich ja um dich kümmern. Bei deiner Maßlosigkeit ist Henderson hoffnungslos überfordert. Gestern Abend hast du Steak gegessen.

Du brauchst mich, Lanny. Bring das Buch in Ordnung, und ich verhindere, dass du ein Erzkonservativer wirst."

Ihre Dreistigkeit verschlug Welch die Sprache.

„Los, Lanny. Denk daran, wie viel Spaß wir beide in der Politik haben könnten. Von Nick habe ich eine Menge über das Schleimen gelernt. Zudem habe ich jetzt sehr, sehr viel Zeit, nachdem die Decker-Stelle flachfällt. Natürlich brauche ich die Nachmittage für die Stiftung, aber meine Wochenenden gehören dir."

„Jamieson könnte vielleicht das ein oder andere dazu zu sagen haben", murmelte Welch. „Und du weißt verdammt gut, dass dir der Decker-Job sicher ist."

„Danke, ich gehe lieber in die Politik."

„Nein! Grundgütiger, nein. Ich bestehe darauf, dass du den Decker-Job annimmst."

„Was ist mit dem Buch?"

Ein kluger Mann wusste, wann er vernichtend geschlagen war. „Wir reden darüber."

Tess küsste ihn auf die Wange. „Ich mag dich, Lanny. Ich bin wirklich froh, dass du mich gefunden hast. Von nun an passe ich wieder auf dich auf."

Von ihrem völlig überrumpelten Schützling kam nur ein unwilliges Stöhnen.

„Christine, mieten Sie eine Kirche", befahl Nick indessen, ohne Tess, die Welch eine Standpauke hielt, aus den Augen zu lassen. „Ich heirate in zwei Wochen."

„In so kurzer Zeit überreden Sie sie nie." Eilfertig schlug Christine ihren Stenoblock auf. „Machen Sie sechs Wochen daraus."

„Laden Sie die gesamte High Society ein." Nick verschränkte

die Arme, ignorierte Christine und beobachtete die beiden Streithähne. „Prima Werbung für die Kanzlei."

„Tess wird eine schlichte Zeremonie wollen." Christine machte sich Notizen. „Vielleicht in Ihrem Garten."

„Partyservice. Champagnerfontänen. Feuerwerk. Alles vom Feinsten."

„Tess liebt chinesisches Essen, Reiswein, Glückskekse."

„Und ein Orchester."

„Das passt nicht in Ihr Haus. Vielleicht ein klassisches Trio." Nachdenklich musterte Christine die zukünftige Braut. „Nein, besser Jazz."

Plötzlich beugte sich der Mittelpunkt ihrer Planung vor und küsste Welch auf die Wange. Tess' sanft gerundeter Po zeichnete sich deutlich unter ihrer Jeans ab. Heiße Begierde durchzuckte Nick, gepaart mit der beruhigenden Erkenntnis, dass sein alkoholischer Exzess wenigstens in diesem Bereich keine Dauerschäden hinterlassen hatte. „Besorgen Sie außerdem ein Brautkleid. Ein enges. Keins von diesen bombastischen Dingern mit wogenden Röcken und Rüschen. Haben Sie alles?"

Christine dachte kurz nach, nickte viel sagend und machte sich eine weitere Notiz. Auf der Zwölften Straße befand sich eine bekannte Nostalgieboutique ...

„Haben Sie alles?"

„Ja", bestätigte Christine ernst. „Sie können sich ganz auf mich verlassen!"

Es wurde eine denkwürdige Hochzeit.

Sechs Wochen später wanderte Tess, in eine romantische Crêpe-de-Chine-Kreation aus der Nostalgieboutique an der Zwölften Straße gehüllt, durch ihr Haus, nippte Champagner und stellte sich ihre Zukunft vor. Die Feier war vorbei, die Gäste waren gegangen. Jetzt war es amtlich. Sie war verheiratet. Angepasst. Respektabel. Verantwortungsbewusst.

Mit gemischten Gefühlen setzte sie sich auf die Treppenstufen und sah melancholisch hinaus auf den Pool. Sofort sprang Angela auf ihren Schoß. Seufzend streichelte sie die Katze.

„Ich muss doch sehr bitten!"

Tess fuhr herum.

Ihr frisch gebackener Ehemann! Groß, dunkelhaarig, mit einem verführerischen Lächeln, einem abenteuerlichen, verwegenen Funkeln in den Augen und geradezu unverschämt attraktiv in seinem schwarzen Smoking. „Du hast gerade geheiratet! Du solltest glücklich und verzaubert sein und in erotischen Gefühlen schwelgen! Falls es dir daran mangelt, hätte ich da noch dieses wunderbare Schlafzimmer, das du dir mal ansehen solltest."

„Ich weiß. Ich bin diejenige, die es gelb gestrichen hat."

„Das Gelb stört mich nicht. Aber musstest du unbedingt die Decke blau anmalen und mit fluoreszierenden Sterne bekleben? Gestern Nacht traf mich fast der Schlag."

„Oh, ich rechne damit, dass ich sie mir in den nächsten Jahren ziemlich oft ansehen werde." Gina hatte ihr gehörig die Leviten gelesen. Kein Spontansex mehr an riskanten Orten …

Nicks Mundwinkel zuckten verräterisch. „Du entdeckst dein Faible für die Missionarsstellung?"

„Ich passe mich an, okay? Wenigstens den Vorsatz könntest du lobend anerkennen."

„Viel lieber würde ich dir ein Hochzeitsgeschenk geben." Nick zog sie auf die Füße. Die Katze flüchtete in den Garten. „Es steht im Esszimmer."

„Das Esszimmer ist leer“, erinnerte Tess ihn. „Wir haben den Tisch verkauft. Leider hast du dich standhaft geweigert, diesen roten zu kaufen, der mir so gefiel, und deshalb ...“ Auf einmal blieb sie verblüfft stehen.

Mitten im Esszimmer stand der größte Flügel, den sie je gesehen hatte. Und er war knallrot.

Nick lehnte sich dagegen. „Ob du es glaubst oder nicht, ich habe ihn in einem Discountladen aufgestöbert.“

Tess' Lächeln wurde mit jeder Sekunde breiter. „Spielt er den Flohwalzer?“

„Nur wenn du die richtigen Tasten drückst.“

„Ich kann nicht Klavier spielen.“

„Ich auch nicht.“

„Was fangen wir dann mit diesem Riesenkasten an?“

„Auf diese Frage hatte ich gehofft.“ Schmunzelnd lockerte Nick seine Krawatte. „Brechen wir eine Lanze für die Menschlichkeit. Auf der Stelle wenn's beliebt“

Tess lachte immer noch, als er sie schwungvoll auf den Flügel hob, zu ihr hinaufkletterte und sie auf sich zog.

„Ich liebe dich.“ Besitzergreifend umspannte er ihre Hüften. „Solltest du dich je in Mrs. Jekyll verwandeln, schubse ich dich von diesem Piano.“

„Ahnte ich es doch – gleich nach der Hochzeit entpuppst du dich als Tyrann.“ Rittlings setzte Tess sich auf ihn und machte sich an den Manschettenknöpfen seines Smokinghemds zu schaffen. „Wenn du dich so aufführst, welche Chancen räumst du dieser Ehe ein?“

„Alle Chancen der Welt. Diese Ehe ist für immer und ewig. Irgendwelche Proteste?“

Ihr Herzschlag beschleunigte sich. Tränen stiegen ihr in die Augen. Das Ausmaß ihrer Liebe nahm ihr den Atem. „Nein.“ Sehnsüchtig schmiegte sie sich in seine Arme. „Für immer ist nicht lange genug. Ich werde dich noch wesentlich länger lieben."

Vor Rührung schloss er die Augen. „Danke, dass du mich geheiratet hast."

„Jederzeit. Überall. Zu jeder Bedingung."

„Jetzt, hier und für immer." Ihre Lippen fanden sich zu einem innigen Kuss, der alle Worte überflüssig machte.

– ENDE –

Nora Roberts

Cordina's Royal Family „Ein königlicher Kuss“

Ein Herz und eine Krone:
Schauspielerin verliebt sich in Kronprinz – Happy End nicht ausgeschlossen.

Band-Nr. 25039
ISBN 3-89941-050-5

6,95 € (D), 7,20 € (A), 12,40 sFr (CH)

Heather Graham

Gefährliche Gefühle

Zwischen Liebe und Gefahr: zwei spannende Romances, zwei heiße Abenteuer.

Band-Nr. 25041
ISBN 3-89941-052-1

6,95 € (D), 7,20 € (A), 12,40 sFr (CH)

Penny Jordan

Umarmungen

Drei sensible Romane um Liebe, Zärtlichkeit und einen neuen Anfang.

Band-Nr. 25042
ISBN 3-89941-053-X

6,95 € (D), 7,20 € (A), 12,40 sFr (CH)

Sandra Brown
Bittersüßes Geheimnis
Band-Nr. 25005
ISBN 3-89941-005-X
5,95 € (D)

Barbara Delinsky
Begegnungen in Park Hill
Band-Nr. 25006
ISBN 3-89941-006-8
5,95 € (D)

Nora Roberts
Die Sterne Mithras
Band-Nr. 25007
ISBN 3-89941-007-6
5,95 € (D)

Heather Graham
Stürmische Nächte in Florida
Band-Nr. 25008
ISBN 3-89941-008-4
5,95 € (D)

Nora Roberts
Love Affairs
Band-Nr. 25009
ISBN 3-89941-009-2
7,95 € (D)

Jayne Ann Krentz
Liebeszauber
Band-Nr. 25019
ISBN 3-89941-019-X
6,95 € (D)

Linda Howard
Abenteuer Liebe
Band-Nr. 25020
ISBN 3-89941-020-3
6,95 € (D)

Catherine Coulter
Traummänner
Band-Nr. 25021
ISBN 3-89941-021-1
6,95 € (D)